Ostseegrund

AF216668

Oliver G. Wachlin lebte als freier Autor und Dramaturg in Berlin. Er schrieb zahlreiche Texte, Konzepte und Drehbücher für Film und Fernsehen sowie diverse Image- und Werbekampagnen.

Dieses Buch ist ein Roman. Handlungen und Personen sind frei erfunden. Ähnlichkeiten mit lebenden oder toten Personen sind nicht gewollt und rein zufällig.

OLIVER G. WACHLIN

Ostseegrund

KRIMINALROMAN

emons:

Bibliografische Information der Deutschen Nationalbibliothek
Die Deutsche Nationalbibliothek verzeichnet diese Publikation
in der Deutschen Nationalbibliografie; detaillierte bibliografische
Daten sind im Internet über http://dnb.d-nb.de abrufbar.

© Emons Verlag GmbH
Alle Rechte vorbehalten
Die Originalausgabe erschien 2015 unter gleichem Titel
Umschlagmotiv: photocase.com/biloba
Umschlaggestaltung: Nina Schäfer
Gestaltung Innenteil: César Satz & Grafik GmbH, Köln
Lektorat: Lothar Strüh
Druck und Bindung: CPI – Clausen & Bosse, Leck
Printed in Germany 2020
ISBN 978-3-7408-0828-0
Neuausgabe

Unser Newsletter informiert Sie
regelmäßig über Neues von emons:
Kostenlos bestellen unter
www.emons-verlag.de

Dieser Roman wurde vermittelt durch die Literaturagentur
Behrens & Richter GbR, Berlin.

In memoriam
MS »Georg Büchner« ex »Charlesville« (1950–2013)

Prolog

Der Weg zum Glück führt über einen wackeligen Steg. Vierzig Meter durch dichtes Schilf über morsches, von Sonne und Wetter gebleichtes Holz. Am Ende liegt ein alter Kahn, der immer etwas leckt. Die Planken müssten mal kalfatert werden, aber das hat Zeit bis zum Herbst. Das bisschen Wasser kannst du mit einer Pütz, wie sie das nennen, einem kleinen Eimer, aus dem Boot schöpfen. Dann löst du die Leinen, schnappst dir die Riemen und fährst hinaus auf den Bodden.

Im späten Licht steht der Hecht im Ried, sagen sie hier.

Das Wasser klatscht träge gegen das Boot, und du ruderst Richtung Osten, dort, wo die breiten Schilfgürtel in der Abendsonne schimmern. Ab und zu hältst du inne, greifst nach der Whiskyflasche und nimmst einen großen Schluck. Talisker von der schottischen Insel Skye, ein zehn Jahre alter Single Malt. Deine Enkel wissen, was der Opa mag.

Du wirfst die Angel aus. Es ist fast windstill. Irgendwo meckert eine Rohrdommel. Du genießt die Ruhe, stopfst dir eine Pfeife, trinkst den Whisky dazu und wartest auf das Lupfen der Pose.

Was total merkwürdige Begriffe sind: »Pose« und »Lupfen«. Wer zum Teufel kommt auf so was?

Die »Pose« wird auch als Schwimmer bezeichnet, weil sie auf dem Wasser schwimmt. Das ist eindeutig. Und tatsächlich stellt sie sich meist in grellen Neonfarben dar – sie posiert – und markiert so genau die Position des Angelhakens unter der Wasseroberfläche. Wenn da ein Fisch anbeißt, wird das durch rasches Untertauchen der Pose signalisiert. Oder durch Fortschwimmen, kommt drauf an. Das Wort »Pose« macht also, je länger du darüber nachdenkst, durchaus Sinn.

Anders das »Lupfen«, auch »Anlupfen« genannt. Es bezeichnet die kleinen, nur durch konzentrische Kreise auf dem Wasser wahrnehmbaren Hüpfbewegungen der Pose. Sie entstehen, wenn die

Fische den Köder vorsichtig vom Haken knabbern, ohne richtig anzubeißen. Das machen sie öfter, und deshalb kann kein ernsthafter Angler das Wort »lupfen« mögen. Beim besten Willen nicht. »Lupfen« bedeutet Misserfolg. Wenn die Pose lupft, tricksen die Fische den Angler aus. Die sind nämlich nicht blöd, im Gegenteil. Fische sind sogar ziemlich schlau. So schlau jedenfalls, dass sie jeden der noch so gut mit leckerer Teigmasse ummantelten Haken als fiesen Köder erkennen. Mehr noch, sie sind sogar in der Lage, den Teig vorsichtig vom Haken zu lutschen, ohne sich dabei zu gefährden. Zieht der Angler an, wenn die Pose lupft, bekommt er keinen Fisch, sondern nur einen blanken Haken zurück. Das passiert dauernd. Du fängst nichts, außer vielleicht einen ganz kleinen Barsch, total winzig. Ein Fischkind sozusagen, unerfahren wie ein Baby. Das hast du heute ständig an der Angel, und jedes Mal wirfst du es zurück ins Wasser. So lange, bis auch dieses Dummerchen von Fisch begriffen hat, wie es den Köderteig vom Haken bekommt, ohne dabei gefangen zu werden.

Natürlich könntest du den kleinen Barsch auch als Lebendköder verwenden. Doch dann würde er dir dauernd mit der Pose abhauen, und du wüsstest nie, ist das jetzt schon der große Fang oder nur der verzweifelt die Freiheit suchende Köderfisch.

Auch hättest du ein schlechtes Gewissen. Lebendköder sind Tierquälerei. Du hast ja schon Mitleid mit den Regenwürmern, die manche Angler auf ihre Haken spießen, obwohl es immer heißt, dass Regenwürmer keinen Schmerz empfinden. Aber wer kann das schon mit Sicherheit wissen?

Also bleibst du beim Teig. Altes Roggenbrot macht sich gut. Mit etwas Wasser durchgeknetet und zu einer kleinen Kugel geformt, ergibt es einen Superköder. Nur einen Hecht hast du damit noch nie gefangen. Was auch egal ist. Dir geht es beim Angeln ohnehin mehr um die Ruhe, um die Entspannung und die Einsamkeit. Angeln hat was Meditatives. Es ist ein stilles Glück.

Mit der Dämmerung zieht Nebel über dem Bodden auf. Noch sehr durchsichtig, kaum wahrnehmbar. Das ist wie mit dem Gedächtnis.

Erst verschwinden die Konturen. Dann wird es immer milchiger, und irgendwann stehst du im Nichts. Totale Leere. Das eine hat mit dem Alter und das andere mit den Temperaturunterschieden zu tun. Die Nächte sind kurz Anfang Juni, aber kühl. Das Wasser dagegen hat sich an den langen Tagen aufwärmen können. Es bildet sich Nebel, der sich erst mit der Morgensonne wieder auflöst. Bevor er zu dicht wird, solltest du zu Hause sein. Der Bodden ist zwar fast überall von Ufern gesäumt, doch er ist groß. Im Nebel kann man sich leicht verirren. Und vom Kleinen und vom Großen Werder muss man sich fernhalten, da geht es auf die Ostsee hinaus. Auf dem Meer ist man im Nebel verloren.

Eine der Angelschnüre hat sich im Schilf verheddert. Bis du sie gelöst hast, vergehen kostbare Minuten. Das jenseitige Ufer ist kaum noch erkennbar. Du musst dich beeilen!

Eins, zwo, drei …

Du zählst laut mit beim Rudern, weil es dich motiviert.

… vierundzwanzig, fünfundzwanzig, sechsundzwanzig …

Es ist völlig windstill, das Wasser glatt wie ein Spiegel, und du kommst gut voran. Immer wieder ziehst du kraftvoll die Riemen durchs Wasser und kommst dir vor wie ein Leistungssportler. Seltsam ist, dass es in diesem Sport keine Stars gibt wie im Fußball oder im Tennis. Selbst die gedopten Radrennfahrer bei der Tour de France sind weltweit bekannt. Ullrich, Armstrong … Warum kennt keiner einen Goldmedaillengewinner im Rudern?

… zweiundneunzig, dreiundneunzig, vierundneunzig …

Allmählich kommst du ganz schön aus der Puste. Und der Nebel hat alles verschluckt. Nirgendwo ist mehr ein Uferstreifen sichtbar. Vielleicht wäre es besser gewesen, sich einfach am Schilfgürtel entlangzutasten, anstatt aufs offene Wasser zu fahren. Das wäre zwar umständlich gewesen, doch du hättest immer Kontakt zum Land gehabt. Jetzt bist du mitten auf dem Bodden, und um dich herum ist nur dicke, undurchsichtige milchig feuchte Luft.

… einhundertzweiundsiebzig, einhundertdreiundsiebzig …

Am Anfang hat dir das Mitzählen der Ruderschläge Mut und Zuversicht gebracht. Doch das klappt nicht ewig. Inzwischen senkt sich die Nacht herab, und obwohl dir der blanke Schweiß auf der Stirn steht, wird es allmählich ungemütlich kalt.

… zweihundertfünfzig, zweihunderteinundfünfzig …

Du ahnst, dass du dich im Nebel verirrt hast, und spätestens nach dreihundert Schlägen brauchst du eine Pause. Aber du wagst es nicht, innezuhalten. Du fürchtest, die Richtung zu verlieren, wenn du stoppst. Du musst weiter immer geradeaus, dann wird ein Ufer kommen. Es kann nicht mehr weit sein. Es kann wirklich nicht mehr weit sein. Du rackerst dich ab und scheinst doch irgendwie festzustecken. Du ruderst und ruderst, und dennoch kommt es dir vor, als führest du rückwärts. Als würde der Nebel dich nicht freigeben wollen, als hätte er Spaß daran, dir zuzusehen, wie du dich abstrampelst. Du hörst sein höhnisches Lachen, aus weißen Schwaden strecken sich Finger nach dir, sie wollen dich festhalten, dich krallen, dich versenken.

… sechshundertzwölf, sechshundertdreizehn …

Völlig erschöpft kannst du die aufkommende Panik nur noch mühsam unterdrücken. Wie lange bist du schon unterwegs? Eine Stunde? Oder zwei? Wo ist dein wackeliger Holzsteg? Wo überhaupt das Ufer?

Du sitzt ganz allein in deinem leckenden Kahn und hast vollkommen die Orientierung verloren.

Kurze Pause. Es geht nicht anders. Du keuchst, kriegst kaum noch Luft. Um dich herum undurchdringliche Finsternis.

Der Bodden ist groß, aber nicht unendlich, versuchst du dich zu beruhigen, wahrscheinlich bist du nur im Kreis gefahren. So was kommt vor. Du bist Rechtshänder, dein rechter Arm ist stärker als der linke. Folglich war auch dein Ruderschlag rechts stärker. Du wirst einen großen Backbordkreis gefahren sein. Vollkommen unwillkürlich, denn du siehst ja nichts. Es ist zappenduster. Total schwarz. Kein Mond, kein einziger Stern am Himmel. Und du hast nicht mal eine Taschenlampe dabei. Wenn du mit dem Feuerzeug herumleuchtest, reflektiert im trüben Schein nur der Nebel. Zudem wird es empfindlich kälter, und du trägst nur ein kurzärmeliges Hemd.

Unheimlich auch der Blick auf die Uhr. Sie zeigt kurz nach Mitternacht. Geisterstunde. Du kommst dir vor wie in einem amerikanischen Horrorfilm aus den siebziger Jahren: »The Fog – Nebel des Grauens«.

Alter Schwede, jetzt hast du wirklich richtig Schiss! Aber das ist normal. Angst ist nichts Schlimmes, solange du nicht in Panik verfällst. Angst schärft die Sinne und macht dich aufmerksamer. Die Angst ist eine normale Schutzfunktion. Du musst sie nur nutzen und die Ruhe bewahren.

Nachdenken! Dazu einen Schluck Talisker und eine Pfeife rauchen. Was ist zu tun? Einfach abwarten bis zum Morgengrauen? Bis sich der Nebel wieder auflöst?

Das wäre durchaus eine Möglichkeit, wenn es nicht so arschkalt wäre. Bis dahin bist du steif gefroren, und gegen die Kälte hilft nur Bewegung.

Also ruderst du weiter, bemüht, beide Riemen mit gleicher Kraft durchzuziehen, damit du nicht wieder im Kreise fährst. Irgendwann muss ja mal was kommen. Bislang ist noch niemand im Nebel auf dem Barther Bodden verloren gegangen. Jedenfalls ist dir kein derartiger Fall bekannt. Das ist schließlich nicht irgendeine ferne Wildnis, keine menschenleere Einöde, ganz im Gegenteil: Du bist mitten in der Zivilisation, in einer touristisch beliebten Urlaubsgegend, im Norden die Halbinsel Zingst mit ihren endlos weißen Ostseestränden, im Süden die idyllische Boddenlandschaft mit ihren hübschen Yacht- und Fischereihäfen, es gibt Pensionen, Hotels und Restaurants direkt am Wasser. Und bald ist Ferienzeit, Hochsaison.

Nein, du bist nicht verloren, trotz dieser verdammten Kälte. Du hättest dir eine Jacke mitnehmen sollen oder wenigstens eine Decke. Aber wer konnte denn ahnen, dass …?

Moment mal! War da nicht eben was? Ein Geräusch? So ein seltsames Klatschen? Ein träges Schlappen, ein Patschen? Dazu dieses metallische Klingen, das hast du schon mal gehört. Aber wo? – Angespannt lauschst du in die Dunkelheit. – Als würde etwas leise gegen Aluminium schlagen. Oder war es eloxierter Stahl? – Da! Eindeutig! Das klingt wie … – Wie, wie …

Ja, wie was eigentlich?

Und wieder dieses merkwürdige Schlappen. Kaum hörbar wie ein Hauch, aber es ist da. Und es klingt nicht natürlich. Nicht nach Tier jedenfalls. Mehr so menschgemacht, oder etwa nicht? Du zitterst, und Gott sei Dank ist noch Whisky da. Leise ziehst du den Korken aus der Flasche und nimmst einen ganz großen Schluck. Einen Schluck, der die Angst wenn schon nicht völlig vertreiben, so doch wenigstens mildern kann. Außerdem wärmt der Talisker von innen. Und macht er nicht auch den Kopf klarer? Es heißt ja immer, der Alkohol vernebele die Sinne, doch du erkennst plötzlich direkt voraus etwas Helles. Nur ganz zart und schemenhaft zeichnet es sich gegen die nebelverhangene Dunkelheit ab und verliert sich im Nachthimmel. Wie ein großes Dreieck, doch was ist es?

Die Morgendämmerung? Eine Halluzination? Oder schimmert da endlich ein rettender Hafen durch den dichten Nebel?

Ein Ruck geht durch den Kahn, sodass du fast das Gleichgewicht verlierst – ein Ruck und ein Poltern, ganz unvermittelt –, heilige Hölle, was zum Teufel …?

Dein Herz geht rasend schnell, was gar nicht gut ist in deinem Alter. Hastig nimmst du noch einen Schluck Talisker, der beruhigt die Nerven.

Relax, sagst du dir, und deine Stimme zittert ein wenig, ganz relaxt, mein Alter. Es hat gepoltert, okay. Aber Poltergeister gibt's nur im Film. Fakt ist: Du hast mit deinem Kahn irgendwas gerammt. Die Frage ist: Was?

Erneut flammt dein Feuerzeug auf. Du leuchtest herum, und das flackernde nervöse Licht der Flamme reflektiert sich auf blank poliertem Weiß. So nah und so glänzend, dass du zusammenzuckst.

Es dauert einen Augenblick, bis dir klar wird, dass du den makellos weiß lackierten Rumpf eines großen Bootes anleuchtest. Es liegt direkt neben dir, mindestens zehn Meter lang. Und das Helle darüber, was du als Morgendämmerung erhofft hattest, sind die Segel. Schwer von nebliger Nässe hängen sie am Mast. Feucht sind auch die Seile und Leinen, die man zum Setzen und Bergen der Segel braucht. Das laufende Gut, wie es der Schiffer nennt. In der schwachen Dünung klatscht es sanft gegen den Mast.

Alles klar. Jetzt weißt du auch, woher du dieses Geräusch kennst. Aus dem Barther Hafen, na klar: Segelboote klingen so, wenn sie am Steg oder vor Anker liegen. Du hast mitten auf dem Bodden in Nacht und Nebel eine Segelyacht gerammt.

Besser als nichts. Wo ein Boot ist, sind auch Menschen. Wahrscheinlich haben sie gestoppt und warten den Nebel ab. Seltsam ist nur, dass nirgendwo ein Licht brennt. Weder in der Kabine, noch gibt es Positionslaternen oder ein Ankerlicht.

Schlafen die?

Vorsichtig richtest du dich auf und hältst dich an der Reling der Segelyacht fest. Dein Blick schweift über das Deck, aber du kannst in der Dunkelheit ohnehin fast nichts erkennen. Die Flamme deines Feuerzeugs erhellt nur einen engen Kreis. Feines Teak mit draufgeschraubten Klampen und glänzenden Winschen aus Nirosta-Stahl, einen lackierten Mahagoniaufbau und schemenhaft das Luk zum Niedergang. Es scheint geöffnet zu sein.

»Hallo? Ist da wer?« Deine eigene Stimme erscheint dir seltsam fremd. Sie klingt merkwürdig heiser und wird schon nach wenigen Metern vom Nebel verschluckt. »Ich habe mich verirrt!«

Keine Antwort. Seltsam.

»Hören Sie mich?«, versuchst du es erneut, um dann einen Entschluss anzukündigen: »Ich komm jetzt an Bord.«

Was einfacher gesagt ist als getan. Das hohe Freibord macht dir zu schaffen, und der Whisky zeigt ebenfalls Wirkung. Fast fällst du ins Wasser. Doch irgendwie gelingt es dir, dich an den Unterwanten festzuhalten und über die Reling zu klettern. Dein Atem dampft in der kalten Nachtluft und vermischt sich mit den Nebelschwaden, die tief und unheimlich über das Deck wabern. Vorsichtig tastest du dich zum Cockpit und lässt dich erschöpft auf eine der feuchten Backskisten nieder. Dein Feuerzeug funktioniert nicht mehr. Vermutlich ist das Gas alle. Mist!

Und dann?

Du weißt es nicht mehr genau. Der Geruch von kaltem Blut lag in der Luft, aber das konnte auch Einbildung sein. Du bist erst seit einem Jahr nicht mehr im Dienst. Da kann es schon mal vorkommen, dass man Blut riecht. Dass einen die verwesenden Körper der Ermordeten bis in die Nächte verfolgen. Und wie oft hast du die Stimmen der Mörder noch im Ohr.

Nein, das alles ist nicht echt. Zu oft verwischen sich Erinnerung und Wirklichkeit zu einer Fiktion, zu einer absurden Scheinrealität, die keiner faktischen Prüfung standhalten kann.

Sicher ist nur, dass du in die Kabine des Segelbootes gestiegen bist. Dort war es noch dunkler als draußen, und du hast verzweifelt nach einem Lichtschalter gesucht. Erfolglos, denn du bist über etwas am Boden gestolpert und hast dir den Rücken ziemlich schmerzhaft am Salontisch gestoßen.

Dann wirst du dich in eine der Kojen gelegt haben und eingeschlafen sein. Denn die Leiche und das viele Blut hast du erst am nächsten Morgen bemerkt.

Oder etwa nicht?

1   DER ALTE OZEANRIESE knarrte und ächzte gespenstisch. Irgendwo schlug quietschend eine Tür gegen ihren Rahmen, und die gewaltigen Ladebäume auf dem Achterdeck mit ihren verrosteten Stahltrossen gaben seltsam heisere Laute von sich, wenn sie in der sanften Dünung hin- und herschwangen. Ansonsten war es unheimlich ruhig.

Schon merkwürdig, wenn so ein oller Riesenkahn führerlos über das Meer geschleppt wird, dachte Käpt'n Charly Zwo, als er am späten Nachmittag des 30. Mai in der Messe auf dem Hauptdeck sein Abendbrot zu sich nahm. Roggenbrote, dick mit Butter und Rauchwurst belegt. Die hatte ihm seine Frau noch eingepackt, dazu zwei Thermoskannen Tee und einen kleinen Flachmann mit Selbstgebranntem. Außerdem hatte er einen Kasten Wasser mit an Bord genommen, jede Menge Obst, Nüsse, Schokolade und gekochte Pellkartoffeln, die man mit Salz auch kalt essen konnte, sowie ein großes Stück Pökelfleisch. Genug Proviant für mehrere Tage auf einem alten Dampfer, der nicht einmal mehr über einen funktionierenden Kühlschrank verfügte.

Überhaupt machte sich seine Frau furchtbare Sorgen. Von Anfang an war sie strikt gegen diese Reise gewesen, hatte sich mit düsteren Ahnungen geplagt und sogar mit Scheidung gedroht.

Charly Zwo lächelte. Am Ende hatte sie ihn sogar zum Schiff gebracht. Heimlich nachts, im Schlauchboot über die Warnow.

Es war nicht einfach gewesen, unbeobachtet auf die »Georg Büchner« zu kommen. Den Schorsch, wie das Schiff von den Seeleuten und Rostockern liebevoll genannt wurde. Von der Kaiseite her lag er im hellen Licht des Stadthafens, und im alten Lagerschuppen gegenüber, der sogenannten Bühne 602 am Kabutzenhof, war mächtig Betrieb. Die Compagnie de Comédie hatte ihren Open-Stage-Abend, und es standen dort haufenweise Leute herum. Da kam man an das Schiff nicht ran.

So blieb nur der Weg übers Wasser. Die Steuerbordseite lag im Schatten, man war da nachts praktisch unsichtbar, nur der lärmende Außenborder des Schlauchbootes störte. Sie hatten ihn abgeschaltet, waren die letzten Meter zum Schorsch gepaddelt und dabei fast mit einem anderen Schlauchboot zusammengestoßen, das sich ebenfalls am Schiff zu schaffen machte. Autonome Sprayer, die den Rumpf mit Graffiti und einem Schriftzug besprühten: »DANK DER PROFITGIER DER BANDITEN – KANN MAN MICH JETZT NICHT MEHR MIETEN!«.

Bis die Typen damit fertig waren, dauerte es. Und dann gab's das nächste Problem: Wie sollte man an Bord kommen ohne Fallreep? Die Bordwand des Schiffes war ab Wasserlinie gut zehn Meter hoch und Käpt'n Charly Zwo bestimmt kein Freikletterer oder »Freeclimber«, wie es heute neudeutsch hieß. Vorsorglich hatte er einen Wurfanker mitgebracht, an dem leichtes, aber belastbares Dyneema-Tauwerk befestigt war.

Daran hangelte er sich hoch wie ein Affe, und seine Frau schrie fast vor Angst, er könne abstürzen. Doch Käpt'n Charly Zwo gehörte noch zu jener Generation von Seeleuten, die auf Seglern ausgebildet worden waren. Ein alter Kap Hoornier, der schon bei Orkanstärke zwölf ins Rigg geentert war. So einer stürzt nicht ab, trotz seiner fünfundsiebzig Jahre nicht. Charly Zwo war fit wie fuffzig. Oben angekommen grinste er seiner Frau verwegen zu, aber das konnte die wegen der Dunkelheit nicht sehen. Dann hievte er die Tasche mit dem Proviant hoch, versprach, lebend und gesund zurückzukommen, und verschwand auf dem Schiff.

Da saß er dann fast zwei Tage, denn die Abreise verzögerte sich. Irgendwelche Genehmigungen fehlten wohl, dauernd stürmten wichtig dreinschauende Herren über die Decks, und er hatte damit zu tun, nicht entdeckt zu werden. Am Ende versteckte er sich in einem kleinen Kabuff hinter dem Maschinenraum ganz unten im Schiff. Einst waren hier Schmierstoffe gelagert worden, das wusste er noch aus seiner eigenen Zeit beim Schorsch. Zehn Jahre war er mit dem Kahn zur See gefahren, als Ausbilder wohlgemerkt, nicht als Lehrling. Er kannte das Schiff bis in den letzten Winkel, deshalb hatten sie ihn ja auch für diese heikle Mission ausgewählt. Reaktiviert sozusagen für eine letzte, alles entscheidende Reise.

Dienstag ging's dann endlich los. Die mächtigen Stahlschlösser, die die »Georg Büchner« über sechsunddreißig Jahre lang fest an der Pier gehalten hatten, wurden abgeschweißt. Der diensthabende Lotse kam an Bord, und Charly Zwo musste erneut in sein Versteck wie ein blinder Passagier. Was dann passierte, bekam er dort nur akustisch mit. Offensichtlich steckte der Schorsch mit dem Kielschwein im Hafenschlick fest, denn die beiden Hafenschlepper »Axel« und »Bugsier 16« hatten ziemlich zu tun, um den ollen Kahn von der Kaikante wegzukriegen. Das ganze Schiff knarzte, stöhnte und krachte, als würde es gleich auseinanderbrechen. Dann ein Ruck, und es schwamm. Mit leichter Schlagseite nach steuerbord, aber es schwamm. »Bugsier 16« zog, und »Axel« hielt das Heck auf Kurs. So ging es die Warnow runter bis nach Warnemünde, wo die Kreuzfahrtschiffe der AIDA Cruises und einlaufende Fähren dem alten Ozeanliner einen letzten Gruß aus vielstimmigen Schiffssirenen gaben. Unten im Maschinenraum hörte sich das schauerlich an. Aber Charly Zwo hielt ehrfürchtig die Hand an die Mütze. Ein kurzer Gruß, wie es sich für einen alten Fahrensmann gehörte.

Mach's gut, Schorsch, dachte er mit Wehmut, du hättest wahrlich Besseres verdient.

An der Mole übernahm der polnische Hochseeschlepper »Ajaks« von »Bugsier 16« die Schleppleine. Wenig später löste »Axel« die Heckleine. Der Lotse ging von Bord, drehte mit seinem Versetzboot zurück Richtung Hafen ab, und Charly Zwo war wieder allein auf dem Schiff.

Ein alter Käpt'n auf einem alten Kahn ohne Besatzung und Maschinenantrieb. Ein »Ghost Sailor« auf dem weiten Meer. Als er sich an Deck wagte, war es neblig über der See. Kein Land mehr zu sehen. Schleppgeschwindigkeit geschätzte fünf bis sechs Knoten. Die Schlagseite nach steuerbord blieb stabil bei viereinhalb Grad, dennoch nahm sich Charly vor, regelmäßig zu messen, damit es nicht noch böse Überraschungen gab.

Dann machte er einen Rundgang durchs Schiff. Er konnte sich ja jetzt frei bewegen und musste nur darauf achten, von der »Ajaks« aus nicht gesehen zu werden.

In die Laderäume hatte man in den siebziger und achtziger Jahren Schulungsräume und zusätzliche Kojen eingebaut. Eine Zeit lang hatte der Schorsch auch als Studentenwohnheim gedient. Deshalb waren die vielen zusätzlichen Bullaugen in den Rumpf gekommen. Manche davon so knapp über der Wasserlinie, dass sie jetzt, um das Schiff wieder seefest zu machen, mit Stahlplatten gegen Seeschlag zugeschweißt werden mussten.

Der Maschinenraum war noch original, so wie ihn Charly Zwo von früher her kannte. Zentrum und Herz des Schiffes war die gewaltige, doppelwirkende Cockerill-Achtzylinder-Zweitakt-Gegenkolbenmaschine von Burmeister & Wain, die gut neuntausendzweihundertfünfzig PS auf die Welle gab. Mit dem Motor hatte es nie große Probleme gegeben. Bis 1977 hatte er zuverlässig seinen Dienst geleistet, und vermutlich würde er sogar heute noch laufen, wenn man ihn besser gepflegt hätte. Allein diese Maschine war einzigartig auf der Welt. Mitte der neunziger Jahre wollten die Dänen den Motor für ihr Technikmuseum kaufen. Wusste der Teufel, warum daraus nichts geworden war …

Das Haupt- und das Promenadendeck waren früher, als das Schiff noch als »Charlesville« für die Belgier im Liniendienst nach Afrika fuhr, vornehmlich den Passagieren vorbehalten. Hohen Kolonialbeamten, Militärs und Missionaren. Viele Kabinen waren original erhalten, ebenso die Grand Escalier im Haupttreppenhaus. Geschwungene Formen von dezenter Schlichtheit, mahagonivertäfelte Wände und Handläufe aus Teak, dazu die versilberten Ringe im Geländer, die der Treppe so etwas Olympisches gaben.

Unterhalb des Brückendecks befand sich der große Speisesaal. Hier hing noch ein riesiges Gemälde aus der Kolonialzeit. Tanzende *Neger* mit Speeren und Schilden. Ja, damals durfte man noch »Neger« sagen.

Nach vorn schloss sich ein Wintergarten mit großen Panoramafenstern an. Hier konnte man direkt voraus auf die Back schauen und sich auch als Passagier wie ein Käpt'n fühlen.

Auf der Brücke selbst war der alte Maschinentelegraf aus Messing ausgebaut worden, ebenso das hölzerne Steuerrad. Und irgendwer hatte mittig auf die Fenster der Kommandobrücke ein altes Foto von Walter Ulbricht geklebt.

Niemand hat die Absicht, ein Schiff zu verschrotten, dachte Charly Zwo bitter und strich über den alten hölzernen Kartentisch. Wie oft war hier die Position bestimmt worden, auf nächtlichen Kursen nach Afrika und Amerika mitten auf dem Atlantik. Während unten die Kolonialherren tanzten oder später die Ausbilder ihren Moses zusammenbrüllten, weil der die falsche Decksfarbe angerührt hatte.

Charly Zwo nahm standesgemäß in der Kapitänskabine auf dem Oberdeck Quartier. Es gab keinen Strom auf dem Schiff, aber er hätte ohnehin kein Licht machen können. Zu groß wäre die Gefahr gewesen, vom Schlepper aus gesehen zu werden. Glücklicherweise waren die Tage lang Ende Mai. Da konnte man sich mit der Dunkelheit schlafen legen und zur Morgendämmerung wieder aufstehen.

Zwei Tage hatte er jetzt, um sich den Schorsch noch einmal genau anzusehen. Das MS »Georg Büchner«, die alte »Charlesville«. Zwei Tage, um die Vergangenheit Revue passieren zu lassen, zwei Tage nostalgische Träume.

In der Kongobar fand er sogar noch eine Pulle Rum. Havanna Club, die Originalabfüllung aus dem sozialistischen Kuba. Maschinenteile hatte man mit dem Schorsch nach Havanna gebracht, Schulbücher, Medikamente. Zurück ging es mit Bananen und Rohrzucker sowie Rum und Zigarren für den Export ins kapitalistische Ausland. Aber natürlich fiel hin und wieder auch mal eine Habano für die Besatzung ab. Da konnte man sich dann auch als Matrose der Deutschen Seereederei mal kurz wie ein Millionär fühlen.

Käpt'n Charly Zwo schrak aus seinen Gedanken. Etwas stimmte nicht, denn die Sonne schien plötzlich durch die Fenster auf der Steuerbordseite herein.

Unruhig sah er auf die Uhr. Kurz nach sechs Uhr abends, da

sollte die Sonne über dem westlichen Horizont stehen und von achtern auf die Backbordseite des Schiffes fallen. Der alte Käpt'n schüttelte ungläubig den Kopf. Die Besatzung auf dem Schlepper musste ganz eindeutig den Kurs geändert haben. Statt nach Nordost aufs Meer schleppten sie die »Georg Büchner« jetzt in südöstliche Richtung. Wo wollten die plötzlich hin mit dem Schorsch? Ziel war doch eindeutig Litauen gewesen, der Hafen Klaipeda. Stattdessen nahmen sie Kurs auf die polnische Ostseeküste.

Charly Zwo nahm sein Fernglas und suchte konzentriert die südliche Horizontlinie ab. Wahnsinn! Warum fuhren die Polen so dicht unter Land? Man konnte ja schon fast die Brandung sehen. Nee, da lief was falsch, das hatte er im Urin, da lief etwas ganz außerordentlich falsch.

Hastig baute er seinen mobilen Mittelwellensender auf. Gute alte analoge Technik, die funktionierte immer. Hervorragende Reflexionseigenschaften an der Ionosphäre. Damit konnte man bei jedem Wetter störungsfrei über Kontinente hinweg Nachrichten übermitteln und empfangen. Seit den Anfängen des Rundfunks schon. Nur für die Energieversorgung musste sich Charly Zwo was Neues einfallen lassen. Der Sender wurde mit sechs in Reihe geschalteten Flachbatterien à 4,5 Volt betrieben. Leider waren diese Batterien kaum noch handelsüblich, und es war nur eine Frage der Zeit, bis sie ganz vom Planeten verschwunden sein würden. Insofern musste eine neue Lösung her. Charly Zwo schaltete das Gerät ein und richtete die Antenne aus. Ein kurzer Funkspruch, damit sie an Land Bescheid wussten. Nur fünf Worte: »Kurswechsel unplanmäßig Südost. Muss handeln!« Das sollte reichen.

Doch kaum hatte er den Funkspruch abgesetzt, als schon die Fahrt aus dem Schiff genommen wurde. Der Schlepper stoppte auf. Auf der »Ajaks« machten sie das Beiboot klar.

Mist, verdammter!

Denn plötzlich wurde Käpt'n Charly Zwo klar, dass er einen fatalen Fehler gemacht hatte. Einen Fehler, der ihn das Leben kosten konnte.

Denn genau dieser kurze Funkspruch hatte ihn vermutlich verraten. Woher aber wussten die Männer auf dem Schlepper, auf welcher Frequenz er senden würde?

2 NÖ! Kriminaloberkommissar Björn Oehler schüttelte nachdrücklich das ergraute Haupt. Nicht mit ihm! Schon seit Wochen hatte er sich gegen die »Verstärkung« aus Stralsund gewehrt. Wozu? Er brauchte keine Verstärkung in seinem kleinen Barther Kriminalkommissariat. Völlig überflüssig, hier war ohnehin nix los, von ein paar Kneipenschlägereien und Fahrraddiebstählen mal abgesehen. Damit kam er ganz alleine klar. Da brauchte er keine Hilfe, schon gar nicht aus Stralsund!

Hatte er den Fall der mysteriösen Tiertötungen im vergangenen Jahr, als dieser Irre über die Felder zog und wahllos friedlich grasende Schafe abschlachtete, nicht binnen vierzehn Tagen mit Bravour gelöst? Na also! Und das ging richtig durch die Presse. Er hatte die Kleinstadt hier am Bodden voll im Griff. Kriminalistisch gesehen.

Trotzdem bestanden die Stralsunder Oberen darauf, ihm einen jungen Beamten zu schicken. Einen angehenden Kriminalisten, der sich die Hörner abstoßen und Erfahrungen sammeln sollte. Ausgerechnet bei ihm, Björn Oehler. War er ein Kindergarten? Nee! War er nicht.

Und als wäre das alles noch nicht genug, stand jetzt kein unerfahrener junger Beamter vor ihm, sondern eine unerfahrene junge Beamtin! Die weibliche Form, wohlgemerkt. Strohblond, mit großen Kulleraugen und höchstens Anfang zwanzig. Ja, wollten die ihn verarschen? Was zum Deibel noch mal sollte er mit so einem Kind anfangen? Schmetterlinge fangen?

»Wie war Ihr Name noch mal?«

»Hansen, Maike«, antwortete das Mädchen eifrig, »Kriminalobermeisterin. Haben Sie meine Akte nicht bekommen?«

Doch, doch. Björn Oehler machte eine abwinkende Handbewegung und zog eine schmale Mappe aus dem Eingangsordner auf dem Schreibtisch. Er hätte früher reinschauen sollen, dann hätte sich das vielleicht alles noch abwenden lassen können. So aber … Na ja, selber schuld. In Zukunft würde er die Post gleich bei Ankunft durchgehen.

Oehler setzte seine Lesebrille auf und öffnete die Mappe: Hansen, Maike, aha, geboren am 1. Juli 1990 – Gott, wie jung! – in Trinwillershagen. Na, wenigstens war sie aus der Gegend. Trinwillershagen war keine zwanzig Kilometer entfernt.

»Dann kennen Sie sich in Barth aus?«

»Ich bin hier zur Schule gegangen.«

Immerhin, dachte Oehler und blätterte weiter. Realschulabschluss 2006, dann Polizeianwärterin in Stralsund …

»Warum wollten Sie denn zur Polizei?«

»Wegen der Beamtenlaufbahn«, Maike Hansen sah ihn aus irritierend meerblauen Augen an, »meine Eltern meinten, das sei sicherer so. Keine Arbeitslosigkeit, gesicherte Pension …«

Na, bis zur Pension hatte die Lütte ja noch ein Leben vor sich. Er las weiter. Ab 2008 drei Jahre Polizeifachhochschule in Güstrow, anschließend mittlerer Dienst im Kriminalkommissariat in Stralsund …

»Gibt's hier kein WLAN?«

Kein We-was? Oehler sah irritiert auf und stellte fest, dass die junge Hansen inzwischen den Dienstcomputer okkupiert hatte.

»Internet. Warten Sie, ich check das mal.« Und schon holte sie ein schmales Tablet aus ihrer Umhängetasche und tippte konzentriert darauf herum.

Na, das wurde ja immer hübscher. Oehler lehnte sich befremdet zurück. Glaubte die Jugend heutzutage etwa, Kriminalfälle ließen sich online lösen? Mit dem Internet? Das Leben da draußen ist nach wie vor sehr real. Da kommt man virtuell nicht weit.

»Keine Verbindung möglich.« Enttäuscht steckte Maike Hansen das Tablet wieder weg. »Technologisch scheinen Sie hier noch in der Steinzeit zu leben.«

»Fax und Telefon funktionieren einwandfrei«, erklärte Oehler betont gelassen und beugte sich etwas vor. »Mädchen, ich bin dreiundfünfzig Jahre alt. Und immer ohne Internet ausgekommen.« »Klar, es ging auch mal ohne Fernsehen.« Oehler glaubte, einen Hauch von Spott in ihrer Stimme wahrzunehmen. »Noch früher ging es sogar ohne Musik und ohne Bücher. Wir waren Analphabeten. Jäger und Sammler. Rein menschheitsgeschichtlich gesehen müsste uns der Urwald reichen.« Sie zog ein Smartphone aus der Jacke und nickte zufrieden. »Na, wenigstens funktioniert das. Geben Sie mir gleich Ihre Handynummer?«

»Wozu?«

»Damit ich Sie erreichen kann.«

»Aber ...« Oehler steckte sich verwundert eine Zigarette an und inhalierte tief. »... Sie haben mich doch erreicht.«

»Darf ich Sie an das Nichtraucherschutzgesetz erinnern?« Maike Hansen wedelte sich ostentativ mit den Händen vor dem Gesicht herum. »Schon seit dem 1. August 2007 ist das Rauchen in Schulen und Universitäten, Krankenhäusern, Vorsorge- und Rehabilitationseinrichtungen, Sport- und Kulturstätten sowie in staatlichen Behörden und Einrichtungen des Landes verboten. Ich fordere Sie daher auf, die Zigarette unverzüglich auszumachen oder vor der Tür weiterzurauchen.«

Oehler setzte die Lesebrille ab und hob erstaunt die Augenbrauen. Na, jetzt ging's aber los. Schon stark, was sich die Lütte hier herausnahm. Aber so sind die Frauen: Nach nicht mal fünf Minuten wollen sie dich erziehen. Doch noch war das sein Büro. Und er rauchte hier, seit er denken konnte. Wie will man sonst vernünftig arbeiten? Er hüllte sich in dichten Zigarettenqualm und überlegte, wie er diese gesundheitsirre Kriminalobermeisterin wieder loswerden konnte. Wenn die noch nicht mal ein bisschen Tabakrauch vertrug, wurde das ohnehin nichts. Nachher bekam sie noch Asthma und fiel einfach um. Nee, das ging nicht. Auf gar keinen Fall ...

»Mir ist natürlich durchaus bewusst, dass Nikotinsüchtige die Folgen des Passivrauchens für ihre Umwelt unterschätzen.« Maike

Hansen öffnete das Fenster. »Aber es gibt wissenschaftliche Studien darüber. Ich kann Ihnen da gerne was herunterladen und ausdrucken. Unabhängig davon ist dies eine Landesbehörde – und deshalb: Rauchen verboten!«

Ich weiß zwar nicht, dachte Oehler ungläubig, womit sie dir den Kopf gewaschen haben, aber du kannst doch nicht im Ernst glauben, dass ich jetzt wegen dir mit dem Rauchen aufhöre. In was für Zeiten leben wir inzwischen? Nirgendwo darf mehr geraucht werden, nicht mal in Kneipen. Und als er letztens in einem dieser neuen Biergärten am Hafen ein Feierabendbier bestellte, hatte ihn die Serviererin allen Ernstes gefragt, ob er es mit Alkohol haben wolle. War das zu fassen? Und jetzt wollte ihm diese niedliche Trinwillershagener Kriminalobermeisterin das Rauchen verbieten? Unglaublich. Oehler nahm noch einen tiefen Zug von seiner Zigarette und erhob sich langsam. »Kindchen, ich fürchte ...«

»Ich bin nicht Ihr Kindchen«, regte sie sich auf.

»Sicher ...«

»Und auch nicht Ihr Mädchen!«

»Wie auch immer«, Oehler lächelte unschuldig und öffnete die Tür, »wenn Sie der Rauch stört, können Sie gerne an die frische Luft gehen. Ich habe hier ohnehin keine Verwendung für Sie.«

»Weil ich Sie vom Rauchen abhalten will?«

»Nein.« Oehler schüttelte den Kopf. »Weil es hier nichts zu tun gibt.«

Die Lütte starrte ihn betroffen an. Wie ein Kind, das gleich losheult. Fast tat sie ihm leid.

»Na, na«, machte Oehler versöhnlich. »Das hat doch nichts mit Ihnen zu tun. Das Problem ist: Es gibt keine Kriminalität in Barth.«

»Ist doch Blödsinn«, widersprach Maike Hansen, »es gibt überall Kriminalität.«

»Nicht hier bei uns.« Oehler schob das Mädchen behutsam zur Tür hinaus. »Kommen Sie! Ich werde es Ihnen beweisen.«

Kurz darauf standen sie auf der Hafenstraße. Oehler schloss die Dienststelle ab und hängte sein einst mit viel Hingabe selbst gemal-

24

tes und inzwischen sichtbar verwittertes »Komme gleich wieder«-Schild an den Türknauf.

»Und wenn jetzt jemand was von Ihnen will«, fragte Maike Hansen, »haben Sie keine Vertretung?«

»Wozu? Es will niemand was von mir.«

»Und warum gibt's hier dann ein Kriminalkommissariat?«

»Tja«, er warf die Zigarettenkippe in den Rinnstein, »das frage ich mich seit zwanzig Jahren. Gehen wir?«

»Wohin?«

»›Vinetablick‹.« Oehler stapfte drauflos. »Ich spendiere Ihnen einen Kaffee. Oder wollen Sie lieber Tee?«

»Eine Latte macchiato wäre nicht schlecht.«

»Ist das italienisch?«

»Ja.« Maike Hansen rannte ihm nach. »Milchkaffee.«

»Und warum sagen Sie dann nicht Milchkaffee?«

3 DER »VINETABLICK« oder genauer der »Vinetablick bei Moppi«, wie das Fischrestaurant nach dem Spitznamen des Wirtes korrekt hieß, lag direkt am westlichen Yachthafen an der Boddenkante. Es gab eine große Freiterrasse mit ein paar Tischen unter bunten Schirmen, die bei gutem Wetter vor der Sonne schützten und bei schlechtem Wetter als Regenschutz dienten.

Die unzähligen Masten der vielen Segelyachten an der Steganlage klapperten im leichten Wind, und auch die Kundschaft »bei Moppi«, wie die Barther den Laden nannten, setzte sich vor allem aus braun gebrannten, meist schon weißhaarigen Yachties zusammen, die mit ihren Booten im Hafen lagen.

Oehler war oft der einzige Einheimische hier. Aber er kam gern, weil der Laden gleich um die Ecke lag und es hier immer ein reichhaltiges Frühstück und gute Fischgerichte zu erträglichen Preisen gab.

»Moin, Moppi«, begrüßte er den Mann hinter dem Tresen.

»Machste mir'n großes Bier und der jungen Dame einen Milchkaffee? Wir setzen uns raus.«

»Klar, Björni.« Moppi zwinkerte ihm mit Blick auf Maike Hansen verschwörerisch zu. »Süß.«

Oehler grinste und setzte sich an einen der freien Tische draußen.

»Ein für alle Mal!« Maike Hansen war schon wieder empört. »Ich bin nicht süß!«

Oehler legte sein Päckchen Zigaretten auf den Tisch und suchte sein Feuerzeug. »Hier draußen wird es Sie ja nicht stören, wenn ich rauche …«

»Doch. Aber hier draußen kann ich es Ihnen nicht verbieten.«

»Eben.« Oehler steckte sich eine an.

»Sie wollten mir etwas beweisen. Fangen Sie an!«

Aber Oehler schwieg. Das konnte er gut. Unbehagliches Schweigen erzeugen. Eine gedrückte Stille, die das Gegenüber irgendwann nicht mehr aushielt. Und dann packten sie aus. Alle.

Maike Hansen aber hatte nichts auszupacken und schwieg ebenfalls. Jedenfalls so lange, bis Moppi Bier und Milchkaffee heranbalancierte.

»Kann ich gleich zahlen?«

»Nee, lassen Sie stecken, das übernehme ich«, beeilte sich Oehler und kramte umständlich sein Portemonnaie hervor. »Was macht das, Moppi?«

»Sechs dreißig.« Der Wirt stellte die Getränke ab.

Der Kriminaloberkommissar drückte ihm einen Fünf-Euro-Schein und eine Zwei-Euro-Münze in die Hand. »Stimmt so.«

»Danke, Björni. Bis später.« Moppi ging, nicht ohne Maike Hansen noch einmal ausgiebig gemustert zu haben.

»Na denn!« Oehler hob sein Bierglas. »Prost!«

»Wie können Sie um diese Zeit schon Bier trinken?« Maike Hansen verzog angewidert das Gesicht. »Es ist noch nicht mal zehn. Und außerdem ist Alkohol im Dienst verboten.«

»Och Lütte!« Oehler setzte sein Glas ab und wischte sich den Schaum vom Bart. »Bier ist doch kein Alkohol! Gesünder als Milch, das hat man früher schon den Babys gegeben. Keine Keime. Nur Wasser, Hopfen und Malz. Deutsches Reinheitsgebot.«

»Zum letzten Mal«, Maike Hansen beugte sich mit eindringlicher Miene, die Oehler ausgesprochen drollig fand, vor, »ich bin weder Ihre Lütte noch Ihr Mädchen oder Ihr Kind. Und ich bin schon gar nicht Ihre Süße …«

»›Süße‹ hab ich nicht gesagt!«

»Aber gedacht.«

»Einspruch, Euer Ehren. Die Gedanken sind frei.«

»Witzbold!« Maike Hansen schmollte in ihren Milchkaffee hinein.

»Wie soll ich Sie denn nennen? Fräulein Hansen?«

»Wie wär's mit Kollegin?«, fauchte sie. »Ich finde, es ist an der Zeit, unsere Beziehung zu professionalisieren.«

»Das wird nicht nötig sein.« Oehler stand auf und nahm sein Bier mit.

»Wohin gehen Sie?«

»Auf den Steg da.« Er zeigte auf den Yachtanleger. »Kommen Sie mit?«

»Boote gucken oder was?« Maike Hansen seufzte und erhob sich ebenfalls. »Ihre Geldbörse wollen Sie nicht mitnehmen?«

»Die kommt nicht weg.« Oehler hatte sie ganz bewusst auf dem Tisch liegen gelassen. »Bei uns in Barth wird nicht geklaut.«

»Da wäre ich mir nicht so sicher.« Maike Hansen wollte das Portemonnaie an sich nehmen, doch Oehler stoppte sie scharf:

»Finger weg! Das ist 'ne Wette.«

»Eine Wette?«

»Ja.« Oehler zog an seiner Zigarette. »Ich wette, dass die Börse nicht gestohlen wird. Selbst wenn wir dahinten«, er zeigte ans Ende des Bootsanlegers, »auf dem Steg stehen. Halten Sie dagegen?«

»Nee«, machte die Hansen, »ich wette nicht.«

»Nicht so unsportlich, Lütte.«

»Ich bin nicht Ihre Lütte!«

»Geschenkt. Also: Gehen Sie mit?«

»Warum sollte ich?«

»Weil es um Sie geht, Herrgott noch mal!« Oehler machte ein

Gesicht wie ein Lehrer, der zum x-ten Mal einem dusseligen Kind die Grundrechenarten erklärt. »Um Ihren Verbleib an meiner Dienststelle. Gewinne ich unsere kleine Wette und meine Geldbörse bleibt, wo sie ist, machen Sie sich umgehend vom Acker und fahren nach Stralsund oder Trinwillershagen oder was weiß ich wohin zurück. Wird mein Geld gestohlen, machen wir den Dieb dingfest, und Sie dürfen bleiben. Ist das ein faires Angebot?«

»Ich weiß nicht.« Maike Hansen blieb unschlüssig. »Kommt drauf an, wie lange die Wette dauert.«

»Sagen wir …«, Oehler überlegte einen Moment und hielt ihr dann die Hand hin, »… so lange, bis Sie Ihren Milchkaffee getrunken haben?«

»Vorsicht, Kriminaloberkommissar«, sie schlug nur zögernd ein, »denn ich trinke meine Latte sehr, sehr langsam.«

»Von mir aus.« Oehler stiefelte schon den langen Bootssteg hinunter. »Nun kommen Sie endlich!«

Am Ende des Anlegers stand eine kleine weiße Plastikbank, auf der der Hauptkommissar und seine Hoffentlich-niemals-Kollegin nebeneinander wie ein Rentnerehepaar Platz nahmen. Sie saßen hier etwas versteckt hinter den schnittigen Rümpfen schicker Segelboote und hatten dennoch einen guten Blick auf die verwaist auf Moppis Terrasse zurückgelassene Geldbörse.

»Ist denn viel drin?«, erkundigte sich Maike Hansen.

»Geht so. Vierzig, fünfzig Euro vielleicht. Und meine ganzen Ausweise plus Scheckkarte.« Er winkte ab. »Aber das kommt ja nicht weg.«

»Abwarten.« Sie trank ihren Milchkaffee wirklich sehr langsam. Hatte sie ihn überhaupt schon angerührt?

Oehler beobachtete ein Seglerehepaar, das mit seiner Zweiundvierzig-Fuß-Yacht Probleme beim Ablegen bekam. Offenbar hatte die etwas überforderte Gattin auf dem Vordeck die Vorleine nicht rechtzeitig losgeworfen, sodass die Yacht mit dem Heck seitlich ausbrach und sich in der engen Box verkeilte. Der Mann am Steuer stauchte seine Frau mit hochrotem Kopf zusammen, und nur das beherzte Eingreifen der Skipper von den Nachbarbooten verhinderte, dass er einen Herzinfarkt bekam. Hafenkino vom Feinsten.

Gut gelaunt dagegen zeigte sich eine Gruppe von älteren Herren, die sich einen Chartertörn gegönnt hatten und laut lachend im Cockpit ihrer Bavaria saßen. Frauen hatten sie keine dabei.

Besser so, dachte Oehler, Frauen und Männer passen einfach nicht zusammen. Deshalb hatte er nie geheiratet. Keine Kompromisse. Er blieb allein und konnte machen, was er wollte, weil er sich nie mit jemandem über irgendetwas einigen musste. Er kannte sie doch noch alle, die ehemaligen Schulkameraden und Freunde, die jetzt vollkommen fertig mit den Nerven ein fremdbestimmtes Leben als Ehekrüppel führen mussten. Nee, nee, das Leben als überzeugter Junggeselle war zwar auch nicht leicht, aber sehr viel einfacher.

Nur manchmal fehlte ihm eine Frau. Aber das Verlangen danach nahm inzwischen langsam ab. Oehler war über fünfzig und hatte sich längst damit abgefunden, ab und an selbst Hand anzulegen.

Verstohlen beobachtete er die kleine Hansen. Hübsches Ding, wirklich. Aber nichts für ihn. Nee, das brauchte er wirklich nicht.

»Sie verlieren gerade Ihre Wette!«

Ach was! Oehler reckte den Kopf. Und tatsächlich stand ein alter, etwas verlottert wirkender Glatzkopf mit dunkler Sonnenbrille und im kreischbunten Hawaiihemd vor dem Tisch mit dem Portemonnaie. Er schien es regelrecht zu fixieren. Langsam setzte er sich, sah sich verstohlen nach allen Seiten um und nahm das Portemonnaie an sich.

»Bingo«, triumphierte Maike Hansen.

»Noch hat er's nicht eingesteckt«, knurrte Oehler.

Aber aufgeschlagen hatte es der Mann. Ganz offenkundig zählte er das Geld. Und außerdem betrachtete er interessiert die Ausweise und Scheckkarten. Dann stand er wieder auf und ging zu Moppi in den Laden.

»Das gibt's doch nicht«, entfuhr es Oehler. Das Mädchen schien unfassbares Glück zu haben. Er hätte sein Leben verwetten können, dass die Geldbörse nicht wegkam. Und nun hatte es nicht mal zehn Minuten gedauert. Aber das konnte kein Barther sein. So wie der

Glatzkopf aussah, in seinem Hawaiihemd und der Sonnenbrille, war er vermutlich Tourist, vielleicht sogar US-Amerikaner. Na, den Amis war alles zuzutrauen.

Aber noch war Polen, wie der Volksmund so schön sagt, nicht verloren, denn der Ami kam mit Moppi wieder aus dem Restaurant heraus und blickte sich suchend um. Der Wirt zeigte ihm Maike Hansen und Björn Oehler, die sich von ihrer Plastikbank auf dem Anleger erhoben hatten.

Der Ami nickte verstehend und ging über den Steg auf sie zu.

»Herr Oberkommissar Björn Oehler?«

»Derselbe.«

»Sie haben Ihre Brieftasche auf dem Tisch liegen gelassen.« Doch kein Ami. Der Mann sprach ohne Akzent und hielt dem Oberkommissar die Geldbörse lächelnd entgegen. »Nicht dass sie nachher noch wegkommt.«

Jetzt war es Oehler, der triumphierte. »Tja«, sagte er zur verdatterten Maike Hansen, »dann bleibt mir nichts weiter übrig, als Ihnen eine gute Heimfahrt zu wünschen.«

Denn natürlich hatte er sich nicht in seinen Barthern getäuscht. Das waren gute, rechtschaffene Leute. Die nahmen nicht, was ihnen nicht gehörte.

»Leben Sie wohl, Frau Hansen!« Er wandte sich für immer von ihr ab und dem »braven Barther Bürger« zu, um ihn gut gelaunt zum Essen einzuladen, denn »ein ehrlicher Finder darf schließlich nicht hungrig bleiben«.

4 »JETTE?«

Niemand reagierte. Doch Peter Hinrichsen wusste, dass sie zu Hause war. Vorsichtig öffnete der alte Schlepperkapitän die Tür und trat schwerfällig ins Haus. »Jette?«

Sie saß in ihrer kleinen Küche und starrte gedankenverloren in eine kalte Tasse Tee. Das Haar hing ihr strähnig vorm Gesicht, sodass er ihre Augen nicht sehen konnte. Sie war völlig bewegungslos und rührte sich auch nicht, als er sich mit einem verhaltenen Räuspern zu ihr an den Tisch setzte und fürsorglich ihre Hand streichelte.

Tja. Was sollte er sagen?

Mein Gott, er kannte sie seit mindestens fünfundzwanzig Jahren. Vermutlich waren es noch mehr. Damals war sie als Siebzehnjährige nach Rostock gekommen. Ein hübsches Waisenkind aus Schwerin, ein scheues Mädchen, irgendwie fragil. Ihre Eltern waren 1986 bei einem Flugzeugabsturz nahe Berlin ums Leben gekommen, das hatte sie nie wirklich überwunden. Schiffsmaklerin wollte sie werden. Das waren jene Leute, die die ein- und auslaufenden Schiffe mit Fracht und Ladung versorgten. Damals ein heiß begehrter Job in der DDR, denn im Überseehafen wurden gefragte Konsumgüter verschifft, die sonst im Lande nicht zu bekommen waren. Da fiel als Prämie öfter mal was ab. Um Schiffsmakler zu werden, brauchte man zunächst eine Ausbildung als Seehandelskaufmann – den Begriff Kauffrau gab es damals in Rostock noch nicht –, und diese Lehre machte Jette ausgerechnet in der Betriebsberufsfachschule August Lütjen mit Sitz auf dem in Rostock-Schmarl liegenden ehemaligen Frachtpassagierschiff »Georg Büchner«. Ein ausgemusterter alter Kongodampfer, der bis Ende der siebziger Jahre noch als Ausbildungsschiff der Deutschen Seereederei über die Weltmeere gekreuzt war.

Peter Hinrichsen war dort damals für die Lotsenausbildung zuständig. Man begegnete sich öfter mal auf dem Flur oder in der Kantine beim Mittag. Richtig kennen lernte er die hübsche Jette aber erst im Warnemünder Hafenlokal »Kettenkasten«, wo das Mädel nebenher kellnerte, um sich etwas dazuzuverdienen. Na, das war was: Da haben sich immer alle nach ihr umgedreht. Peter Hinrichsen wollte mit seinem Kompagnon nur ein, zwei Biere trinken. Doch der schöne Werner hatte nur noch Augen für die Jette. Der alte Haudegen war nie ein Kostverächter, dazu ein »Charmeur à la Couleur«, wie es die Wirtin des Kettenkastens ausdrückte, bevor sie die Männer mit den Worten »Lasst mir ja das Jettchen in Ruhe!« hinauswarf.

Aber natürlich kamen Peter und Werner wieder. Manchmal zusammen. Meistens allein, da ja einer immer im Hafen auf dem Bugsierschlepper Dienst tun musste. Und als Peter eines Tages wieder nach der schönen Jette sehen wollte, hatte sein Co. die freie Zeit genutzt und, allen Warnungen der Wirtin zum Trotz, das Jettchen natürlich nicht in Ruhe gelassen. Im Gegenteil: Werner hatte ihr den Seemann gemacht, den alten Kap Hoornier, und das Mädchen, obwohl er dessen Vater sein könnte, mit vollen Segeln im Sturm erobert. Zwei Wochen später waren die beiden verlobt und Jettchen schwanger.

Natürlich munkelten die Leute. Das junge Ding und der gestandene Schlepperkapitän, das konnte nicht gut gehen. Aber es ging gut. Jette und Werner heirateten noch vor der Niederkunft und waren bis zuletzt unzertrennlich. Ob es daran lag, dass Jette in ihrem fast dreißig Jahre älteren Mann so etwas wie einen Vaterersatz sah?

»Ich sehe ihn dauernd vor mir«, sagte sie plötzlich tonlos. »Ich hab ihn genau vor Augen. Ich sehe, wie er verzweifelt gegen die Wassermassen kämpft. Aber er kommt nicht raus. Er kommt nicht raus aus diesem verdammten Schiff!« Bei jeder Silbe schlug sie hilflos mit der Faust auf den Tisch, dass die Teetasse klapperte. Dann sah sie Hinrichsen hilflos an. »Er ersäuft! Vor meinen Augen! Warum kommt er aus dem Schiff nicht raus? Das ist doch unmöglich.« Ihre Augen wirkten glasig, doch sie weinte nicht. »Er kannte doch den Kahn! Jeden Fluchtweg. Selbst wenn er unten im Maschinenraum war ... Er hätte doch durch die Notleiter im Schornstein fliehen können. Von da kommt man zur Grand Escalier auf dem Brückendeck. Und dann raus.« Sie senkte den Kopf wieder. »Hast du das Foto gesehen, das sie an die Fenster der Kommandobrücke geklebt haben? Ulbricht, der große Steuermann.« Mit einem Ruck fegte sie die Teetasse vom Tisch.

»Jette, beruhige dich.« Peter Hinrichsen hob beschwichtigend die Hände. »Wir wissen doch noch gar nichts. Vielleicht ist er ja runter vom Schiff.«

»Und dann? Haben sie ihn absaufen lassen? Nee!« Jette schüttelte heftig den Kopf.»So was machen Seeleute nicht. Die hätten ihn rausgefischt.«

»Kommt drauf an.« Hinrichsen sah betreten auf die Scherben auf dem Küchenboden. Der Mensch ist zu allem fähig, dachte er. Am Ende kommt es doch immer nur auf die Summe an.

»Werner hat noch einen Funkspruch abgesetzt«, sagte er nach einer Weile, »kurz vor dem Untergang.«

»Einen Funkspruch?« Jette strich sich das lange Haar aus dem Gesicht und schien plötzlich hellwach.»Was hat er gesagt?«

»Eine Positionsmeldung«, antwortete Hinrichsen leise.»Der polnische Schlepper hatte den Kurs geändert. Südost, auf die Küste zu.«

»Was hat das zu bedeuten?«

Hinrichsen zuckte mit den Schultern.»Vielleicht solltest du zur Polizei gehen. Anzeige erstatten.«

»Zur Polizei!« Jette lachte bitter auf.»Soll das ein Witz sein? Niemand wird mir glauben.«

Ja, dachte Hinrichsen. Vermutlich hat sie recht. Niemand wird ihr glauben. Er sah den blauen Müllsack neben der Tür.»Sind das die Sachen?«

Jette nickte.»Nimmst du sie mit?«

»Ja.« Er erhob sich schwerfällig und tätschelte ihr die Schultern. »Das wird schon wieder, mhm?«

»Das wird nichts mehr«, widersprach sie und erhob sich ebenfalls. Dann sah sie ihn hilflos an.»Was hätte Werner getan?«

»Das Gleiche wie ich«, erwiderte Hinrichsen und nahm den Plastiksack an sich.

»Sei vorsichtig.« Sie umarmte ihn kurz.»Die sitzen am längeren Hebel.«

»Abwarten«, sagte er und wiederholte es etwas leiser noch mal: »Abwarten.«

5 ALS ICH ERWACHE, weiß ich nicht, wo ich bin. Das passiert manchmal. Aber diesmal war es ein traumloser Schlaf. Die ganz große Leere. Vielleicht bin ich gestorben. Um mich herum viel Holz. Die Wände sind mit Wegerungen ausgekleidet, wie in einem Sarg. Doch dafür ist es zu hell, und direkt über mir schaukelt eine massige Petroleumlampe aus glänzendem Messing in der Sonne. Ihre staubigen Strahlen fallen durch ein Oberlicht. Dahinter kleine weiße Wölkchen vor hellblauem Hintergrund. Wahrscheinlich war ich ein guter Mensch, denn das ist der Himmel. Ich versuche, mich aufzurichten, bin aber völlig steif. Wie lange habe ich gelegen? Arme und Beine sind wie taub und kribbeln. Es dauert, bis ich sie wieder richtig bewegen kann. Endlich komme ich in eine Sitzposition.

Gott muss Nautiker sein, denn auf dem Tisch vor mir liegt eine Seekarte ausgebreitet, südwestliche Ostsee, die Darß-Zingster Boddenkette, dazu ein Geodreieck und ein Zirkel. Und auch der Raum um mich herum wirkt sehr maritim. Mahagoni und Teak bestimmen das Interieur, an der Wand rechts prangen runde Messinginstrumente, ein Hydro- und ein Barometer, sowie eine Uhr mit römischen Ziffern. Gegenüber ein kleines Gemälde, sorgsam gerahmt. Es zeigt einen Rahsegler in stürmischer See. Links von mir die Navi-Ecke mit einem klobig grünen Funkempfänger und anderen technischen Geräten, die ich nicht kenne. Daneben geht es über einen schmalen Niedergang an Deck, das Luk steht offen.

Donnerwetter! Ich befinde mich an Bord eines mir unbekannten Bootes. Träume ich doch?

Ich erinnere mich an den Besuch der Familie vom Wochenende. Monika samt Kindern und Enkeln; die kommen immer unangemeldet und en masse. Mein kleines Haus und der Garten gleichen dann einem Heerlager, überall verteilen sie ihre Schlafsäcke, die Kinder toben lautstark herum, es wird den ganzen Tag gegrillt und sehr, sehr viel geredet. Am Sonntagnachmittag waren alle wieder weg, und ich bin angeln gefahren, um mich zu erholen. Dann muss ich eingeschlafen sein. Von wegen Leere, natürlich habe ich geträumt, und wie: vom dichten Nebel, der mich verschlang, und von einem geheimnisvollen Segler, auf dem es auf unheimliche Weise nach Blut roch …

Danach riecht es immer noch. Die ganze Luft ist erfüllt davon, fast schmecke ich es auf der Zunge. Unwillkürlich geht mein Blick nach unten, und dann sehe ich ihn: einen Mann in seiner Blutlache, das Messer steckt ihm noch in der Brust.

Würgereiz überkommt mich. Ich springe auf, stoße mir den Kopf an der niedrigen Decke. Taumelnd stürze ich zum Niedergang, klettere an Deck und hänge bald kotzend über der Reling.

Nein, das ist kein Traum mehr. Meine Übelkeit fühlt sich sehr wirklich an. Und an den Anblick von Blut und toten Menschen habe ich mich in fast vierzig Dienstjahren nicht gewöhnen können. Was soll das? Ich bin pensioniert, verflucht noch mal! Das ist nicht mehr mein Metier.

Ich atme schwer, das Wasser glitzert in der Sonne. Und ein Stückchen weiter schwimmt mein alter Angelkahn. Gott sei Dank bin ich so geistesgegenwärtig gewesen, ihn mit einem Seil an der Reling festzubinden. Ich ziehe ihn heran, klettere hinein.

Ruhe bewahren, denke ich, und die Polizei holen. Deinen Job machen jetzt andere. Gott sei Dank!

Ich greife in die Riemen und rudere drauflos. Hektisch, fast fluchtartig, als wäre der Teufel hinter mir her. In der Ferne, hinter den Brackwasserwiesen und Schilfgürteln der Barther Oie, erhebt sich der Turm von Sankt Marien. Da muss ich hin, nur um die flache Insel herum und über das offene Wasser.

Der Ruderer fährt mit dem Rücken zur Fahrtrichtung, er zieht die Riemen mit seinem ganzen Körpergewicht durch das flüssige Element. Dann holt er sie raus, bringt sie, während Tropfen von den Ruderblättern perlen, wieder nach vorn, taucht sie erneut ein, und alles geht von vorne los. Es ist ein stetiges Vor und Zurück mit dem Körper, während der Kahn seine Bahn zieht, unbeirrbar, immer geradeaus. Rudern hält fit, was für einen Mann, der stramm auf die siebzig zugeht, nicht das Schlechteste ist. Andere leiden an Arthrose und können kaum noch laufen, es gibt die Herz- und die Kreislaufschwachen, und so mancher hat mein Alter erst gar nicht erreicht. Ich dagegen halte mich ganz gut. Körperlich jedenfalls, nur der Geist macht manchmal Probleme. Erinnerungslücken, nichts Dramatisches, dennoch beunruhigend.

Ich sehe mich um und zweifle erneut. Wie eine Fata Morgana taucht die alte Hansestadt Barth aus den Fluten auf. Ein Venedig des Nordens, unwirklich im Sonnenlicht, mit hübsch restaurierten Fachwerkhäusern, dem riesigen Speicher aus Backsteinen am Alten Hafen und der alles überragenden Kirche Sankt Marien. Vielleicht schlafe ich ja doch noch. Vielleicht wache ich gleich auf, herausgekitzelt von ein paar Sonnenstrahlen in meinem Bett. Erleichtert würde ich mir einen Kaffee machen, schmunzelnd über den seltsamen Traum. Und dann ein großes Frühstück, englisch muss es sein, deftig, mit Rührei und Speck, denn ich habe einen Mordshunger.

Nee, denke ich, Mord und Hunger zusammen geht gar nicht. Und nein, es gibt auch kein Erwachen. Ich bin längst wach, alles real, die morgendliche Stadt, der Tote im Boot und ein Loch im Bauch, dass der Magen knurrt.

Etwas unsanft lege ich an der Hafenpromenade an, aber das ist besser, als zwei Meter vor der Kaikante zu verrecken. Ich klettere aus dem Kahn, mache ihn an einem Poller fest und sehe mich schwankend um. Meine Knie zittern etwas, ich weiß nicht, ob es die Aufregung ist. Vielleicht bin ich auch nur unterzuckert.

Eine besorgte Frau erkundigt sich, ob mit mir alles in Ordnung sei.

»Schon«, antworte ich und frage nach der Kriminalpolizei.

Sie sieht mich erschrocken an, möchte natürlich sofort erfahren, worum es geht, doch ich bin mir sicher, dass sie das nicht wirklich wissen will.

»Ist Ihnen etwas passiert?«

»Mir nicht«, antworte ich wahrheitsgemäß. »Wo muss ich hin?«

Sie zeigt es mir. Nur die Hafenstraße rauf, dreihundert Meter, ich könne es gar nicht verfehlen.

Ich danke, mache mich auf den Weg. Die verwunderten Blicke der Frau spüre ich noch lange in meinem Rücken.

Die Dienststelle ist verschlossen. »Komme gleich wieder«, verkündet ein Pappschild am Türknauf. Ich überlege, ob ich warten soll. Wahrscheinlich ist der Kriminalbeamte hier auswärts mit irgendwelchen Ermittlungen beschäftigt. So was kann dauern. Vielleicht komme ich einfach später wieder.

»Wo kann man hier gut frühstücken?«, frage ich einen der Werftarbeiter des kleinen Bootsbaubetriebes nebenan.

»Jau, eine Kantine ham wir hier nich«, grinst der zurück, »aber bei Moppi gibt's preiswert Kaffee und Fisch.«

Moppi … Was soll das sein?

Der Werftarbeiter erklärt es mir. »Hier gleich links den Weg hoch zum Yachthafen.« Auch das kann ich nicht verfehlen. Was durchaus eine Besonderheit ist, zumindest wenn man mit dem Auto nach Barth kommt. Die Altstadt stammt noch aus dem Mittelalter, und man sieht den engen Straßen eine bewegte Vergangenheit an. Piratennest, Ranenfestung, Hansestadt. Erst waren die Kreuzritter hier, dann die Schweden und die Preußen. Und doch kann diese wechselvolle Geschichte nicht das seltsame Verkehrsleitsystem erklären, das die heutigen Planer der Stadt verordnet haben. Alle Einbahnstraßen führen zum Markt. Wer einmal mit dem Auto in der Stadt ist, kommt fast nicht mehr heraus. Aber heute bin ich Fußgänger, und Moppis Restaurant ist nur zwei Minuten entfernt.

Leider habe ich kein Geld dabei. Warum auch, ursprünglich bin ich nur zum Angeln rausgefahren

Mein Magen knurrt, und ich fühle mich schwach und hohl. Was gäbe ich für ein ordentliches Frühstück! Soll ich einfach darum bitten, wie ein Bettler? Theatralisch umfallen? Ein alter Mann, der dringend eine Ambulanz braucht? Um dann mit Blaulicht an die vollen Tröge irgendwelcher Notaufnahmen gefahren zu werden?

Ich suche nach weiteren Optionen, als mir plötzlich auf einem der Tische auf der Freiterrasse eine vergessene Brieftasche auffällt. Niemand sitzt dort. Es steht kein Geschirr auf dem Tisch, und es setzt sich auch keiner dazu. Mindestens vier Minuten lang nicht.

Ich verharre angespannt, kann mein Glück kaum fassen. Hat

dort jemand tatsächlich versehentlich sein Geld liegen gelassen? Das wäre ja in dieser meinen Situation wie ein Lottogewinn. Ich sehe mich um. An den übrigen Tischen sitzen Touristen und Segler, aber keiner achtet auf mich. Also gehe ich langsam und gemessenen Schrittes, so als sei ich gerade vom Klo gekommen, an den Tisch und setze mich.

Niemand protestiert. Niemand setzt sich zu mir. Und mein Magen knurrt, dass es ganz Barth hören kann. Zeit, ihn zu beruhigen. Ich schlage die Brieftasche auf, zähle die Scheine. Zwei Zwanziger, ein Zehner und jede Menge Kleingeld. Das sollte reichen. Trotzdem habe ich ein schlechtes Gefühl. Ich war mein Leben lang auf der anderen Seite.

Ich esse jetzt was, beruhige ich mein Gewissen, und gebe das Geld später zurück. Es sind einige Ausweise in der Brieftasche, es ist daher auch kein Problem, den Besitzer herauszufinden: Oehler, Björn, dreiundfünfzig Jahre, aha. Ein weiteres Dokument weist ihn als Polizisten aus, als Kriminaloberkommissar, na, sieh einer an! Zu so einem will ich doch. Und wenn hier seine Brieftasche herumliegt, wird er wohl auch irgendwo in der Nähe sein.

Ich erhebe mich wieder und betrete das Restaurant. Es heißt »Vinetablick«. Nach einer umstrittenen, wissenschaftlich nicht belegbaren These der Berliner Historiker Goldmann und Wermusch erhebt Barth den Anspruch, mit dem sagenhaften Vineta in Verbindung zu stehen. Jener unvorstellbar reichen Ostseestadt, die im Hochmittelalter der Sage nach einer biblischen Sturmflut zum Opfer fiel. Noch heute sollen an windstillen Tagen ihre goldenen Glocken aus den Tiefen des Meeres zu hören sein.

»Sie wünschen?«

Ein sagenhaftes Frühstück, hätte ich dem Wirt am liebsten geantwortet. Stattdessen: »Sehen Sie, ich wollte eigentlich zu Kriminaloberkommissar Björn Oehler. Draußen habe ich zwar seine Brieftasche gefunden, aber er selbst ist nicht da. Vielleicht hat er sie vergessen.«

»Björni?« Der Wirt reckt den Hals. »Nee, der war doch eben noch hier. Kommen Sie mal!«

Wir gehen wieder vor die Tür. Der Wirt schaut sich mehrmals um, »da isser doch«, und zeigt mir dann einen stämmigen Typen am Ende des Yachtanlegers, der mit einem jungen Mädchen interessiert herüberschaut.

Ich danke dem Wirt und gehe auf die beiden zu. In seinem groben Wollpullover und mit der Mütze auf dem Kopf gleicht er eher einem Fischer als einem Kriminalbeamten. Und das Mädchen, blond und jung in Jeans und Lederjacke, könnte seine Tochter sein.

»Herr Oberkommissar Björn Oehler? Sie haben Ihre Geldbörse auf dem Tisch liegen lassen. Nicht dass sie nachher noch wegkommt.«

»Tja.« Das Gesicht des Kriminaloberkommissars verzieht sich zu einem breiten Grinsen. Er steckt das Portemonnaie ein und wendet sich seiner jungen Begleiterin zu. »Dann bleibt mir nichts weiter übrig, als Ihnen eine gute Heimfahrt zu wünschen. Leben Sie wohl, Frau Hansen!«

Die junge Frau ist knallrot geworden. Aber Oehler achtet nicht weiter auf sie. Stattdessen lädt er mich zum Bier ein. Aber ich möchte kein Bier, ich habe ja noch nicht mal gefrühstückt.

»Kein Problem«, meint Oehler. »Dann holen wir das jetzt nach. Ein ehrlicher Finder darf schließlich nicht hungrig bleiben.«

»Ich muss einen Mord melden.«

Die aufgeräumte Stimmung des Kriminalkommissars verändert sich augenblicklich ins Gegenteil. Verdutzt starrt er mich an, als sei ich von Sinnen.

»Einen Mord?«

»Eine Leiche«, präzisiere ich.

»Eine Leiche bedeutet noch keinen Mord.«

»Ich fürchte doch«, widerspreche ich, während sich mein Magen erneut mit einem hungrigen Knurren meldet, »dem Toten steckt das Messer noch in der Brust.«

Hinter uns fängt die junge Frau Hansen lauthals zu lachen an.

6 EINE KNAPPE HALBE STUNDE SPÄTER verlassen wir an Bord der »Swantje«, eines etwa fünfzehn Meter langen Holzkutters, den Alten Hafen von Barth.

Ich lehne an der Reling und lausche dem stetigen Töff-Töff-Töff des Motors. Als schlage irgendwer tief unten im Rumpf unablässig mit der Faust auf ein leeres Metallfass. Auf dem Vordeck und den flachen Aufbauten sind Bänke montiert. Offenbar verdient sich der Kriminalkommissar in seiner Freizeit etwas dazu, indem er Touristen über den Bodden schippert. Zumindest scheint ihm der Kutter zu gehören, denn es gibt außer ihm keine Besatzung auf dem Schiff.

Er steht im Ruderhaus am großen, an alte Segelschiffe erinnernden Steuerrad und diskutiert heftig mit der jungen Hansen. Es geht um eine Wette, die er oder sie verloren haben soll, aber die Hintergründe sind mir nicht ganz klar. Überhaupt scheinen die beiden eine seltsame Beziehung zu haben. Vermutlich sind sie Kollegen, obwohl es zunächst den Anschein hatte, als wollte er sie in die Wüste schicken.

»Wir haben um einen Diebstahl gewettet«, brüllt er sie an, »aber es wurde nichts gestohlen!«

»Sie wollten mir beweisen, dass es hier keine Verbrechen gibt«, keift sie zurück, »und das ist ja wohl gründlich in die Hose gegangen, denn jetzt haben wir sogar einen Mord am Hals!«

»Vorsichtig, mein liebes Fräulein Hansen«, seine Stimme bebt, »noch ist nicht bewiesen, ob es sich überhaupt um einen Mord handelt!« Wütend stürmt er aus dem Ruderhaus und knallt die Tür hinter sich zu.

»Weiber«, schimpft er und stellt sich neben mich an die Reling. »Da haben Sie mir ja was eingebrockt!«

Ich? Wieso ich?

»Die Lütte hat völlig einen an der Waffel«, schnaubt er und zündet sich eine Zigarette an. »Nicht mal rauchen darf man in deren Nähe.«

Mich irritiert mehr, dass diese Lütte offenbar jetzt den Kutter fährt. »Sie lassen sie ans Steuer?«

»Wieso nicht?«, regt er sich auf, »angeblich kennt sie sich auf dem Bodden aus. Und wenn sie den Kahn auf eine Untiefe setzt, hab ich einen Grund mehr, sie von Bord zu werfen!« Aufgebracht stiefelt er an Deck hin und her. »Hansen, mehr Gas«, brüllt er in Richtung Ruderhaus, »die Hebel aufn Tisch, aber zack! So 'ne Leiche wird in der Sommerhitze nicht frischer.«

Tatsächlich ist es ziemlich heiß geworden. Ein herrlich wolkenloser Tag, viel zu schön, um einen Toten zu bergen. Das Tuckern des Motors wird zu einem kräftigen Brummen, das Boot nimmt spürbar Fahrt auf. Bald ziehen wir eine mächtige Heckwelle hinter uns her, und ich hoffe, dass sich die Lütte wirklich auf dem Wasser auskennt, denn ich habe keine Lust, hier auf Tiefe zu gehen, weil wir irgendwas gerammt haben.

»Wo ist sie überhaupt?« Oehler wischt sich den Schweiß von der Stirn. »Ihre Leiche, meine ich.«

Ja, gute Frage.

Konzentriert sehe ich mich um, kann aber nirgendwo ein Segelboot sehen. »Das muss hier irgendwo gewesen sein«, überlege ich laut, »auf dem Bodden.«

»Geht's ein bisschen genauer?« Oehler fixiert mich prüfend. »Welche Richtung? Norden, Osten, Westen?«

»Was ist mit Süden?«

»Eher unwahrscheinlich, denn da kommen wir her.«

Schon klar. Vermutlich hält mich Oehler für einen kompletten Idioten. Eins weiß ich, ich war nicht auf dem Meer. Konzentrier dich, Knoop! »Vorhin war sie doch noch da.«

»Ach! Und jetzt ist sie nicht mehr da, oder was?« Oehler ist sichtlich ungehalten. »Verarschen Sie mich?«

Niemals! Ich verneine entschieden. »Es ist nur so, heute Morgen stand die Sonne ja doch eher noch weiter im Osten, nicht wahr? Und jetzt ist sie im Süden, und deshalb ...«

»Haben Sie die Orientierung verloren?«

Gut möglich. »Lassen Sie mich nachdenken. Wo ist denn diese Insel?«

»Welche Insel? Die Oie?«

Na, Gott sei Dank, mein Hirn arbeitet wieder.»Die Oie, genau. Das muss hinter der Oie sein.«

»Hinter der Oie? Da wird es aber ziemlich flach. Sagten Sie nicht, der Tote liegt auf einer Segelyacht?«

»Korrekt«, nicke ich, bemüht, den Mann nicht weiter aufzuregen. »Wir müssten sie gleich sehen.«

Oehler geht zurück ins Ruderhaus, um mit einem Fernglas zurückzukommen. Konzentriert sucht er das Gewässer hinter der Oie ab. Und endlich kommt auch der Segler in Sicht. Er liegt bewegungslos, die Segel flattern im leichten Wind.

»Ist er das?«

»Sieht so aus.«

»Mhm«, Oehler setzt das Fernglas ab, »scheint im Schlick festzustecken. Da kommen wir so nicht ran. Halbe Kraft, Hansen«, ruft er zu seiner Steuerfrau.»Hinter der letzten Fahrwassertonne nach backbord drehen. So auf zehn Uhr, klar?«

»Klaro, Chef«, kommt es aus dem Ruderhaus zurück. Der jungen Frau scheint die Fahrt Spaß zu machen.

»Wir müssen das Beiboot aufklaren. Helfen Sie mal!«

Auf dem Dach des Ruderhauses ist ein graues, kaum zwei Meter langes Schlauchboot festgelascht. Wir lösen vorsichtig die Zeisinge und heben das Boot aufs Vordeck. Es hat einen Aluminiumboden und zwei zusammensteckbare Paddel. Mit einem Stropp wird das Boot am Baum des Vormastes eingehängt.

»Maschine stopp«, ruft Oehler.»Klarmachen zum Ankern!«

An dem ist echt ein Käpt'n verloren gegangen. Er zeigt mir eine Kurbel an der Ankerwinde auf dem Vordeck.»Kennen Sie sich damit aus?«

Ich schüttle den Kopf.»Was muss ich tun?«

»Damit lösen Sie die Bremse für den Kettenvorlauf. Aber erst auf mein Kommando, klar?«

»Aye, aye, Sir.«

»Dann wollen wir mal!« Oehler klariert das Ankergeschirr und befiehlt der Hansen langsame Rückwärtsfahrt. Dann nickt er mir zu.»Fallen lassen!«

Was?

»Den Anker! Lösen Sie die Bremse!«

Ich kurbele wie verrückt, aber der Anker fällt nicht. Oehler muss ihm erst noch einen Tritt geben, damit er aus seiner Halterung rutscht und mit einem lauten Klatschen ins Wasser fällt. Die Ankerkette rasselt aus ihrer Klüse.

Oehler hebt die Hand. »Okay, reicht! Ziehen Sie die Bremse wieder an.«

Ich kurbele erneut, diesmal in die andere Richtung, bis die Kette nicht mehr läuft.

»Kurz einrucken lassen«, kommandiert Oehler in Richtung Ruderhaus, »Maschine stopp und aus!«

Der Motor verstummt ächzend. Kurz darauf kommt die Hansen strahlend aus dem Ruderhaus. Ein hübsches Ding, wirklich. Und diese Augen …

»Respekt, junge Frau«, gebe ich mich galant, »sind Sie mal zur See gefahren?«

»Ich bin Freiwillige bei der Deutschen Gesellschaft zur Rettung Schiffbrüchiger«, antwortet sie stolz. »Da lernt man Tochterboot fahren.«

»Is nich wahr«, dröhnt Oehler, »warum gehen Sie dann nicht fest zur DGzRS?«

Der Oberkommissar scheint ein echter Charmebolzen zu sein. Bevor seine hübsche Kollegin wieder schmollt, gebe ich mich interessiert: »Was ist denn ein Tochterboot?«

»Ein stark motorisiertes Beiboot, das auf den größeren Seenotkreuzern huckepack gefahren wird«, erklärt sie mir reizvoll errötend, »in einer Schiene, mit der es achtern schnell zu Wasser gelassen werden kann …«

»Aber da wir hier so was nicht haben«, nölt Oehler dazwischen, »müssen wir unser Beiboot per Hand ausbaumen. Sind Sie so weit, oder wollen Sie noch ein bisschen fachsimpeln?«

Die Hansen verzieht genervt das Gesicht und schiebt eine Kurbel in die Winsch am Großbaum. »Denn man tau, Chef!«

Das Schlauchboot wird wie bei einem Flaschenzug über den

Großbaum hochgezogen, bis es frei in der Luft schwebt, und dann auf der Backbordseite des Kutters ausgekrant.

»Langsam fieren. So ist's gut. Passen Sie auf die Leine auf.« Dafür, dass sich die beiden offenbar nicht ausstehen können, arbeiten sie ganz gut zusammen. Zumindest als Kutterbesatzung sind sie ein eingespieltes Team.

Interessiert sehe ich zu, wie das Boot langsam an der Bordwand heruntergelassen wird und auf der Wasseroberfläche aufsetzt. Mit einer Behändigkeit, die man dem massigen Oberkommissar kaum zugetraut hätte, schwingt Oehler sich über die Reling und steigt in das winzige Boot.

»Jetzt Sie!«

Bitte? Meint der mich? Nee, das muss nicht sein. Das Gummiboot ist doch schon ohne mein Gewicht total überladen. Zudem bin ich nicht mehr der Jüngste und …

»Warten Sie, ich mach das schon.« Die Hansen will statt meiner ins Boot klettern, wird aber barsch gestoppt.

»Sie halten hier Ankerwache, Hansen. Leichen sind Männersache.« Der Oberkommissar reicht mir die Hand zur Hilfestellung. »Nun kommen Sie schon! Das Boot trägt locker zwei gestandene Kerle wie uns.«

Mir fällt dieser blöde Spruch »Bange machen gilt nicht« ein. Ergeben und etwas umständlich hieve ich meine müden Knochen über die Reling und rutsche an der Bordwand runter, bis ich in diesem wackeligen Gummiboot bin.

Es sinkt tatsächlich nicht.

»Na also, geht doch.« Oehler reicht mir ein Paddel. »Bis gleich, Hansen!«

Mir fällt auf, wie still es geworden ist. Kein Lüftchen regt sich, und das Wasser ist flach wie ein Brett. Ganz ähnlich wie heute Nacht, nur dass der Nebel gleißendem Sonnenschein gewichen ist.

»Eine fünfundvierziger Vindö«, meint Oehler fachmännisch mit Blick auf die Segelyacht vor uns. »Schönes Schiff. So was wird heute gar nicht mehr gebaut.«

Mir kommt es vor, als habe die Vindö ein wenig Schräglage. Vermutlich sitzt sie wirklich auf Grund. Man kann ihn, wenn man ins Wasser guckt, schon sehen.

»War außer Ihnen noch jemand an Bord?« Oehler nimmt sein Paddel rein und erhebt sich. Das Boot schwankt bedrohlich. »Ich mein, außer dem Toten.«

»Nein.«

»Sicher?«

»Das hätte ich gemerkt.«

»Ich denke, Sie haben geschlafen.«

Wir gehen längsseits. Oehler hievt sich an Bord der Yacht und sieht sich lauernd um.

»Haben Sie was angefasst?«

»Ja«, antworte ich, »ich hab mich festgehalten und nach einem Lichtschalter gesucht. Vergeblich. Und erst dann hab ich mich hingelegt.«

»Sie haben die Leiche erst heute Morgen bemerkt?«

»Ja«, nicke ich, »sonst wäre ich wohl kaum eingeschlafen.«

»Kommt auf die Müdigkeit an.« Oehler sieht auf das Luk. »Stand das offen?«

»Ja, das war alles so wie jetzt. Ich hab nichts verändert.«

»Mhm.« Oehler klettert ins Cockpit und sieht vorsichtig in die Kabine. »Haben Sie die Leiche bewegt?«

»Natürlich nicht.« Ich war schließlich lange genug im Geschäft, aber: »Es kann sein, dass ich heute Nacht drüber gestolpert bin. Aber ich habe sie nicht angefasst.«

»Sie sind da rübergestolpert?« Oehler kommt wieder hoch und setzt sich schnaufend aufs Süll. »Ich denke, Sie haben die Leiche erst heute Morgen gefunden?«

»Hab ich ja auch. Aber heute Nacht bin ich irgendwo gegengetreten. Versehentlich. Ich wusste nicht, was es war.«

»Aber es könnte die Leiche gewesen sein?«

»Ja.«

»Und diese seltsame Geschichte soll ich Ihnen glauben?«

Ich zucke mit den Schultern. Von mir aus soll Oehler glauben, was er will. Ich jedenfalls habe den armen Mann nicht umgebracht, und das wird feststellbar sein.

»Wir müssen eine Schleppverbindung herstellen.« Oehler öffnet eine der Backskisten und holt eine Leine heraus. Das eine Ende wirft er mir ins Schlauchboot. »Fahrn Se mal damit los. Mal sehen, wie weit die reicht. Notfalls müssen wir uns was zusammenknüppern.«

Froh, mir die Leiche nicht noch mal anschauen zu müssen, paddele ich los. Das Seil zwischen den Knien, den Kutter fest im Blick, und natürlich reicht die Leine nicht.

»Stopp«, brüllt Oehler, dass es über den Bodden schallt, und knotet eine zweite Leine an. Später noch eine dritte und eine vierte, dann habe ich den Kutter erreicht. Die Hansen nimmt mir die Leine ab.

Ich paddele wieder zum Segler zurück, um den Oberkommissar abzuholen. Er hat sein Ende der Schleppverbindung in einer Schlinge um den Großmast und durch den Bugkorb gelegt.

»So«, sagt er, »kommen Sie mal an Bord. Sie müssen steuern.«

»Meine Erfahrungen mit Booten beschränken sich eher auf Angelkähne.«

»Das reicht völlig.« Er hilft mir auf die Segelyacht und stellt sich breitbeinig ans Ruder, um mir zu zeigen, wie man so einen Segler steuert.

»Beide Hände ans Rad, klar? Festhalten, das kann einen ordentlichen Ruck geben, wenn die Kiste hier freikommt. Dann halten Sie sie mittig im Kielwasser des Kutters. Drehen Sie rechtsherum, fährt das Schiff nach rechts, drehen sie links, geht's auch nach links. Wie beim Auto. Sie fahren doch Auto?«

»Seit über vierzig Jahren unfallfrei.«

»Eben«, er haut mir auf die Schulter, »auf geht's«, springt ins Schlauchboot und winkt mir zu. »Sie schaffen das.« Dann paddelt er zügig zum Kutter zurück.

Tja. Jetzt stehe ich sogar mal am Steuer einer echten Segelyacht. Schon erstaunlich, mit wie vielen verschiedenen Wasserfahrzeugen ich allein in den letzten zwölf Stunden unterwegs war. Kahn, Kutter,

Schlauchboot und nun dieser flotte, auf Hochglanz polierte Traum aus Mahagoni und Teak. Nicht schlecht für einen Mann, der sich Gewässer normalerweise vom Ufer aus betrachtet, wenn man von gelegentlichen Angelfahrten einmal absieht.

Die Hansen hat die Maschine des Kutters schon gestartet, als Oehler dort ankommt. Auch wird sie als freiwillige Seenotretterin die Schleppleine zur Segelyacht an den hinteren Klampen richtig belegt haben. Der Oberkommissar jedenfalls scheint keine Einwände zu haben. Er turnt auf dem Vordeck herum, kurbelt an der Ankerwinde. Ihr leises Rattern hört man bis hierher. Der Kutter bewegt sich langsam vorwärts.

Meine Hände greifen nach dem Steuer, Schweiß tritt mir auf die Stirn. Ich bin etwas angespannt, weiß nicht, was passieren wird.

Drüben kommt der Anker triefend mit Schlick und Tang behangen aus dem Wasser. Oehler spült ihn mit ein paar Eimern ab, bevor er ihn wieder in die Halterung einrasten lässt.

Dann setzt sich der Kutter in Fahrt, und es legt sich Zug auf die Schleppverbindung. Die Leinen zum Kutter spannen, dass es knirscht. Hoffentlich halten die Knoten, denn die Vindö bewegt sich kein Stück. Sie liegt rechtwinklig zum Kutter, was sicher ungünstig ist, doch bugwärts ist das Wasser zu flach. Sie müssen also versuchen, die Segelyacht seitwärts von der Untiefe zu ziehen.

Das Tuckern des Kutters wird lauter, sein Heckwasser schäumt auf, und ich gehe unwillkürlich in Deckung, weil mir jeden Moment die gerissene Schleppleine um die Ohren fliegen kann.

Dann endlich gibt es Bewegung. Aber sie gefällt mir nicht, denn der Segler beginnt, über die Backbordseite zu kippen. Gleichzeitig dreht sich das Steuerrad wie von Geisterhand. Ich will es festhalten, aber es gelingt mir nicht. Die unsichtbaren Kräfte, die da wirken, sind zu stark. Immer weiter legt sich die Yacht auf die Seite, der Großbaum schlägt herum und klatscht mit seinem Ende ins Wasser. Ich klammere mich krampfhaft am Süllrand fest, höre, wie der Rumpf des Schiffes durch den weichen Schlick schabt. Herrgott, was treiben die da auf dem Kutter? Sehen sie nicht, dass sie mich hier in größte Bedrängnis bringen?

Das Steuer dreht sich jetzt wie wild in die andere Richtung, schlagartig bäumt sich der Bug auf, es gibt einen heftigen Ruck, alles schaukelt, und erneut pfeift der Großbaum über mich hinweg. Immerhin scheint das Schiff jetzt freigekommen zu sein, denn die Schräglage ist weg.

Am Heck des Kutters sehe ich Oehler wild gestikulieren. Ich soll die Vindö mittig halten, was nicht so einfach ist. Hektisch kurbele ich am Steuer, doch immer wieder bricht der Segler nach links oder rechts aus, die Heckwelle des Kutters ist einfach zu stark. Über mir knattern die Segel im Fahrtwind.

Mein Hemd ist klatschnass, die Sonnenbrille rutscht mir von der Nase, und ich schwitze wie ein Schwein.

Erst kurz vor dem Hafen wird die Fahrt aus dem Kutter genommen, und Oehler gestikuliert erneut hektisch. Ich soll den Schwung der Fahrt nutzen, um an die Backbordseite des Kutters zu kommen.

»Wir nehmen Sie längsseits«, wird mir erklärt, während ich den zugeworfenen Leinen hinterherhechte, »und legen im Hafen steuerbords an.«

Ich soll »Fender ausbringen« und die hinteren und vorderen Klampen des Seglers mit Leinen »belegen«, wie es in der Schiffersprache heißt, und dann noch jeweils »eine Spring auf die Mittelklampe legen«. Natürlich mache ich alles falsch, ich bin verdammt noch mal kein Seemann, ich weiß nicht, wie man »eine Klampe belegt, dass sich die Leine selbst bekneift«. Ich verstehe ja noch nicht mal, wovon die reden! Können die auch Deutsch?

»Warten Sie, ich zeig es Ihnen.« Die hübsche Hansen klettert zu mir auf die Yacht und übt sich in Geduld. »Allen Seemannsknoten ist gemein, dass sie sich schnell lösen lassen müssen.« Als hätte ich eine Nixe auf dem Schiff. »Gleichzeitig müssen die Knoten aber auf Zug halten. Sehen Sie?« Und wie sie sich das lange blonde Haar aus dem Gesicht streicht, ist einfach göttlich.

Das sind diese Momente im Leben, in denen man sich wünscht, einfach noch mal zwanzig zu sein. Aber ich bin dreimal so alt wie dieses Mädchen. Ich könnte der Opa dieses Kindes sein, insofern entgegne ich angemessen kühl, dass ich eine überzeugte Landratte bin »und so etwas nicht können muss«.

»Gute Knoten kann man auch an Land gebrauchen«, erwidert sie lächelnd und entert wieder auf den Kutter. »Kommen Sie, wir müssen noch Ihre Personalien aufnehmen.«

Aber gern. Nach erneutem Schiffswechsel gebe ich meinen Namen – »Knoop, Hans Dieter« – zu Protokoll, »geboren am 21. April 1947 in Berlin-Wedding, wohnhaft in Barth-Fahrenkamp …«

Die junge Hansen schaut auf: »Aber geboren sind Sie in Westberlin?«

»Richtig.« Mich verwundert ein wenig, dass sie »Westberlin« sagt. In ihrem Alter hat sie die deutsche Teilung doch gar nicht erlebt. »Das ist hier sozusagen mein Altersruhesitz.«

»Verstehe.« Sie tippt alles in einen neumodischen Tablet-PC ein. »Das wär's fürs Erste.«

»Freut mich«, lächele ich zurück, »kann ich dann gehen?«

»Sobald wir im Hafen sind.« Sie springt auf und eilt zu ihrem vergnatzten Chef, um ihm beim Anlegemanöver zu helfen.

7   EIN PAAR MINUTEN SPÄTER ist der Kutter im Hafen fest vertäut. Neben ihm, »im Päckchen«, wie der Yachtie sagt, liegt die Vindö mit dem Toten. Aber das muss mich jetzt nicht mehr kümmern. Der Fall liegt, wo er hingehört, bei der Kripo, und ich kann endlich nach Hause.

Ziemlich ausgelaugt überlege ich, ob ich ein Taxi nehmen soll. Aber mein Kahn muss ja auch irgendwie wieder zurück. Ein paar Kinder haben ihn für sich als Spielzeug entdeckt. Ich verscheuche sie ziemlich barsch und lege ab. Man muss nicht immer freundlich sein, auch nicht zu Kindern, und schon gar nicht, wenn man eine unruhige Nacht mit einer Leiche hinter sich hat. Außerdem plagt mich der Hunger. Glücklicherweise finde ich die Flasche Talisker im Kahn. Ein Schlückchen ist noch drin. Es haut mir zwar fast die Beine weg, betäubt aber ein wenig das Loch im Magen. Andere haben Kriege überlebt, ich sollte nicht jammern, und so greife ich kräftig in die Riemen und rudere wieder auf den Bodden hinaus. Ich muss nicht einmal mehr zählen, um mich zu motivieren. Der Gedanke an meine alte Reetdachkate, ein schönes Frühstück und mein herrliches Bett ist groß genug.

Nach nicht einmal anderthalb Stunden erreiche ich meinen wackeligen Steg im Schilf, binde den Kahn fest und trabe zügig hinauf zum Haus.

Seltsamerweise parkt ein bulliger SUV davor. Wer fährt so was? Der Audi Q7 gehört zu jenen Autos, die ich mir weder leisten kann noch jemals anschaffen würde. Den Besitzer sehe ich wenig später um meine bescheidene Hütte hinken. Er trägt ein Tweedsakko, Knickerbocker und eine Schirmmütze wie ein englischer Lord, der Enten jagen will, und späht neugierig durch die Fenster. Dann klopft er mit seinem Gehstock gegen die Haustür und prüft, ob sie verschlossen ist.

Nicht zu fassen, denke ich. Der alte Siggi Meyer. Er humpelt, seit sie ihm vor sechzehn Jahren die Beine kaputt geschossen haben. Grau ist er geworden und auch schon weit über sechzig, aber noch immer verhält er sich seltsam konspirativ. Der Exmann meiner Frau Monika, ein langjähriger Stasioffizier, hat sich das geheime Getue nie wirklich abgewöhnen können. Die Frage ist: Was will er hier?

»Neues Auto, Siggi?«

Er fährt erschrocken herum und breitet freudig die Arme aus.

»Dieter! Ich dachte schon, du bist nicht da. Mensch, wie lange ist das her?«

Nicht lange genug, denke ich noch, bevor er mir um den Hals fällt.

»Lass dich ansehen!« Er hält mich von sich weg und nickt wohlwollend. »Steht dir gut, der Kahlkopf!«

Ja, das hatte keinen Zweck mehr mit den wenigen Haaren, die mir noch geblieben waren. Also weg damit.

»Und braun gebrannt wie ein Sommerfrischler!«

Eher wie ein Rentner, denke ich und kämpfe gegen ein Gähnen an. Der Kerl muss ja nicht gleich merken, wie müde ich bin.

»Hübsches Häuschen«, merkt er an, »könnte mal ein neues Reetdach gebrauchen, nicht?«

»Noch ist es dicht«, erwidere ich. Und das viele Moos auf dem Rohr schützt vor Brandgefahr.

»Hier lebst du also seit einem Jahr.« Siggi sieht sich anerkennend um. »Kein schlechter Ort, um seinen Lebensabend zu verbringen. Wirklich nicht. Ich scheue mich ja ein bisschen davor, aufs Land zu ziehen. Die ärztliche Versorgung, weißt du?« Er lächelt bekümmert. »Wenn mal was ist, braucht der Notarzt ziemlich lange. Aber in unserem Alter können Sekunden entscheiden.«

Bislang brauchte ich keinen Arzt. Den Bluthochdruck bekämpfe ich mit Taxifolin-Lärchenextrakt, das gibt's rezeptfrei in der Apotheke in Barth, und gegen gelegentliche rheumatische Beschwerden helfen kalte Arnikaaufgüsse.

»Wir sind nicht mehr die Jüngsten, Dieter.«

Herrgott, wir sind aber auch noch nicht tot! Was soll das? »Bist du hier, um dich mit mir übers Altern zu unterhalten?«

»Nein, natürlich nicht.« Er hinkt auf seinen Gehstock gestützt zum Auto zurück. »Wieso ist Monika eigentlich nicht mit dir hier rausgezogen?«

Ja, das gefällt ihm. Siggi hat nie überwunden, dass sich Moni letztlich für mich entschieden und mir noch zwei Kinder geschenkt hatte. Insofern empfindet er es als einen späten Sieg, wenn wir jetzt getrennt leben.

»Besucht sie dich wenigstens manchmal?«

»Sie war bis gestern hier«, gebe ich ihm einen mit. »Es wundert mich ein wenig, dass du nichts davon weißt. Redet ihr nicht mehr miteinander?«

»Ich war geschäftlich unterwegs.« Siggi holt zwei nagelneue Angelruten aus dem Audi. »Es kann sein, dass sie mich nicht erreicht hat.«

»Du willst angeln gehen?«

»Ja«, nickt er, »ich dachte, das würde dir gefallen.«

»Ich komme gerade vom Angeln.«

»Aber du hast nichts gefangen.«

»Ich hatte wohl kein Glück.«

»Quatsch. Du hast nur die falsche Ausrüstung.« Stolz zeigt er mir seine Hightech-Geräte, für die er vermutlich eine Unmenge Geld ausgegeben hat. »Hier, sieh mal! Meine neue Penn Slammer. Nur vierhundertfünfundachtzig Gramm schwer. Als Rolle habe ich die GTO 230 genommen, die hat sich schon in Norwegen bewährt.«

»Du warst in Norwegen?«

»Ja. Zum Lachsfischen. Solche Dinger haben wir da rausgeholt.« Er zeigt mit beiden Händen stolz die Länge der Lachse an. »Ungelogen. Es kommt immer auf die Ausrüstung an, dann fängt man auch was. Für dich habe ich die hier mitgebracht.« Er holt eine weitere Angel aus dem Kofferraum und steckt sie zusammen. »Eine Alegra Sbiro 55. Damit hast du einen effektiven Anhieb und bist in der Spitze trotzdem weich genug, um den Anbiss nicht zu gefährden. Genau das Richtige für Anfänger.«

Na, jetzt ist's aber gut. Ich bin kein Anfänger.

»Dazu die Seabreaker-4000-Rolle mit Frontbremse und Freilaufsystem«, erklärt er weiter. »Damit kannste nichts falsch machen, das ist das Feinste vom Feinen.«

»Mir reicht meine Stippe.«

Er lacht gönnerhaft und haut mir auf die Schulter. »Mit durchschlagendem Erfolg, wie man sieht. Nein, das machen wir jetzt anders. – Wo ist denn dein Boot?«

Nicht schon wieder! »Du, ich war die ganze Nacht draußen und muss erst mal was essen …«

»Habe ich alles dabei!« Er holt eine riesige Kühltasche aus dem Wagen. »Kartoffelsalat, Würstchen, Hühnerkeulen – was dein Herz begehrt. Und das Beste …« Er öffnet die Tasche und holt ein Fünf-Liter-Fässchen hervor: »Radeberger Pilsener, frisch gekühlt.«

»Hast du überhaupt einen Angelschein für den Bodden?«

»Aber klar. Ich hab mir eine Jahreskarte gekauft, man weiß ja nie.«

Das heißt hoffentlich nicht, dass er jetzt ein Jahr bei mir einziehen will.

»Es wird uns an nichts fehlen. Sogar an deinen Whisky habe ich gedacht.« Er holt eine Flasche aus einem Seitenfach des Kofferraums. »Hier: Lagavulin. Fünfundzwanzig Jahre alt. Cask Strength. Hat 'ne ganze Stange Geld gekostet.«

Super! Mir gehen langsam die Argumente aus. Jetzt holt dieser Angeber sogar zwei Gläser aus dem Auto und schenkt ein.

»Davon trinken wir jetzt erst mal einen Schluck«, freut er sich und reicht mir ein Glas. »Auf unser Wiedersehen. Prost! Stoßen wir auf die alten Zeiten an!«

Die Gläser klirren. Ich trinke. Mon dieu, ist das ein hartes Zeug. Alkoholgehalt über zweiundfünfzig Prozent, da kriegt man echt weiche Knie. Aber lecker, mein Hunger ist fast verflogen. Wer so einen Scotch hat, braucht sonst nichts mehr. Zum Dank werde ich wohl einen weiteren Tag auf dem Bodden verbringen müssen.

Wir rudern hinaus zu der Stelle am Schilf, wo ich gestern schon so erfolglos war. Ich will Siggi unbedingt beweisen, dass er trotz der Tausend-Euro-Ausrüstung nichts fängt.

Aber er holt einen Fisch nach dem anderen aus dem Wasser, und ich bestehe darauf, jeden Fang mit Whisky zu begießen. So wird die Demütigung zum Fest für die Sinne. Wenigstens vermeidet er es, mich ständig zu belehren, sondern schwelgt in Erinnerungen.

»Früher zu DDR-Zeiten haben wir immer mit Aalschnüren gefischt, aber das ist ja heute verboten. Wir hatten damals ein Ferienheim an der Mecklenburger Seenplatte, Fleesensee, da, wo heute dieses Resort & Spa ist. Mann, was haben wir damals für Aale aus dem See geholt. Kiloweise, sage ich dir. Die wurden dann schön geräuchert im eigenen Ofen, und dann haben wir sie an der Müritz an Urlauber verkauft. So habe ich mir meinen ersten Wagen verdient, einen Dreielfer Wartburg. Uralt die Kiste, aber gut in Schuss. Dreißigtausend habe ich damals dafür gezahlt, doppelt so viel wie für einen Neuwagen. Das kann man sich heute gar nicht mehr vorstellen. Aber dafür musste man auch nicht zwölf Jahre warten. Deshalb waren Gebrauchtwagen so viel teurer als neue Autos. Weil man die gleich bekam. Heute wäre der Dreielfer ein Oldtimer, der wäre wieder richtig Geld wert. Ich weiß gar nicht, wo der Wagen geblieben ist ... Ich hab ihn weggegeben, als ich meinen neuen Dienstwagen bekam. Den Citroën BX, erinnerste dich? Für DDR-Zeiten war das ein superschicker Wagen. Und schnell. Aber keine zwei Wochen nach dem Mauerfall war er hin. Motorschaden. Die vielen Staus in der Stadt haben ihn umgebracht. Mit dem Wartburg wäre das nie passiert ...«

So mäandert Siggi wortreich vor sich hin. Stundenlang, während er einen Fang nach dem anderen macht und die Flasche Lagavulin sich langsam leert.

Die nächsten Tage wird es Fisch geben, so viel ist sicher. Ich träume von Fisch, gebraten, geräuchert, frittiert. Von riesigen Töpfen mit Bouillabaisse. Von Sushi-Bergen, Fischbuletten, Fischbrötchen, von Bismarckheringen und Matjesfilets, bis mir das Kotzen kommt. Aber ich erbreche mich nicht.

Ich bin längst eingeschlafen.

8   MANN! Sie wurde einfach nicht ernst genommen. Von niemandem. Alle hielten sie immer nur für ein Mädchen, »die kleine Süße«, dabei war sie mit ihren fast dreiundzwanzig Jahren und dem einen Meter vierundsiebzig Körpergröße weder ein Mädchen noch klein und süß!

Oder?

Verstohlen besah sich Maike Hansen im Smartphone. Heimlich hatte sie im Ruderhaus des Kutters ein Selfie von sich gemacht, während nebenan Kriminaloberkommissar Björn Oehler mit einer vorsintflutlichen Polaroidkamera auf der Segelyacht herumturnte und Fotos von der Leiche schoss.

Dieser Idiot. Sie hatte ihm angeboten, den Toten mit ihrem Smartphone abzulichten, das hatte eine bessere Auflösung. Aber er: »Das ist nichts für dich, Kindchen.« Als wäre sie im Vorschulalter.

Okay, ihr Gesicht wirkte noch nicht wirklich erwachsen. Zu groß die Augen, zu schmollig der Mund, und die Nase war auch zu klein. Früher hatte sich Maike nie daran gestört. Erst als sie sich vor zwei Jahren die langen blonden Haare komplett abrasiert hatte, um nicht mehr so niedlich rüberzukommen, war es ihr aufgefallen. Denn mit dem Kahlkopf sah sie erst recht aus wie ein Baby.

Inzwischen waren die Haare wieder schulterlang, was dazu führte, dass sie zumindest von den Männern zwar nicht für voll, doch zumindest wahrgenommen wurde. Aber sie blieb die Lütte. Unwiderruflich. Das war der Fluch ihres Lebens.

»So!« Oehler kletterte wieder an Bord des Kutters und besah sich die Polaroids, die er auf der Vindö gemacht hatte. »Wäre geschickter gewesen, die Fotos vorhin gleich an Ort und Stelle zu machen«, überlegte er laut, »jetzt ist da bannig Kuddelmuddel.«

»Bitte, was?« Maike verstand nicht gleich.

»Na, durch unsere Schleppaktion«, erklärte Oehler. »Haben Sie nicht gesehen, wie der Kahn ins Krängen gekommen ist, als wir ihn von der Sandbank gezogen haben? Da ist in der Kajüte einiges durcheinandergeraten. Aber egal«, winkte er ab, »immerhin habe ich die Identität herausgefunden. Ernst Holger Krahwinkel aus Pruchten, Müggenhall.« Er wedelte mit einem Ausweis. »Den hatte er in der Jacke.«

»Und die Yacht kommt auch von hier.« Maike Hansen hatte sich den Namen am Heck gemerkt. »ARTEMISIA«, stand drauf. Und etwas kleiner darunter: »NYC Barth«.

»Der Nautische Yachtclub«, Oehler lachte auf, »na, das ist ein ganz feiner Verein. Nichts für Normalsterbliche wie uns. Haben Sie schon einen Arzt gerufen?«

»Das dauert. Die Gerichtsmediziner müssen aus Schwerin anreisen.«

»Unsinn, Hansen. Uns reicht der Amtsarzt hier in Barth.«

»Kann der die Todesursache gerichtsfest beurteilen?«

»Wozu?«, erwiderte Oehler. »Die Todesursache ist eindeutig das Messer. Wir brauchen lediglich einen amtlichen Totenschein für den Mann. Und einen Bestatter.«

»Moment!« Das ging ihr jetzt etwas zu schnell. »Ich ruf erst mal die Kriminaltechnik an.« Sie hielt sich das Smartphone ans Ohr, wurde aber von Oehler barsch gestoppt.

»Vergessen Sie die KT, Hansen! Bis die hier sind, isses übermorgen. Dabei ist der Fall längst klar.«

»Ach, ist er das?«

»Ein tragischer Unfall, so wie's aussieht.« Er betrachtete sich wieder seine Polaroids.

»Ein Unfall?« Maike Hansen war verblüfft. »Der Tote hat immerhin ein Messer im Leib!«

»Ein Kappmesser«, nickte Oehler und zeigte ihr das entsprechende Foto, »und wozu braucht man das?«

Bevor sie antworten konnte, tippte er ihr auf die hübsche Stirn und beantwortete die Frage selber.

»Zum Kappen von Seilen und Tauen, Hansen. Als freiwillige Seenotretterin sollten Sie das wissen. Man kann auch Schrauben damit festziehen, Wanten spannen und Taklings machen, kurz: Ein Kappmesser ist so ziemlich das wichtigste Werkzeug an Bord eines Seglers. Eine ganz gewöhnliche Sache.«

»Nicht, wenn sie in der Brust eines Toten steckt.«

»Mensch, Hansen, nun denken Sie mal scharf nach!« Oehler zeigte rauf in die Takelage der Yacht. »Alle Segel sind gesetzt. Das heißt, das Boot befand sich in voller Fahrt, als der Unfall geschah. Der Skipper befand sich unter Deck, hat sein Kappmesser in der Hand, weil er irgendwas damit machen wollte. Ein Seil kappen zum Beispiel ...«

»Ein Seil kappen!« Sie konnte nur mühsam den Drang unterdrücken, ihm einen Vogel zu zeigen. »Unter Deck!«

»Vielleicht wollte er sich auch nur ein Brot schmieren, was weiß ich?« Oehler zuckte mit den Schultern. »Ist ja auch egal. Jedenfalls steht er da unten mit seinem Kappmesser, und plötzlich passiert's: Eine unverhoffte Wellenbewegung, ein kräftiger Ruck, zum Beispiel weil er hinter der Oie auf Grund gelaufen ist. Jedenfalls verliert der Skipper das Gleichgewicht, stürzt und rammt sich dabei das Kappmesser in die Brust. Versehentlich, verstehen Sie?«

Maike Hansen rang um Fassung. Das konnte Oehler unmöglich ernst meinen. »Das glauben Sie doch selbst nicht«, regte sie sich auf, »wollen Sie mich veräppeln?«

»Sehe ich so aus?« Oehler schüttelte den Kopf und zündete sich eine Zigarette an. »Ich verstehe ja, dass Sie aufgeregt sind. Die erste Leiche ist immer wahnsinnig spannend für einen angehenden Kriminalisten. Aber wir sind hier nicht im Fernsehen, Hansen. Im realen Leben sterben die meisten Menschen ganz normal. Entweder sie sind alt oder krank. Oder sie haben einen Unfall.«

»Niemand rammt sich versehentlich ein Messer in die Brust!«

»So was kommt öfter vor, als man denkt«, widersprach Oehler ernst. »Es ist verdammt eng da unten in der Kajüte. Es gibt keine Kampfspuren, und ganz offensichtlich war der Mann allein an Bord. Wir brauchen hier keine Kriminaltechniker.«

»Na, da bin ich aber anderer Meinung.«

»So, sind Sie das? Mädchen, Mädchen …« Oehler holte tief Luft. »Was, glauben Sie, werden die finden? Spuren vom Toten, vermutlich. Und von mir, ich war ja auch an Bord. Und dann von diesem … diesem … Wie hieß der noch mal?«

»Knoop«, antwortete Maike Hansen, »Hans Dieter Knoop. Und genau der ist unser erster Verdächtiger. Was hat er auf der Yacht gemacht? Glauben Sie die Geschichte von dem Nebel?«

»Warum nicht? Nachts ist es oft neblig auf dem Bodden um diese Jahreszeit. Und warum sollte er zur Polizei rennen, nachdem er einen Mord begangen hat?«

»Und von sich abzulenken, zum Beispiel.« Maike steckte entschlossen ihr Smartphone ein. »Und deshalb werde ich mir den Mann jetzt noch einmal ganz in Ruhe vornehmen.«

»Falsch, Hansen«, entgegnete Oehler knapp. »Sie werden der Familie des Opfers Bescheid geben. Und zwar subito!« Er drückte ihr den Ausweis des Toten in die Hand. »Das ist keine leichte Aufgabe, zudem eine sehr verantwortungsvolle. Aber Sie haben mein Vertrauen. Ich bin überzeugt, mit Ihrer niedlichen Ausstrahlung kriegen Sie das taktvoll hin.«

»Ich bin nicht niedlich!«

»Doch, Hansen«, griente Oehler, »sind Sie. Und nun machen Sie sich mal vom Acker, damit wir hier vorankommen!«

9 UNVERSCHÄMTHEIT! Maike Hansen heulte fast vor Wut. So ein Arschloch, dachte sie außer sich, so ein verdammtes Arschloch! Aber dem würde sie es schon noch zeigen. Von wegen Unfall. Der hatte doch nur keinen Bock auf Ermittlungen. Der wollte nur rauchen und saufen und ansonsten in Ruhe gelassen werden.

»Das kannste haben«, raunte sie sich grimmig zu, während sie die schwere Beiwagenmaschine ihres Großvaters startete, »leg dich doch schlafen, du Trottel! Notfalls löse ich den Fall allein.«

Entschieden setzte sie sich den Helm auf und gab Gas. Im letzten Winter hatte sie jede freie Minute in der Scheune ihrer Eltern gewerkelt, um die Zündapp wieder in Gang zu kriegen. Eine K 601 von 1954 mit Zweizylinder-Viertakt-Boxermotor, der lautstarke dreiunddreißig PS lieferte und die gewaltige Karre immerhin auf robuste einhundertvierzig Stundenkilometer brachte. Wegen der Lackierung wurde die Maschine früher »grüner Elefant« genannt. Heute wird sie oft für ein altes Wehrmachtsgespann gehalten. Im März, während Maikes erster Probefahrten, hatten ihr ein paar Idioten ein Eisernes Kreuz auf den Beiwagen gemalt. Blödmänner! Das war gar nicht mehr abgegangen. Maike musste es am Ende überstreichen. Mit einem schwarz-roten Anarcho-Stern. *Fuck the muggins!* Das half.

Und wenn Maike ihre Zündapp donnernd über die Landstraßen trieb, war sie ohnehin alles andere als niedlich, verdammt noch mal!

Pruchten war ein ehemaliges Fischerdorf, das irgendwann eingemeindet worden war. Es lag nordwestlich von Barth, auf fruchtbarem Land direkt am Bodden, doch Fischerei und Landwirtschaft wurden hier schon lange nicht mehr betrieben. Die alten Höfe waren abgerissen oder zu Wohnzwecken umgebaut worden, und es gab viele neue Einfamilienhäuser. Kaum ein Bauherr verzichtete darauf, zusätzliche Ferienwohnungen einzurichten. Die Einnahmen durch Touristen halfen, die Kredite der Bausparkassen zu bedienen, und sicherten ein schönes Zubrot.

Das Anwesen der Krahwinkels war eines der wenigen alten Gehöfte und lag ganz am Ende der Müggenhall, etwas versteckt hinter alten Lindenbäumen und Wacholdersträuchern. Das reetgedeckte Haupthaus aus roten Backsteinen inmitten eines herrlichen Küstengartens war sorgsam saniert worden, ebenso die Scheunen und Ställe. Drum herum lagen fruchtbare Brackwasserwiesen und Felder, auf denen ein paar Pferde weideten. Dahinter dehnte sich der Barther Bodden.

Maike Hansen stoppte ihre Zündapp und schaltete den Motor aus. Sieht nach Kohle aus, dachte sie und stieg ab. An der Pforte war keine Klingel zu finden, aber das Tor stand weit offen. Maike Hansen nahm den Weg durch die duftenden Blumenbeete zum Haupthaus und klopfte an die Tür.

Niemand öffnete.

Auch nach dem zweiten und dritten Klopfen nicht.

»Da werden Sie kein Glück haben. Die sind beschäftigt«, meldete sich stattdessen eine Stimme von der Straße her.

Maike fuhr herum.

Ein älterer Herr von etwa siebzig Jahren marschierte interessiert um die Zündapp herum. Er schien einer der alteingesessenen Pruchtener zu sein, vielleicht ein ehemaliger Landwirt oder Fischer, denn er trug einen speckigen blauen Arbeitskittel, eine alte abgewetzte Schirmmütze und schwarze Gummistiefel über den grauen Arbeitshosen.

Fachmännisch studierte er den Motor. »Ist das 'ne ehemalige russische Ordonnanzmaschine?«

»Nein. Und auch kein Wehrmachtsgespann, falls das Ihre nächste Frage sein sollte.«

»Und warum tragen Sie dann einen Stahlhelm?«

Stimmt. Maike wurde rot. Ihr Helm stammte aus den Beständen

der Sowjetarmee und sah ziemlich martialisch aus. Eben nicht niedlich.

»Den hat mein Vater irgendwo aufgegabelt«, erklärte sie. »Die Russen müssen ihn zurückgelassen haben, bevor sie damals abgezogen sind.«

»Die haben alles abmontiert, was nicht niet- und nagelfest war«, widersprach der alte Mann, »aber Helme hatten sie wohl genug.« Er beugte sich wieder zur Maschine herunter und las das Typenschild. »Zündapp, aha! Doch eine Wehrmachtsmaschine.«

»Nein. Das ist 'ne KA 601«, erklärte Maike, »die wurden erst nach dem Krieg gebaut. So ab 1951.«

»Und diese hier?«

»Ist ein vierundfünfziger Baujahr.«

»Dann muss sie gut sein.« Der alte Mann nickte anerkennend. »Ja, die Wirtschaftswunderzeit. Da galt Qualität noch was. Nicht so wie heute, wo alles nur noch aus China kommt. Meine Frau kauft sich 'ne Bauknecht, nagelneu, und wundert sich, warum die nach zwei Jahren kaputt ist. So was gab's früher nicht, sagt sie, da hielten ja die Ostwaschmaschinen länger. Und warum? Weil der ganze Mist heute aus China kommt. Steht Bauknecht drauf, ist aber Konfuzius drin. Taugt alles nix mehr, alles Schrott!«

Im Backsteinhaus der Krahwinkels begann ein Telefon zu läuten, aber niemand nahm ab. Irgendwann verstummte die Klingel wieder.

»Wie viel macht die so?«, erkundigte sich der alte Mann.

»Hundertvierzig. Bergab noch zehn mehr.«

»Das ist ordentlich.« Der alte Mann klopfte anerkennend auf den Tank der Maschine. »Und robust. Die kriegen Sie nicht kaputt. Das war noch deutsche Wertarbeit. Das kennen die Chinesen gar nicht. Qualität ist für die ein Fremdwort, glauben Sie mir. Die haben die Werft gekauft, drüben in Stralsund, und wollen jetzt Schiffe bauen. Na, die Seeleute tun mir jetzt schon leid.«

»Immerhin sind Arbeitsplätze gesichert worden«, wandte Maike vorsichtig ein.

»Arbeitsplätze?« Der Alte lachte bitter. »Das interessiert doch die

Chinesen nicht. Die wollen nur das Know-how. Und dann hauen sie wieder ab, und das war's dann mit den Arbeitsplätzen.«

Maike Hansen wusste zwar, dass das asiatische Engagement als allgemeine Bedrohung aufgefasst wurde, denn ihr Vater schimpfte auch immer auf die Chinesen. Angeblich kauften die nicht nur Werften und Fabriken auf, sondern auch im großen Stil Weideflächen und Ländereien. Doch was für ein Know-how steckt in einem deutschen Acker?

Um das unsichere Thema nicht weiter vertiefen zu müssen, kam sie zum Grund ihres Hierseins zurück: »Ich wollte eigentlich zu Frau Krahwinkel …«

»Das seh ich«, unterbrach sie der Alte, »aber die kalbt gerade.«

Maike hob fragend die Augenbrauen.

»Hinten im Stall. Der Veterinär ist da. Scheint 'ne schwierige Sache zu sein.«

Aha. Offenbar betrieben die Krahwinkels Rinderzucht, und jetzt war eine Kuh kurz vor der Niederkunft.

»Danke«, lächelte Maike Hansen und nahm den Weg am Haus vorbei zu den Ställen.

Auf dem Hof standen zwei Autos. Ein Mercedes Coupé, das offenbar den Krahwinkels gehörte, und ein bis weit über die Radkästen mit Schlamm bespritzter Landrover, hinter dessen Windschutzscheibe ein Schild mit der Aufschrift »Dringender Einsatz – Tierarzt« klebte.

Aus einem der Ställe hörte man es rumoren. Aber es war nicht das Muhen einer Kuh im Gebärstress, sondern das aufgeregte Wiehern eines Pferdes. Zwischendurch waren gedämpfte Stimmen vernehmbar, die beruhigend und pausenlos Sätze wie »Gleich haben wir's, nur ruhig, Joelina, gaanz ruuhig« wiederholten wie ein Mantra. Hier wurde nicht gekalbt, sondern gefohlt oder wie das bei Pferden hieß.

Maike betrat das Halbdunkel des Stalles. »Entschuldigen Sie?«

»Pst! Ruhe«, zischte es genervt zurück, und eine weibliche Stimme flüsterte aufgeregt: »Es kommt, sehen Sie, oh Gott, es kommt! Ist das nicht wunderbar?«

Ganz hinten im Stall befand sich ein von zwei sehr hellen Neonröhren beleuchtetes Abteil. Maike ging direkt darauf zu. Links und rechts von ihr befanden sich weitere Boxen, die alle leer waren. Es roch intensiv nach Mist und Tier, und Maike verspürte plötzlich einen heftigen Niesreiz.

Rosshaar, dachte sie, den Allergenen entgeht nichts. Und schon bald begannen auch ihre Augen zu tränen.

Wieder wieherte das Pferd, die Frau schrie begeistert auf: »Herrgott, wie süß! Sehen Sie, es lebt! Oh Gott, es ist da! Es ist endlich da!«

»Wurde ja auch Zeit«, knurrte ein Mann, offenbar der Tierarzt. Er trug eine Gummilatzhose und war bis zu den Ellbogen blutverschmiert.

Die Frau, so um die vierzig, trug eine olivgrüne Steppweste über einem karierten Hemd und kriegte sich gar nicht mehr ein. »Achtung, jetzt steht es auf. Sehen Sie? Sehen Sie!«

»Frau Krahwinkel?«

»Gleich«, die Frau wandte sich Maike nur kurz zu. »Schauen Sie nur, was für ein süßes Fohlen! Können Sie schon sagen, was es ist?«

»Ein Hengst«, murmelte der Tierarzt, »ein kräftiger kleiner Hengst.«

Zitternd und auf noch sehr wackeligen Beinen stand das Fohlen in der Box. Es sah ziemlich glitschig aus, soweit Maike das erkennen konnte, denn ihre Augen tränten wie Bäche.

Ich sollte hier weg, dachte sie nervös, das ist ja kaum auszuhalten. Und deshalb konnte sie auch nicht länger warten. »Frau Krahwinkel, ich muss Ihnen«, sie wurde von einem explosionsartigen Niesen unterbrochen, »eine traurige Mitteilung machen. Ihr …« Noch ein fürchterlicher Nieser, dann war es raus: »Ihr Gatte ist tot!«

Die Frau fuhr herum: »Ein Unfall?«

»Können wir das bitte …?« Maikes Nase fühlte sich an wie eine riesige Kartoffel. Eine rote geschwollene Knolle, die erneut explodierte. »… Können wir das draußen besprechen, bitte?«

Fluchtartig stürmte sie aus dem Stall und sank im Hof auf eine kleine grün gestrichene Bank.

Durchatmen! Maike japste wie eine Ertrinkende und versuchte, die Atmung zu kontrollieren.

»Gott, Sie sehen ja furchtbar aus!« Frau Krahwinkel war ihr gefolgt. »Falsche Medikamente?«

»Falscher Ort«, keuchte Maike und suchte nach einem Taschentuch, »ich hab eine Rosshaarallergie. Geht aber schon wieder.«

»Sie sagten, Ernst ist verunglückt?«

»Er wurde tot auf seinem Boot gefunden«, erklärte Maike und schnäuzte sich.

»Das ist ja furchtbar.« Besonders betroffen wirkte Frau Krahwinkel allerdings nicht. »Wie ist das passiert?«

»Dazu können wir noch nichts sagen, leider.« Maike zog ihren Dienstausweis hervor. »Wir ermitteln in alle Richtungen.«

»Kriminalpolizei?« Erstaunt starrte die Krahwinkel auf den Ausweis. »Heißt das, er könnte in was verwickelt gewesen sein?«

Interessante Frage. Maike wartete. »Könnte er?«

»Ich weiß nicht.« Frau Krahwinkel winkte ab. »Ich muss jetzt wieder. Sie sehen ja, das Fohlen …«

»Wann haben Sie denn Ihren Mann das letzte Mal gesehen?«

»Ich, puh, keine Ahnung …« Sie zuckte mit den Schultern. »Wir haben hier seit Tagen mit Joelina zu tun, unserer Stute. Ich bin praktisch ununterbrochen im Stall.«

»Verstehe. Schwierige Geburt, was?«

»Etwas heikel, ja.« Frau Krahwinkel wandte sich ab. »Aber das Fohlen scheint ja gesund zu sein. Ich mache mir lediglich etwas Sorgen um Joelina. Ich hoffe, sie hat alles gut überstanden. Wie auch immer: Wenn Sie Genaueres in Erfahrung bringen können – Sie wissen ja, wo Sie mich finden!« Und schon war sie wieder im Stall.

Maike sah ihr verblüfft nach. Sie hätte noch einige Fragen gehabt, aber … Kopfschüttelnd steckte sie ihren Ausweis wieder ein. Eigentlich hatte sie damit gerechnet, dass die Leute zu heulen anfangen, wenn man ihnen vom Tod ihres nächsten Angehörigen berichtet. Dass sie Fragen stellen, die Leiche sehen wollen, irgendwas! Aber Frau Krahwinkel schien sich mehr für ihre Pferde zu interessieren. Unfassbar! Aber machte sie das auch verdächtig?

Wieder läutete im Haus das Telefon, aber die waren ja hier alle im Stall beschäftigt.

»Vielleicht war die Ehe im Eimer«, sagte Maike Hansen laut zu sich selbst und lief langsam zu ihrer Zündapp zurück.

10 DER BLICK VOM PANORAMA-CAFÉ war atemberaubend. In der neunzehnten Etage des Ostsee-Hotels »Neptun« gelegen, hatte man eine herrliche Aussicht auf das Meer und den Badeort Warnemünde, und eigentlich öffnete sich hier immer das Herz des Rostocker Abgeordneten Dr. Herbert Gräwe.

»Das Herz öffnen und die Seele baumeln lassen«, sagte er gern bei diesem grandiosen Ausblick, und dann verspürte er Stolz. Stolz auf sein Land und die Küste mit ihren herrlich weißen Sandstränden, die es so noch nicht mal in der Karibik gab. Stolz auf das Erreichte, darauf, dass es den Rostockern und Warnemündern gut ging. Dass der Rubel rollte, wie man so schön sagte, die Touristen kamen und sich wohlfühlten. Winters wie sommers, Saison war gestern, die Ostsee ist immer schön. Zu jeder Jahreszeit. Nein, es gab keinen Grund, sich zu grämen, schon gar nicht, wenn man hier oben saß, in der neunzehnten Etage des Neptun-Hotels.

Eigentlich ...

Denn natürlich gab es Probleme. Die gab es immer. Auch in Rostock. Auch in Warnemünde. Da muss man ran, keine Frage. Aber irgendwer hat immer was zu meckern, da darf man sich dann auch nicht die Laune verderben lassen, nicht wahr, anpacken ist die Devise, machen, tun. Den Worten Taten folgen lassen. Und ab und zu die Seele baumeln lassen, hier oben im schönen Panorama-Café.

Nur heute wollte das nicht so recht klappen. Gräwe hatte keinen Blick für die Aussicht. Sein Herz schien seltsam verengt. Und das lag nicht nur an der schlechten Presse in den letzten Tagen.

»VERKAUFT! VERUNTREUT! VERSENKT!« Das war nur

eine Schlagzeile, mit der die Zeitungen ihre Artikel über den Untergang der »Georg Büchner« am vergangenen Donnerstag betitelten. Das Hamburger Nachrichtenmagazin DER SPIEGEL schrieb sogar von einer »Provinzposse« und schürte wilde Spekulationen über Versicherungsbetrug und eine geldgierige Clique korrupter Beamter, die angeblich das maritime Erbe Rostocks zu verscherbeln suche.

Nein, Gräwe schüttelte den Kopf, das war nicht schön, so was. Schlecht fürs Image. Schlecht für die Stadt. Und als wäre das nicht Ärger genug, saß ihm jetzt auch noch dieser dubiose Belgier gegenüber. Ein wahrhaft widerlicher Mensch, wie ein Versicherungsvertreter oder Gebrauchtwagenverkäufer, irgendwie unseriös. So jemanden möchte man nicht jeden Tag um sich haben. Zumal klar war, dass auch dieser Kerl bezüglich der »Georg Büchner« Schwierigkeiten machen würde.

»Sie wollten mich treffen, Herr … ähm …« Gräwe bemühte sich um ein Lächeln. »Entschuldigen Sie, wie war noch mal Ihr Name?«

»Beerendonk«, erklärte der Belgier und überreichte seine Visitenkarte, »Alvaro Beerendonk. Ich ermittle im Auftrag der Waterfgoed Vlaanderen in Antwerpen.«

Na, sicher doch. Die Waterfgoed war dieses belgische Konsortium zur Bewahrung von maritimem Kulturgut, das unbedingt die »Georg Büchner« retten wollte, Rostocks berühmtes Traditionsschiff. Ein jahrzehntelanges Wahrzeichen der Hansestadt, ein kombiniertes Fracht-und-Passagier-Schiff, ähnlich wie die »Cap San Diego« in Hamburg. Ein technisches Denkmal, das einst als »Charlesville« für die Royal-Lloyd-Reederei Compagnie Maritime Belge im Afrikadienst fuhr. Aber da gab es nichts mehr zu retten. Das Schiff lag auf dem Meeresgrund, und offenbar wollte dieser Beerendonk ausgerechnet von ihm, dem Abgeordneten Dr. Herbert Gräwe, etwas dazu hören. Ja, natürlich hatte er mit dem Fall zu tun, aber was sollte er dem Mann erzählen? Überhaupt: Alvaro! Komischer Name für einen Belgier.

Gräwe starrte auf die Karte. »Verzeihen Sie, aber ›Alvaro‹ klingt für mich weder flämisch noch wallonisch …«

»Dafür sehr spanisch«, Beerendonk sprach fast ohne Akzent, »meine Mutter stammt von der Insel Teneriffa.«

»Ah«, machte Gräwe, »hochinteressant. Aber der Vater war dann doch Belgier, oder …?«

»Er hat meine Mutter auf See kennengelernt. Und jetzt raten Sie mal, auf welchem Schiff.«

Gräwe verzog das Gesicht. Natürlich. Trotzdem stellte er sich arglos. »Doch nicht etwa …?«

»… auf der ›Charlesville‹«, nickte Beerendonk und zog einen Umschlag aus seiner Jackentasche, »1957 bei einem Zwischenstopp im Hafen von Gran Canaria.«

»Moment, wieso Gran Canaria?« Gräwe versuchte, das Gespräch in der Schwebe zu halten. »Die ›Charlesville‹ war doch im Liniendienst nach Belgisch-Kongo unterwegs.«

»Ja, aber sie fuhr auf der Route auch regelmäßig die Kanarischen Inseln an.« Beerendonk blätterte ein paar alte Schwarz-Weiß-Fotos auf den Tisch. »Sehen Sie?«

Auf den Bildern waren eine junge Frau in geblümtem Petticoatkleid und ein braun gebrannter Mann in weißer Uniform zu sehen. Und ganz offensichtlich befanden sie sich an Bord der »Charlesville«, wie man an anderen Bildern sah. Eines zeigte deutlich den Speiseraum mit dem berühmten Gemälde an der Wand im Hintergrund. Tanzende Eingeborene vor afrikanischer Kulisse. Eigentlich billige Kolonialmalerei, aber Gräwe kannte das Bild nur zu genau. Es hatte bis zuletzt im Speisesaal des Schiffs gehangen.

Das war überhaupt der Grund, warum die Belgier sich so sehr für die »Georg Büchner« interessiert hatten. Der Kahn war fast im Originalzustand erhalten und das letzte Schiff der Albertville-Klasse, das »wordt laatste Congoboot«, wie die belgischen Zeitungen schrieben. Die Rettung vor der drohenden Verschrottung wurde dort fast zur Staatsaffäre, es gab Befürworter und Gegner, die sich im Parlament aufs Heftigste bekämpften. Während die Befürworter die Schönheit und den unschätzbaren Wert des alten Schiffes als Industriedenkmal priesen und auf dessen Bedeutung für die belgische Seefahrtsgeschichte hinwiesen, sahen die Gegner in der alten

»Charlesville« vor allem ein Symbol des unbarmherzigen belgischen Kolonialismus, dessen Folgen im zerrütteten Kongo bis heute zu spüren seien.

Wie auch immer. Das Schiff war vor vier Tagen abgesoffen. Gesunken auf seiner letzten Reise von Rostock nach Klaipeda in Litauen. Mochten die Zeitungen noch so sehr über die »rätselhaften Hintergründe des Untergangs« spekulieren, das Schiff war weg. Unwiederbringlich verloren, und das konnte auch Gräwe nicht mehr ändern.

Ungerührt gab er die Fotos zurück: »Ich verstehe, Sie hatten eine persönliche Beziehung zur ›Büchner‹.«

»Genau wie Sie, nehme ich an.« Der Belgier ließ Gräwe nicht aus den Augen und legte weitere Fotos vor. Diesmal waren sie farbig und ganz aktuell, denn sie zeigten den *Schorsch*, wie die Rostocker ihr Traditionsschiff gerne genannt hatten, ganz eindeutig auf dem Meeresgrund.

Gräwe traute seinen Augen kaum. Diese grünstichigen Fotos mussten Taucher gemacht haben. Aber wie war das möglich? Das Wrack sollte doch eigentlich in hundert Metern Tiefe liegen. Wie konnten da Taucher herangekommen sein? Da muss etwas schiefgegangen sein. Gräwe spürte plötzlich Schweiß auf der Stirn. Verdammt, da muss etwas ganz furchtbar schiefgegangen sein.

»Nun?«, fragte Beerendonk.

»Wer«, Gräwes Stimme klang belegt, und er schluckte, »wer hat diese Fotos gemacht?«

»Eine Gruppe von Wracktauchern aus Danzig«, erklärte der Belgier ruhig, »sie nennen sich Alpha Divers und haben die Bilder ins Internet gestellt.«

Na, das war vielleicht ein Mist! »Wo, ähm«, wagte sich Gräwe weiter vor, »also verstehen Sie mich nicht falsch, Herr Beerendonk, aber wo wurden denn die Fotos gemacht?«

»In der Danziger Bucht, etwa neun Seemeilen östlich vom Kap Rozewie.« Beerendonk schnippte sich eine Fluse vom Kragen seines Sakkos und lehnte sich zurück. »Verständlicherweise sind die Polen verärgert, und die Frage ist, wie kam das Schiff überhaupt dorthin? Aber vielleicht liegt darin auch eine Chance. Das Wrack liegt nur in fünfunddreißig Metern Tiefe und gefährdet die Schifffahrt. Das Seeamt in Gdynia verlangt, dass es gehoben wird.«

Gräwe ließ fast die Kaffeetasse fallen. Ein riesengroßer Mist war das!

»Und dann erfahren wir möglicherweise auch«, fuhr Beerendonk fort und steckte die Bilder wieder ein, »was mit Charly Zwo passiert ist.«

»Charly Zwo? Wieso? Was soll denn mit dem passiert sein?«

Gräwe verstand inzwischen überhaupt nichts mehr. Charly Zwo war ein erfahrener Hafenlotse. Benannt nach dem Bugsierschlepper »Charly«, den er jahrelang geführt hatte. Da jeder Schlepper zwei Kapitäne hat, wurden sie kurzerhand »Charly Eins« und »Charly Zwo« gerufen. Irgendwann hatte sich das verselbstständigt, sodass man sie nur noch unter diesem Kürzel kannte. Doch inzwischen war der Schlepper ausgemustert, seine beiden Kapitäne in Rente. Was also in drei Teufels Namen hatte Charly Zwo mit dem Untergang der »Georg Büchner« zu tun?

»Er war auf dem Schiff«, antwortete Beerendonk.

»Er war auf dem Schiff?« Gräwe schnappte nach Luft.

»Käpt'n Charly Zwo fuhr im Auftrag der Waterfgoed mit nach Klaipeda«, nickte der Belgier und winkte der Serviererin, »er sollte dort eine Verbindung zu dem Käufer des Schiffes herstellen, um die drohende Verschrottung abzuwenden. Der letzte Funkspruch kam am späten Nachmittag des 30. Mai. Da hatte er eine Kursänderung nach Südost gemeldet.« Beerendonk seufzte. »Er ist nicht wieder aufgetaucht.«

»Das heißt«, Gräwe konnte es kaum glauben, »Charly Zwo war auf der ›Büchner‹, als sie sank?«

»Das nehmen wir an«, nickte Beerendonk. »Oder haben Sie eine Erklärung, wo der Mann sein könnte?«

Nein, woher auch? Bis eben hatte Gräwe ja noch nicht einmal gewusst, dass der alte Lotse auf dem Schiff war. »In den Zeitungen stand, dass bei dem Untergang niemand verletzt worden war. Und von Toten war auch keine Rede.«

»Offiziell war Charly Zwo auch nicht an Bord«, erklärte Beeren-

donk leise und unterbrach sich, da die Serviererin am Tisch stand.
»Die Rechnung, bitte!«

»Aber nein, warten Sie, das übernehme ich«, beeilte sich Gräwe, »dieser Herr ist selbstverständlich mein Gast. Stimmt so, danke.« Er reichte der Serviererin einen Zwanzig-Euro-Schein und bedeutete ihr, zu verschwinden. Unruhig wandte er sich wieder dem Belgier zu. »Wer wusste noch von der Sache?«

»Nur meine Klienten«, antwortete der Belgier. »Es sei denn, da hat jemand was durchgestochen.«

»Aber wer?« Gräwe hob entsetzt die Hände.

»Das werde ich herausfinden«, sagte Beerendonk mit einem drohenden Unterton. »Deshalb bin ich hier. Alle Spuren führen nach Rostock.«

»Tatsächlich?«

»Eine davon zu Ihnen.«

»Z-zu mir? Ich bitte Sie, bis eben hatte ich keine Ahnung …«

»Sagt Ihnen der Name Ernst Holger Krahwinkel etwas?«

»Ja, natürlich«, antwortete Gräwe verwirrt, »das ist ein Anwalt, der …«

»… dafür gesorgt hat, dass meine Klienten keinen Zugriff auf das Schiff mehr hatten«, unterbrach ihn Beerendonk in scharfem Ton, »und somit den Verkauf an die Argent Venture Capital erst möglich gemacht hat. Wer steckt eigentlich hinter dieser Firma? Sie?«

»Ich? Wie kommen Sie denn darauf?«, stammelte Gräwe, der sich von der plötzlichen Angriffslust des Belgiers ziemlich überrumpelt fühlte. »Ich bin nur ein einfacher Abgeordneter der Rostocker Bürgerschaft …«

»… der sich maßgeblich für den Verkauf des Schiffes an diese Argent Venture Capital starkgemacht hat«, stellte Beerendonk fest und musterte sein Gegenüber kühl: »Also: Wer steckt dahinter?«

»Das …«, Gräwe schüttelte anhaltend den Kopf, »… also das kann ich Ihnen nicht sagen. Selbst wenn ich es wüsste, schon aufgrund der laufenden Ermittlungen nicht.«

»Also wissen Sie es?«

»Das habe ich nicht gesagt.«

»Aber es gibt Ermittlungen?«

»Ich nehme an, dass es welche geben wird.« Gräwe war schweißgebadet. »Immerhin ist ein großes Schiff gesunken. Ich kann Ihnen wirklich nicht mehr dazu sagen.« Fast flehte er Beerendonk an. »Das ist noch alles viel zu frisch. Ich muss erst abwarten, verstehen Sie, ich kann nicht einfach so drauflosreden. Das überschreitet möglicherweise meine Kompetenzen, das muss ich erst mal ...«

»Schon gut«, schnitt ihm der Belgier das Wort ab. »Dann bleiben wir bei Ihrem Anwalt Krahwinkel ...«

»Verzeihung«, unterbrach Gräwe, »aber der Herr Dr. Krahwinkel ist nicht *mein* Anwalt.«

»Also wissen Sie auch nicht, wo er sich derzeit befindet?«

»Normalerweise um diese Zeit«, Gräwe sah auf die Uhr, »in seiner Kanzlei, nehme ich an. Wenn er keinen Gerichtstermin hat.«

»Nein, da ist er nicht.« Der Belgier schüttelte den Kopf. »Und auch telefonisch ist er nirgends zu erreichen. Seit gestern Nachmittag fehlt auch von diesem Mann jede Spur. Macht Sie das nicht nervös?«

Gräwe wusste nicht, was er darauf antworten sollte. Er spürte nur ein seltsames Zittern in seinem Magen, das sich absolut nicht gut anfühlte. Ich bin diese Aufregung nicht gewohnt, dachte er, ich muss mich mal wieder gründlich durchchecken lassen. Fragend sah er den Belgier an.

»Binnen vier Tagen verschwinden zwei Menschen«, konstatierte der und erhob sich von seinem Stuhl. »Beide waren mit dem Schicksal der ›Charlesville‹ oder der ›Georg Büchner‹, wie Sie das Schiff hier nennen, befasst. Zwei Menschen in vier Tagen. Wer wird der Nächste sein?« Beerendonk reichte Gräwe die Hand. »Sie?«

Der Abgeordnete saß wie erstarrt da.

Beerendonk ließ die Hand sinken. »Sie sollten mit mir reden, bevor es zu spät ist. Auf meiner Karte finden Sie eine Mobilnummer. Ich bin Tag und Nacht zu erreichen. Noch.« Er grüßte und wandte sich ab.

War das eine Drohung? Gräwe blickte dem Belgier entsetzt nach. Was für ein unheimlicher Mensch! Und was wollte er von ihm? War es möglich, dass sich Gräwe in seiner Eigenschaft als Abgeordneter zu weit aus dem Fenster gelehnt hatte?

Herrgott, das Schiff war alt und verrostet, aus dem roten Teakdeck waren schon Bäume gewachsen, die Stadt sollte froh sein, dass sie den Kahn los war! Zudem war er doch nicht allein verantwortlich, er hatte lediglich geholfen, ein paar Wege zu ebnen.

Und jetzt das! Plötzlich kam dieser Beerendonk daher und drohte ihm mit dem Verschwinden. Furchtbar!

»Herr Dr. Gräwe?« Er musste ziemlich bleich geworden sein, denn die Serviererin erkundigte sich besorgt nach ihm. »Alles gut?«

»Bestens«, murmelte er tonlos und griff nach seinem Handy, um Krahwinkel anzurufen.

Doch da meldete sich nur die Mailbox.

Dann rief er bei dem Anwalt zu Hause an.

Vergebens. Keiner da.

Gräwe versuchte es noch in der Kanzlei, erreichte aber nur die Sekretärin. Und auch die zeigte sich sehr verwundert, dass ihr Chef heute noch nicht erschienen war.

Betroffen ließ Gräwe das Handy sinken. Hatte der Belgier recht? War Krahwinkel tatsächlich verschwunden? Genau wie Charly Zwo?

Und – bei diesem Gedanken wurde ihm ganz kalt – war er tatsächlich der Nächste?

11 KRIMINALOBERKOMMISSAR BJÖRN OEHLER hatte den Nachmittag in seinem Büro mit dem Verfassen des Berichtes zum Fall Krahwinkel, Ernst Holger, verbracht. Zwei-Finger-Suchsystem, er wurde mit Schreibmaschinen und Computertastaturen einfach nicht warm. Seit dreißig Jahren nicht.

Da kann man nix machen, dachte er, außer kürzere Berichte schreiben. Und so hielt er ihn auch diesmal äußerst knapp:

Montag, 03. Juni 2013, 10.00 Uhr, Meldung Leichenfund auf Barther Bodden durch Knoop, Hans Dieter (Daten zur Person siehe Anhang 1, Kopie Personaldokument). Fundort: Segelyacht »Artemisia«, Typ Vindö 45, zugel. Barth, NYC, festgefahren nördlich Barther Oie. Leiche fand sich im Salon, Identität: Krahwinkel, Ernst Holger (Daten siehe Anhang 2, Kopie Personaldokument u. Segelschein aus Jacke des Toten), Todesursache: Unfall mit Kappmesser (siehe Anhänge 3–8, Fotos Fundort Leiche), Segelyacht nach Barth geschleppt, 14.45 Uhr Eintreffen Amtsarzt (siehe Anhang 9 amtsärztlicher Todesschein), Angehörige wurden durch KOM Hansen verständigt, keine weiteren Ermittlungen, Leiche wird freigegeben. Gez. KOK Oehler, Barth, 03. Juni 2013.

Das war's. Oehler drückte dem Papier zufrieden den Dienststellenstempel auf und unterzeichnete. Damit wäre der Fall erledigt, wenn nicht …

… ja, wenn nicht seine neue Kriminalobermeisterin Hansen ins Büro gestürmt wäre und lautstark die Gattin des Toten zur ersten Verdächtigen erklärt hätte:»Die war weder überrascht, noch hat sie große Gefühle gezeigt. Ich mein, vielleicht war deren Ehe im Eimer, aber …«

»So was kommt vor«, fand Oehler.

»… trotzdem ist man doch einigermaßen geschockt, wenn man so eine Nachricht bekommt, oder nicht?« Maike Hansen warf ihre Jacke über einen Stuhl und strich sich die Haare aus der Stirn.»Die hat sich echt nur um ihr Scheißfohlen gekümmert.«

»Keine Fäkalausdrücke, Hansen! Vielleicht war ihr das Fohlen wichtig.« Er schob ihr seinen Bericht hin.»Wollen Sie's lesen?«

»Ihre Unfallanalyse? Nee, vielen Dank. Was ist mit der Yacht?«

»Motorschaden. Die muss morgen verholt werden.«

»Motorschaden?« Maike Hansen griff nach dem Telefon.

»Na, sie ließ sich jedenfalls nicht starten.« Oehler erhob sich.»Wen rufen Sie denn an?«

»Das LKA in Berlin«, antwortete sie mit dem Hörer am Ohr,»bis vor einem Jahr hat der Knoop da gelebt. Ich will mal hören, ob dort gegen den was vorliegt.«

»Ich denke, Sie finden die Ehefrau verdächtig?«

»Na und? Knoop war am Tatort. Dann haben wir eben zwei Verdächtige.«

»Falsch, Hansen! Der Tatort war ein Fundort, und ein Unfall bleibt ein Unfall.«

»Pst«, zischte sie und schnatterte ins Telefon: »Guten Tag, hier ist Kriminalobermeisterin Hansen vom Kriminalkommissariat Stralsund, Außenstelle Barth. Wir ermitteln hier in einer Leichensache und hätten gerne Auskunft zu einem Knoop, Hans Dieter. Der war bis April 2012 bei Ihnen in Berlin-Schöneberg gemeldet, und nun wollte ich wissen, ob Sie etwas zu dem in den Akten haben. Brauchen Sie das Geburtsdatum? Nicht?« Sie stockte einen Moment und verheddderte sich dann. »Nein, nicht der Knoop ist tot, der andere, der … äh, Krahwinkel. Knoop hat die Leiche nur gefun– Was?« Sie wartete die Antwort ab und errötete dann. »Oh mein Gott! Das wusste ich nicht … Nein, ich versichere Ihnen, mit dem Herrn Knoop ist alles in Ordnung. Ja, ganz bestimmt. Vielen Dank.« Erschrocken legte sie auf.

Oehler zog sein Zigarettenpäckchen aus der Jacke. »Und?«

»Der war bis letztes Jahr in Berlin bei der Mordkommission«, die Hansen sank bleich auf einen Stuhl, »das ist'n Kriminalrat a. D.«

»Na, sehn Se, ein hohes Tier.« Oehler schmunzelte. »Und Sie wollten den verdächtigen.«

»Der könnte uns doch bei den Ermittlungen helfen, oder nicht?«

»Hansen, zum letzten Mal!« Oehler tippte auf seinen Bericht. »Der Fall ist abgeschlossen. Es gibt keine Ermittlungen.«

»Aber der Krahwinkel hatte ein Messer in der Brust!«

»Na und? Wie lange wollen Sie denn noch darauf herumreiten? Jetzt wissen wir sogar, dass die Yacht einen Maschinenschaden hat. Der treibt auf die Untiefe zu, will die Maschine starten, und nichts geht. Also rennt er runter in den Salon, um sein Kappmesser zu holen. Und dabei passiert's.«

»Was will er denn mit dem Kappmesser?« Die Hansen schüttelte den Kopf. »Das ist doch absurd!«

»Er will die Segel runterholen, begreifen Sie das nicht? Der Wind treibt ihn direkt auf den Schiet, das will er verhindern. Zunächst mit dem Motor, aber der startet nicht, also müssen die Segel runter. So schnell wie möglich. Der war einhand unterwegs, der hatte keine Zeit mehr zum Bergen.«

»Und warum segelt er sich dann nicht frei?«

»Tja.« Oehler hob die Schultern. »Das wird wohl 'ne klassische Legerwallsituation gewesen sein.« Er schnippte sich eine Zigarette in den Mund und blockte, bevor dagegen protestiert werden konnte, jede Debatte darüber ab: »Schon gut, Hansen, ganz entspannt, ich gehe sowieso. Feierabend. Sollten Sie auch machen.« Er warf ihr einen Schlüssel auf den Schreibtisch. »Bis morgen.« Und weg war er.

Maike Hansen schloss die Augen und atmete tief durch. Der macht mich wahnsinnig, dachte sie, der macht mich echt vollkommen irre, und das schon am ersten Tag. Okay, sortieren wir das mal: Krahwinkel liegt tot in seinem Boot. Erstochen. Das Boot selbst ist auf Grund festgefahren, alle Segel sind gesetzt. Maschinenschaden. Der Typ, der die Leiche findet, ist ein pensionierter Kriminalrat aus Berlin. Und die Ehefrau des Toten macht sich vor allem Sorgen um ihr Fohlen. Punkt! Mehr gibt es nicht. Und jetzt?

Sie erhob sich langsam und sah sich Oehlers Bericht und die Polaroids dazu an. Der Tote sah darauf unwirklich aus, fast wie eine Wachsfigur. Das Gesicht seltsam verzerrt und das Messer mit beiden Händen umklammert, als wolle er es sich mit letzter Kraft herausziehen.

Unheimlich …

Sie nahm ihre Jacke und den Schlüssel. Sechs Uhr. Klar könnte sie jetzt Feierabend machen. Aber zuvor wollte sie sich noch einmal die Segelyacht ansehen. Allein und in Ruhe. Vielleicht fand sie ja doch noch einen Hinweis.

Sie schloss die Dienstelle ab und lief rasch hinunter zum Hafen. Der Kutter hatte noch immer die Yacht längsseits, war aber nicht mit den rot-weißen Bändern gesichert, mit denen man üblicherweise Tatorte polizeilich absperrte. Was vielleicht nicht so schlecht war, denn Polizeiabsperrungen lockten auch immer Neugierige an.

Maike Hansen sah sich kurz um und kletterte dann auf den Kutter. Sie wollte sich gerade Handschuhe überziehen, als plötzlich schon wieder Oehler vor ihr stand.

»Ist noch was, Hansen?«

Gott, was machte der denn hier? »Ich, ich …«, stammelte sie, entschied sich aber dann zum Angriff: »Ich tue das, was Sie verweigern: ermitteln. Und Sie?«

»Ich bin hier zu Hause.« Er griente versöhnlich und machte eine einladende Handbewegung. »Ich brat mir gerade Kartoffeln mit Ei und Speck. Essen Sie was mit?«

»Sie wohnen auf dem Kutter?«

»Warum nicht?«, erwiderte er. »Ich zahl hier nur Liegegebühr statt Miete und kann abhauen, wenn ich keine Lust mehr hab. Besser als ein Wassergrundstück, finden Sie nicht?«

Ja, es gibt schlechtere Orte zum Wohnen, gab sie innerlich zu. »Ich wollte mir noch mal die Yacht anschauen.«

»Wenn's Ihnen hilft.« Oehler zuckte mit den Schultern und verschwand wieder im Unterdeck.

Maike Hansen zog sich die Handschuhe an und stieg nur in Strümpfen auf die Yacht über, um eventuelle Spuren nicht zu verwischen. Vorsichtig öffnete sie das Luk zum Salon und spähte hinein.

Der Tote war weggebracht worden, sein Blut in der Bilge versickert, bis auf einen Rest, der angetrocknet auf dem Teakholzboden klebte.

Sie kletterte den Niedergang hinunter und nahm die schmale Stiege ab, weil sich dahinter bei solchen Segelyachten immer der Motor verbarg. Ein Zweizylinder-Volvo-Marinediesel, der achtzehneinhalb PS lieferte, das erkannte sie sofort. Offenbar noch der Originalmotor. Eigentlich unkaputtbar. Er war mit einer Zweikreiskühlung nachgerüstet worden. Auch sonst wirkte die Maschine sauber und gut gepflegt.

Maike Hansen kletterte wieder hoch ins Cockpit und überprüfte die Batterien in der Backskiste. Sie waren geladen und machten einen ziemlich neuen Eindruck. Tja, und warum startete dann der Motor nicht?

»Chef!«, brüllte sie zum Kutter. »Können Sie mal kommen?«

»Ich esse gerade«, kam es zurück, »außerdem ist Dienstschluss.«

»Ich brauche den Zündschlüssel.«

»Warum?« Oehler kam fragend an Deck. »Was wollen Sie damit?«

»Ich will den Motor starten.«

»Das wird Ihnen nicht gelingen.« Er warf ihr den Schlüssel zu. »Das hab ich heute schon hundertmal versucht.«

Maike probierte es trotzdem noch mal. Ohne Erfolg. Es gab kein Anlassgeräusch, nicht mal ein Klicken. Nichts. Als käme kein Strom am Anlasser an.

»Scheint ein elektrisches Problem zu sein«, vermutete Oehler.

Maike Hansen rüttelte am Motorschalthebel, und siehe da: Tuckernd sprang der Motor an. »Alles klar?«

»Ach«, machte Oehler, »war da'n Gang drin?«

»Ist'n Klassiker«, nickte sie und schaltete den Motor wieder ab, »aber ihr Männer kommt da natürlich nicht drauf.«

»Wollen Sie nicht doch was mitessen?«

»Jetzt ja«, lächelte sie und stieg wieder auf den Kutter über.

12 WENN MAN auf einem alten Holzkahn am helllichten Tag mitten auf dem Barther Bodden eingeschlafen ist und erst am nächsten Morgen in seinem Schlafzimmer erwacht, dann fragt man sich natürlich, was in der Zwischenzeit passiert sein mag.

Hat mich der olle Siggi etwa trotz seiner Hinkebeine schlafend wie ein Baby über den wackeligen Holzsteg und den schmalen Weg durchs Schiff zum Haus hinaufgetragen? Um mich dann sanft in mein Bett zu legen? Himmel, er muss mich sogar ausgezogen haben, denn ich bin splitternackt! Was zum Teufel …?

Ich will aufspringen, doch ein stechender Kopfschmerz wirft mich zurück in die Kissen.

Siggi dagegen scheint putzmunter zu sein, denn man hört ihn in der Küche rumoren und laut alte kommunistische Kampflieder singen:

»Carpe diem, carpe diem,
Carpe diem – nutze den Tag!
Der Tag gehört uns, und wir werden ihn nutzen,
Es geht um die glückliche, bessere Welt!
Heut kommt es drauf an, heut gilt es, zu siegen
In Hörsaal und Werkstatt, im Schacht, auf dem Feld!«

Das treibt mich jetzt doch aus dem Bett. Wer hätte gedacht, dass Monis Exmann so ein Goldkehlchen ist …

»Denn unsre alte Erde soll der Stern
Des Friedens sein!
Für alle soll die Sonne glühn,
Und allen soll die Rose blühn,
Für alle Brot und Wein!«

Als er mich, nur mit einem Handtuch um die Lenden, in die Küche wanken sieht, unterbricht er sich und strahlt: »Oktoberklub! Das waren noch Zeiten!«

»Und trotz dieser erbaulichen Lieder seid ihr mit eurer DDR ruhmlos und vollkommen pleite untergegangen.«

»Ja, man hat uns doch keine Chance gelassen. Wir hatten keinen Marshallplan.« Er serviert mir, auf seinen Gehstock gestützt, dampfende, dick mit Schinken, Käse und Spiegelei belegte Roggenbrot-Toasts und fährt weiter fort: »Im Gegensatz zu euch haben wir in der DDR unsere Kriegsschuld abgetragen und bis zuletzt Reparationen an die Sowjets gezahlt, in Form von Rohstoffen, Konsumgütern, technischen Entwicklungen ...«

»Schöne Freunde waren das«, finde ich und habe das Gefühl, als würden in meinem Kopf siebzehn Opern gleichzeitig gespielt.»Sag mal, hast du irgendwas genommen? Du wirkst so frisch.«

»Paracetamol«, erklärt er und gibt mir auch sofort eine Pille in ein Glas mit frischem Wasser,»dauert 'ne halbe Stunde, und dann ist das Leben wieder schön. Kaffee ist auch gleich so weit.«

Na, das sind ja wunderbare Aussichten. Ich schlucke das Wasser mit der Pille in einem Zug weg.

»Wir hätten nach dem Bier und dem Scotch nicht noch mit Rotwein anfangen dürfen.« Siggi zeigt mir zwei geleerte Flaschen auf der Spüle und nimmt dann eine dritte aus dem Kühlschrank.»Aber der Killer war am Ende der Pastis.«

Oje, denke ich. Kein Wunder, dass ich mich an nichts erinnern kann.

»Dabei heißt es doch so schön: Pastis verträgt keine Nebenbuhler. Aber ab einem gewissen Alkoholpegel vergisst man gern diese weisen Grundsätze. Willst du 'nen Schluck?«

Um Gottes willen! Ich winke ab, und Siggi stellt die Flasche wieder weg.

»War aber ein schöner Abend gestern.«

Tatsächlich?»Worum ging es denn?«

»Kannst du dich nicht erinnern? Wir haben nach dem Angeln hier die Fische gebraten und über den Anteil der freien Presse an den großen Verfehlungen der Weltpolitik diskutiert.« Er hinkt mit zwei dampfenden Bechern Kaffee heran und setzt sich ächzend zu mir.»Du warst der Meinung, dass gegen den Kanzlerkandidaten der SPD eine üble Kampagne gefahren wird.«

»Ist doch wahr«, rege ich mich auf,»alles, was Steinbrück von sich gibt, wird als Riesenskandal aufgebauscht. Aber über die dämliche Politik der Merkel wird kein Wort verloren.«

»Vielleicht weil die Politik der Merkel so dämlich nicht ist?«

Das muss ausgerechnet Siggi sagen.»Ich dachte, du wählst links?«

»Schon, aber man darf den Feind nie unterschätzen. Und bei unserer Kanzlerin weiß ich, dass sie den dialektischen Materialismus genauso im Blut hat wie ich. Sie zieht nur andere Schlussfolgerungen.«

»Die ist doch fremdbestimmt«, schimpfe ich, »wir werden von Goldmann & Sachs und diesen ganzen amerikanischen Neocons regiert.«

»Ich sehe, du bist reif für die Barther Ortsgruppe der Linken«, grinst Siggi breit. »Soll ich dir einen Aufnahmeantrag besorgen?«

»Ich wähle SPD, seit ich denken kann.«

»Unverbesserlicher Trottel! Wie oft hast du's schon bereut?«

Öfter, als mir lieb ist, aber das muss ich Siggi ja nicht verraten. Hungrig beiße ich in meinen Toast. Mhm, das muss man der alten Stasisocke lassen, als Küchenkraft macht er sich gut.

»Die Tragik der Sozialdemokraten ist von jeher«, doziert er mit erhobenem Finger, »dass sie immer die falschen Entscheidungen treffen.«

»Das war die einzige Partei«, widerspreche ich kauend, »die gegen Hitlers Ermächtigungsgesetz gestimmt hat.«

»Ja, da hatten sie mal ihre helle Stunde«, gibt Siggi zu, »aber auch nur, weil wir Kommunisten alle schon verhaftet waren.«

»Du hast doch damals noch gar nicht gelebt.«

»Na und?«, gibt er zurück. »Du auch nicht.«

Ein lauter werdendes Getöse vor dem Haus lässt uns zusammenzucken. Es klingt, als würde draußen ein Kampfhubschrauber landen. Fragend sehen wir uns an und gehen vorsichtshalber in Deckung. Erst als der Lärm verstummt, lugt Siggi vorsichtig aus dem Fenster.

»Sag mal, hast du Ärger im Ort?«

Nicht dass ich wüsste. »Wieso?«

»Weil es gleich anarchischen Stress geben wird. Oh«, wechselt er plötzlich die Tonlage, »ich sehe hübsche blonde Locken unter dem Stahlhelm.«

Was faselt der da? Vorsichtshalber schaue auch ich mal hinaus und sehe die niedliche Kriminalistin von gestern. Sie trägt ihre schwere, abgewetzte Lederjacke und steigt von einem kriegerisch anmutenden olivgrünen Ungetüm, auf dessen Beiwagen tatsächlich ein Anarcho-Stern prangt. *»Fuck the muggins«*, steht drunter. Interessant.

»Sag jetzt nicht, das ist deine neue Hardcore-Masseuse«, feixt Siggi. »So was traue ich dir nämlich nicht zu.«

Bislang brauchte ich nicht mal 'ne softe Masseuse. Wir beobachten, wie die Kleine mit dem süßen Gesicht und dem Stahlhelm in der Hand sich dem Haus nähert.

Kurz darauf klopft es an der Tür, und man hört es hell rufen: »Herr Kno-hop? Sind Sie da?«

Siggi sieht mich grinsend an. »Willst du dich vorher anziehen, oder ist das unnötig?«

»Gib ihr 'nen Kaffee«, raune ich zurück, »bin gleich wieder da.« Zügig verschwinde ich nach oben in mein kleines Schlafgemach.

Zwar halte ich mich nicht für sonderlich eitel, aber vor so einer jungen Dame sollte man auch nicht ganz so spießig rüberkommen. Vor allem, wenn sie so eine Karre fährt. Ich entscheide mich für enge schwarze Lederjeans und ein weites Seidenhemd, das ich mir mal zu meinem Sechzigsten gekauft habe. Es ist cremefarben, verdeckt Falten und Körperspeck und lässt meine Sonnenbräune angenehm zur Geltung kommen. Prüfend schaue ich in den Spiegel. Mist, ich bin nicht rasiert, aber der graue stoppelige Bart gibt mir auch etwas Verwegenes. Noch etwas Aftershave, dann bin ich bereit.

Federnden Schrittes steige ich die Treppe ins Wohnzimmer runter, wo Siggi schon mit der jungen Frau – wie hieß sie noch? Hansen? – charmiert.

»Bei der Kriminalpolizei, nein! Ist das nicht gefährlich? Ich meine, hier in Barth passiert ja hoffentlich nicht so viel …«

»Nicht so viel wie bei Ihnen in Berlin, aber ich ermittle derzeit in einem Mordfall«, unterbricht sie ihn und wendet sich mir zu. »Herr Knoop, entschuldigen Sie die Störung, aber ich brauche Ihre Hilfe.«

Bilde ich mir das ein, oder höre ich tatsächlich so etwas wie Ehrfurcht in ihrer Stimme?

»Ich helfe gern«, lächle ich sie an und bemühe mich um ein väterlich-männliches Timbre, das mich fast wie der selige Elmar Gunsch klingen lässt. »Wo drückt denn der Schuh?«

»Entschuldigung«, sie sieht jetzt wieder Siggi an, »könnten Sie uns vielleicht alleine lassen? Ich würde mit Herrn Knoop gerne unter vier Augen sprechen.«

»Ja, wenn's sein muss.« Siggi steht sofort auf und hebt entschuldigend die Hände. »Dann mach ich einen kleinen Spaziergang ums Haus, obwohl auch ich in Erster Hilfe nicht schlecht bin.«

»Da bin ich mir sicher.« Sie wartet, bis Siggi mit seinem Gehstock das Haus verlassen hat, und dreht sich dann zu mir um. »Ist der immer so?«

»Normalerweise nervt er mehr«, antworte ich und betrachte mir interessiert den Stahlhelm, den die Kleine offenbar als Motorradhelm benutzt. »Geht der so durch den TÜV?«

»Das ist ein Original der Roten Armee«, erklärt sie mir, »der hält Gewehrkugeln und Handgranaten stand, warum nicht auch einem Sturz vom Motorrad?«

Wo sie recht hat, hat sie recht. »Darf ich raten?« Ich nippe an meinem Kaffee. »Sie haben herausgefunden, dass ich pensionierter Kriminalrat bin, und wollen nun von meinen Erfahrungen profitieren.«

»Woher wissen Sie das?« Verblüfft starrt sie mich aus ihren großen blauen Scheinwerferaugen an.

Ich bin ihr erster Verdächtiger, denn ich habe den Toten gefunden. So hätte ich antworten können. Denn natürlich wird sie als Erstes geprüft haben, ob gegen mich was vorliegt, und so erfahren haben, wer ich bin. Das liegt klar auf der Hand für jeden, der ein bisschen die Vorgehensweisen kennt.

Trotzdem gebe ich den Coolen, tippe mir lässig gegen die Stirn und sage nur: »Intuition.«

»Sehn Se.«

»Was?«

»So was lernt man erst, wenn man … Wie lange waren Sie dabei?«

»Gut fünfundvierzig Jahre.« Ich verschweige ihr, dass ich fünf davon beim Verfassungsschutz verbracht habe. Das war erstens nicht meine glorreichste Zeit und würde jetzt zweitens zu weit führen. »Fast ein halbes Jahrhundert«, schwärmt sie, »und das in Berlin. Mensch, da war doch immer was los, oder? Sie müssen ein wahnsinnig aufregendes Leben geführt haben.«

»Es hat gereicht.« Und wie. Am Ende war ich reif für die Klapse. Deswegen bin ich ja jetzt hier und genieße die Ruhe. Und den Besuch dieses überaus reizenden Mädchens.

»Ich will auch mal nach Berlin«, sagt sie versonnen. »Irgendwann.«

»Sie sind jung. Alle jungen Leute wollen nach Berlin.« Ich lehne mich zurück, und, okay, ich posiere ein wenig. Herrgott, ich bin sechsundsechzig Jahre alt, und vor mir sitzt eine Elfe, was nicht mehr so häufig vorkommt. Da darf man sich dann auch mal durchgeistigt geben und altersweise, was ich sicher auch bin.

Insofern: »Wissen Sie, irgendein sehr intelligenter Mensch hat mal gesagt«, Kunstpause, in der ich mir eine Pfeife stopfe, »Berlin sei wie ein schwarzes Loch. Es sauge die Jugend einfach in sich auf.«

Um nicht wie der Opa aus der Werthers-Echte-Reklame zu wirken, müsste ich mir die Pfeife jetzt anstecken, doch die junge Hansen stoppt mich.

»Macht es Ihnen etwas aus, nicht zu rauchen? Ich weiß, Sie sind hier zu Hause und ich kann es Ihnen nicht verbieten, aber …«

»Kein Problem«, winke ich beruhigend ab und lege die Pfeife wieder weg.

Sie sieht mich nachdenklich an. »Das klingt ziemlich deprimierend. Das mit dem schwarzen Loch, meine ich.«

»Das ist es nur in zahlreichen Ausnahmefällen.« Ich lehne mich zurück und halte ihrem Blick tapfer stand. »Sie wollten meine Hilfe. Ich nehme an, es geht um Ihren Fall?«

Sie nickt bekümmert. »Mein Chef glaubt, es war ein Unfall, und will die Ermittlungen einstellen.«

»Und Sie wollen das nicht?«

»Nein! Ich meine, der hatte ein Messer in der Brust. Niemand rammt sich versehentlich ein Messer ins Herz!«

»Kommt auf die Umstände an.«

»Glauben Sie auch, dass es ein Unfall war?«

Ich zucke mit den Schultern. »Was ich glaube, ist nicht relevant. Es zählen nur die Fakten.«

»Das Messer in der Brust ist schon mal ein Fakt«, entgegnet sie fast trotzig, »ein ziemlich bedeutender, finde ich.«

»Okay. Was haben Sie noch?«

»Eine Ehefrau, die nicht trauert, und einen eingelegten Gang.«

»Das Letzte«, fragend hebe ich eine Augenbraue, »können Sie das präzisieren?«

»Der Fahrhebel«, erklärt sie mir, »der Fahrhebel der Yacht stand auf volle Fahrt voraus. Hab ich durch Zufall entdeckt. Oehler konnte den Motor nicht starten. Und als ich nachgeschaut habe, fiel mir auf, dass der Hebel nach vorn gelegt war. Man kann einen Bootsmotor nicht starten, wenn ein Gang drin ist. Schon aus Sicherheitsgründen nicht.«

»Ist das bei allen Booten so?«

»Ich glaub schon.«

»Und Ihrem Oehler ist das nicht aufgefallen?«

»Das ist nicht *mein* Oehler!« Sie runzelt die hübsche Stirn. »Ich weiß nicht, der hat einfach keinen Bock. Aber die Yacht muss in voller Fahrt gewesen sein, als sie auf die Sandbank fuhr. Da lief der Motor, obwohl alle Segel gesetzt waren.«

»Vielleicht war kein Wind.«

»Und deshalb brummt man auf 'ne Untiefe? Obwohl da überall betonnt ist? Nee«, sie schüttelt die blonden Locken, »ich habe einen anderen Verdacht.«

Interessiert beuge ich mich vor. »Der da wäre?«

»Der Mörder hat das Schiff ganz bewusst ins Flach gefahren. Da kommt er mit hochgekrempelten Hosenbeinen ans Ufer, verstehen Sie? Ich mein, der hat den Mann auf seiner eigenen Yacht erstochen, da kann er doch unmöglich einen Hafen anlaufen.«

»Oder er ist geschwommen«, wende ich ein.

»Na, das Wasser ist aber noch ziemlich kalt, da schwimmt man nicht lange.« Eifrig zieht sie ihr Smartphone hervor. »Ich hab das mal gecheckt, hier!« Sie zeigt mir auf dem Display ein Routenprogramm, eine Art elektronische Landkarte. »Da ist der Bodden, da die Oie. Hier lag die Yacht. Das ist zwar noch ein Stück vom Ufer, aber da ist es überall höchstens hüfttief, da kommt man mit Watthosen durch.«

»Wat für Hosen?« Das sollte ein Scherz sein, aber Maike Hansen bleibt todernst.

»Watt-Hosen.« Sie steht auf und zeigt es mir. »Das sind so hüfthohe Gummistiefel, bis hier. Es gibt auch welche, die gehen bis unter die Schultern, aber die braucht man da nicht. Also«, sagt sie, hockt sich neben mich auf die Couch und hält mir das Smartphone hin. »Er läuft durchs flache Wasser hier zum Schilf und kommt dann auf diesen schmalen Weg.« Sie schaltet auf Satellitenansicht um und zoomt sich näher heran. »Und dieser Weg führt direkt nach Pruchten.«

Süßer Teufel Jugend! Mir wird ganz warm ums Herz, denn unsere Körper und Köpfe sind sich in diesem über das Smartphone gebeugten Augenblick sehr nahe. Seltsamerweise riecht ihr Haar nach Himbeere. Wahrscheinlich das Waschmittel. Nicht unbedingt mein Fall, aber trotzdem muss ich mich ziemlich zusammenreißen, um mich noch konzentrieren zu können. Was hat sie gesagt? »Pruchten?«

»Das ist der Ort, in dem der Tote gewohnt hat. Direkt hier in der Müggenhall am Rand. Die musste noch nicht mal durchs Dorf, um ungesehen nach Hause zu kommen.«

Die? Wieso die? »Meinen Sie die Ehefrau des Toten?«

»Sie hätten die mal erleben sollen.« Maike Hansen steckt das Smartphone wieder ein. »Keine Spur von Trauer. Ich denke, sie war nicht mal überrascht.«

»Profitiert sie denn vom Tod ihres Mannes?«

»Das würde ich gerne herausfinden. Aber ich weiß nicht, wie? Oehler hat den Fall abgeschlossen, ich darf nicht weiterermitteln.«

»Aber das weiß doch die Ehefrau nicht«, wende ich ein, »Sie können ihr doch trotzdem mal ein bisschen auf den Zahn fühlen.«

»Meinen Sie?«

»Ich weiß es nicht. Es ist immer ein Fehler, nur in eine Richtung zu ermitteln. Sie sollten sich nicht allzu sehr in die Frau verbeißen. So was kann böse enden.«

»Was soll ich tun?«

»Recherchieren Sie im Umfeld des Toten! Was hat er beruflich gemacht? Freunde, Bekannte, Leute im Hafen. Vielleicht hat jemand gesehen, wer mit ihm aufs Boot gestiegen ist.«

»Gute Idee!« Sie springt begeistert auf. »Das mach ich. Oehler muss ja nichts davon erfahren, oder?«

»Jedenfalls nicht sofort.« Ich erhebe mich ebenfalls. »Was glauben Sie, wie oft ich schon ermitteln musste, obwohl mir sämtliche Steine in den Weg gelegt wurden. Am Ende kommt es nur darauf an«, wieder tippe ich mir gegen den Kopf, »Intuition!«

Wir sagen es zufällig im Chor, und ich wünsche mir, dieses Mädchen bald wiederzusehen. Himmel, bin ich siebzehn? Nee. Und meine Midlife-Crisis ist auch seit Jahrzehnten vorbei. Die Kleine könnte meine Enkelin sein!

»Sie haben mir echt geholfen«, freut sie sich. »Darf ich mal wiederkommen, wenn ich nicht weiterweiß?«

»Aber sicher doch.« So schnell können Wünsche in Erfüllung gehen. Ich bringe sie zur Tür und fühle mich wie ein Teenager. Verliebt und unreif. »Sie wissen ja, wo Sie mich finden.«

13   »DER ALTERSUNTERSCHIED spielt gar keine Rolle«, meint Siggi, als wir wieder am Frühstückstisch sitzen, »glaub mir, die meisten jungen Mädels stehen auf ältere Männer.«

Was vermutlich ein weitverbreiteter Irrglaube älterer Männer ist.

»Hast du nicht gesehen, wie sie dich angehimmelt hat?«

»Ja, aber nur, weil ich so ein erfahrener Kriminalbeamter bin.« Meine Pfeife brennt endlich, und ich hülle mich in dichten Rauch. »Die braucht ein bisschen Unterstützung bei ihrem Fall.«

»Worum geht es denn?«

»Um einen Toten, der gestern auf einem Segelboot entdeckt wurde.« Dass ich die Leiche gefunden habe, muss er ja nicht wissen. »Ihr Chef glaubt, es war ein Unfall, und will die Ermittlungen einstellen.«

»Und sie will weitermachen?«

»Aus gutem Grund. Der Mann hatte ein Messer in der Brust.«

»Aufregend«, findet das Siggi. »Ich wusste gar nicht, dass Barth so ein heißes Pflaster ist.«

»Gestorben wird überall.«

»Und was willst du nun machen?«

»Ich? Nichts, wieso?«

»Ich dachte, du hilfst ihr.«

»Ja, aber nur mit guten Ratschlägen.« Meine aktive Zeit ist Gott sei Dank vorbei. Ich hatte lange genug mit menschlichen Abgründen zu tun. Jetzt ist Freizeit angesagt. »Was hältst du davon, wenn wir heute einen Spaziergang machen?«

»Wohin?«

»Nirgendwohin. Einfach so. Die alkoholisierten Schädel mit frischer Luft durchpusten.«

»Ohne Ziel bewege ich mich nicht«, erwidert Siggi und deutet auf seine Krücke, »ich bin körperlich eingeschränkt, zudem musste ich eben schon dauernd ums Haus latschen, während du dich mit der jungen Dame so angeregt unterhieltest. Insofern würde ich schon gerne wissen, wo es denn hingehen soll.«

»Ich sage doch: Es geht nirgendwohin.«

»Quatsch! Es geht immer irgendwohin.«

Draußen rollt eine Mercedes-E-Klasse mit Berliner Nummer heran und stoppt neben Siggis Audi Q7 vor dem Haus.

»Wer ist das denn schon wieder?« Wir recken die Köpfe. Ein Kommen und Gehen wie im Taubenschlag.

Es dauert eine Weile, bis sich der Fahrer des Mercedes aus dem Wagen gehievt hat. Kein Wunder, es ist der schwer übergewichtige Harald Hünerbein. Ein Kriminaloberrat a. D. – na, der würde die kleine Hansen noch mehr beeindrucken. Er hatte mit seinen gut zweieinhalb Zentnern Körpergewicht zuletzt die Inspektion M1 in der Berliner Keithstraße geleitet, Delikte am Menschen. Insofern war er mein direkter Vorgesetzter. Als er in Pension ging, durfte ich den gut dotierten Posten übernehmen. Allerdings nur für ein halbes Jahr, dann war auch meine Dienstzeit vorbei. Es hat noch nicht mal für die Beförderung zum Oberrat gereicht.

»Sardsch«, brüllt er draußen drauflos, ohne sich allzu weit von seinem Auto zu bewegen. »Bist du da?«

Mir kommen fast die Tränen. Ein Leben lang hat er mich immer nur »Sardsch« genannt. Weil mein Vater Sergeant bei der U.S. Army war. Einen Typen wie Hünerbein konnte man mit einem amerikanischen Vater damals noch beeindrucken.

»Sa-hardsch!«

Ich öffne endlich die Tür und gehe mit ausgebreiteten Armen auf ihn zu. »Harry!«

Wir fallen uns mit einem gewissen Pathos um den Hals. Das muss sein, immerhin sind wir alte Veteranen der Berliner Verbrechensaufklärung. Vierunddreißig Jahre lang waren wir Partner. Das schweißt zusammen.

»Na?« Ich schaue ihn mir an. Sein feistes Gesicht glänzt immer noch wie ein Baby, und er ist noch fetter geworden. »Besuchste mich endlich mal?«

»Ich hab mir Sorgen gemacht.« Er macht sich los und wischt sich den Schweiß aus dem Gesicht. »Matuschka hat mich angerufen und gesagt, du wärst hier in was verwickelt.«

Aha, die alten Drähte funktionieren noch. Ich kann mir denken, was gelaufen ist: Als die Hansen in Berlin anrief, um zu erfahren, ob was gegen mich vorliegt, haben sie natürlich sofort die M1 verständigt. Und Matuschka, einer der alten Kollegen dort, die noch im Dienst sind, rief natürlich umgehend Hünerbein zu Hause an, der sich sofort auf den Weg machte, um nach dem Rechten zu sehen.

»Alles in Ordnung, Harry. Mir geht's gut.«

»Na egal, jetzt bin ich hier«, schnauft er kurzatmig, »man erreicht dich ja nicht telefonisch.«

»Das soll auch so sein. Dann müsst ihr mich ab und zu besuchen.«

Ich kann nicht anders und muss ihn noch mal umarmen. »Hey, ich freu mich! Ich freu mich wirklich.«

»Schwul, oder was?« Hünerbein macht sich los und öffnet die Kofferklappe. »Nun pack mal mit an, ich hab was zu futtern mitgebracht.«

Das sehe ich. Der ganze Kofferraum ist voll bis an den Rand. Hünerbein geht nie unterproviantiert auf Reisen. Gestern Siggi, heute der Kollege – wenn das so weitergeht, muss ich nie mehr einkaufen.

»Hier!« Er drückt mir zwei Literflaschen Auchentoshan in die Hand. »Die killen wir heute. Auf unser Wiedersehen!«

Das ist ja eine Superidee, stöhne ich innerlich auf, denn ich habe noch vom gestrigen Besäufnis einen flauen Magen. Andererseits: Der Auchentoshan ist ein ziemlich guter Whisky.

»Moin, Herr Hünerbein. Was haben wir denn da?« Siggi ist herangehinkt und nimmt mir sofort eine Pulle aus der Hand. »Ah, ein Highlander, dreifach destilliert«, meint er anerkennend, »guter Stoff. Gibt's nicht allzu häufig in Schottland.«

»Rotfront, Genosse«, begrüßt ihn Hünerbein. »Immer noch undercover unterwegs?«

»Mehr *overdressed*«, grient Siggi zurück und wedelt mit der Whiskyflasche. »Soll ich mal Gläser holen?«

Ich ahne, dass es mit dem Spaziergang heute nichts wird. Zwar bin ich hochprozentigen Getränken grundsätzlich nicht abgeneigt, aber heute wird mir schon beim Geruch schlecht. Trotzdem muss ich mit dem alten Kollegen anstoßen, sonst ist er sauer. Also runter mit dem Zeug.

»Nun kommt, Männer!« Hünerbein hat sein Glas schon geleert und verlangt nach mehr. »Auf einem Bein kann man nicht stehen.«

Erneut klirren die Gläser. Der zweite Whisky schmeckt schon sehr viel besser, und ich zeige Hünerbein das Haus.

»Das ist also die Hütte von Enzo«, sieht er sich gründlich um, »klein, aber sehr schön. Und hier hast du nun lebenslanges Nutzungsrecht?«

Ja, wenn ich das wüsste. Enzo galt jahrelang als Pate von

Schöneberg. Ein echter Mafioso, wie aus einem Film. Er hatte seinen Bezirk gut im Griff und hat mir bei meinen Ermittlungen oft den entscheidenden Tipp gegeben. Das Haus hier konnte er nach der Wende günstig kaufen, er hat es aber nie groß für sich nutzen können. »Ich komme nicht weg aus der Stadt, Signor Commissario. Geschäfte, Geschäfte.« Und so hat er es mir zur Nutzung überlassen. »Nimm du es, *amico*, wann immer du willst. Mein Haus ist auch deins.« Nun ist Enzo im Winter gestorben, er war ja auch schon fast neunzig, und seine Söhne leiten das Geschäft. Ob die sich an eine Abmachung halten, für die es nie eine schriftliche Fixierung gegeben hat, ist alles andere als sicher. Bislang haben sie sich noch nicht gemeldet. Insgeheim hege ich die Hoffnung, dass sie die Hütte hier oben im pommerschen Norden einfach vergessen haben. Denn es ist wunderschön hier, ich liebe das flache Land, den Bodden, das Meer. Hier will ich wirklich alt werden. Mal sehen …

Siggi bringt uns ein paar Biere, und in der frühen Junisonne wird es dann schnell sehr gemütlich.

»Die Wasserleiche von Sacrow, erinnerste dich?« Bräsig wie eine alte Seekuh liegt Hünerbein in einem Gartenstuhl neben dem Grill und lässt Berge von Fleisch und auch die restlichen Fische von gestern über der Glut gar werden. »Mitte der Achtziger muss das gewesen sein.«

Klar erinnere ich mich, aber Siggi kann leider nicht mitreden. »Da stand ja die Mauer noch.«

»Eben. Das war das Problem. Und auf der Havel war die Grenze durch weiße Bojen markiert. Als wir mit dem Boot der Wasserschutzpolizei ankamen, trieb die Leiche schon rüber in den Osten. Doch die DDR-Grenzer hatten genauso wenig Lust, sich mit einem Toten herumzuschlagen, wie wir und fuhren dann so an die Leiche heran, dass sie wieder auf die Westseite trieb.«

Hünerbein lachte. »Dann haben wir unsere WSP mit einem Fünfziger bestochen, damit sie den Toten mit einem kräftigen Schraubenschwall wieder zurück in den Osten beförderte. So ging das hin und her. Eine ganze Weile. Wasserschutzpolizei West und

Grenzboot Ost spülten sich jeweils die Leiche zu, weil keiner die Arbeit damit haben wollte. Na, am Ende haben die Grenzer aufgegeben und den Toten rausgefischt. Wir dachten ja ohnehin, es sei einer von denen, ein Ostflüchtling oder so. Doch dann stellte sich heraus, dass der Tote aus dem Westen war, denn am Kälberwerder wurde sein Boot gefunden. Und jetzt, mitten im Kalten Krieg, ging das bilaterale Gezerre erst richtig los, denn war eine Leiche erst mal im Osten, war es ein Heidenaufwand, sie wieder zurück in den Westen zu bekommen. Dutzende Diplomaten waren monatelang beschäftigt, und Hunderte von bürokratischen Antragsformularen mussten ausgefüllt und genehmigt werden, bis wir endlich die Leiche auf minus achtzig Grad runtergekühlt retour bekamen. Ein Irrsinn war das damals. Kann man sich heute gar nicht mehr vorstellen.«

»Ja, weil die Zeiten längst vorbei sind«, meint Siggi.

»Eben. Darauf sollten wir trinken! Prost!«

»Prost!«

»Auf die Freiheit«, brülle ich. Der Alkohol wirkt schnell bei mir heute. Aber ich hatte ja keine Chance zum Ausnüchtern.

So. Jetzt will Hünerbein wissen, wie ich denn nun eigentlich »den toten Krahwinkel« gefunden habe.

Krahwinkel? »Wer soll das sein?«

»Na, Mensch, die Leiche, die du hier gestern entdeckt hast. Der hieß Krahwinkel. So hat es mir jedenfalls der Matuschka erzählt.«

»Ich wusste nicht, dass der Krahwinkel heißt ...«

»Krahwinkel«, merkt nun auch Siggi auf, »Ernst Holger Krahwinkel?«

Woher soll ich das wissen? Mir wurde kein Name genannt. Und gefunden hab ich die Leiche ganz zufällig im Nebel. Auf einem Segelboot. Das war vielleicht eine Nacht, aber Moment mal. Ich sehe Siggi an. »Woher weißt du das denn?«

»Was?«

»Woher weißt du, wie der Tote heißt?« Das ist doch merkwürdig. »Kennst du den etwa?«

»Aber nein.« Siggi winkt etwas zu auffällig ab. »Den Namen wird die Kleine vorhin genannt haben.«

»Nein, hat sie nicht.« Da bin ich mir ganz sicher.

»Aber dein Kollege Hünerbein hat ihn doch eben gesagt.«

»Stimmt«, schnauft Hünerbein, »ich weiß den Namen von Matuschka.«

»Aber nicht den Vornamen.«

»Nee, den Vornamen nicht.«

»Trotzdem hast du die Vornamen genannt«, wende ich mich wieder Siggi zu. »Wie waren die doch gleich? Ernst und Holger, wenn ich nicht irre.«

»Kann sein, ja.« Siggi zuckt mit den Schultern. »Na und?«

»Das wundert mich.«

»Wieso?«

»Da wird irgendein Name in den Raum geworfen, und dir fallen sofort die Vornamen dazu ein?«

»Das nennt man Assoziation, mein Lieber.«

»Genau«, Hünerbein schenkt Whisky nach, »trinken wir auf unsere Assoziationen!«

»Noch mal«, sage ich, denn jetzt will ich es wirklich wissen. »Kennst du den Mann?«

»Dieter, was soll denn das jetzt?«

»Kennst du den Mann?«

»Nein, natürlich nicht!«

»Und woher weißt du dann seinen Vornamen?«

»Mann, reg dich ab, Dieter«, wird jetzt auch Siggi laut, »das ist ja nicht zu fassen mit dir! Du bist nicht mehr im Dienst und ich nicht dein Verdächtiger!«

»Trinken wir auf unseren verdienten Ruhestand!« Hünerbein hebt sein Glas.

»Bist du vielleicht gar nicht hergekommen, um mit mir angeln zu fahren«, werde ich immer skeptischer, »sondern weil du mal wieder in irgendeiner dubiosen Geschichte steckst?«

»Unsinn!« Siggi schüttelt energisch den Kopf.

»So 'ne alte Stasisache, hm? Komm schon, haben deine alten

Kameraden wieder irgendeinen Scheiß gebaut? Und musste dieser Krahwinkel dafür büßen?«

»Sag mal, geht's noch?«, beschimpft er mich. »Du bist ja völlig paranoid!«

»Trinken wir auf die Paranoiden dieser Welt«, ruft Hünerbein und lässt jetzt nichts mehr gelten. Jetzt wird getrunken, komme, was wolle. »Prost!«

»Prost!«

Gläserklirren.

»Will jemand Hähnchen«, fragt Hünerbein in die folgende Stille hinein, »oder Lamm? Ist jetzt alles durch.«

Siggi und ich, wir schweigen uns feindselig an. Ganz wie in alten Zeiten. Doch dann stürzen wir uns auf das Grillfleisch wie zwei junge, hungrige Hunde.

Obwohl wir doch alte, misstrauische Wölfe sind.

14   BJÖRN OEHLER saß auf den Stufen am Niedergang, rauchte eine Zigarette und sah gedankenverloren in den Salon der »Artemisia«.

Schönes Schiff, dachte er, ein Traumboot für die Weltmeere. Aussteigerphantasien wurden in ihm wach. Mit so einem Segler war man relativ unabhängig von Brennstoffen wie Diesel oder Öl. Allein die Kraft des Windes trug einen in die entlegensten Winkel der Erde.

Was so'n Schiffchen wohl kosten mochte?

Das hier war ja sehr edel, eine Vindö aus den späten siebziger Jahren, da haben sie mit dem GFK noch nicht gespart. Und auch der Innenausbau war massiv, Teak und Mahagoni satt, beste Zimmermannskunst und feine Wegerungen, wohin das Auge sah. Damals hatten sie sich nicht so ökologisch, da wurde noch echtes Holz in den Tropen geschlagen. Heute gibt's furnierbeklebte Spanplatte und viel Kunststoff. Nichts mehr mit Ambiente. Sein oller Kutter

»Swantje« dagegen war ja auch aus Vollholz, sogar der Rumpf. Gebaut 1968 bei Dawartz in Tönning. Aber der Kahn brauchte halt ordentlich Diesel, und mit dem kleinen Stützsegel kam Oehler nicht über den Atlantik.

Wenn der Besitzer der »Artemisia« jetzt tot war, was passierte wohl mit dem Schiff? Vielleicht wurde es günstig abgegeben? So günstig, dass Oehler zuschlagen konnte? Dafür müsste er allerdings die geliebte »Swantje« verkaufen.

Er seufzte. Das Leben ist'n Schiet. Es gibt keine einfachen Entscheidungen, niemals. Da kann man nix machen.

Oehler stieg wieder hoch ins Cockpit und startete den Motor. Das war auch so eine Peinlichkeit, dass er das mit dem eingelegten Gang gestern nicht mitbekommen hatte. Technisch schien die kleine Hansen recht begabt zu sein. Angeblich soll sie ja sogar ihre museumsreife Beiwagenmaschine wieder selbst flottgekriegt haben. Respekt! Und mit Schiffen schien sie sich auch auszukennen, die kleine Seenotretterin. Wenn sie bloß nicht so bekloppt mit dem Rauchen wär. Das schien ja eine regelrechte Manie zu sein, ein Wahn. Das nervte. Das machte jede Zusammenarbeit unmöglich. Gestern Abend hatten sie noch so nett nach den Bratkartoffeln zusammengesessen. Da hätte sich ein gutes Gespräch entwickeln können, aber kaum dass er sich nach dem Essen eine anstecken wollte, fing sie wieder an zu meckern. Echt kindisch, die Lütte, aber vielleicht verwuchs sich das ja noch.

Oehler warf die Leinen los und steuerte die »Artemisia« vorsichtig von seinem Kutter weg. Die Fender ließ er außenbords hängen, er hatte es ja nicht weit. Er musste nur aus dem Westhafen und am Osthafen vorbei in den urigen Wirtschaftshafen fahren, der heute vor allem als Marina diente, wenn man einmal von alteingesessenen Unternehmen wie der Bootswerft Rammin und dem Technikmuseum in der ehemaligen Zuckerfabrik absah.

Hier befand sich auch der Sitz des NYC, des Nautischen Yachtclubs, feine Leute, wie es hieß, aber am Ende, so empfand es wenigstens Oehler, beißen wir alle ins selbe Gras.

Jann Giehrling, der Hafenmeister und Yachtwart hier, saß, wo er immer saß, auf dem Anleger etwas unterhalb der Charterbasis auf einer Bank in der Sonne.

»Hey, Jann«, rief ihn Oehler an, als er die Hafeneinfahrt passierte, »wo kommt'n der Joghurtbecher hier hin?«

»Ist das die ›Artemisia‹?«

»Jau, isse.«

Giehrling rutschte von seiner Bank und zeigte irgendwohin. »Da vorn die Box neben dem grünen Zeesboot, siehste das?«

»Seh ich«, gab Oehler zurück. »Nimm die Beine in die Hand und hilf mal beim Anlegen!«

»Sag bloß, das kriegste nicht alleine hin!« Giehrling sprintete los und war noch vor der »Artemisia« an der Box.

»Was machst du überhaupt auf dem Schiff?«, fragte er verwundert, als er die Leinen rübergab, »das ist doch dem Ernst Holger seins.«

»Ja, aber der Ernst Holger ist tot«, antwortete Oehler und belegte die Klampen, »und irgendwer muss das Boot ja nach Hause bringen, nicht wahr?«

»Du machst Witze!« Giehrling lächelte unsicher. »Von wegen, Ernst Holger ist tot.«

»Kein Witz, Jann«, Oehler kletterte vom Boot und gab ihm die Hand, »blutiger Ernst.«

»Gibt's doch nicht.« Giehrling war fassungslos.

»Doch, das gibt's.« Oehler sah sich um. »Sag mal, hast'n kaltes Bier da?«

»Klar doch, für dich immer, Björn.« Giehrling rannte wieder los und kam mit zwei eiskalten Flaschen Barther Küstenbier zurück. »Wie ist das denn passiert?«

»Wie so was eben passiert«, Oehler ließ das kühle Blonde mit langen, durstigen Schlucken die Kehle hinunterrinnen und wischte sich dann mit dem Unterarm den Mund ab, »ein Unfall. Der ist hinter der Oie in den Schlick geraten.«

»Aber davon biste doch nicht gleich tot.«

»Na ja, er muss da wohl auf Legerwall geraten sein. War allein unterwegs und wollte vermutlich die Fallen kappen …«

»Was, der war doch nicht allein«, widersprach Giehrling, »ich hab den doch noch abfahren sehen, mit seiner Frau …«

»Mit seiner Frau?«

»Ja, ich hab noch zu den anderen gesagt«, Giehrling war ganz aufgeregt, »›Mensch, Leute, schaut mal‹, hab ich gesagt, ›die war doch noch nie hier! Die hat's mehr mit Pferden eigentlich.‹ …«

»Moment mal, ganz ruhig, Jann«, stoppte Oehler den Redefluss. Das warf seine ganze schöne Theorie über den Haufen. Denn wenn da noch jemand an Bord war, wo war dieser Jemand jetzt? »Konzentrier dich mal. Wann war das?«

»Vorgestern.«

Das passte.

»Seitdem war die ›Artemisia‹ auch nicht mehr hier.«

»Schon gut, Jann. Eine Frau, sagst du?«

»Eine Frau«, bestätigte er.

»Eine oder seine?«

»Na, so genau weiß ich das auch nicht, Björn.« Giehrling hob die Hände. »Ich kenn doch die Alte vom Ernst Holger gar nicht. Ich hab die noch nie gesehen, aber wer soll das denn sonst gewesen sein?«

»Eine Freundin?«

»Nee«, Giehrling schüttelte entschieden den Kopf, »die sind in der Regel jünger. Sonst lohnt doch Ehebruch nicht, Björn. Dann tauschste ja ein Wrack gegen das andere aus. Nee! Das macht doch keiner.«

»Wieso, wie alt war die denn?«

»Na, so in seinem Alter, zwischen vierzig und fünfzig, schätz ich mal.«

»Und die war bestimmt noch nie hier?«

»Bestimmt nicht«, nickte Giehrling. »Wie gesagt, das soll wohl eher so 'ne Tierliebhaberin gewesen sein. Nicht so seefest jedenfalls. Hat der Ernst Holger mal erzählt. Die haben doch 'ne Pferdezucht da oben in Pruchten.«

Deibel noch mal, dachte Oehler, wenn das stimmt, stimmt nichts mehr. Dann steigt mir die Lütte aufs Dach und bricht in Triumphgeheul aus. Dann gibt's eine unbekannte Komponente in dem Fall, und die muss ausermittelt werden.

Aber das war klar. Frauen brachten Unglück. Das hatte er gleich gewusst, als die Lütte in seiner Dienststelle auftauchte. Seitdem blieb kein Stein mehr auf dem anderen. Plötzlich gab's Tote und Verdächtige, das war früher nie. Überhaupt schien sein schönes ruhiges Leben vorbei zu sein.

Endgültig vorbei.

Mit traurigen Augen sah er Jann Giehrling an. »Hast du noch'n Bier da? Ich glaub, ich brauch noch'n Schluck.«

15 MIT VOLLGAS donnerte Maike Hansen über die Landstraßen. Die Bäume flogen links und rechts vorbei, die Sonne schien, und die junge Polizistin fühlte sich wunderbar beschwingt. Das Gespräch mit dem alten Kriminalrat hatte ihr wieder Auftrieb gegeben und Motivation. Obwohl sie sich so einen erfahrenen Kriminalisten grundsätzlich anders vorgestellt hatte. Irgendwie seriöser. Wie er dagesessen hatte, mit seinen engen Lederjeans und dem Seidenhemd, das war echt grenzwertig gewesen. Wie so'n oller Guru oder so. Schon ein seltsamer Typ, dieser Knoop. Und erst dieser andere mit dem Tweedanzug. Der war wirklich aus dem vorigen Jahrhundert. Ob die in Berlin alle so rumliefen? Wahrscheinlich nicht, es hieß ja immer, Berlin sei sehr vielfältig, und da waren die beiden vermutlich nur ein unbedeutender Teil des Gesamtbildes.

Aber das Haus gefiel ihr. Echt hübsch, so direkt am Bodden. Auch innen sehr geschmackvoll, mit dem Kamin aus Feldsteinen in der Ecke. Klein, aber fein. Unten war nur ein großes Wohnzimmer mit einer offenen Küche, soweit sie das gesehen hatte. Braune Ledersofas unter naturbelassenen Deckenbalken und weiß gekalkten Wänden. Dazu ein paar Bauernmöbel und eine rustikale Sitzecke. Oben wird wohl ein Schlaf- und ein Badezimmer sein.

Irgendwie passte es zu den Männern. Ob die eine Beziehung

hatten? Zwei alte Homosexuelle? Sie wirkten ja schon sehr miteinander vertraut, und irgendwo hatte Maike Hansen mal gelesen, dass Berlin voll von solchen Leuten sei. Die hatten da sogar einen schwulen Bürgermeister: Wowereit.

Maike hatte sich den Namen gemerkt, weil er dauernd im Zusammenhang mit einem Flughafen genannt wurde, der zwar seit Jahren gebaut, aber nie fertig wurde. Letztens soll eine total irre Massenparty auf dem Rollfeld stattgefunden haben. Oder war das auf einem anderen Berliner Flughafen?

Es soll ja drei davon geben. Einen, wo man Kitesurfer sieht und Skater und wo DJs nachts vor Zehntausenden Tanzenden total coolen Deep House spielen. Das hatte sie im Internet gelesen. Man erfuhr viel über Berlin im Netz. Die Stadt der Städte, zumindest in Deutschland. Angeblich fingen da die Leute erst nachts an zu leben und feierten, als würde es kein Morgen geben. Die Stadt der Künstler und Stars, der Lobbyisten und Reichen, der Politiker, der Irren und der Psychopathen.

Und natürlich war Berlin auch die Stadt des Verbrechens. Nachts brannten da die Autos, kontrollierten die Zuhälter in dicken amerikanischen Straßenkreuzern ihre Nutten, und Drogendealer wuschen in Spielhallen ihr so dreckig verdientes Geld.

Ich muss da unbedingt hin, überlegte Maike Hansen sehnsüchtig, nur Berlin ist der richtige Ort für eine Kriminalistin. Echte Verbrechen. Echte Verbrecher. Echte Herausforderungen. Nicht so harmlos wie hier. Da war das Leben, da spielte die Musik.

Mal sehen; wenn sie sich hier mit dem Fall Krahwinkel bewährte, legte dieser Knoop vielleicht ein gutes Wort für sie in Berlin ein.

Aber erst mal musste sie der Gattin die Hölle heißmachen. Mal schauen, ob die überhaupt ein Alibi hatte. Obgleich ja nicht genau klar war, wann der Mann auf dem Boot gestorben war. Irgendwann in der vorletzten Nacht.

Bin gespannt, was die Krahwinkel so dazu zu sagen hat, dachte Maike Hansen und stoppte ihre Zündapp vor dem lindenbestandenen Gehöft in der Pruchtener Müggenhall.

Diesmal ging sie gleich zu den Ställen, obwohl ihre Augen schon beim Gedanken an Pferdegeruch und Pferdemist zu tränen anfingen. Die Autos auf dem Hof waren verschwunden, und auch sonst war es merkwürdig ruhig. Irgendwo krähte ein Hahn.

»Frau Krahwinkel?« Vorsichtig stieß sie das knarzende Holztor zu den Boxen auf. »Ich bin's noch mal, Kriminalobermeisterin Hansen.«

Niemand antwortete. Es war dunkel hier drin und der Verschlag, in dem gestern das Fohlen zur Welt gekommen war, leer.

»Frau Krah-hatschieee!« Shit, jetzt ging das Niesen wieder los. Egal, raus aus dem Stall, hier war ohnehin niemand.

Maike Hansen stolperte zurück ins Freie und sah sich verschwommen um. Ein paar Pferde grasten auf der Wiese, der Wind rauschte verhalten in den hohen Bäumen. Und wieder krähte ein Hahn. Aber der war weit weg. In den Nachbargärten wahrscheinlich.

Sie trocknete sich mit einem Taschentuch die Augen und ging langsam aufs Haupthaus zu.

»Frau Krahwinkel?«

Sie rüttelte an den Terrassentüren zum Garten raus, doch die waren genauso abgeschlossen wie die Haustür vorne. Und auf Maikes Klopfen reagierte auch keiner.

»Die sind alle ausgeflogen, junge Frau.« Auf der Straße stand wieder der Alte in seinem fleckigen blauen Arbeitskittel und bleckte das lückenhafte Gebiss. »Sie haben mit den Krahwinkels einfach kein Glück, was?«

»Ausgeflogen?« Maike Hansen ging fragend auf ihn zu. »Wann?«

»Na, gestern, nachdem Sie hier waren«, antwortete der Alte. »Das ging ziemlich überstürzt zur Sache. Eine Hektik, sag ich Ihnen!«

»Was ist passiert?«

»Woher soll ich das wissen?« Der Alte zuckte die Schultern. »Mit'm Viehwagen sind die abgehauen. Die Krahwinkel schien ziemlich aufgelöst. Die hat nur noch rasch ein paar Koffer gepackt, und weg war sie.«

»Aber warum, wissen Sie nicht?«

»Nee«, winkte der Alte ab, »das geht mich nix an.«

Flucht, durchfuhr es Maike Hansen, natürlich! Ich hab sie mit meinem Auftauchen aufgeschreckt. Die Krahwinkel hat sich aus dem Staub gemacht und ihr geliebtes Fohlen gleich mitgenommen. Mist!

Und jetzt? Fahndung, oder was?

Hastig zog sie ihr Smartphone hervor und rief die Dienststelle an. Aber Oehler ging natürlich nicht ran. Wahrscheinlich hatte er wieder sein bescheuertes »Komme gleich wieder«-Schild an die Tür gehängt und saß irgendwo rauchend in einer Kneipe beim Bier. So ein Idiot, ehrlich mal!

Missmutig steckte Maike das Telefon wieder weg. Wie löst man eine Fahndung aus? Sie wusste es nicht. Für eine Fahndung musste Gefahr im Verzug sein. Okay, das sah hier schwer nach Flucht aus, aber reichten die Indizien? Was hatte sie überhaupt gegen die Krahwinkel in der Hand?

Vor allem: Was würde ein Kriminalrat Knoop in diesem Falle tun?

»Hören Sie zu«, wandte sie sich an den Alten und zeigte ihm ihren Dienstausweis, »das ist ein polizeilicher Einsatz hier.«

»Oh!« Neugierig sah er sich Maikes Ausweis an. »Jetzt wird's kriminell?«

»Jetzt wird's kriminell«, nickte sie. »Sie sehen ja, ich hab hier keine Leute, muss aber rasch weg. Könnten Sie ein Auge auf das Haus haben? Ich versuche, Ihnen ein paar Beamte zu schicken, aber bis dahin darf hier kein Unbefugter raus oder rein, klar?«

»Zu Befehl, junge Frau«, schnarrte der Alte und hob die rechte Hand zum militärischen Gruß, »immer zu Diensten, helfe gern, hier kommt keiner rein oder raus.«

»Aber riskieren Sie nichts!« Nervös schrieb sie ihm ihre Handynummer und die Adresse der Dienststelle auf einen Zettel. »Wenn was ist, erreichen Sie mich hier. Vielen Dank!«

Sie drückte dem Alten den Zettel in die Hand, schwang sich auf die Zündapp, drückte sich den Helm aufs blonde Haupt und startete den Motor.

Der Alte starrte ihr mit gewichtiger Miene nach, bis sie auf ihrer lärmenden Karre hinter der nächsten Wegbiegung verschwunden war.

Hundertvierzig. Bergab zehn Stundenkilometer mehr. Maike Hansen holte aus ihrer Zündapp das Letzte raus. Leider gab es nicht so viele Berge in Boddennähe. Dennoch war sie in nur sechzehneinhalb Minuten im Fahrenkamp.

Vor der kleinen Reetdachkate des pensionierten Kriminalrates standen jetzt drei Autos. Der schwarze Audi Q7 mit Kennzeichen Berlin und der im Landkreis Vorpommern-Rügen zugelassene Volkswagen waren vorhin schon da gewesen. Neu war die Mercedes-E-Klasse. Auch sie hatte eine Berliner Nummer. Die schienen da ganz nette Autos zu fahren, auch wenn es immer hieß, dass Berlin arm sei.

Maike Hansen ließ ihre Zündapp neben den Fahrzeugen ausrollen und stellte den Motor ab.

»Herr Knoop? Ich muss Sie noch mal kurz sprechen.«

Keine Antwort. Aber hinter dem Haus, von der Terrasse her, war ein vielstimmiges, lautes Schnarchen zu hören.

Au weh, dachte Maike Hansen kopfschüttelnd, als sie die alkoholisierten schlafenden Männer sah. Der eine war Knoop, der andere der Typ mit Tweedsakko und Krücke. Und dann gab es noch einen ganz entsetzlich fetten Kerl in Anzug und Krawatte. Der lag in einem Gartenstuhl neben dem Grill und schnarchte am lautesten. Die Glut auf dem Rost qualmte noch ein wenig vor sich hin, und überall lag Fleisch herum. Fleisch in rauen Mengen, roh und gebraten, Schweine- und Lammkoteletts, Rinderfilets und Hühnerkeulen, dazu angebrochene Kartoffel- und Reissalate, Knoblauch- und Chilisoßen, und alles stand in der prallen Sonne.

Oje, das verdirbt doch hier!

Eilig räumte Maike Hansen die bedrohten Lebensmittel zusammen und stellte sie in der Küche in den Kühlschrank. Dann räumte sie noch ein paar Aschenbecher und leere Flaschen weg und sortierte das benutzte Geschirr in den Spüler, immer in der Hoffnung, Knoop würde aufwachen.

Vergebens, da konnte sie noch so laut klappern, die Männer schliefen tief und fest, und Maike wagte es nicht, sie zu wecken. Plötzlich kam sie sich ziemlich blöd vor. Was sollte der Knoop von ihr denken, wenn sie bei jedem Problem hier auftauchte? War es nicht besser, selbst nach Lösungen zu suchen? Noch einmal versuchte sie, mit dem Smartphone die Dienststelle zu erreichen. Aber Oehler war immer noch nicht da. Und Verstärkung für den Alten in Pruchten bekam sie auch nicht so leicht, wie sollte sie die begründen? Frau Krahwinkel war überstürzt abgereist, nachdem sie vom Tod ihres Mannes erfahren hatte, na und? Machte sie das verdächtig?

Maike Hansen hatte eigentlich nichts in der Hand, was einen größeren Polizeieinsatz oder gar eine Fahndung rechtfertigte.

Fakten, überlegte sie, ich brauche einfach mehr Fakten. Was für ein Motiv könnte Frau Krahwinkel für den Mord an ihrem Mann gehabt haben? Gab es da was zu holen? Was machte der eigentlich beruflich?

Sie nahm wieder ihr Smartphone zur Hand und begann zu googeln. *Krahwinkel, Ernst Holger, Barth.*

Tatsächlich fand sie etwas: Eine »Krahwinkel & Partners Sozietät, Rechtsanwälte, Rostock«. Immerhin.

Maike Hansen setzte sich wieder auf ihre Beiwagenmaschine und machte sich auf den Weg.

16   VON ANFANG AN hatte Kriminaloberkommissar Björn Oehler eine besondere Beziehung zu seinem Dienstwagen gehabt. Er symbolisierte auf schöne Art und Weise, dass man sich mit Patriotismus, Herz und Verstand sowie einer gehörigen Portion vorpommerscher Sturheit gegen ganze Heerscharen von Bürokraten durchsetzen konnte.

Als die Barther Außenstelle des Kriminalkommissariats vor ein paar Jahren einen VW Golf als neuen Dienstwagen spendiert bekommen sollte, hatte sich Oehler quergelegt. Es war eine der vielen Opel-Krisen, und die ganze Republik debattierte damals über die Zukunft der Automobilstandorte Bochum und Rüsselsheim. In den Zeitungen wurde viel darüber spekuliert, ob Opel überhaupt noch eine Zukunft habe. Die Firma sei zu klein, um am globalen Markt überleben zu können, und so weiter und so fort, das übliche Blabla der überregionalen Mainstream-Medien.

Dabei baute Opel gute, innovative Autos. Heute mehr denn je, und das zu äußerst attraktiven Preisen. Das Problem lag nicht in der Adam Opel AG, sondern vielmehr im Mutterkonzern General Motors. Schon seit Langem waren die Amerikaner aus schwer nachvollziehbaren Gründen nicht mehr in der Lage, vernünftige Autos zu bauen. Fahrzeuge aus dem Lande der Cadillacs, Pontiacs und des legendären Ford Thunderbird waren nach wie vor teure Spritfresser, zu groß und zu schwer und allesamt mit nur mäßiger Motorleistung. Die hatten ein Problem mit dem Weltmarkt, nicht Opel.

Wenn die deutsche Tochter des amerikanischen Konzerns regelmäßig in die Krise geriet, lag das weniger an mangelnder Qualität oder einbrechenden Absatzzahlen, sondern eher daran, dass General Motors alle Gewinne aus der Opel AG absaugte, um sie in die maroden Autoschmieden Detroits fließen zu lassen. Ohne Opel gäbe es General Motors heute schon gar nicht mehr, davon war Oehler überzeugt. Die Amis waren abhängig von der Technologie der deutschen Entwicklungszentren. Opel musste bluten, damit die Amis weiter so unrentabel herumgurken konnten wie bisher.

Und das war eine Sauerei. Eine Riesensauerei war das, kurz: Oehler hatte sich entschlossen, mit seinem kleinen menschlichen Dasein für ein bisschen mehr Gerechtigkeit zu kämpfen. Der Gedanke war ihm beim Bier gekommen und auch nüchtern betrachtet noch sehr gut. Er hatte ans Innenministerium in Schwerin einen Brief geschrieben, der es in sich hatte. Der an die Verantwortung für deutsche Arbeitsplätze appellierte.

Zwar waren Rüsselsheim, Kaiserslautern und Bochum weit drüben im Westen, aber jetzt hieß es Solidarität zeigen mit den armen, von amerikanischen Profitkraken bedrängten westdeutschen Brüdern und Schwestern. Und nicht zuletzt war Oehler wie Millionen anderer DDR-Bürger jahrzehntelang Trabi gefahren. Hatte sich jemand mal genau angesehen, wie das Logo des VEB Sachsenring Zwickau aussah, das der Trabant auf der Motorhaube trug? Ähnelte das geschwungene S im Kreis nicht verblüffend dem Opelblitz? Eben. Wir waren alle mal Opel-Fahrer, nur dass unser Opel Trabant hieß.

Insofern, so schrieb Oehler an den Innenminister in Schwerin, bleiben Sie mir mit VW vom Leibe. Volkswagen ist der zweitgrößte Autokonzern weltweit und ein Staatsunternehmen noch dazu – nee, das hatten wir früher, so was wollen wir nicht mehr!

Volkswagen hatte zudem keine Absatzprobleme, die konnten sich sogar Porsche leisten, jetzt aber galt es, Opel zu retten.

Da waren sie baff unten in Schwerin. Zunächst gab es ein Riesentheater, dann wollten sie ihn einschüchtern, aber ha! Einschüchtern hat sich Oehler noch nicht mal zu DDR-Zeiten lassen, wo käme man denn dahin?

Dann würde es eben keinen neuen Dienstwagen geben, drohten sie ihm, aber Oehler wusste, dass er genau darauf einen Anspruch hatte. Auf einen neuen Dienstwagen. Auf einen Opel.

Und irgendwann stand dieser Opel dann tatsächlich vor der Dienststelle in der Barther Hafenstraße. Ein nagelneuer silbergrauer Opel Astra mit Navi, Klimaautomatik, Soundsystem und Bordcomputer. Beste deutsche Technik, kein Amischeiß jedenfalls und auch nicht die Allerweltsware von VW. Das war Opel-Qualität vom Feinsten. Unverwüstlich.

Björn Oehler fuhr den Wagen jetzt sehr zufrieden seit dreieinhalb Jahren und hatte noch nie Probleme damit gehabt. Und die Adam Opel AG gab es auch immer noch. Darauf war er besonders stolz.

Und so fuhr er mit geschwellter Brust nach Pruchten hoch, um mal bei dieser Frau Krahwinkel nach dem Rechten zu sehen.

Ein schönes weitläufiges Reetdachanwesen an der Müggenhall, sorgsam saniert und gepflegt unter alten Linden. Man sah sofort, dass hier anständige Bürger lebten, rechtschaffen und friedlich. Absurd, dass hier jemand kaltblütig und brutal einen Gattenmord geplant haben sollte.

Aber Jann Giehrling hatte nun einmal auf eine Unregelmäßigkeit hingewiesen, die dem bislang angenommenen Unfallszenario auf der »Artemisia« widersprach, und deshalb war Oehler hier.

Entschieden klopfte er an die Haustür.

Niemand öffnete. Keiner da? Verwundert lief der Kriminaloberkommissar um das Gebäude herum und sah in den Stallgebäuden nach. Aber auch hier war alles menschenleer. Nur ein Hahn krähte in der Ferne, und auf den Wiesen zum Bodden hin weideten ein paar Pferde.

Langsam stiefelte Oehler zum Haus zurück. Er wollte den Sachverhalt klären, und da ließ er sich nicht von der vermutlich vorübergehenden Abwesenheit der Hausherrin abhalten. Es war ihm sogar sehr recht, wenn er der frischen Witwe nicht begegnete. Dem Umgang mit durch Trauersituationen gefühlsmäßig labilen Persönlichkeiten fühlte er sich nicht gewachsen. Insofern ging es auch gut ohne die Krahwinkel, das war hier eine reine Routinesache.

Möglicherweise hatte Ernst Holger Krahwinkel seine Gattin vor dem Unfall irgendwo an Land abgesetzt, und es fand sich im Haus ein entsprechender Eintrag oder Hinweis dafür. Vielleicht gab es eine klärende Kalendernotiz oder eine Telefonliste, die man eventuell abtelefonieren könnte, um so herauszubekommen, ob und wann die Frau an dem betreffenden Abend nach Hause gekommen war. Und letztlich konnte auch ein kurzer Blick in die Versicherungsakten des verstorbenen Mannes nicht schaden.

Aber wie nun ins Haus kommen? In der Regel schlossen die Leute hier in Barth ihre Haustüren nur während der Hauptsaison ab, wenn zu viele Touristen in der Gegend waren, von denen man am Ende nicht wusste, ob sie nur urlauben oder auch stehlen wollten. Sonst waren Einbruchdiebstähle eher selten.

Das Haus der Krahwinkels aber war sorgsam verriegelt, sogar mit Sicherheitsschlössern. Lediglich die großen Glastüren zur Terrasse hintenraus waren einfach gesichert. Kein Problem für Oehler. Er zückte sein Taschenmesser, ging damit zwischen die Falze im Fensterrahmen und drückte so die Riegel hoch. Dann trat er ins Haus.

»Entschuldigung? Ist hier wer?«

Er wollte schließlich niemanden erschrecken. Aber es schien tatsächlich keiner da zu sein.

Oehler befand sich im Wohnzimmer, der sogenannten guten Stube mit riesigem Flachbildfernseher und Dolby-Surround-Anlage. Dazu beige Leinensofas im Landhausstil und hell gebeiztes Mobiliar. Rechts schloss sich ein weiteres Zimmer an, mit einer großen Tafel und acht Stühlen drum herum. Offenbar das Esszimmer. Geradezu ging es in eine geräumige Diele mit einer wuchtigen naturbelassenen Holztreppe ins Obergeschoss. Links fand sich die Küche. An der Wand ein großer Kalender mit Eintragungen, die Oehler genau studierte. Aber nichts deutete auf einen Besuch der Frau Krahwinkel im Nautischen Yachtclub hin.

Besonders interessant war das Zimmer direkt neben der Küche, mit den Fenstern zur Straße raus. Hier war offenbar das private Arbeitszimmer des Ernst Holger Krahwinkel gewesen, denn es gab einen großen Schreibtisch mit einem Laptop sowie Regale voller Aktenordner.

Zielgerichtet griff sich Oehler den Ordner mit der Aufschrift »Versicherungen« raus. Morde innerhalb der Familie, das hatte er mal während einer Schulung gelernt, hatten ihre Motive meist in Geldangelegenheiten oder Eifersüchteleien. Letztere waren schwer nachweisbar. Anders die Geldangelegenheiten. Hier musste man nur nach Begünstigten suchen. Und die fanden sich meist als Erben oder als Nutznießer einer Lebensversicherung.

Im Falle Krahwinkel lag genau da das Problem. Oehler hatte auf Entlastung der Ehefrau gehofft, um den Fall zügig als Unfall abschließen zu können, doch genau das Gegenteil passierte: Ernst Holger Krahwinkel hatte tatsächlich eine Lebens- und eine Rentenversicherung abgeschlossen. Insgesamt anderthalb Millionen zugunsten seiner Frau im Falle des Ablebens. Heilige Scheiße, das war ein astreines Mordmotiv!

Oehler ließ den Ordner sinken und starrte nachdenklich durchs

Fenster hinaus. War das möglich? Konnte es sein, dass in seinem schönen Barth tatsächlich so finstere Menschen lebten? Menschen, die aus Geldgier nicht vor Mord zurückschreckten? Das müssen diese neuen Zeiten sein, überlegte er. Früher hatten die Menschen Gott, an den sie glaubten. Dann war es der Kommunismus. Heute glaubten sie alle nur noch ans Geld, und das stinkt bekanntlich nicht. Egal, wie viel Blut am Ende daran klebt.

Noch einmal sah er sich die Police an. Von einer »Hanseat«-Versicherungsgesellschaft mit Sitz in Hamburg. Auf dem Schreiben war auch eine Telefonnummer notiert.

Oehler wollte gerade zum Telefon greifen, um bei der »Hanseat« herauszufinden, ob die Krahwinkel schon den Tod ihres Mannes gemeldet hatte, als er plötzlich aus der Diele ein Geräusch hörte. So als sei jemand gegen einen Stuhl gestoßen. War doch jemand im Hause?

»Hallo?« Lauschend ging er zurück in die Diele und sah sich aufmerksam um. »Ist hier wer?«

Zu spät sah er den schnellen, beweglichen Schatten, der durch das Sonnenlicht am Fenster hinter ihm auf die gegenüberliegende Wand geworfen wurde. Oehler kam nicht mehr dazu, sich umzudrehen. Der Schlag erwischte ihn völlig unverhofft. Und er war so kräftig, dass der Kriminaloberkommissar sofort das Bewusstsein verlor.

Nacht bemächtigte sich seiner, eine dicke, undurchdringliche Schwärze, die alles verschlang.

Dass er wie ein gefällter Baum krachend und recht unsanft auf dem harten Dielenboden aufschlug, bekam er schon gar nicht mehr mit.

17 DIE ANWALTSSOZIETÄT Krahwinkel & Partners befand sich in einem noblen, mit viel Stuck verzierten Altbau aus der Gründerzeit in der Kröpeliner Straße. Beste Innenstadtlage, mit teuren Mieten.

Nichts anderes hatte Maike Hansen erwartet. Die Zündapp hatte sie im KTC abstellen müssen, einem dieser üblichen hässlichen Shoppingcenter, mit denen schon seit Jahren Innenstädte verschandelt und Kleingewerbetreibende ruiniert wurden.

Trotzdem war die Kröpeliner Straße mit ihren vielen schönen Cafés, Buchläden und Kneipen ein netter, trubeliger Fußgängerboulevard, über den es sich wunderbar flanieren ließ. Es gab die üblichen Werbezettelverteiler und Softeisverkäufer. Es gab Studenten, die einem einen neuen Mobilfunkvertrag andrehen wollten, und Rentner, die den rechten Weg Gottes predigten. Und dann waren da noch die vielen Straßenmusikanten und sogenannte lebende Standbilder, die, silbrig oder golden angemalt und reich kostümiert, Fabelwesen und sagenhafte Gestalten aus Rostocks reicher hanseatischer Geschichte darstellten.

Das hatte Maike schon als Kind fasziniert. Wie kann man nur so lange still stehen? Nicht einmal Atembewegungen waren erkennbar. Und wie früher hatte sie auch heute wieder das unwiderstehliche Bedürfnis, diese Figuren einmal abzukitzeln, auf dass sie sich hemmungslos kichernd aus ihrer Erstarrung lösten.

Maike drückte den Knopf auf dem edel polierten Klingelbrett aus Messing, doch – wie sollte es anders sein? – es wurde ihr nicht geöffnet.

Sie überlegte noch, wie sie auf eine andere Art und Weise ins Haus kommen könnte, als von innen die Tür aufgemacht wurde und zwei elegant gekleidete Rostockerinnen auf die Straße traten, die sich über das Peter-Prinzip lustig machten, das den nicht namentlich genannten Bezirksvertriebschef eines großen überregionalen Vermögensberatungsunternehmens trotz kompletter Unfähigkeit die Karriereleiter hochklettern ließ.

Überall die gleichen Probleme, dachte Maike Hansen, schlüpfte durch die Tür und stieg die marmornen prachtvollen Treppen zur Anwaltssozietät im ersten Stock hoch.

Seltsamerweise war hier die Tür weit geöffnet. Der Empfang war nicht besetzt. Ein Handy lag auf dem Boden herum, der Aufprall hatte den Akku herausspringen lassen. Irgendwo surrte ein Faxgerät. Kein Mensch war zu sehen.

Irgendwas stimmte hier nicht, so viel war klar. Instinktiv zog Maike Hansen ihre Dienstwaffe aus dem Holster und entsicherte sie. Dann schlich sie von Tür zur Tür und stieß eine nach der anderen auf. Sämtliche Räume waren völlig verwüstet. Umgeworfene Regale, ausgeräumte Schubladen und Fächer, stapelweise Akten und Papiere lagen auf dem Boden herum. Irgendwer hatte quer über die Wand mit blutroter Farbe »RECHTSVERDREHER, WIR KRIEGEN DICH!« gesprayt. Und hinter der letzten noch geschlossenen Tür war ein gedämpftes, ersticktes Wimmern vernehmbar.

Maike Hansen trat sie auf und zielte in den Raum. Es war das Damenklo, und sie konnte die Waffe gleich wieder wegstecken, denn von dem Häuflein Unglück, das da geknebelt an den Spülkasten gefesselt war, konnte wohl kaum eine Gefahr ausgehen.

»Ach du Scheiße!« Eilig nahm sie der völlig aufgelösten Frau im verrutschten Geschäftskostüm die Knebel ab. »Ganz ruhig, ich bin Kriminalobermeisterin Hansen von der Kripo in Barth.«

»Kolpert«, schluchzte die Frau und rang nach Luft, »Ursula Kolpert, Anwaltsgehilfin. Würden Sie mir auch die Fesseln lösen?«

»Natürlich.« Maike beeilte sich und half der Frau, die vom Alter vielleicht zwischen vierzig und fünfzig Jahre war, hoch. »Sind Sie verletzt? Brauchen Sie einen Arzt?«

»Nein, nein, mir fehlt nichts. Es ist nur so …«, die Frau strich sich hilflos das Kostüm zurecht und fing an zu weinen, »… so verdammt ungerecht!«

»Kommen Sie erst mal zur Ruhe.« Maike schob die Frau zurück in den Empfangsraum und drückte sie behutsam auf einen Stuhl. »Setzen Sie sich! Atmen Sie erst mal tief durch. Und dann erzählen Sie mir, was hier passiert ist, okay?«

»Überfallen hat er mich«, schniefte Frau Kolpert und suchte ein Taschentuch, um sich den Rotz von der Nase und die Tränen von den Wangen zu wischen, »hat fünfzigtausend Euro geraubt, dieser Gangster!«

»Hier, nehmen Sie das.« Maike gab ihr eines von ihren Tempos.
»Geht's?«

Frau Kolpert nickte schluchzend.

»Wer hat Sie überfallen?«

»Keine Ahnung. Ein Riesenkerl war das.«

»Ein Einziger?« Maike sah auf das Chaos drum herum. Als hätte hier eine ganze Kompanie gewütet. Es schien alles durchwühlt worden zu sein. »Hat der nur nach Geld gesucht?«

»Nee.« Frau Kolpert schnäuzte sich. »Eigentlich wollte er die Unterlagen zur Argent Venture. Danach hat er dauernd gefragt; ach was, gefragt – rumgebrüllt hat der Kerl. Der war wie von Sinnen!«

Maike Hansen sah fragend auf. »Argent Venture?«

»Ja«, nickte die Kolpert und lachte hysterisch auf. »Dabei sind die gar nicht hier.«

»Wie sah der Mann aus? Haarfarbe, Alter, was hatte er an?«

»Ich weiß nicht. Groß war er, kräftig. Und er hatte so 'ne Skimaske auf.« Die Kolpert fing wieder an zu schluchzen. »Ich hab gedacht, der bringt mich um.«

Maike versuchte, die Frau zu beruhigen, und nahm sie tröstend in den Arm. »Alles gut. Es ist vorbei, okay? Vorbei.«

»Sensible Akten nimmt der Chef immer mit.« Frau Kolpert putzte sich noch einmal umständlich die Nase. »Und der ist hier seit Freitag nicht mehr aufgetaucht. Ich muss ständig Termine absagen, dauernd klingeln die Telefone, alle möglichen Leute fragen nach ihm, aber ich weiß nicht, wo er ist. Und dann kommt auch noch so ein Verbrecher und haut hier alles kurz und klein!«

Behutsam strich Maike der Frau über den Rücken und überlegte, ob und wie sie sie in ihrem ohnehin traumatisierten Zustand mit dem Tod ihres Chefs konfrontieren sollte, als es plötzlich mehrmals trocken krachte. Gleichzeitig wurde es gleißend hell.

Blendgranaten, dachte Maike noch, bevor sie unsanft zu Boden geworfen wurde. Irgendwer trat ihr brutal einen Springerstiefel in den Nacken, sodass sie bäuchlings und mit dem Gesicht voran hart auf den Fußboden knallte und sich dabei fast die Nase brach. Jemand drehte ihr so heftig die Arme auf den Rücken, dass sie schmerzhaft aufschrie. Gleichzeitig brüllten mehrere Männer abgehackt durcheinander:

»Keine Bewegung! Sichern! Waffen weg! Hände hoch!«

Vor Maikes Augen tanzten weiße Funken. Sie spürte, wie ihr jemand die Heckler-&-Koch-Dienstpistole abnahm. Zugleich wurden ihr die Handgelenke mit Kabelbinder auf dem Rücken fest zusammengebunden.

»Objekt gesichert«, rief jemand, »zwei weibliche Personen anwesend, eine davon bewaffnet. Beide Personen überwältigt und fixiert, Waffe beschlagnahmt.«

Es knackte und knarzte wie aus einem Funkgerät, dann hörte man eine knisternde Stimme: »Okay, Objekt unter Kontrolle, Roger.«

Wieder knackte es, dann meldete sich jemand anders aus dem Lautsprecher: »Verstanden, Objekt unter Kontrolle. Wir kommen jetzt rein!«

Maike Hansen fühlte sich etwas benommen, doch allmählich kehrte ihr Augenlicht zurück. Die Welt aus der Mausperspektive: Gebohnerte Dielen, über die militärische Schnürstiefel marschierten, und ein umgeworfener Hocker, dazu viele verstreute Bogen bedrucktes Papier. Plötzlich wurde sie unsanft am Kragen ihrer Lederjacke hochgezogen und zu einem Stuhl gestoßen.

»Setzen!«

Mindestens ein Dutzend schwer bewaffnete Typen mit kugelsicheren Westen über der schwarzen Kampfmontur standen um sie herum wie babylonische Krieger.

Auf dem Stuhl neben Maike schlotterte die total überforderte Kolpert, unfähig, auch nur irgendeinen Laut von sich zu geben.

Zwischen den Kriegern schob sich ein Mann hindurch. Mitte dreißig, schlank, mit Dreitagebart und sorgsam nach hinten gegelten Haaren über den wassergrauen Augen. Er trug einen kurzen schwarzen Sommermantel, ein schwarzes T-Shirt darunter und ausgewaschene Designerjeans, dazu teure italienische Slipper.

»Hier.« Einer der Gorillas gab ihm Maikes Pistole. »Hatte die kleine Blonde bei sich. Scheint 'ne Dienstwaffe zu sein.«

»Interessant.« Der Nach-hinten-Gegelte holte sich den umgeworfenen Hocker heran, stellte ihn auf und setzte sich Maike gegenüber. Dann hielt er ihr die Pistole vor die Nase. »Darf ich fragen, woher Sie die haben?«

»Darf ich fragen, wer Sie sind?«, gab sie mit etwas zittriger Stimme zurück.

Der Gegelte lachte kurz auf. »Frechdachs, was?«

»Nett, Sie kennenzulernen, Arschloch!«

Sie hatte kaum ausgesprochen, da bekam sie auch schon eine gefunkt, dass ihr Hören und Sehen verging. Durch den Schlag wurde ihr Kopf zur Seite geworfen, doch der Gegelte packte sie am Kinn und zwang sie, ihn anzusehen.

»Damit das klar ist, Süße: Die Fragen hier stelle ich.«

Sie spürte, wie ihr das Blut aus der Nase und am Kinn heruntertropfte, und zitterte vor Wut. Aggressiv spuckte sie ihm ins Gesicht.

Der Gegelte zuckte zurück und sprang auf, dass sein Hocker erneut krachend umfiel.

»Okay, so wird das nichts«, zischte er und wischte sich den Speichel von der Wange. »Abführen, die zwei! Aber zack!«

18 MISSMUTIG LEGTE Dr. Herbert Gräwe sein Handy wieder beiseite. Nicht zu fassen, dachte er. Da leben wir in einer von amerikanischen Geheimdiensten komplett überwachten Welt, in der jedes Telefongespräch und jeder Mailkontakt akribisch überwacht wurde. Wo man mittels Spionagesatelliten streichholzgroße Dinge in jedem Urwald der Erde finden kann. Aber ein ausgewachsener Mann wie Ernst Holger Krahwinkel blieb unauffindbar? Das konnte, das durfte nicht sein!

Gräwe hatte es den ganzen Tag versucht, hatte immer wieder die Kanzlei angerufen, aber da ging inzwischen nicht einmal mehr die Anwaltsgehilfin ans Telefon. Er hatte die Mailbox vom Mobiltelefon vollgesprochen und den privaten Anrufbeantworter in Pruchten. Ohne Erfolg. Krahwinkel meldete sich nicht.

Vielleicht hatte er sich abgesetzt. Gräwe wurde zunehmend nervös. Dann musste ja mächtig Gefahr im Verzug sein. Immerhin hatte der dubiose Belgier, dieser Alvaro Beerendonk, ja auch ihm unmissverständlich gedroht. War es dann nicht besser, ebenfalls für eine Weile unterzutauchen? Aber wohin sollte Gräwe gehen? Was sollte er seiner Frau erzählen und den Kindern? Und machte er sich mit einer Flucht nicht unnötig verdächtig?

Ich darf mich nicht verrückt machen lassen, dachte er. Natürlich sind die Belgier wütend, weil ihnen ihr schönes maritimes Denkmal verloren gegangen ist. Aber was sollen sie machen? Sich rächen? Indem sie ihren Alvaro nach Rostock schicken, damit er allen Angst macht, von denen er glaubt, dass sie mit der Sache zu tun haben?

Gräwe schüttelte den Kopf. Nein, es musste mehr dahinterstecken. Das war die Erkenntnis dieses misslungenen Tages. Es gab ein Problem. Und Probleme waren dazu da, gelöst zu werden. Aber um ein Problem zu lösen, musste man eben auch wissen, worin das Problem genau bestand.

Ich brauche mehr Informationen, überlegte er, ich muss wissen, was sich zuletzt an Bord der »Georg Büchner« abgespielt hat.

Und da konnte ihm nur einer helfen. Peter Hinrichsen, der Kompagnon von Charly Zwo. Die beiden Schlepperkapitäne waren doch ein Herz und eine Seele. Wenn jemand wusste, ob Charly Zwo tatsächlich auf der »Georg Büchner« gewesen war, als sie sank, dann war es sein Kollege Charly Eins.

Der IGA-Park in Rostock-Schmarl war 2003 als Teil der Internationalen Gartenbauausstellung angelegt worden. Eine weitläufige, sonnige Naturlandschaft direkt am Ufer der Warnow, mit interessanten Sichtachsen auf duftende Blumenstauden, seltene Sträucher und idyllische, verschlafene Gewässer.

Der Kiesweiher war eines davon. Ein kleiner Teil der überschaubaren Wasseroberfläche war mit Teich- und Seerosen bedeckt, die Ufer von Röhrichtinseln und schattigen Erlenbäumen gesäumt, unter denen heute unzählige Menschen, meist konzentrierte Männer mit Ferngläsern und Funkfernbedienungen, standen.

Normalerweise würde hier niemand Ozeandampfer vermuten, Containerfrachter und bullige Schlachtschiffe wie die im Zweiten Weltkrieg so spektakulär versenkte »Bismarck«. Doch heute zog sogar die »Titanic« ihre Bahn auf dem Kiesweiher, ebenso wie rassige Segelyachten, Dampfbarkassen und der längst verschrottete Bugsierschlepper »Charly«.

Unzählige Arbeitsstunden und jeden verfügbaren Cent hatte Peter Hinrichsen in seinen im Maßstab eins zu fünfundzwanzig nachgebauten ehemaligen Arbeitsplatz investiert, um jetzt bei der Siebzehnten Rostocker Modellbau-Flotten-Parade stolz auf Jungfernfahrt zu gehen.

Die »Charly« en miniature war fast schöner als das Original. Selbst die kleinsten Ausrüstungen waren detailgetreu nachempfunden, filigrane Leitern aus Kupferdraht, kaum fingerkuppengroße Rettungsringe und -westen, sorgsam aufgeschossene Taurollen aus schwarzem Takelgarn und winzige Positionslaternen, die mit Dioden bestückt waren, damit sie in der Nacht leuchten konnten. Ein Prachtstück, auch wenn noch nicht alles perfekt war. Die Reichweite der Funkfernbedienung zum Beispiel ließ zu wünschen übrig, weil Hinrichsen den Schlepper nicht mit übergroßen Antennen verunstalten wollte. Er hatte angenommen, dass die feinen Haardrähte ausreichen würden, aber da musste eine bessere Lösung her. Und auch das charakteristische Tuckern des Zweitaktdiesels ließ sich nicht originalgetreu nachbilden. Unter Vollgas klang der kleine »Charly« wie eine Nähmaschine auf Speed, das war alles andere als befriedigend.

»Vielleicht versuchen Sie's mit einer Tonaufnahme«, wanzte sich Dr. Herbert Gräwe an den ehemaligen Schlepperkapitän heran.

»Mit einer Tonaufnahme?«

»Sie nehmen den Originalton eines Schiffsdiesels auf und spielen ihn dann ab, wenn Sie fahren.«

Hinrichsen, der sich bislang voll auf seinen Schlepper konzentriert und keinen Blick an den Mann verschwendet hatte, der von hinten an ihn herangetreten war, sah auf. »Sie meinen, mit einem kleinen Rekorder?«

»Ja«, nickte Gräwe eifrig, »man könnte ihn in den Aufbauten

unterbringen. Heutzutage benötigt so etwas ja nicht mehr viel Platz. Geht alles elektronisch. Mit Sticks und Platinen.«

»Mit Sticks und Platinen?« Hinrichsen blieb skeptisch.

»Natürlich brauchen Sie einen Speicherchip«, führte Gräwe weiter aus. »Was die jungen Leute so benutzen. Wo wir früher noch Walkman und Kassetten hatten, nehmen die heute einen MP3-Player. Ein iPod Shuffle zum Beispiel ist nur noch so groß.« Er zeigte es mit Daumen und Zeigefinger an. Drei mal drei Zentimeter. »Und so flach.« Höchstens acht Millimeter.

Das interessierte Hinrichsen. Als Modellbauer ist man immer interessiert an kompakten Lösungen. »Und die Lautsprecher?«

»Auch da gibt es heute sehr kleine«, antwortete Gräwe, »die einen guten Sound liefern. Mein Sohn Steffen kennt sich damit aus.«

»Mhm«, machte Hinrichsen und wendete den Schlepper. »Ihr Sohn heißt also Steffen. Und Sie?«

»Entschuldigen Sie.« Er hielt dem Lotsen die Hand hin, doch der hatte mit seiner Funkfernbedienung zu tun. »Dr. Herbert Gräwe.«

»Oha, ein Arzt!«

»Nein, kein Arzt, vergessen Sie den Doc.« Gräwe winkte jovial ab. »Meine Freunde nennen mich Herbie.«

»Herbie.« Hinrichsen lächelte. »Und was führt Sie zu mir, Herbie? Sie sind doch nicht gekommen, um mit mir über Schiffsmodellbau zu fachsimpeln.«

»Da haben Sie recht, auch wenn mich das Thema interessiert.« Gräwe lachte etwas nervös. »Nein, ich bin wegen der echten Pötte zu Ihnen gekommen. Immerhin sind Sie doch einer von Rostocks berühmtesten Schlepperkapitänen, nicht wahr? Sie und Ihr Kompagnon hatten nicht nur in unserem Überseehafen einen legendären Ruf.«

»So, hatten wir das.« Es klang mehr wie eine Feststellung denn wie eine Frage.

»Man hat Sie doch«, Gräwe zeigte auf den Modellschlepper, »nach Ihrem Schiff da benannt.«

»Charly Eins und Zwo.«

»Sie sind Charly Eins, richtig?«

Hinrichsen nickte versonnen. »Immer noch, ja.«

»Und Ihr Co.«, fragte Gräwe ungeduldig, »baut der auch Modellschiffe?«

Eine blecherne Lautsprecherstimme unterbrach das Gespräch, um den am Ufer wartenden Modellbaukapitänen das Reglement für die unmittelbar bevorstehenden Schaufahrten zu erklären. Danach sollte eine Jury aus acht unparteiischen Fachleuten über die Preisvergabe in fünf Kategorien entscheiden: Maßstab, Material, Gewicht, Detailtreue und Performance.

Hinrichsen ließ seinen Schlepper ans Ufer fahren und holte ihn vorsichtig aus dem Wasser. »Halten Sie mal?«

»Aber gern.« Gräwe nahm ihm den Schlepper ab und war ganz erstaunt über das Gewicht. »Mein lieber Mann! Haben Sie da Steine eingefüllt?«

»Blei eingegossen«, erklärte Hinrichsen, während er die Aufbauten demontierte, um die Batterien auszuwechseln. »Damit er richtig im Wasser liegt.«

»Verstehe. Das wird auch bewertet.«

»Ist vor allem wichtig für die Fahrstabilität.«

»Schon klar.« Gräwe spürte, wie seine Muskeln in dem Oberarmen verkrampften. Verdammt, war der Kahn schwer! Und Hinrichsen brauchte eine scheinbare Ewigkeit für den Batterietausch. »Dauert's noch lang?«

»Bin gleich so weit.« Der alte Lotse setzte die Aufbauten wieder ein. »Aber ich will halt nicht riskieren, dass mir das Boot wegen schlapper Batterien liegen bleibt. Vielen Dank.« Er nahm den Schlepper wieder an sich und setzte ihn zurück ins Wasser. »Jetzt kann's losgehen.«

»Ich bin ja nur froh, dass Sie nicht auf die Idee gekommen sind«, Gräwe strich sich erleichtert über die Arme, »den Schorsch nachzubauen. Den hätte ich nicht so lang halten können.«

Hinrichsen fuhr herum. »Genau das hatten wir vor.«

»Wer?« Gräwe war wie elektrisiert. »Sie und Charly Zwo?«

»Sie ahnen ja nicht, wie viele Tage wir auf dem alten Dampfer verbracht haben, um alles genau nachzumessen. Wir wollten ihn so bauen, wie er zuletzt war, mit all dem Gerümpel auf dem Schiff.«

Hinrichsen spuckte wütend aus. »Die haben alles verrotten lassen. Auf den Teakdecks ist schon Gras gewachsen. Und ganze Büsche!«

»Ja, den Betreibern ist wohl das Geld ausgegangen ...«

»Nee! Die hatten keine Lust mehr!« Hinrichsen winkte ab. »Dieser sogenannte gemeinnützige Verein wollte nur noch Kasse machen. Die haben den Kahn versenkt.«

»Glauben Sie?«

»Das glaube ich nicht, das weiß ich.« Hinrichsen kümmerte sich wieder um seine Funkfernbedienung.

Jetzt wird's interessant, dachte Gräwe. »Es gibt Gerüchte, dass Ihr Co.«, sagte er gedehnt, »also Charly Zwo, auf dem Schiff war, als es sank.«

»Keine Ahnung. Gibt es die?«

»Ein Belgier erzählt so was. Alvaro Beerendonk.«

»Charly Zwo ist kein Idiot.« Hinrichsen ließ seinen Schlepper vor- und zurück- und mehrere Kreise fahren, um alle Funktionen und die Manövrierfähigkeit zu überprüfen. »Wir sind beide lange genug zur See gefahren. Und wenn man eine Kabine an der Backbordseite auf einem Schiff mit Nordostkurs hat, dann kann man sich schon wundern, wenn man früh von der Morgensonne geweckt wird.«

»Wieso?« Gräwe kniff irritiert die Augen zusammen.

»Weil die Sonne nach wie vor und seit Menschengedenken im Osten aufgeht. Ergo sollte sie bei Nordostkurs abends durch die Bullaugen auf der Backbordseite scheinen.«

»Es sei denn, das Schiff hat den Kurs geändert.« Endlich begriff Gräwe. »Beerendonk sprach von einem letzten Funkspruch, mit dem Charly Zwo so etwas angedeutet hat.«

»Die sind plötzlich nach Südost gefahren, auf die polnische Küste zu, Richtung Danzig«, knurrte Hinrichsen. »Und da liegt er nun auf Grund, der Schorsch.« Misstrauisch sah er Gräwe an. »Was haben Sie eigentlich damit zu schaffen?«

»Ich?« Gräwe hob abwehrend die Schultern. »Nichts, ich ... Ich meine nur, dass der Fall aufgeklärt werden muss, finden Sie nicht?«

»Nein, das finde ich nicht«, antwortete Hinrichsen entschieden ins Startvorbereitungssignal hinein, »denn ich habe vor, meine Rente noch ein bisschen zu genießen. Und jetzt entschuldigen Sie mich, ich habe eine Regatta zu fahren.«

Er ließ Gräwe demonstrativ stehen und trat ans Ufer, um seinen kleinen Schlepper zu den anderen Modellen an die Startlinie zu manövrieren.

19 CHINA WIRD ÜBERSCHÄTZT. Dauernd wird vom erwachenden chinesischen Drachen gefaselt, der sich anschickt, Supermacht zu werden, und irgendwann die Welt beherrschen wird. Aber das ist Quatsch. Auch wenn in diesem Jahr erstmals Deutschland als sogenannter Exportweltmeister von China eingeholt wurde. Ich kann darüber nur spotten. Man muss das einmal hochrechnen: Wie hoch ist die Produktivität von etwa einer Milliarde Chinesen gegenüber lächerlichen knapp achtzig Millionen Deutschen, wenn China jetzt vom Exportvolumen her mit uns gleichgezogen hat? Na also. China wird überschätzt, sag ich doch.

Mal ganz abgesehen davon waren es immer die wackeren Ritter der alten europäischen Mythen, die den Drachen die Feuer speienden Köpfe abgeschlagen haben. Also auch von dieser Seite sollte uns keine Gefahr drohen.

Das Einzige, womit uns die Chinesen langfristig wirklich fertigmachen können, ist deren Musik.

Man kennt das aus China-Restaurants, wenn man auf die Peking-Ente wartet: ein unglaublich asynkopisches Gejaule aus Falsettstimmen und wimmernden Geigen, untermalt von Gongschlägen und klimpernden Harfen, kaum auszuhalten. Und eine derart akustische Hölle reißt mich diesmal aus dem Schlaf.

Herrgott noch mal!

Blinzelnd sehe ich mich um. Die Sonne steht schon spätnachmittäglich weit im Westen, aber die Tage Anfang Juni sind lang. Ich liege auf der Terrasse vor meiner kleinen Reetdachkate am Barther

Bodden, das ist auch okay. Woher aber kommt diese entsetzlich disharmonische Asiamucke?

Ich erhebe mich etwas steif, denn es ist in meinem Alter der Gesundheit nicht unbedingt förderlich, wenn man sein Nickerchen auf einem Gartenstuhl macht, und wanke ums Haus.

Der Ursprung des chinesischen Klangirrsinns ist Hünerbeins Mercedes. Alle Türen stehen sperrangelweit auf, es winselt und jammert in ohrenbetäubender Lautstärke, und der Dicke selbst steht mit drollig rechtwinklig abgespreizten Armen davor und guckt kriegerisch auf die Wurstfinger der rechten Hand. Dann bewegt er sich gemächlich um seine Körperachse, während der linke Arm langsam sinkt und der rechte emporgehoben wird, wobei der Kollege a. D. mit den Augen weiterhin seiner Hand folgt, so als wolle er weit über sich nach etwas greifen. Nur ist da nichts.

Genervt beuge ich mich in den Mercedes hinein und schalte das nervenzerrende Gejaule ab. »Was soll das werden?«

»Tai-Chi«, antwortet Hünerbein konzentriert. »Das ist eine innere Kampfkunst, die als System der Bewegungslehre der Gesundheit, der Persönlichkeitsentwicklung und der Meditation dienen kann. Ich nutze es vor allem zur geistigen Entspannung.« Er löst sich aus seiner meditativen Verrenkung und grient mich an. »Solltest du auch mal versuchen. Seitdem ich das ernsthaft praktiziere, geht es mir viel besser.«

»Und wo ist Siggi?« Ich sehe sein Auto nicht.

»Dein kommunistischer Schwager?«

»Siggi ist nicht mein Schwager, sondern der Exmann meiner Ehefrau.« Hundertmal habe ich ihm das schon erklärt.

»Verschone mich mit deinen komplizierten Familienverhältnissen.« Hünerbein streckt sich, dass die Knochen knacken. »Er lässt dich schön grüßen und hat gesagt, es sei mal wieder sehr nett mit dir gewesen.«

»Und wo ist er hin?«

»Er hat ein paar geschäftliche Termine in den nächsten Tagen. Und er hat dir eine vernünftige Angel dagelassen. Damit du mal was fängst.«

Na toll! Trotzdem ist es merkwürdig, dass er einfach so verschwunden ist. »Irgendwas hat der vor.«

»Vor allem hat er aufgeräumt«, meint Hünerbein. »Schön alles in den Geschirrspüler gepackt, die Lebensmittel in den Kühlschrank getan – ich finde, er könnte dir eine wertvolle Haushaltshilfe sein.«

So weit kommt es noch, dass Siggi hier dauerhaft einzieht. Bloß nicht! Nur seine Paracetamol-Tabletten fehlen mir ein wenig, denn ich verspüre die Nachwirkungen des Genusses von zu vielen alkoholischen Getränken vor allem im Schädel.

Hünerbein dagegen scheint keinerlei Beschwerden zu haben.

»Geht's dir gut?«

»Dank der Praxis bewährter fernöstlicher Meditationstechniken bestens. Und dir?«

»Mäßig«, antworte ich und gehe in die Küche, um eine gute Literflasche Wasser bis zur Hälfte auszutrinken. »Eine Kopfschmerztablette wäre nicht schlecht.«

»Versuch's mit Ginkgo-Extrakt.« Hünerbein holt ein entsprechendes Fläschchen aus dem Medizinkoffer seines Wagens und reicht es mir. »Hilft auch gegen Demenz.«

Na, vielen Dank. »Und wie viel muss ich davon nehmen?«

»Ein Esslöffel sollte fürs Erste reichen.« Er schließt die Türen seines Wagens und verriegelt ihn per Funkfernbedienung. »Was machen wir denn mit dem angebrochenen Abend?«, fragt er unternehmungslustig. »Ich könnte einen Happen gebrauchen.«

Schon wieder?

»Ich dachte, du zeigst mir mal deine neue Heimat. Wir könnten in der Stadt was essen gehen.«

»Barth ist nicht unbedingt das, was du dir unter Stadt vorstellst, Harry.«

»Vergiss nicht, ich bin als geborener Hildesheimer einiges gewohnt. Deutsche Provinz kann mich nicht schrecken. Außerdem habe ich gehört, dass hier das sagenhafte Vineta untergegangen sein soll. Das interessiert mich.«

»Vineta soll auch noch an zwei, drei anderen Stellen in der Ostsee versunken sein«, antworte ich. »Außerdem: Kannst du denn schon fahren?«

»Ich denke schon. Du etwa nicht?«

Nee. Ganz sicher nicht.

»Warte mal, das haben wir gleich.« Hünerbein streckt seinen dicken Arm aus und hebt den Zeigefinger. Dann visiert er damit die Nasenspitze an – seine kleinen Schweinsaugen beginnen zu schielen – und trifft.

»Na bitte«, sagt er zufrieden, »ich bin voll verkehrstüchtig.«

»Denn man tau«, gebe ich mich nordisch und ziehe mir eine Jeansjacke über, denn nachts kann es ja, das weiß ich aus leidlicher Erfahrung, noch recht frisch werden.

20   WIR NÄHERN UNS der Stadt von Osten, über die Trebbiner Straße, und suchen uns hinter dem Adligen Fräuleinstift, einer netten barocken Anlage aus dem Jahre 1733, einen Parkplatz. So können wir uns nicht im verwirrenden Einbahnstraßenrätsel Barths verirren und haben einen kurzen Fußweg zu allen sehenswerten Plätzen der Stadt.

Das Adlige Fräuleinstift befindet sich exakt an jener Stelle, an der sich einst die alte Ranenfestung befand, Hauptsitz des letzten rügenschen Adelsgeschlechts. Später wurde die Festung unter dem pommerschen Herzog Bogislaw XIII. zu einem prachtvollen Renaissanceschloss umgebaut, das aber während der Schwedenherrschaft verfiel. Überhaupt standen in Barth nach dem Abzug der Schweden nur noch knapp siebzig Häuser. Die Stadt hatte seine einstige Bedeutung als wichtiger mittelalterlicher Handelsplatz vollkommen verloren.

Hünerbein wundert sich, dass die Fürsten und Herzöge hier früher alle so polnische Namen hatten.

»Das sind slawische Namen«, erkläre ich ihm. »Wir befinden uns in Pommern, nicht in Mecklenburg. Pommern war immer slawisch.

Erst nach dem Siebenjährigen Krieg fiel es an Preußen. Und erlebte prompt eine zweite Blüte. »In Barth entstanden bedeutende Werften für den Segelschiffbau, der Hafen war mit einer Handelsflotte von fast achtzig Schiffen Ende des 18. Jahrhunderts einer der bedeutendsten Seeumschlagplätze seiner Zeit. Kann man sich heute gar nicht mehr vorstellen.

Inzwischen haben wir den Markt und die Lange Straße erreicht, in der sich auch das Vineta-Museum befindet. Leider hat es nur bis siebzehn Uhr geöffnet und ist geschlossen, aber Hünerbein nimmt sich fest vor, es an einem anderen Tag zu besuchen.

Da er mich mit seinem Hunger nervt, laufen wir runter zum Hafen und kehren in Moppis »Vinetablick« ein. Abends ist hier wesentlich mehr los. Die Terrasse ist bis fast auf den letzten Platz besetzt.

Wir finden zwei freie Stühle an einem Tisch mit einer schwedischen Seglercrew, die uns mit lustigem Akzent von ihrem abenteuerlichen Törn über die Ostsee erzählt. Vor allem die neblige Nacht von Sonntag zu Montag hatte bei denen an Bord für Aufregung gesorgt, weil ihnen mitten auf dem Meer das Radargerät ausgefallen war und sie dauernd Gefahr liefen, mit einer der großen Autofähren zusammenzustoßen, die ständig mit Höchstgeschwindigkeit über die Ostsee kacheln.

Was Abenteuer in Nebelnächten angeht, habe ich eigene Erfahrungen, und deshalb erzähle ich von meiner unheimlichen Begegnung mit dem Segelboot auf dem Bodden, ohne allerdings den Toten an Bord zu erwähnen.

Plötzlich habe ich das charakteristisch lautstarke Blubbern des Boxermotors der alten Zündapp in den Ohren. Ich recke den Hals und sehe kurz darauf die kleine Hansen suchend über die Terrasse des »Vinetablicks« laufen. Ihr Gesicht ist blutverschmiert, als wäre sie in eine Prügelei geraten.

Mit besorgter Miene gehe ich auf sie zu. »Frau Hansen?«

»Zum Glück!« Erleichtert sieht sie mich an. »Eigentlich dachte ich, den Oehler hier zu finden, aber Sie sind mir fast lieber.«

»Was ist passiert? Sie sehen furchtbar aus.«

»Krahwinkels Kanzlei ist überfallen worden. Ich hab ein paar auf die Fresse gekriegt. Ist aber nicht so schlimm.«

»Was?« Ich verstehe die Zusammenhänge nicht.

Auch Hünerbein kommt herangewatschelt und will wissen, was Sache ist.

Ich stelle die beiden einander vor. »Kriminaloberrat a. D. Harald Hünerbein. Ist als Leiter unserer Mordkommission in Berlin mein langjähriger Chef und Partner gewesen.«

Maike Hansen reicht ihm galant die Hand. »Sie kommen gerade recht. Ich brauche echt dringend ein paar kompetente Leute an meiner Seite.«

»Das ist Frau Hansen«, erkläre ich Hünerbein, »vom Kriminalkommissariat hier in Barth.«

»Ich bin noch nicht lange vom Fach«, lächelt sie entschuldigend, »das ist hier sozusagen mein erster richtiger Fall.«

»Verstehe«, nickt Hünerbein gönnerhaft. »Wenn Sie uns in den Sachverhalt einweihen wollen, wir helfen gern.«

»Können wir das in der Dienststelle besprechen? Ist gleich hier ums Eck.«

»Klar, kein Problem«, antworte ich.

Hünerbein sieht das zwar anders, da er gerade beim Essen ist, aber er nimmt seine »große pommersche Fischplatte nach Art des Hauses« sowie den halben Liter Bier einfach mit.

Wenig später sitzen wir im Büro der Barther Außenstelle des Stralsunder Kriminalkommissariats. Hünerbein thront an Oehlers Schreibtisch und mampft seinen Fisch, während Maike und ich auf den Besucherstühlen Platz genommen haben.

»Der Tote vom Segelboot war Rechtsanwalt in Rostock, Krahwinkel & Partners«, erklärt sie uns. »Als ich die Kanzlei heute besuchen wollte, war sie von einem Unbekannten überfallen worden. Ich fand die Sekretärin Frau Kolpert, eine Anwaltsgehilfin, gefesselt auf der Toilette und hatte sie gerade befreit, da stürmte ein SEK der Rostocker Polizei die Bude. Irgendein anonymer Anrufer hatte den Überfall gemeldet, und nun dachten die, sie würden mich bei frischer

Tat stellen. Diese Arschlöcher!« Sie nahm ihr Smartphone, hielt es ein Stück von sich weg und fotografierte sich. Dann guckte sie sich das Bild auf dem Display an. »Shit, ich seh ja wirklich richtig scheiße aus ...«

»Ja, die haben Ihnen ordentlich das Gesicht poliert«, schmatzt Hünerbein. »Sollen wir besser einen Arzt rufen?«

»Nee, halb so wild. Das war bloß Nasenbluten.« Sie feuchtet ein Papiertaschentuch mit der Zunge an und versucht nicht sehr erfolgreich, sich das angetrocknete Blut aus dem Gesicht zu wischen. »Na, egal, das mach ich später.« Sie kommt wieder zum Thema zurück. »Die brachten uns, also diese Frau Kolpert und mich, aufs Revier und da ...«

»... konnten Sie die Sache offensichtlich zu Ihren Gunsten klären«, stellt Hünerbein fest und schiebt zufrieden und satt den leer gegessenen Teller mit dem Fischbesteck von sich, »sonst wären Sie ja jetzt nicht hier.«

»Genau.« Maike Hansen nickt.

»Was haben die in der Kanzlei gesucht?«, erkundige ich mich. »Geld?«

»Es fehlen angeblich fünfzigtausend Euro«, nickt Maike Hansen und wird von einem alten Mann in blauem fleckigem Arbeitskittel und mit riesigen orangefarbenen Ohrenschützern unterbrochen, der ins Büro gepoltert kommt und lautstark triumphiert:

»Na, endlich! Ich hab den Verbrecher festgesetzt!«

Irritiert sehen wir den Mann an.

Der redet ununterbrochen weiter: »Ich wusste erst nicht, ob da noch andere kommen. Wollte das Haus nicht allein lassen und hab daher abgewartet. Aber es blieb alles ruhig, und da dachte ich, ich liefere den Kerl am besten hier ab.«

»Welchen Kerl? Wen haben Sie festgesetzt?«

»Liegt fest verschnürt draußen auf dem Hänger«, verkündet der Alte stolz, »hat'n ganz schönes Gewicht. War gar nicht so einfach, denn da raufzukriegen. Ich musste ihn sozusagen mit 'ner Sackkarre verladen. Kommen Sie!«

Wir folgen dem Alten und hören von draußen wütendes Gebrüll.

»Hansen! Nehmen sie den Irren fest! Aber Vorsicht! Der ist bewaffnet!«

»Oh Gott, das ist Oehler!« Die Hansen rennt drauflos und wir hinterher.

Auf der Straße tuckert ein altersschwacher Deutz-Trecker vor sich hin. Auf dem Hänger liegt, wie zu einem Paket verschnürt und mit blutüberströmtem Kopf, Kriminaloberkommissar Björn Oehler und kann sich nicht rühren. Aber schreien kann er wie am Spieß: »Erst entwaffnen, den Kerl, Hansen! Machen Sie schon!«

»Der brüllt schon die ganze Zeit so rum«, winkt der Alte ab und macht pfiffige Miene, »aber ich bin ja nicht auf den Kopf gefallen, was?« Er tippt sich gegen die Ohrenschützer und fragt: »Wie sieht's aus? Gibt's 'ne Belohnung?«

»Von wegen Belohnung«, faucht Maike Hansen entsetzt, »das ist mein Chef, Mann!« Hektisch zerrt sie an den Fesseln von Oehler herum. »Hat jemand ein Messer? Das krieg ich so nicht auf.«

»Kümmern Sie sich erst um den Verrückten, Hansen«, brüllt Oehler, »der rennt uns noch weg!«

»Quatsch, der rennt nicht weg«, meint Hünerbein und hilft mit einem Taschenmesser aus, »der glaubt sich auf der richtigen Seite.«

»Ich wusste erst gar nicht, wie ich den Mann unschädlich machen soll«, erzählt der Alte unterdessen weiter, »aber wie der da durchs Haus schlich, musste ich ja handeln. Und zum Glück hatten die da in der Küche noch diese richtig guten Pfannen von früher, kennen Sie die noch? Die aus diesem schweren massiven Gusseisen? Damit hab ich ihm eine von hinten übergebraten. Der ging sofort zu Boden, sag ich Ihnen, das war Maßarbeit! Der hat sich nicht mehr gerührt.«

»Mensch, begreifen Sie das nicht«, kreischt die Hansen völlig außer sich, »Sie haben meinem Kriminaloberkommissar auf den Kopf gehauen!«

»Der versteht nichts«, erkläre ich ihr, »der hat Ohrenschützer auf.« Ich ziehe sie ihm vom Kopf. »Jetzt ist's besser.«

Inzwischen hat aber auch der Alte begriffen, dass die Sache anders läuft, als er sich das vorgestellt hat. »Warum befreien Sie den denn? Ich hab den doch extra …«

»Das ist ein Polizist«, rufen Hünerbein, die Hansen und ich gleichzeitig. »Sie haben den Falschen erwischt.«

»Oh«, macht der Alte kleinlaut, »das wusste ich nicht.« Er nimmt betroffen Schutz hinter mir, weil Oehler Anstalten macht, auf den Mann loszugehen.

»Komm her, du Wicht, ich mach Kleinholz aus dir!«

»Das lassen Sie mal besser bleiben, Herr Oehler«, wehre ich ihn ab. »Heut ist schon genug Blut geflossen!«

»Ich habe nur im Auftrag gehandelt«, verteidigt sich der Alte und zeigt auf Maike Hansen, »sie hat doch gesagt, dass ich …«

»Was haben Sie?« Wütend fährt Oehler zur Hansen rum. »Sie haben den beauftragt?« Er sieht wirklich ziemlich gruselig aus, mit seinem blutverschmierten Kopf. »Um mich niederzuschlagen?«

»Quatsch, ich habe nur gesagt, er soll aufs Haus aufpassen.«

»Was haben Sie da überhaupt gemacht?«

»Ich wollte noch einmal die Krahwinkel befragen …«

»Das war aber nicht Ihr Auftrag, verdammt noch mal!«

»Sie ist tatverdächtig«, verteidigt sich Maike Hansen. »Und sie ist abgehauen. Mit Sack und Pack.«

Hünerbein sieht mich fragend an. »Blickst du noch durch?«

»Nee.«

»Ich müsste dann auch mal«, flüstert der Alte hinter mir, »kann ich jetzt gehen?«

»Sie bleiben hier!« Oehler packt sich den Mann schneller, als ich gucken kann. »Ich buchte Sie ein, bei Brot und Wasser!«

»Moment mal«, schiebe ich mich zwischen die beiden, »ich denke, es reicht, wenn Sie Anzeige wegen Körperverletzung stellen. Aber den Mann einsperren, das kriegen Sie bei keinem Haftrichter durch.«

»Ich scheiße auf den Haftrichter!«

»Aber der nicht auf Sie«, wendet Hünerbein ein. »Also lassen Sie den Mann gehen!«

»Hauen Sie ab«, zische ich dem Alten zu.

Das lässt sich der nicht zweimal sagen. Wieselflink klettert er auf seinen Trecker und gibt Gas.

»Du kriegst 'ne Anzeige, die sich gewaschen hat«, brüllt Oehler ihm mit geballten Fäusten nach. »Mich haut keiner so einfach um! Niemals! Das wirst du büßen, verlass dich drauf!«

»Beruhigen wir uns?« Ich sehe Oehler freundlich an.

»Natürlich beruhigen wir uns, nicht wahr?« Auch Hünerbein grient so nett wie möglich.

Oehler schnauft wie eine Dampflok, die Druck ablässt. »Sie haben recht, Hansen«, sagt er schließlich friedlicher. »Die Krahwinkel war mit ihrem Mann vorgestern auf dem Boot. Das macht sie tatsächlich verdächtig.«

»Fehlt nur noch ein Motiv«, überlegt sie.

»Es gibt eine Renten- und eine Lebensversicherung zugunsten der Frau. Bei der ›Hanseat‹-Versicherungsgruppe in Hamburg. Volumen anderthalb Millionen Euro. Reicht das als Motiv?«

Das reicht, denke ich, während Hünerbein anerkennend durch die Zähne pfeift. Das reicht völlig. In Berlin jedenfalls sind Menschen schon für sehr viel weniger umgebracht worden.

Oehler sieht seine junge Kollegin an. »Wieso sehen Sie eigentlich so blutig aus?«

»Ich war in Rostock«, antwortet sie. »Krahwinkel hat dort als Anwalt gearbeitet. Seine Kanzlei ist überfallen worden.«

»Ach«, macht Oehler.

»Ging's da eigentlich nur ums Geld«, will Hünerbein wissen, »oder hat der Täter was ganz Bestimmtes gesucht?«

»Laut Aussagen der Anwaltsgehilfin wollte er irgendwelche Papiere über eine …« Sie überlegt. »Argent Venture hieß das, glaube ich.«

»Argent Venture Capital Limited«, nickt Oehler, »das ist diese dubiose Firma, die angeblich die ›Büchner‹ gekauft haben soll.«

»Und woher wissen Sie das?«

»Weil ich mal ein kleiner Junge war«, antwortet Oehler mit bitterem Unterton in der Stimme, »ein kleiner Junge, der unbedingt zur See fahren wollte. Und die ›Büchner‹ damals das Ausbildungsschiff unserer Handelsmarine war. Jeder, der zur See fahren wollte, hat vom Schorsch geträumt, aber das können Sie nicht wissen, Hansen.« Er tippt ihr auf die Stirn. »Dafür sind Sie viel zu jung. Und wenn nach Jahrzehnten jemand kommt, um das Traumschiff von Generationen von Seeleuten zu kaufen, dann merken die sich das. Vor allem, wenn dieser Käufer das Schiff nur verschrotten will. Dann merken wir uns sogar den Namen.« Er atmet tief durch und betont jede Silbe. »Argent Venture Capital Limited: Klingt das für Sie seriös?«

»Wollen Sie damit sagen«, sie starrt ihren Chef aus großen blauen Augen an, »dass Krahwinkel Feinde hat? Alte Seeleute, die sich für den Verkauf ihres Schiffes rächen wollen?«

»Nicht so hastig, Hansen, so habe ich das nicht gemeint«, winkt Oehler beschwichtigend ab, »ich wollte lediglich kundtun, dass mir der Begriff Argent Venture durchaus nicht unbekannt ist.«

»Aber wenn Krahwinkels Kanzlei wegen genau dieser Papiere überfallen wurde, könnte es doch einen Zusammenhang geben zwischen seinem Tod und dem Verkauf des Schiffes.«

»Könnte schon.« Oehler kratzt sich am Kopf. »Muss aber nicht.«

»Kommen Sie!« Maike Hansen hat eine neue Spur. »Immerhin ist die ›Büchner‹ gesunken! Das ging doch durch die Presse! Selbst DER SPIEGEL vermutet Versicherungsbetrug. Vielleicht will jemand verhindern, dass die Sache aufgeklärt wird.«

Oehler winkt ab. Für ihn sind das Verschwörungstheorien. Der Presse ist heute doch keine Schlagzeile mehr zu schräg.

»Hat denn der Täter bei dem Überfall die Papiere gefunden?« Das interessiert mich wesentlich mehr, denn: »Wenn nicht, müssten sie ja noch irgendwo sein, oder?«

»Ja«, nickt Maike Hansen, »die Anwaltsgehilfin sprach davon, dass Krahwinkel die sensiblen Papiere immer mitgenommen hat …«

»Aber wohin?«

»Zu sich nach Hause«, vermutet Hünerbein, »könnte das sein?«

Wenn ich diese Papiere haben wollte, würde ich dort auf jeden Fall nachschauen. Fragend sehe ich Oehler und Maike Hansen an.

»Sie waren doch beide heute da?«

»Ich war nicht im Haus«, erwidert sie.

»Aber ich.« Oehler macht ein grimmiges Gesicht. »Ich war sogar in Krahwinkels Arbeitszimmer.«

»Und?«

»Nichts und«, knurrt er wütend, »bevor ich mir da die Akten genauer angucken konnte, hat mich doch dieser dumme Alte niedergeschlagen.«

»Nicht wieder dieses Thema«, stöhnt Hünerbein.

Trotzdem: »Wir sollten uns da noch einmal umsehen.« Ich sehe Hünerbein, Oehler und die junge Hansen an. »Bevor es jemand anders tut.«

Keine Minute später sitzen wir alle in Hünerbeins Mercedes und fahren nach Pruchten. Unterwegs überholen wir den Deutz-Trecker des Alten im blauen Arbeitskittel, und Oehler schwenkt noch einmal drohend die Faust.

Dann sehen wir die schwarze Rauchwolke. Sie steigt direkt über der Müggenhall auf.

Wenig später halten wir vor dem Anwesen der Krahwinkels. Das schöne Reetdachhaus brennt lichterloh. Fassungslos starren wir auf die Flammen. Sie schlagen schon aus allen Fenstern und Türen. Da ist nichts mehr zu holen und auch nichts mehr zu retten. Das Haus ist verloren. Im Schein des Feuers sieht man einen krakeligen Schriftzug, der auf den Gartenzaun mit blutroter Farbe gesprayt worden ist: »RECHTSVERDREHER, WIR KRIEGEN DICH!«.

Maike Hansen ist völlig entsetzt. »Aber der Krahwinkel ist doch tot«, ruft sie verzweifelt, »verdammt, den können die doch gar nicht mehr kriegen! Der ist doch längst tot!«

Tröstend nimmt Oehler sie in den Arm. »Wir schaffen das, Lütte«, sagt er leise und ohne den Blick von den Flammen zu nehmen. »Wir schaffen das.«

Krachend bricht der Dachstuhl des einst so prächtig sanierten Reetdachhauses in sich zusammen. Wir stehen im Funkenregen. Die Sirenen der Feuerwehr sind zu hören, noch weit entfernt.

Die kommen ohnehin zu spät, denke ich noch.

Dann schreit Maike Hansen auf.

Ihr Chef, Kriminaloberkommissar Björn Oehler, ist ohnmächtig zusammengebrochen.

21 SIEGBERT MEYER war hoch nach Warnemünde gefahren. Ein bisschen Strandluft, so dachte er, und der Ostseewind können nicht schaden, um wieder einen klaren Kopf zu bekommen nach dem vielen Whisky der letzten Tage.

Aber das Gehen im weichen Sand ging auf die kaputten Beine, da half auch der Gehstock nicht. Meyer musste auf die Uferpromenade ausweichen, die war asphaltiert und mit Steinplatten belegt. Als er am Hotel »Neptun« vorbeikam, bewunderte er die strahlend weiße Fassade. Alles neu gemacht, stellte er fest. Es gab auch einen modernen Anbau, und das Ganze nannte sich, wie sollte es anders sein, »Resort & Spa«.

Jeder Hotelier, der etwas auf sich hielt, nannte seinen Laden jetzt so. Auch die Bettenburg auf der anderen Warnow-Seite am Yachthafen Hohe Düne war ein »Resort & Spa«. Ohne das ging es offenbar nicht mehr. Wellness-Wochenenden waren in. »Tun Sie Ihrem Körper etwas Gutes«, warben die Prospekte allerorten, »tun Sie etwas für sich!« Und als Meyer wegen seiner lädierten Knochen im vergangenen Herbst Urlaub am Toten Meer gemacht hatte, hatte er dort sogar – oh, là, là! – in einem »Grand Resort & Spa« genächtigt.

Das Hotel »Neptun« dagegen war schon immer ein besonderes Haus. 1971 mit sehr hohem Standard zunächst als reines »Devisenhotel« für Ausländer gebaut, durfte es später auch von besonderen FDGB-Urlaubern genutzt werden, zuverlässigen Genossen, die sich um die gemeinsame Sache verdient gemacht hatten. Das Hotel lag direkt am Strand, alle dreihundertachtunddreißig Zimmer hatten Meerblick. Einzigartig damals waren das Meerwasserschwimmbad mit Wellenanlage und die Sky-Bar ganz oben in der neunzehnten

Etage. Für den »Tanz unter den Sternen« konnte dort in warmen Sommernächten sogar das Dach geöffnet werden.

Kein Wunder, dass das »Neptun« auch gerne von hohen Westpolitikern frequentiert wurde, wie Willy Brandt oder Uwe Barschel. Deshalb waren die großen Suiten vom MfS mit Lauschanlagen versehen worden. Da gab es dann einiges zu hören.

Meyer lächelte. Vor allem der Willy hatte viel Spaß in unserem Neptun-Hotel.

Anders Barschel, den man hierher eingeladen hatte, um über Kooperationen zu reden. Im Gegenzug wollte man ihm dann im Landtagswahlkampf von Schleswig-Holstein helfen. Aber die Sache ging schief. Am Ende fand man Barschel tot in einer Badewanne in Genf. Bis heute weiß niemand genau, wer da die Nerven verloren hatte.

Meyer stützte sich auf seinen Gehstock und ging langsam zu seinem Wagen zurück. Schöne Zeiten waren das damals. Vor allem war man jung. Das ließ sich nicht zurückholen. Schade.

Es wurde Zeit für sein Treffen mit dem Oberst. Meyer fuhr nach Rostock zurück und parkte den Wagen am Stadthafen, Kabutzenhof, direkt gegenüber vom Liegeplatz der »Georg Büchner«, und stieg aus.

Nur noch die stählernen Treppenkonstruktionen, die bis vor einer Woche den Zugang zu dem alten Dampfer gewährleistet hatten, waren noch da. Im Schaukasten hingen nutzlos gewordene Informationen zu Eintritts- und Zimmerpreisen sowie mehrere Speisekarten. Aber zuletzt sollen Unterkunft und Essen hier sowieso nicht mehr so doll gewesen sein.

Auf dem Kai standen ein paar Grablichter zwischen Blumen und Fotos des einst so prachtvollen Schiffs. Ein halbes Dutzend junger Leute hielt Mahnwache unter einem etwas ungelenk selbst gemalten Transparent, dass für das bedrohte maritime Erbe Rostocks warb. Ein gepierctes Mädchen mit grünen und lila Strähnen im Haar verteilte Flyer an Passanten, doch Meyer wandte sich wortlos ab.

»Willkommen, Genosse!« Etwas zu überschwänglich kam

dieser Gräwe auf ihn zu, der seinen Doktor noch im Ministerium gemacht hatte. Ein aalglatter, korrupter Hund, aber manchmal waren solche Typen eben nützlich. Und deshalb fütterte man sie mit durch.

Meyer stützte sich auf seinen Gehstock und gab Gräwe die Hand. »Sie ist weg«, stellte er mit Blick auf den verwaisten Liegeplatz der »Georg Büchner« fest.

»Ja«, strahlte Gräwe«, »sie ist weg. Sind Sie deshalb nach Rostock gekommen? Um zu gucken, ob wir gute Arbeit geleistet haben?«

»Gab's Probleme?« Meyer lauerte, bereit, bei der ersten Lüge diesen Gräwe mit seinem Stock windelweich zu prügeln.

»Nun ja«, wand sich der Rostocker Abgeordnete, »da ist so ein seltsamer Belgier aufgetaucht, der schnüffelt hier im Auftrag der Waterfgoed Vlaanderen herum. Beerendonk, heißt der, Alvaro Beerendonk …«

»Interessiert mich nicht.« Meyer machte eine wegwerfende Handbewegung. »Mich interessiert vielmehr, was mit unserem Anwalt Dr. Krahwinkel passiert ist?«

»J-ja, das …« Gräwe holte tief Luft. »Das frage ich mich allerdings auch.«

»Er ist tot.«

»Was, der Anwalt ist tot?« Gräwe riss erschrocken die Augen auf.

»Stellen Sie sich nicht dümmer, als Sie sind«, zischte Meyer. »Haben wir was damit zu tun?«

»Nein, um Himmels willen«, beteuerte Gräwe betroffen, »bis eben habe ich doch gar nicht gewusst …«

»Gut«, unterbrach ihn Meyer. »Dann bringen Sie mich jetzt zum Oberst!«

»Sehr gern, Genosse Meyer. Sehr gern!«

Der Sankt Petersburger Geschäftsmann Wystislaw Bronin war ein Meister der Inszenierung. Doch das war nicht allein der Grund, warum er heute eine echte Theaterbühne für sich gechartert hatte. Der ehemalige Oberst der Sowjetarmee kannte natürlich den alten militärischen Grundsatz, dass »jede Invasion mit einem guten Brückenkopf beginnt«.

Brückenköpfe waren wie Klauen im Fell des Feindes, sie sollten sich eine Weile halten. Andererseits musste man sie auch zügig und ohne Verluste wieder räumen können, falls sich der Gegner als überlegen erwies. In jedem Fall aber sollte so ein Brückenkopf ohne große Bündelung strategisch wichtiger Kräfte zu verteidigen sein, und diese letzte Voraussetzung bot die Bühne 602 der Compagnie de Comédie perfekt. Der alte, schon vor Jahren zum Theater umgebaute Speicherschuppen am Rostocker Stadthafen ließ sich nach allen Seiten problemlos sichern, hatte eine gute Anbindung an das Verkehrsnetz zu Wasser wie zu Lande und war vor allem unauffällig.

Niemand würde hier einen Mann wie den Oberst vermuten. Lediglich die drahtigen jungen Männer in ihren knappen T-Shirts ließen den aufmerksamen Beobachter erahnen, dass heute ein besonderer Gast in dem kleinen Theater residierte.

Während der Rostocker Bürgerschaftsabgeordnete Dr. Herbert Gräwe mit einer knappen Handbewegung gestoppt und am Einlass gehindert wurde, konnte Siegbert Meyer problemlos passieren. Auf den Gehstock gestützt hinkte er ohne allzu viel Eile durch die dunklen leeren Reihen des Zuschauerraums auf die Bühne zu. Die war wie für ein Theaterstück mit einer großen, weiß gedeckten Tafel dekoriert, auf der im Kerzenschein vielarmiger silberner Leuchter rosige Hummer, Schüsseln voller Beluga-Kaviar und ganze Batterien mit eisgekühltem Wodka und russischem Krimsekt auf ihn warteten.

»Wystislaw!« Meyer breitete herzlich die Arme aus. »Was für ein Auftritt!«

»Nicht wahr?« Der Oberst, der seit einem Attentat der Mudschahedin in Afghanistan 1989 im Rollstuhl saß, strahlte wie ein Kind zu Weihnachten. »Ist das nach unserem Geschmack?« Er wartete, bis Meyer die Bühne erklommen hatte, und gab sich dann fast akzentfrei die Antwort selbst. »Ja, das ist genau nach unserem Geschmack! Setz dich, Genosse, wir haben etwas zu feiern!«

»Auf einer Bühne?« Meyer lächelte und nahm an der langen Tafel

Platz, genau dem Oberst gegenüber. »Ist da nicht alles Show, Illusion und Spiel?«

»Genauso ist es, Towarischtsch, genauso ist es«, pflichtete der Oberst bei. »Du weißt, in einem anderen Leben wäre ich gern ein Schurke geworden, so ein richtiger weltumspannender Bösewicht wie aus den Filmen mit James Bond. Doch das ist leider nur Spiel.« Er wartete, bis ein weiß livrierter Kellner Sekt in die Kristallschalen gegossen hatte, und hob dann sein Glas. »Die Wirklichkeit dagegen ist erschreckend banal. Umso schöner ist es dann, wenn sich das Geschäftliche mit dem Spielerischen verbinden lässt, findest du nicht?«

»Darauf sollten wir trinken«, erwiderte Meyer und nahm ebenfalls sein Glas. Die Männer prosteten sich zu und tranken den Sekt in einem Zug aus. Sofort füllte der Kellner die Schalen wieder nach. Ein zweiter begann, den Hummer zu tranchieren, und verteilte große Stücke weißen Fleisches auf die Teller.

»Hast du dir das Grundstück angesehen?«, erkundigte sich Meyer.

»Wunderbar«, schwärmte der Oberst kauend, »herrliche Lage, meine Auftraggeber werden entzückt sein.« Er nahm großzügig von dem Kaviar. »Du bist einfach Spezialist für solche Sachen, Siegbert. Unersetzbar. Solche Leute gibt's heute gar nicht mehr. Und deshalb ist es mir immer ein besonderes Vergnügen, mit dir Geschäfte zu machen. Ja, ich gehe sogar so weit, zu behaupten, dass ohne dich die Welt ein ganzes Stückchen ärmer wäre.«

»Das sehe ich ein wenig bescheidener«, bemerkte Meyer und tunkte seinen Hummer in etwas Knoblauchsoße. »Ich würde sagen, ohne mich wärst vor allem du ein ganzes Stückchen ärmer, Wystislaw.«

Beide lachten drauflos.

»Nastrovje, darauf einen Wodka«, rief der Oberst prustend und ließ sich einschenken, »darauf müssen wir anstoßen, Siegbert, komm in meine Arme!«

Da der Oberst in seinem Rollstuhl saß, musste Meyer aufstehen und um den Tisch herumlaufen. Dann stießen beide an. Meyer mit sichtlichem Missbehagen. Er hatte vom Whisky noch genug. Aber hier ging es ums Geschäft, also stürzte er den Wodka hinunter, wohl wissend, dass auf das große Lob des alten Obristen unweigerlich die Kritik folgen würde.

»Allerdings«, Bronin verzog sorgenvoll das Gesicht, »kam mir zu Ohren, dass das Schiff vor der polnischen Küste sank?«

»Das ist richtig.«

»Wie konnte es so weit vom Kurs abkommen?«

»Das war nicht abgesprochen und ist vermutlich eine Entscheidung der Schlepperbesatzung gewesen.«

»So sind die Menschen«, nickte der Oberst bekümmert. »Immer wieder ergreifen sie eigenmächtig Maßnahmen, die weder vorhersehbar noch abgesprochen sind. Und schon gibt es Chaos.«

»Wie auch immer.« Meyer ging an seinen Platz zurück. »Das Schiff ist weg.«

»Es soll, wie man hört, in nur fünfunddreißig Metern Tiefe liegen.«

»Siebenunddreißig, um genau zu sein.«

»Die Polen werden eine Untersuchung verlangen«, mahnte der Oberst. »Sie fürchten einen Präzedenzfall und werden alles daransetzen, das Wrack zu bergen.«

»Und wer soll das bezahlen?« Meyer schüttelte den Kopf. »Du kennst doch die Polen, Wystislaw. Die verlangen immer viel und erreichen nichts. Es wird weder eine Bergung noch eine Untersuchung zu dem Fall geben.«

»Sicher?«

»Ganz sicher.« Meyer hob sein Glas. »Trinken wir auf unsere gute Zusammenarbeit?«

»Gern.« Der Oberst prostete ihm zu: »Nastrovje!«

»Nastrovje, Wystislaw. Nastrovje.«

22 ES WAR DEPRIMIEREND. Jahrzehntelang war die friedvolle Kleinstadt Barth eine Insel der Seligen gewesen. Umgeben von der herrlichen Boddenlandschaft mit ihrem herben Reiz und bevölkert

von ehrlichen Menschen, die einfach nur ihr nicht immer leichtes Tagwerk verrichteten und ansonsten brav ihre Steuern zahlten. Selbst die Touristen, die hierherkamen, waren meist friedliche Individualisten, die für ein paar Tage Auszeit der Hektik ihres Alltags entfliehen wollten.

Und nun diese Kette unglaublicher Verbrechen in nur zweieinhalb Tagen: ein Mord, Brandstiftung und der hinterlistige Bratpfannenanschlag auf ihn. Das hatte Kriminaloberkommissar Björn Oehler buchstäblich den Boden unter den Füßen weggerissen. Benommen lag er in der Notaufnahme des Bodden-Klinikums von Ribnitz-Damgarten und dämmerte vor sich hin.

Sein Bettnachbar, ein wortkarger Maurer, der vom Baugerüst gefallen war, sah den ganzen Tag diese unerträglichen Scripted-Reality-Shows auf RTL, und die grauenvollen Dialoge miserabel spielender Laiendarsteller bohrten sich in Oehlers Hirn wie eine düstere Prophezeiung.

»Du hast sie nicht nur gevögelt, Hassan! Du hast sie brutal missbraucht, du mieses Schwein!«

»Halt die Fresse, Schlampe, sonst mach ich dich Schmerzen!«

»Ey, Alter, sachlich mal jetzt hier, oder willste eins aufs Maul?«

»Schantall, die Hure, fickt sich doch ins Hirn!«

Lag darin die Zukunft für sein geliebtes Barth? Eine Hölle auf Erden, in der die Menschen einander brandschatzten, mordeten und missbrauchten?

Gequält wälzte er sich im Bett herum, und nur die dralle Krankenschwester mit dem sonnigen Gemüt brachte ab und zu etwas Helligkeit in die Finsternis seines Seins.

»Guten Morgen, das wird ein wunderschöner Tag! Haben wir gut geschlafen?«

Ich weiß nicht, wie Sie geschlafen haben, Schwester, aber mir ging's beschissen.

»Na, Sie sehen doch schon viel besser aus. Und jetzt machen wir auch gleich hübsch den Unterkörper frei.«

Nur zu, Schwester, Sie überraschen mich! Gehört das neuerdings zur Behandlung?

Aua! Und schon hatte er das Thermometer im Hintern. Augenblicklich war Oehler hellwach. Nicht zu fassen! Wir leben im zweiten Jahrzehnt des 21. Jahrhunderts, aber Fieber wird immer noch im Arsch gemessen? Nicht mit ihm!

Wütend sprang er auf. Er hatte bestimmt kein Fieber, dafür aber sehr viel zu tun. Allein die Vorstellung, dass die Lütte jetzt allein ermitteln musste, brachte ihn um den Verstand. Damit war die doch vollkommen überfordert. Mit anderen Worten: Oehler musste raus hier, und zwar sofort!

»Momentchen, Herr Oehler, so einfach können wir hier nicht weg!«

»Sie vielleicht nicht, Schwester. Aber ich mache jetzt von meinem Selbstbestimmungsrecht Gebrauch. Dafür sind wir immerhin im Herbst '89 auf die Straße gegangen. Wenn Sie mir bitte ein Taxi rufen würden. Danke!«

Und dann zog er sich an, musste irgendein Formular unterschreiben, dass er sich auf eigene Verantwortung selbst entlassen hatte, und ließ sich zurück nach Barth in die Dienststelle fahren.

Natürlich hing dort nur sein »Komme gleich wieder«-Schild an der verschlossenen Tür. Aber Oehler konnte sich denken, wo die junge Kollegin steckte. Er zahlte das Taxi, wechselte in seinen Dienstwagen und bretterte hoch nach Pruchten.

Die halbe Müggenhall war abgesperrt. Überall flatterten Absperrbänder, und es war bannig Betrieb. Allein die Kriminaltechnik war mit drei dunkelblauen Bullis aus Schwerin angereist, dazu kamen zwei Löschzüge der Feuerwehr, die Autos der Brandermittler und mindestens fünf Streifenwagen der Bereitschaftspolizei. Und diesen ganzen Wahnsinn wollte die Lütte dirigieren?

»Hansen«, brüllte er, aus dem Wagen aussteigend, »Hansen, wo stecken Sie?«

Immerhin sah er ihre Zündapp am Straßenrand parken, und – Oehler traute seinen Augen kaum – ausgerechnet der Alte, der ihm gestern so übel eins mit der Bratpfanne übergezogen hatte, lief bewundernd darum herum.

»Sie!« Schon hatte er den Mann am Schlafittchen gepackt. »Sie machen sich hier mal ganz schnell vom Acker! Sonst …«

Er brauchte nicht weiterzusprechen, der Alte ergriff so eilig die Flucht, als wäre der Teufel hinter ihm her.

Und wo war nun die Hansen?

Oehler wollte unter einer der Absperrungen durchtauchen, wurde aber von einem Polizisten gestoppt.

»Tut mir leid, Sie können hier nicht durch …«

»Und ob ich kann!« Er hielt dem Streifenbeamten seinen Dienstausweis unter die Nase. »Wo finde ich meine Kollegin?«

»Direkt hinter dem Haus.« Der Polizist gab den Ausweis zurück.

»Oder was davon übrig ist.«

Viel war es nicht. Das einst so herrliche reetgedeckte Bauernhaus lag bis auf die Grundmauern in rauchenden Trümmern. Feuerwehrleute standen herum, Brandermittler und Spurensicherer behinderten sich in ihrer Arbeit gegenseitig und stritten über Kompetenzen. Fotografen machten Bilder von möglichen Hinweisen, und Maike Hansen stand übernächtigt, aber sehr interessiert vor ein paar schwarz verkohlten Flaschenscherben.

»Moin, Oberkommissar! Hat man Sie schon entlassen?«

»Ja«, knurrte er, »mir fehlt ja nichts.«

»Ihr Kopf ist ziemlich dick verbunden.«

»Halb so wild. Hab 'nen harten Schädel.« Er strich sich über den Verband und sah auf die Glasscherben. »Was ist das?«

»Die Reste eines Brandsatzes«, antwortete sie. »Die Brandermittler gehen davon aus, dass das Ding von der Straße geflogen kam und auf dem Dach gelandet ist.«

»So 'ne Art Molotowcocktail?«

»Ja«, nickte Maike Hansen, »aber nicht das Benzin in der Flasche hat das Dach entzündet, sondern lediglich der brennende Lappen. Die Flasche ist nämlich auf dem Dach nicht kaputtgegangen, sondern wahrscheinlich nur unglücklich an einer Gaube hängen geblieben.«

»Das reicht«, winkte Oehler ab, »wenn so'n ausgetrocknetes Reetdach erst mal brennt, kriegst du es nicht mehr gelöscht.«

»Ja, das Feuer soll sich rasch ausgebreitet haben. Klassischer Fall von Brandstiftung. Und ich gehe davon aus, dass es derselbe Täter war, der auch Krahwinkels Kanzlei überfallen hat. Ich weiß nur noch nicht, wie das mit dem Mord an Krahwinkel in Verbindung zu bringen ist.« Sie schüttelte den Kopf. »Das müssen zwei unterschiedliche Fälle sein, oder? Sonst würde der doch nicht immer ›Rechtsverdreher, wir kriegen dich‹ auf Wände und Zaunlatten schreiben.«

»Wieso nicht?«

»Weil Krahwinkel schon tot ist. Den kann er nicht mehr kriegen.«

»Das muss nichts bedeuten«, winkte Oehler ab.

»Und warum wurde dann an Krahwinkels Boot kein entsprechendes Graffito gefunden?«

Oehler zuckte mit den Schultern. »Was weiß ich? Das kann ganz banale Ursachen haben. Vielleicht hatte er da einfach keine Farbe dabei.«

»Falsch!« Maikes Augen blitzten. »Denn auf dem Boot war eine Frau.«

»Wer sagt, dass das hier ein Mann war?«

»Frau Kolpert«, antwortete die Hansen. »Die sprach von einem Riesenkerl, der ihre Kanzlei überfallen hatte. Und derselbe war auch hier. Das Graffito weist eindeutig darauf hin.«

»Ich will ja nicht ausschließen, dass es hier zwei verschiedene Tätergruppen gibt«, gab Oehler zu. »Einmal die Frau auf dem Boot, die ihre Lebensversicherung kassieren will, und dann der Kerl, der hinter den Argent-Venture-Papieren her ist und blutrote Drohungen versprüht. Aber das ist nur eine Möglichkeit von vielen.«

»Was denken Sie?« Sie sah ihn interessiert aus zusammengekniffenen Augen an.

»Keine Ahnung«, wich Oehler aus. Sollte er sich jetzt festlegen, oder was? Nie im Leben. Dafür war es noch viel zu früh und viel zu kompliziert. »Gestern haben Sie noch einen Racheakt vermutet«, erinnerte er sie. »Vielleicht ist ja da doch was dran.«

»Sie meinen, da rächen sich jetzt die Freunde des Traditionsschiffs für den Untergang der ›Georg Büchner‹?«

»Oder alte Seeleute«, nickte er.

»Leute wie Sie?«

»Nee. Ich war ja nie Seemann. Leider!«

Maike Hansen lächelte. »Wieso eigentlich nicht?«

»Ich wäre gern einer geworden.« Oehler bekam wieder diesen bitteren Unterton in der Stimme. »Das war immer mein Traum. Aber in der DDR gab es damals ein paar Leute, die mich nicht für so systemkonform hielten.«

»Sagen Sie bloß, Sie waren ein Regimegegner.«

»Ich nicht.« Oehler steckte sich eine Zigarette an und inhalierte tief. »Aber mein Vater war wohl ziemlich rebellisch.«

»Und dann bestraft man Sie?«

»Tja. So war das eben. Deshalb bin ich zur Volkspolizei gegangen. Um zu beweisen, dass ich voll auf Parteilinie bin. Damit sie mich endlich aufs Meer lassen.«

»Aber Sie durften trotzdem nicht.«

»Nee.« Oehler warf seine Kippe weg und trat sie aus. »Deshalb bin ich ja hier.« Er sah auf die vielen Brandermittler und Spurensicherer drum herum. »Hat der große Bahnhof schon was gebracht?«

»Das will ich hoffen.« Maike Hansen gähnte herzerweichend. »Aber das müssen die erst noch alles auswerten.«

»Gut. Dann legen Se sich mal aufs Ohr, Hansen! Ich mach hier weiter.«

»Sind Sie denn schon fit?«

»Natürlich bin ich fit. Im Gegensatz zu Ihnen hab ich die Nacht geschlafen.«

Maike Hansen wollte widersprechen, doch sie kam nicht mehr dazu, denn ein uniformierter Polizist kam aufgeregt angelaufen. »Frau Kommissarin?«

Oehler fiel fast die Kinnlade herunter. »Der nennt Sie Kommissarin?«

»Frau Kommissarin, draußen steht eine Frau, die will Sie unbedingt sprechen!«

»Das ist keine Kommissarin!« Oehler bestand darauf. Der einzige Kommissar hier war er selbst. Nur schien das niemanden zu interessieren.

»Sie wirkt ziemlich aufgeregt«, führte der Polizist weiter aus, »und behauptet, dass sie hier wohnen würde ...«

»Die Krahwinkel!« Oehler und Maike Hansen sahen sich erstaunt an. »Wo ist sie?«

»Kommen Sie!« Der Polizist ging voran und hob zuvorkommend für Oehler und »die Kommissarin« das Absperrband hoch, damit sie sich nicht so tief bücken mussten. »Gleich da vorn.«

Frau Krahwinkel lehnte bleich an ihrem Mercedes Coupé, rauchte eine Zigarette nach der anderen und telefonierte. »... nein, Liebes, ich weiß noch nicht, was geschehen ist, und bin eben erst angekommen. Es ist furchtbar und alles sehr verwirrend, aber ...«

»Frau Krahwinkel?«

»Ich muss aufhören, die Kommissare sind da. Ja, Kripo, die war schon mal hier. Ich ruf dich wieder an, Schatz. Bis nachher.«

»Schatz?«, fragte Maike ungewohnt bissig. »War das Ihr Liebhaber?«

»Meine Tochter. Sie studiert in Greifswald und macht sich natürlich Sorgen.« Frau Krahwinkel steckte das Handy weg und sah gefasst auf. »Was ist hier passiert?«

Es hat gebrannt, wollte Oehler antworten, doch Maike Hansen kam ihm zuvor: »Frau Krahwinkel, wir müssen Sie bitten, mit aufs Revier zu kommen. Sie sind vorläufig festgenommen.«

Oehler war fast noch verblüffter als die Krahwinkel. »Sind Sie verrückt geworden, Hansen?«, flüsterte er erschrocken. »Sie können doch die Frau nicht einfach festnehmen!«

»Warum nicht?«, gab Maike zurück. »Sie ist dringend tatverdächtig.« Sie wandte sich wieder Frau Krahwinkel zu. »Kommen Sie bitte? Ich würde gerne auf Handschellen verzichten.«

»Handschellen?« Frau Krahwinkel klimperte verwirrt mit den Augen. »Mein Haus ist abgebrannt, und ich werde verhaftet? Herrgott, ich war doch gar nicht hier!«

»Eben«, nickte Maike und führte sie zu einem der Streifenwagen. »Darum geht es ja. Aber das können Sie uns gern in der Dienststelle erklären.«

23 ZUNÄCHST GING ES wieder um das sogenannte Nichtraucherschutzgesetz, das Rauchverbot in staatlichen Behörden. Frau Krahwinkel glaubte, ein Recht auf eine Zigarette zu haben. In Fernsehkrimis wurde in Verhörsituationen schließlich auch immer geraucht, und wenn es nach Oehler gegangen wäre, hätte sie auch rauchen dürfen.

Aber Maike Hansen blieb hart. Das sei hier kein ARD-»Tatort«, sondern eine Dienststelle der Kriminalpolizei, und da sei Rauchen eben untersagt. Einen Anwalt könne Frau Krahwinkel gerne rufen, den werde sie mit Sicherheit brauchen.

Aber das lehnte sie ab. »Ich brauche keinen Anwalt«, schimpfte sie, den Tränen nahe, »was glauben Sie denn? Ich stecke doch mein eigenes Haus nicht in Brand!«

»Darum geht es auch nicht. Uns interessiert, was Sie am Nachmittag und Abend des 2. Juni gemacht haben.«

Das verstand die Krahwinkel nun wieder nicht. »Wieso am 2. Juni? Was soll denn da gewesen sein?«

»Da wurde Ihr Ehemann ermordet.« Maike Hansen rang innerlich um Fassung. »Mit einem Messer. Auf seinem Boot!«

»Ja und?« Jetzt fing sie tatsächlich an zu weinen. »Das ist schrecklich. Aber was hab ich damit zu tun?«

»Sie waren mit auf dem Boot.«

»Niemals!« Frau Krahwinkel verneinte entschieden. »Ich war noch nie mit, wenn mein Mann segelt. Das ist sein Hobby, nicht meins.«

»Frau Krahwinkel«, mischte sich Oehler ein, »Sie wurden gesehen.«

»Am Sonntag auf dem Boot«, setzte Maike Hansen hinzu.

»Unmöglich. Von wem denn?«

»Vom Hafenmeister der Marina hinten im alten Wirtschaftshafen. Er hat bestätigt, dass Sie am Sonntag mit Ihrem Mann und der ›Artemisia‹ ausgelaufen sind.«

»Wie kann der das bestätigen? Der kennt mich doch gar nicht!«

Wo sie recht hat, hat sie recht, dachte Oehler, denn genau das hatte der Giehrling ja auch gesagt. Genau genommen vermuten wir nur, dass die Frau an Bord der »Artemisia« Krahwinkels Gattin gewesen ist.

Aber Maike Hansen ließ sich davon nicht beirren. »Also«, fragte sie lauernd, »wo waren Sie nun am Sonntag, dem 2. Juni?«

»Nicht auf dem Boot«, beteuerte die Krahwinkel, »keine zehn Pferde kriegen mich auf so ein Boot, ich bin nicht seefest!« Sie begann, sich aufzuregen. »Das ist ja ungeheuerlich! Mein Mann wurde getötet! Mein Haus liegt in Trümmern! Ich bin hier das Opfer, begreifen Sie das nicht? Wie kommen Sie eigentlich dazu, mich zu verdächtigen? Warum sollte ich meinen Mann getötet haben? Das ist doch Blödsinn!«

Sie warf ihren Kopf auf den Tisch und schluchzte hemmungslos drauflos.

Björn Oehler war die Sache sichtlich unangenehm. Heulende Frauen waren nicht sein Ding. Damit kam er nicht klar. Vor allem: Irgendwie begann ihm die Krahwinkel leidzutun. »Wollen wir mal 'ne Pause machen?«

»Gleich.« Maike Hansen strich der weinenden Frau behutsam über die Schultern. »Frau Krahwinkel, wir verdächtigen Sie des Mordes an Ihrem Mann, weil Sie ein Motiv haben.«

»Ach ja«, schluchzte sie, ohne aufzusehen, »na, da bin ich ja mal gespannt.«

»Ihr Mann hat bei der ›Hanseat« eine Lebensversicherung …«

»Renten- und Lebensversicherung«, verbesserte Oehler.

»… eine Renten- und Lebensversicherung über eine Million …«

»Anderthalb.«

»… über anderthalb Millionen Euro zu Ihren Gunsten im Falle seines Ablebens geschlossen. Das ist ein astreines Motiv.«

»Nicht für mich.«

»Und dann wurden Sie am Tag der Tat auch noch auf dem Boot

Ihres Mannes gesehen.« Maike seufzte und schob ihr ein Telefon hin. »Wollen Sie nicht doch lieber Ihren Anwalt anrufen?«

»Mein Mann war Anwalt. Der hätte mich hier eins fix drei rausgeholt, das können Sie mir glauben.«

»Wenn Ihr Mann noch leben würde, wären Sie nicht hier.«

»Ich war nicht auf dem Boot! Noch nie!«

»Wo waren Sie dann?«

»Im Stall«, schrie die Krahwinkel aufgelöst, »wo soll ich denn sonst gewesen sein? Wir haben Tag und Nacht auf die Geburt von Joelinas Fohlen gewartet!«

»Wessen Fohlen?« Oehler verstand nicht.

»Joelina heißt die trächtige Stute«, erklärte ihm Maike und wandte sich wieder Frau Krahwinkel zu. »Kann das jemand bestätigen?«

»Der Veterinär natürlich.«

»Name, Adresse?«

»Dr. Joost Rentin, Velgast, An der alten Drift 5.«

Maike gab alles sofort in ihr Smartphone ein, um den Mann zu googeln. »Stimmt«, sagte sie dann. »Haben Sie etwas dagegen, wenn ich mir Ihr Alibi jetzt gleich telefonisch bestätigen lasse?«

»Von mir aus, bitte.«

Maike gab eine Nummer ein und wartete. »Warum sind Sie denn so überstürzt abgereist, nachdem Sie vom Tod Ihres Mannes erfahren hatten?«

»Ich bin doch nicht überstürzt abgereist.«

»Nachbarn haben ausgesagt, dass Sie, nachdem ich bei Ihnen war, sehr hastig mit einem Viehwagen und Sack und Pack das Haus verlassen haben.«

»Ja, weil es schnell gehen musste! Joelina ging es nach der Geburt sehr schlecht. Wir haben Sie in die Tierklinik nach Velgast gebracht.«

»Moment.« Maike hob kurz die Hand und sprach dann in ihr Smartphone. »Herr Dr. Joost Rentin? Schön, dass ich Sie direkt erreiche. Hier ist Kriminalobermeisterin Hansen von der Kripo in … – Bitte? – Ja, es geht um die Ermittlungen zum Tode des Mannes von Frau Krahwinkel. Hören Sie, Frau Krahwinkel erzählt uns gerade, dass Sie am Sonntag auch schon bei ihr in Pruchten waren?

Im Stall wegen des nahenden Fohlens? – Ach, seit Samstag schon? – Ununterbrochen? – Aha. – Ja, das muss es wohl. – Werd ich ihr ausrichten, vielen Dank.« Sie packte das Smartphone wieder weg.

»Joelina hat es leider nicht geschafft!«

»Nein!« Frau Krahwinkel brach fast zusammen. »Und jetzt? Was wird aus dem kleinen Fohlen?«

»Dr. Rentin will versuchen, eine Pflegemutter zu finden, was aber naturgemäß schwierig ist.« Maike lächelte schwach. »Ansonsten muss das Fohlen von Hand aufgezogen werden. Mit der Flasche.«

»Ich muss sofort zu ihm!« Frau Krahwinkel sprang auf und sah die beiden Polizisten an. »Ich darf doch jetzt gehen, oder?«

»Ja, natürlich«, nickte Maike und hielt ihr die Tür auf. »Entschuldigen Sie, dass wir Ihnen so viele Umstände gemacht haben.«

»Suchen Sie lieber die Täter«, fauchte die Krahwinkel, noch immer in Tränen aufgelöst, »dann müssen Sie sich auch nicht entschuldigen.« Und weg war sie.

Mist, dachte Maike, das hätte echt gut gepasst.

»Tja, Lütte«, knurrte Oehler, »das nenn ich mal'n wasserdichtes Alibi.«

»Aber wer war dann die Frau auf Krahwinkels Boot?«

»Sie muss auf jeden Fall im selben Alter gewesen sein.« Er holte seine Zigaretten hervor.

»Sie meinen, so zwischen vierzig und fünfzig?«

»Jedenfalls nicht mehr taufrisch. Meint jedenfalls Giehrling.« Oehler erhob sich geräuschvoll und verließ das Büro, um endlich eine zu rauchen.

Maike Hansen blieb allein zurück.

»Die Kolpert«, kombinierte sie nach einer Weile angestrengten Nachdenkens laut und zog erneut ihr Smartphone hervor.

24 DER ADMIRALS CLUB im Marinehaus zu Rostock war allein Männern vorbehalten. Zwischen mit dunklem Tropenholz

vertäfelten Wänden standen unter Topfpalmen tiefe Ledersofas und Chesterfield-Sessel herum, in denen verdiente ehemalige Offiziere der Marine saßen. Die ältesten von ihnen hatten schon im Weltkrieg gedient, andere hatten sich ihre Lorbeeren bei der Verteidigung des Sozialismus in der Volksmarine der DDR geholt, zudem gab es internationale Gäste: finnische und polnische Fregattenkapitäne und einen Veteranen der Baltischen Rotbannerflotte, der mit zwei Engländern, die noch den Falklandkrieg mitgemacht hatten, über die Schwierigkeiten der Kriegsführung in Übersee debattierte.

Junge Männer in den Uniformen von Marinestewards servierten Cognac, edle Portweine und Sherry. Für den Hunger gab es Steaks vom argentinischen Rind, Ochsenschwanz- und Schildkrötensuppe sowie das früher in der DDR so beliebte Würzfleisch, das heute natürlich Ragout fin hieß.

Das Durchschnittsalter der Herren im Admirals Club lag über sechzig. Insofern fielen die beiden Männer, die gegen Mittag in einer Nische an den hohen bogenförmigen Fenstern Platz genommen hatten, etwas aus der Reihe. Der Abgeordnete Dr. Herbert Gräwe hatte zwar bis 1990 als Mitarbeiter des Ministeriums für Staatssicherheit und später des Amtes für Nationale Sicherheit ebenfalls in der Volksmarine Dienst getan, war aber nie zur See gefahren und allenfalls Mitte fünfzig. Und sein Gegenüber, der smarte, auffallend gut gekleidete Rostocker Polizeihauptkommissar Kevin Bont, ging hier mit seinen gerade mal fünfunddreißig Jahren als Enkel durch.

Dennoch schätzte Gräwe den Admirals Club als Ort für heikle Gespräche, galt hier doch noch selbstverständlich jener alte Leitsatz der Loyalität, der draußen unter dem Mantel der Transparenz immer mehr in Vergessenheit geriet: »Was hier besprochen wird, bleibt in diesen Mauern.«

Falls dieser aalglatte Kevin Bont also irgendwann mal die Seite wechseln würde, was bei derart jungen karrieregeilen Charakteren immer zu erwarten war, würde er sich nie auf dieses Gespräch berufen können. Treffen im Admirals Club fanden selbst unter Zeugen offiziell nie statt, hier galt ein seit Jahrhunderten ungebrochener Kodex, und der hieß absolute Diskretion.

»Warum wurde mir nicht mitgeteilt, dass der Anwalt tot ist?«

»Das haben wir selbst nur durch Zufall erfahren«, antwortete Bont. »Durch einen anonymen Anruf. Die Kanzlei von Krahwinkel war überfallen worden. Und als wir dort ankamen, war dort schon so eine junge Kriminalpolizistin aus Barth.«

»Aus Barth?«

»Sehr ehrgeizig und nur bedingt beeinflussbar.«

»Und wieso ermitteln nicht Sie?«

»Krahwinkel war in Barth gemeldet, und seine Leiche wurde dort gefunden«, erwiderte Bont. »Also sind die Barther auch für den Fall zuständig.«

»Na, hoffentlich fällt uns das nicht auf die Füße«, seufzte Gräwe. »Wissen Sie wenigstens, wie der Anwalt zu Tode gekommen ist?«

»Er wurde erstochen auf seiner Yacht gefunden. Sein Privathaus ist übrigens auch überfallen und in Brand gesteckt worden.« Bont senkte die Stimme und setzte hinzu: »Da sucht wer nach den Argent-Venture-Papieren.«

Gräwe wurde bleich. »Wer steckt dahinter?«

Kevin Bont hob die Hände. »Sowohl in Krahwinkels Kanzlei als auch an seinem Haus sind Graffiti gefunden worden: ›Rechtsverdreher, wir kriegen dich!‹ Klingt nach einer Drohung, finden Sie nicht?«

Gräwe hatte das Gefühl, als würde ihm der Boden unter den Füßen weggezogen. Was ist hier los?, dachte er bang. Und vor allem: »Das kann uns Kopf und Kragen kosten, Bont.«

»Mein Kopf steht nicht zur Debatte«, winkte der junge Kriminalkommissar ab. »Das Ding haben allein Sie eingerührt.«

»Wenn Sie sich da mal nicht gewaltig täuschen.« Gräwes Stimme wurde schneidend. »Ich habe noch Zeiten erlebt, die Sie nur aus der Pampers-Perspektive kennen dürften. Ich habe Sie aufgebaut, Bont, vergessen Sie das nicht! Sie sind mein Protegé, und das weiß jeder in der Stadt. Wenn Sie hier etwas werden wollen, müssen Sie immer an mir vorbei. Und wenn ich falle, dann stürzen auch Sie.«

»Das war eine klare Ansage«, lächelte Bont unbeeindruckt und nippte an seinem Tee. »Faktisch haben die Barther nichts in der Hand. Und den Überfall auf Krahwinkels Kanzlei hier in Rostock ermittle ich. Bislang allerdings ohne konkrete Ergebnisse.«

Gräwe lehnte sich zurück und seufzte hörbar. Denn so richtig gut klang das alles für ihn nicht. »Da muss jemand komplett verrückt geworden sein«, überlegte er laut. »Was ist mit den Unterlagen und Akten?«

»Was noch da war, haben wir sichergestellt.«

»Und?«

Bont schüttelte den Kopf. »Nichts von Relevanz. Das ist ja das Problem. Wir haben nichts Greifbares.«

»Dann will ich Ihnen mal auf die Sprünge helfen«, sagte Gräwe grimmig. »Hier läuft so ein belgischer Privatdetektiv herum, der zeigt den Leuten Fotos vom untergegangenen Wrack, die polnische Taucher gemacht haben, und erzählt jedem, der es wissen will, dass Käpt'n Charly Zwo auf der ›Büchner‹ war, als sie sank.«

»Ist da was dran?«

»Herrgott, ich weiß es nicht«, zischte Gräwe, »aber warum sollte der sich so etwas aus den Fingern saugen? Irgendjemand pisst uns hier mächtig an den Karren, Bont. Da will jemand Krieg!«

Er unterbrach sich, weil es plötzlich sehr still geworden war im Admirals Club. Ein untrügliches Zeichen, dass gleich der Blockadebrecher auftauchen musste, ein hochdekorierter Sowjetkapitän, der während der Kubakrise legendär geworden war, weil er den amerikanischen Blockadeschiffen mit seinem Frachter »Pobjeda« mehrfach ein Schnippchen geschlagen hatte. Einmal war er sogar unter US-Flagge in Havanna eingelaufen. Die Amis hatten ihn für einen der Ihren gehalten und ungehindert passieren lassen. Mit Atomsprengköpfen an Bord!

Als der hochdekorierte Sowjetkapitän, inzwischen ein Greis von weit über neunzig Jahren, auf seine beiden Adjutanten gestützt hereinkam, standen alle ehrfürchtig auf und applaudierten. Selbst die Engländer spendeten Beifall. Hier ging es allein um Cleverness und seemännische Leistungen, nicht um Politik. Der Blockadebrecher wurde zu seinem angestammten Platz geführt, einem Ohrensessel neben einem Grammofon aus Kaisers Zeiten, auf dem die immer selbe Schellackplatte lag. Eine Dresdener Originalaufnahme von 1911 des berühmten Vivace aus Rachmaninows Klavierkonzert Nummer eins. Die wertvolle Platte wurde abgestaubt, das Grammofon angekurbelt und die riesige Muschel des Lautsprechers so auf das rechte Ohr des alten Kapitäns ausgerichtet, dass er der knarzend rauschenden Klaviermusik trotz Schwerhörigkeit lauschen konnte. Kaum schepperten die ersten Laute drauflos, begannen auch die Gespräche der übrigen Gäste wieder.

»Fakt ist«, sagte Dr. Herbert Gräwe, »dass Charly Zwo nirgendwo zu finden ist. Und der Einzige, der uns zu der Sache etwas erzählen könnte, ist tot. Macht Sie das nicht stutzig?«

»Ich bin bislang davon ausgegangen«, erwiderte Bont vorsichtig, »dass der Tod von Rechtsanwalt Krahwinkel durchaus in Ihrem Interesse sein könnte.«

»Oh nein, ganz gewiss nicht.« Gräwe schüttelte empört den Kopf. »Von Toten war nie die Rede, sind Sie wahnsinnig? Für wen halten Sie mich? Mir ging es immer nur darum, diesen Schrottkahn endlich loszuwerden! Zugunsten unserer Steuerzahler, ich hab schließlich Verantwortung in dieser Stadt!«

»Dann hätten Sie das Schiff ja auch den Belgiern überlassen können.«

»Für einen symbolischen Euro?« Gräwe tippte sich gegen die Stirn. »Das wäre praktisch eine Schenkung gewesen.« Er winkte ab. »Die Stadt hat über Jahrzehnte mindestens anderthalb Millionen in diesen Kahn investiert, ich wollte, dass wenigstens ein Teil davon wieder reinkommt. Für unser schönes Rostock, verstehen Sie? Wie stehe ich sonst vor meinen Wählern da? Ich konnte doch gar nicht anders!«

Bont schmunzelte. »Leider werden Sie diese nette Geschichte Ihren Wählern nie erzählen können.«

»Ich weiß, dass es momentan viel Unmut darüber in der Stadt gibt«, erwiderte Gräwe. »Aber wenn wir in einigen Monaten berichten können, dass sich der Verkauf der ›Büchner‹ trotz des Unterganges für unser Rostock gelohnt hat und wir all unsere Forderungen bekommen haben, dann ist nicht nur der Bund der Steuerzahler zufrieden. Dann werden auch meine Wähler mit der Sache versöhnt sein, verlassen Sie sich drauf.«

Die Schellackplatte auf dem Grammofon verstummte. Umgehend schwiegen auch die Gäste und warteten, bis der alte Sowjetkapitän von seinen beiden Adjutanten aus dem Sessel gehoben wurde. Dann brachten sie ihn unter dem erneuten Applaus der Gäste zurück zur Tür.

»Da uns der Tod von Krahwinkel allen ziemliche Bauchschmerzen macht und wir nicht wissen, wer oder was genau dahintersteckt«, wandte sich Gräwe wieder seinem Gegenüber zu, »können wir die Ermittlungen dazu nicht allein den Barther Beamten überlassen.« Er winkte einem der Kellner. »Die Rechnung, bitte! – Wir müssen zumindest sehr wachsam beobachten, was die da tun, verstehen Sie, was ich meine?«

»Um einzuschreiten, wenn das Süppchen hochkocht?«

»Besser hätte ich es nicht ausdrücken können, Bont. Zum Zweiten möchte ich, dass Sie herausfinden, was mit Charly Zwo passiert ist, klar?« Gräwe schob ein Briefkuvert über den Tisch. »Das hat absolute Priorität!«

Bont nahm das Kuvert, öffnete es und lächelte fein. »Das war sehr deutlich.«

»Eben«, nickte Gräwe und lehnte sich zurück. »Hauen Sie ab und fangen Sie an! Ich warte.«

Bont nickte Gräwe zu, steckte das Kuvert ein und erhob sich. »Sie hören von mir«, versprach er und ging.

Gräwe seufzte leise. Dann unterschrieb er die vom Kellner gebrachte Rechnung und machte sich ebenfalls auf den Heimweg.

25 DIE NACHT WAR unruhig, und ich konnte nicht schlafen. Hünerbein muss es ähnlich ergangen sein, denn ich habe ihn dauernd unten in der Küche klappern gehört, auf der Suche nach etwas Essbarem.

Uns ist klar, dass der Mordfall Krahwinkel eine neue Dimension erreicht hat. Denn mit dem Überfall auf die Kanzlei und dem Brandanschlag auf sein Wohnhaus kommt eine Komponente hinzu. Wären wir noch im Dienst, würden wir jetzt die Ermittlungen auf breitere Füße stellen, mehr Fahnder zusammenziehen, jeden mit genau definierten speziellen Aufgaben betrauen und alle Informationen zentral analysieren und auswerten.

Aber wir sind nicht mehr im Dienst, und das aus guten Gründen. Irgendwann ist Schluss, alles andere ist Altherrenromantik. Jetzt sind Jüngere dran, und die werden das Kind schon schaukeln. Mal ganz abgesehen davon, dass Vorpommern ohnehin nie unser Revier war.

Trotzdem mache ich mir Sorgen. Vor allem um Oehlers junge Assistentin. Die ist zwar ziemlich forsch, aber eben auch noch total grün hinter den Ohren. Und Unerfahrenheit kann verdammt gefährlich sein in diesem Job. Das weiß ich aus eigener trauriger Erfahrung. Wenn Kollegen im Dienst umkamen, dann waren es immer die ganz jungen. Die unerfahrenen.

Dennoch: Wir sollten uns aus der Sache raushalten. Oder wie Hünerbein es ausdrückt: »Verstehste, das ist nicht unser *doing*.«

Ein Ausdruck, der typisch ist für unsere Generation. Wir gehören zu den antiquierten Typen, die »relaxen«, statt zu »chillen«. Und wir haben auch nie einen »Job« gehabt, sondern immer nur unser »doing«, für das wir nicht »gebrieft« wurden, weil wir ja unsere »commits« hatten. So ändern sich die Zeiten.

Um uns abzulenken, besuchen wir das Barther Vineta-Museum. Es liegt in einem der hübschen alten Kaufmannshäuser in der Langen Straße. Der Keller des Museums ist von Künstlern einer großen Tauchglocke nachempfunden worden. Um uns herum rostroter Stahl. Durch die Bullaugen sieht man Muscheln und Steine, Wasserpflanzen und Fische. Ein wenig kommen wir uns vor wie auf der »Nautilus« von Jules Verne, und käme ein Typ wie Kapitän Nemo herein, würde es uns kaum verwundern.

»Vineta: Einst die größte und reichste Stadt der Welt. Größer und reicher noch als Konstantinopel. So erzählt es uns die Sage. Die Tore der Stadt sollen aus Erz gewesen sein, die Glocken aus Silber. Die Bewohner trugen Gewänder aus feinster Seide und kostbare Pelze. Sie feierten Tage und Nächte hindurch, tranken aus goldenen Bechern, und ihre Teller waren mit Edelsteinen besetzt. Selbst die Schweine, so erzählt man sich, bekamen ihr Futter in goldenen Trögen.

Drei Monate, drei Wochen und drei Tage vor der Katastrophe erschien ein farbiges Luftbild über dem Meer, in dem sich die Stadt mit all ihren prachtvollen Türmen und Zinnen spiegelte.

Daraufhin warnte ein alter, erfahrener Fischer die Bewohner: Sehe man Städte, Schiffe oder Menschen doppelt, so bedeute das immer den sicheren Untergang. Man müsse schleunigst die Stadt verlassen. Doch die Menschen in Vineta verlachten den Alten nur – wer hörte schon auf einen einfachen Fischer? – und gaben nichts auf dessen Warnung. Einige Wochen später tauchte eine Wasserfrau aus den Fluten des Meeres auf und rief mit hoher, schauerlicher Stimme, dass es in allen Straßen und Gassen der Stadt widerhallte: ›Oh Vineta, Vineta, du rieke Stadt. Vineta sall nu unnergahn, wieldess se het väl Böses dahn!‹

Aber auch darum kümmerte sich keiner, die Menschen feierten weiter in Saus und Braus dahin, es wurde aufgespielt und getanzt, bis in einer stürmischen Novembernacht sich das Meer brach durch die prunkvoll verzierten Straßen und Gassen, Plätze und Häuser überschwemmte und immer weiter stieg, bis selbst der letzte goldene Turm untergegangen war.

Alle hundert Jahre erscheint seitdem am Ostermorgen ein Trugbild des alten Vineta über der weiten See. Geht man hinein und zahlt auf den Märkten mit barer Münze, wird die Stadt erlöst. Von den silbernen Glocken aber, die jährlich am Johannistag aus der Tiefe des Meeres heraufklingen, soll man sich fernhalten. So mancher, der ihren dumpfen, traurigen Tönen lauschte, wurde von ihnen unwiderstehlich angezogen und ruht jetzt selbst da unten.«

Ich stehe vor einer Vitrine und schaue mir alte Münzen an, verrostete Dolche und vergammelten Schmuck. Nebenan wartet ein Taucher in einer verglasten Schleuse, als würde sie gleich geflutet. Er trägt ein altertümlich unförmiges Tauchgerät, in dem er sich kaum bewegen kann. Der Kopf steckt in einer klaustrophobisch anmutenden Haube aus Metall, seine Augen lassen sich hinter dem schmalen, verschmutzten Sichtfenster nur erahnen, und ein dicker Schlauch versorgt ihn mit Luft.

»Gab es Vineta wirklich? Und wenn ja, warum gibt es kaum Spuren davon? In einer Zeit, in der die Archäologie mittels modernster Geräte selbst Staubkörner historisch einwandfrei zuordnen kann, erscheint das Wissen über die einst größte Stadt des Frühmittelalters seltsam vage. Bis heute ist noch nicht einmal genau geklärt, wo sich Vineta wirklich befunden haben soll. Der Name geht auf das slawische ›Jumne‹ oder ›Uimne‹ zurück, was auf einen bedeutenden Handelsplatz hinweist, in dem auch der Wikinger Harald Blauzahn Zuflucht fand. In späteren Chroniken wurde von Uimneta geschrieben, später wurde aus dem U ein V, sodass es erst Vimneta und dann Vineta hieß. Aber wo befand sich die Stadt nun genau? Rudolf Virchow war überzeugt, Vineta sei Wollin. Doch die Insel am Stettiner Haff war von Pomoranen bewohnt. Das Land der Veneter aber lag nach der ›Chronicon Saxoniae‹ des Historikers David Chyträus auf der Insel Usedom. Inzwischen ist bekannt, dass Usedom nie slawisch besiedelt war, sodass auch diese Theorie keinen Bestand mehr hat. Ein gutes Dutzend Landkarten aus dem 17. Jahrhundert verzeichnet das versunkene Vineta östlich der Insel Ruden vor der Peenemündung. Ursprung dieser Idee ist die Allerheiligenflut von 1304, der der größte Teil des Rudens und die damals noch bestehende Landverbindung nach Rügen zum Opfer fielen. Eine vierte Theorie bezieht sich auf die Angaben Adams von Bremen, der Vineta zwar an der Odermündung wähnte, aber um 1075 von einer kurzen Ruderfahrt nach Demmin schrieb. Die Historiker Klaus Goldmann und Günter Wermusch folgern

daraus, dass die heutige geografische Position der Odermündung nicht mehr mit den damaligen Verhältnissen übereinstimmt. Vielmehr gehen sie davon aus, dass ein heute verlandeter Mündungsarm der Oder direkt in den Saaler Bodden abgeflossen ist. Etliche Wissenschaftler favorisieren diese Darstellung als sehr gut belegten Ansatz. Doch es bleiben Zweifel.«

»Schluss jetzt!« Wütend reißt sich Hünerbein die Kopfhörer vom Schädel. »Heißt das etwa, niemand weiß, wo und ob es dieses superreiche New York des Mittelalters überhaupt gegeben hat?«

»Es gibt sogar Theorien, dass es das gesamte Frühmittelalter nicht gegeben hat«, erinnere ich ihn an die sogenannte Phantomzeit-These der umstrittenen Wissenschaftler Heribert Illig und Hans-Ulrich Niemitz, die Anfang der neunziger Jahre für Furore sorgte. Danach könne man die Jahre zwischen 614 und 911 ersatzlos streichen, da die im 15. Jahrhundert durch Papst Gregor XIII. vorgenommene Berichtigung des julianischen Kalenders fehlerhaft gewesen sei. Das erkläre auch die ungewöhnlich spärlichen archäologischen Funde und Schriften aus jener Zeit, in die im Übrigen genau die Existenz Vinetas falle. Insofern könne es auch Karl den Großen und das gesamte karolingische Geschlecht entweder nie oder aber nur vor 614 beziehungsweise nach 911 gegeben haben.

»Letztere Zahl hat übrigens eine ganz besondere Magie, man denke nur an den 11. September 2001, die amerikanische Notrufnummer, das NS-Geheimarchiv der Stasi und den Porsche 911, vom Gründungsjahr des Heiligen Römischen Reiches Deutscher Nation einmal abgesehen, denn das könnte ja auch 614 gewesen sein …«

Hünerbein hört mir nicht zu. »Man müsste klären, was das für Geschäfte waren, in die Krahwinkel vor seinem Tod involviert war«, unterbricht er mich plötzlich.

»Hatten wir nicht abgemacht, dieses Thema abzuhaken?«

»Stimmt«, nickt Hünerbein, »ich wollte das nur noch mal gesagt haben. Denn wenn es da eine Verbindung gibt, dann kann sie eigentlich nur mit diesen geheimnisvollen Argent-Venture-Papieren zu tun haben.«

»Dazu müsste man herausfinden, worum es in den Papieren geht.«
»Um den Verkauf von diesem gesunkenen Ausbildungsschiff«,
antwortete Hünerbein. »Hat doch der Oehler gestern Abend erzählt.
Wie hat er sich ausgedrückt: das Traumschiff aller DDR-Seefahrer?«
»Leider ist das Traumschiff gesunken.«
»Und DER SPIEGEL schreibt von Versicherungsbetrug.« Hü-
nerbein atmet geräuschvoll ein. »Dem sollte man mal nachgehen,
finde ich.«
»Findest du?«
»Aber nicht wir«, winkt Hünerbein ab. »Wir sind im Ruhestand.«
»Ja, das sind wir«, nicke ich.

Wir gehen ins Obergeschoss, wo es einen Überblick über den
aktuellen Stand der Vineta-Forschung gibt, und lauschen unseren
Kopfhörern:

»*... dabei darf man nicht vergessen, dass das alte Jumne eine slawische Handelsstadt war. Die Lage am Meer bot die Grundlage ihres
Reichtums. In Jumne lebten Griechen, Wikinger und Slawen fried-
lich miteinander, auch arabische Kaufleute und Gewürzhändler
aus dem Fernen Osten sollen sich hier niedergelassen haben. Ebenso
Juden und christliche Patrizier, die allerdings ihren Glauben nicht
öffentlich ausleben durften. Was am Ende dazu führte, dass die
Stadt von den Heeren päpstlicher Missionare belagert worden ist.
Jumne beziehungsweise Vineta wurde nicht von einer göttlichen
Sturmflut heimgesucht, sondern von den Rittern des Deutschen
Ordens. Die Kreuzritter zerstörten die Dämme der heidnisch-
slawischen Stadt, von der wir heute wissen, dass sie zur Zeit
Karls des Großen über zehntausend Einwohner hatte. Und auch
ein Angriff der Dänen ist belegt. Sie sollen die Stadt bis auf die
Grundmauern zerstört und deren Reichtümer geraubt haben.
Mit anderen Worten: Das sagenhafte Vineta ist vermutlich einem
christlichen Glaubenskrieg zum Opfer gefallen.«*

»Na, da bekommt doch die Vineta-Sage einen missionarischen
Sinn!« Hünerbein nimmt die Kopfhörer wieder ab. »Wenn ihr

zum wahren Glauben nicht finden wollt, wird euch der Teufel eine biblische Sturmflut schicken.«

»Und warum kann man dann die Stadt nur mit einem Geldstück und nicht mit einem Psalm erlösen?«

»Das ist nicht die Frage.« Hünerbein wedelt entschieden mit seinem Zeigefinger. »Die Frage ist vielmehr, was für eine Sage man uns heute erzählen will?« Sein Zeigefinger bleibt abwartend in der Luft.

Offenbar erwartet er eine Antwort von mir.

Aber was soll ich sagen? Ich weiß noch nicht einmal, worauf er hinauswill.

»Sardsch«, versucht er mich aus meiner Ratlosigkeit zu erlösen, »wir sind nur zwei gelangweilte olle Rentner, die ein paar Fragen haben, richtig?«

Kann schon sein.

»Und fragen kostet nichts.«

Meistens jedenfalls nicht. »Wen willste denn fragen?«

»Keine Ahnung.« Er strebt entschlossen zum Ausgang. »Aber es wird doch in einer großen Hafenstadt wie Rostock noch ein paar Kneipen geben, in denen ordentlich Seemannsgarn gesponnen wird. Vielleicht erfährt man da was.«

Über Vineta? Den Mordfall Krahwinkel? Über was redet der Mann, was hat Hünerbein vor?

»Und nebenher können wir auch gleich was essen. Ich hab nämlich mächtig Kohldampf inzwischen.«

Ach, darum geht's. Da hätte ich gleich drauf kommen können. Ein Hünerbein hat immer Hunger.

26 DUNKLE WOLKEN zogen auf über der Ostsee. Die Reste eines Sturmtiefs aus dem Nordatlantik hatte der Wetterbericht angekündigt. Düster zog es aus Nordwest heran, mit kilometerhohen Kumuluswolken und einem dramatischen Böenkragen.

Na, wenn das nur die Reste sind, fragte sich Kriminaloberkommissar Björn Oehler, wie hat dann erst das Tief ausgesehen? Das muss ja gewaltig geballert haben da draußen auf dem Meer.

Er saß neben Jann Giehrling auf der Bank an der Kaikante des alten Wirtschaftshafens vor einem Sechserträger Bier und sah zu, wie die Spurensicherer Krahwinkels Yacht abpinselten. Er hatte sozusagen die Gelegenheit wahrgenommen. Jetzt, wo die Kriminaltechnik schon mal vor Ort in Barth war, konnte sie auch gleich die »Artemisia« untersuchen. Vielleicht fand sich ja die eine oder andere brauchbare Spur. Aber die Techniker sollten sich besser beeilen, denn »das wird gleich richtig ungemütlich hier«. Er hob seine Flasche Barther Küstenbier und stieß mit Giehrling an.

Noch war es völlig windstill und schwül, doch aus den Wolken, die sich von Nordwest her näherten, schossen gewaltige Blitze. Dumpfes Grollen grummelte über den Himmel.

»Die gehen hoch bis ins All«, meinte Giehrling nach einer Weile. »Na, wenn die mal da nicht die Raumstation treffen.«

»Wieso die Raumstation?« Oehler holte seine Zigaretten hervor und bot Giehrling eine an.

»Na, wieso nicht?« Giehrling half mit Feuer aus. »Ist doch komplett aus Metall, die ISS. Da freut sich so'n Blitz.«

»Also erstens, Jann, freuen sich Blitze nicht. Die haben keine Gefühle wie Freude oder Trauer. Und zweitens ist die ISS nicht geerdet, also wird da auch kein Blitz einschlagen.«

»Das All ist auch nicht geerdet«, widersprach Giehrling. »Und trotzdem, siehste ja, gehen die Blitze nach oben.«

»Das sieht nur so aus«, winkte Oehler ab. »Blitze gehen immer nach unten.«

»Ja, Björn, so haben wir das mal in der Schule gelernt. Aber das ist inzwischen widerlegt. Wissenschaftlich widerlegt. Elektrische Entladungen finden nicht nur zwischen Himmel und Erde, sondern vor allem zwischen den Wolken statt und mit dem All. Da ist nix geerdet, das ist dem Blitz völlig wurscht.«

»Blitzen ist nichts wurscht. Die denken nicht, Jann.«

»Der schlägt ja auch in Bäume ein – und ist Holz etwa ein elektrischer Leiter? Absolut nicht, Björn, denn wenn ich Strom haben will, nehme ich Kupferdraht und keinen Ast.«

»Das sind doch ganz andere Stromstärken da oben.« Oehler trank sein Bier aus. »Tausend Millionen Volt oder so. Bei diesen Größenordnungen ist es völlig egal, ob es Holz ist oder Metall.«

»Na, denn viel Spaß mit deinem Holzblitzableiter.« Auch Giehrling trank.

Oehler musste einsehen, dass der Hafenmeister recht hatte. Denn Blitzableiter waren immer aus Metall. Aber sie waren eben auch geerdet, und deshalb war das Quatsch mit der Raumstation.

Mit zusammengekniffenen Augen beobachtete er den Böenkragen. Wenn er direkt über einem steht, sollten die Segel gerefft sein. Und man sollte sein Ölzeug übergezogen haben, denn dann fängt es auch immer mächtig an zu regnen.

»Sag mal, hast du'n Schirm da?«, fragte er Giehrling und bekam sofort die Gegenfrage.

»Wieso?«

»Na, dann können wir draußen sitzen bleiben, wenn's gleich zu schütten anfängt. Ist doch ganz nett so.«

»Ich hab nur'n Sonnenschirm. Hatte damals Langnese spendiert, weißt du noch? Als wir hier mit dem Eisverkauf angefangen haben.«

»Was gut ist gegen Sonne, ist auch gut gegen Regen«, erwiderte Oehler und hielt Giehrling den leeren Sechserträger hin. »Und bring gleich frisches Bier mit.«

Er lehnte sich gemütlich zurück und nickte den Spurensicherern zu. Die brauchten ganz schön lange auf dem Boot. Besser so, dann waren sie gründlich.

Giehrling kam mit seinem blauen, schon etwas ausgeblichenen Langnese-Schirm zurück und spannte ihn umständlich auf. Dann holte er sechs Flaschen frisches Barther Küstenbier und stieß mit Oehler an. »Prost!«

»Prost«, knurrte Oehler zufrieden und rülpste vernehmlich.

Ein paar Minuten lang saßen beide schweigend in ihre Gedanken versunken. Dann fiel Giehrling etwas ein: »Ach, das wollte ich dir gestern schon sagen. Da war so'n Typ da. Hat sich nach Ernst Holger erkundigt.«

»Wann?«

»Na, letztens, als du die Yacht gebracht hast. Als du erzählt hast, dass er tot ist. Weißt du nicht mehr? Du wolltest doch wissen, ob das die Frau von dem Ernst Holger war oder die Freundin ...«

»Jaja, schon klar«, unterbrach ihn Oehler. »Und was war das jetzt für'n Typ?«

»Ein Holländer«, sagte Giehrling, »oder Belgier oder so. Jedenfalls nicht von hier.«

»Und was wollte der?«

»Na, wissen, was mit dem Ernst Holger passiert ist. Hat erst drüben im Club herumgefragt und ist dann hier überall herumgeschlichen. Und als er versucht hat, auf die ›Artemisia‹ zu klettern, bin ich dazwischengegangen. Du weißt ja, ich mag das nicht so, wenn Unbefugte ...«

»Was hat er gewollt?« Oehler war plötzlich hellwach. »Was hat er für Fragen gestellt?

»Alles Mögliche. Ich weiß auch nicht mehr.« Giehrling hob die Schultern. »Wollte wissen, wie Ernst Holger gestorben ist, und so 'nen Kram.«

»Und? Hast du's ihm erzählt?«

»Björn, du kennst mich.« Giehrling schüttelte anhaltend das Haupt. »Ich erzähl doch Fremden nichts, da können dir mir noch so Löcher in den Bauch fragen. Keine Interna oder wie das heißt. Was geht das die Holländer an?«

»Hat er seinen Namen genannt?«

»Ja.«

»Und?«

Giehrling zuckte mit den Schultern. »Irgendwas Holländisches. So was merk ich mir nicht. Aber er hat seine Visitenkarte dagelassen. Soll ich mal holen?«

»Her damit!« Na, jetzt war Oehler aber mal gespannt.

Giehrling sprintete in sein Hafenbüro und war in null Komma nix zurück.

»Alvaro Beerendonk«, las Oehler, »*private onderzoek, détective privé*...« Fragend sah er auf. »Ein Privatdetektiv?«

»Auf der Rückseite hat er eine Handynummer aufgeschrieben«, erklärte Giehrling. »Da wär er erreichbar. Tag und Nacht.« Oehler zögerte. »Spricht der denn Deutsch?«

»Ja, geht so«, nickte Giehrling, »also für einen Holländer nicht schlecht. So wie Arjen Robben ungefähr.«

»Der Mann ist Belgier.« Oehler tippte auf die Karte. »Hier, die Adresse ist Antwerpen. Und das liegt in Belgien.«

»Sag ich doch.« Giehrling hob seine Bierflasche.

Auch Oehler trank. Dann wischte er sich den Mund ab und sah sich um. »Kann ich mal dein Telefon benutzen?«

»Du willst den tatsächlich anrufen?«

»Klar. Ich will wissen, was der hier wollte.« Oehler erhob sich und schlurfte ins Marina-Büro, wo ein Telefon stand. Kein Handy, ganz normal Festnetz, so wie sich das gehörte. Oehler hielt sich den Hörer ans Ohr und wählte. Beerendonk meldete sich gleich nach dem zweiten Rufzeichen.

»Jau, guten Tag, Oehler hier, Kriminalpolizei Barth. Ich bin gerade am Nautischen Yachtclub und höre, dass Sie hier herumgeschnüffelt haben.«

»Und?«

»Mich interessiert, warum?« Oehler überlegte. »Ich denke, es geht um Krahwinkel, Ernst Holger, richtig?«

»Ja, ich untersuche den Fall.«

»Sehn Se, ich auch.« Oehler atmete tief durch. »Und allein ich bin dafür zuständig, verstehen Sie?«

»Ja.«

»Und warum untersuchen Sie das dann auch? Sie sind Belgier, wie ich Ihrer Karte entnehme. Sie haben hier eigentlich gar nichts zu suchen. Also zu *unter*suchen jedenfalls.« Oehler glaubte, am anderen Ende der Leitung Motorengeräusche zu hören. »Sind Sie noch dran?«

»Ja. Hören Sie, ich bin gerade beschäftigt. Kann ich Sie zurückrufen?«

Na, so weit kommt's noch! »Sie können gerne in meiner Dienststelle antanzen, wenn Sie das meinen. Wo stecken Sie denn jetzt gerade?«

»Ich bin geschäftlich unterwegs«, antwortete Beerendonk. Für einen Belgier sprach er wirklich ganz passabel. »Kann ich heute Abend bei Ihnen vorbeikommen? Sagen wir, so um neun?«

Um neun? Abends? Hatte dieser Beerendonk noch alle beisammen? Um neun war bei Oehler längst Dienstschluss. Einerseits.

Andererseits interessierte es ihn schon sehr, weshalb sich ein belgischer Privatermittler für den toten Ernst Holger Krahwinkel interessierte. Und deshalb: »Also gut. Ich sehe Sie dann heute Abend in meiner Dienststelle. Wissen Sie, wo das ist?«

»Das finde ich schon. Vielen Dank.« Beerendonk legte auf.

Oehler sah sich noch einen Moment lang verdutzt den Hörer an und legte dann ebenfalls auf.

Na, da bin ich ja mal gespannt, dachte er noch einmal, als draußen die ersten Böen einfielen. Orkanstärke. Der Wind heulte in den Masten der im Hafen liegenden Segler, und Giehrlings blauer Langnese-Schirm machte sich auf dem Kai selbstständig.

Beide Männer hatten zu tun, den Schirm wieder einzufangen, bevor er ins Hafenbecken fiel. Der Himmel war schwarz geworden, Blitze zuckten. Dann donnerte es, und gleichzeitig fing es sintflutartig zu schütten an.

27 MAIKE HANSEN wurde von dem Gewitter voll auf ihrer Zündapp erwischt. Binnen Sekunden war sie klitschnass. Eigentlich hatte sie ins Seebad Graal-Müritz fahren wollen, wo sich Krahwinkels Rechtsanwaltsgehilfin Frau Kolpert in einer Kurklinik von den nervlichen Strapazen des Überfalls auf die Kanzlei psychotherapeutisch erholen sollte.

Zuvor hatte es telefonisches Hickhack mit den Rostocker Kollegen gegeben. Mehrmals wurde Maike Hansen erklärt, dass sie in

Rostock nicht zuständig sei und ihre Ermittlungen im Fall Krahwinkel bitte auf den Barther Raum beschränken solle.

Doch was war der »Barther Raum«? Gehörte Graal-Müritz dazu? Und waren die Rostocker Behörden überhaupt befugt, zu entscheiden, wie weit sich Ermittlungen zum Mord an einem Barther Bürger räumlich auszudehnen hatten? Wohl kaum.

Am Ende bekam sie die gewünschte Information. Doch nun sah sie aus wie mit Kleidern geduscht. Zudem fror sie erbärmlich und war noch nicht einmal bis Ribnitz-Damgarten gekommen. Es half nichts, sie musste erst nach Hause zu ihren Eltern, um sich was Trockenes überzuziehen.

Zu DDR-Zeiten war Trinwillershagen ein sozialistisches Vorzeigedorf gewesen. Während der sogenannten Bodenreform hatte man den Bauern das Land genommen und sie in der LPG »Rotes Banner« zwangskollektiviert, wie es Maikes Vater ausdrückte. Zwar hatte er nie ein Problem damit gehabt, in der landwirtschaftlichen Produktionsgenossenschaft zu arbeiten, doch nach dem Ende der DDR war die LPG zurückgebaut und der Agraringenieur Thomas Hansen arbeitslos geworden. Eine Zeit lang hatte er gehofft, wenigstens das Land zurückzubekommen, das man einst seinem Vater abgenommen hatte, doch auch daraus wurde nichts. Die landwirtschaftlichen Flächen wurden nach wie vor gebraucht. Ausgerechnet der ehemalige Parteisekretär der LPG hatte finanzkräftige Investoren aus Fernost ins Land geholt und sich so fast alles unter den Nagel reißen können. Alte kommunistische Freunde aus China, die hier nun im großen Stil Milchwirtschaft, Mais- und Rapsanbau betrieben.

Das war der Grund, warum Thomas Hansen oft und gern und mit voller Leidenschaft auf die »verdammten Rotchinesen« schimpfte, um nicht ein »verbitterter alter Mann« zu werden.

Seit dreiundzwanzig Jahren schlug er sich nun mit Arbeitsbeschaffungsmaßnahmen und sinnlosen Fortbildungen durch. So war er auch zu seinem Fünfhundert-Euro-Job beim Nationalpark Vorpommersche Boddenlandschaft gekommen. Eine reine ABM-Maßnahme, die zur Dauerlösung wurde. Zwei Jahrzehnte war

Thomas Hansen nun schon Ranger im Nationalpark. Dass er kein Hartz-IV-Aufstocker wurde, war seiner Frau geschuldet und den zwanzig Schafen, die auf der Wiese hinterm Haus friedlich grasten. Sie lieferten die Wolle für die Schals und Mützen, die Maikes Mutter Heide Hansen profitabel auf diversen Wochenmärkten und Ständen in den Ostseebädern verkaufte. Heide war jeden Tag unterwegs, Zingst, Darß, Ahrenshoop, Wustrow, die Märkte in Stralsund, Greifswald und Rostock, und zur Adventszeit kamen noch diverse Weihnachtsmärkte hinzu. Mit anderen Worten: Thomas Hansen bekam seine Frau nur in der Nacht zu Gesicht. Und dann strickte sie. Schlaf schien sie keinen zu brauchen.

Für den Haushalt sorgte Großmutter Frieda. Sie stand jeden Tag in der Küche, buk Kuchen, kochte Marmelade ein, wusch die Wäsche und kümmerte sich um den Gemüsegarten. Insofern war das Haus, in dem die Hansens lebten, ein Drei-Generationen-Haus. Es war vom Opa Anfang der siebziger Jahre gebaut worden. Damals hatte die DDR-Führung moderne Plattenbauten für die Arbeiter der LPG am Dorfrand errichten lassen. Vollkomfort mit Zentralheizung, Müllschlucker, gefliesten Bädern und Warmwasser aus der Wand.

Das konnte Opa nicht auf sich sitzen lassen. Er wollte auch Vollkomfort, aber nicht in einem Plattenbau. Also riss er zum Entsetzen von Oma Frieda das knapp zweihundert Jahre alte Bauernhaus, in dem die Familie seit Generationen gelebt hatte, ab und baute neu. Was zu DDR-Zeiten keine einfache Sache war, da es immer an allem fehlte. Vor allem an Baumaterial. Aber Opa gab nicht auf. Im Gegensatz zu seinem Sohn war er geschäftstüchtig, er verkaufte die alten Ziegel des Hauses an irgendwelche Bonzen, die sich damit die Einfahrten für ihre noblen Staatskarossen pflasterten, und bekam dafür Beton aus den Plattenbaufabriken des Landes, Dachsteine und sogar Fliesen. Opa verkaufte seinen Moskwitsch 408 (eine Prämie für vorbildliche Leistungen beim Aufbau des Arbeiter-und-Bauern-Staates, aber er hatte ja noch die alte Zündapp, und mehr Fahrzeug braucht kein Mensch) und erstand dafür Rohrleitungen und zwei große Kessel für Heizung und Warmwasser. Am Ende stand das Haus. Zentralbeheizt und modern wie ein Plattenbau nach gut fünf

Jahren endloser Plackerei. Mit gefliestem Bad und Warmwasser aus der Wand. Vollkomfort eben.

Nur Opa konnte es nicht mehr genießen. Er war drei Tage nach dem Einzug an einem Herzinfarkt gestorben. Fast vierzig Jahre war das jetzt her.

Maike seufzte und wischte sich das Regenwasser aus dem Gesicht. Sie hätte ihren Opa gerne kennengelernt. Muss ein irrer Typ gewesen sein.

»Mensch, Mädelchen, du bist ja ganz durchgefroren.«

Maike hatte gerade ihre Zündapp in die Scheune geschoben, da kam ihr auch schon die Oma mit einer warmen Decke entgegen.

»Hier, Kind, du holst dir sonst den Tod!« Oma Frieda packte ihr die Decke um die Schultern. »Das ist kein Wetter fürs Motorrad.«

»Ich brauch nur neue Klamotten, dann muss ich wieder los.«

»Aber erst geht's unter die Dusche«, befand die Oma streng und schob Maike ins Haus. »Ich mach dir 'nen Tee und einen Teller heiße Kartoffelsuppe.«

Maike duschte wie befohlen und zog sich um. Jeans, Rollkragenpulli, Anorak. Dann ging sie hinunter in die Küche.

»Ich brauch Papas Auto«, sagte sie und nippte an ihrem Tee.

»Das wird nichts.« Oma schüttelte den Kopf.

»Aber ich muss nach Graal-Müritz«, maulte Maike. »Wie soll ich da hinkommen bei dem Regen?«

»Mit Schirm und Bus«, antwortete die Oma, »wie andere Leute auch.« Sie schob ihr einen dampfenden Teller Kartoffelsuppe hin. »Iss! Du weißt, Papa mag es nicht, wenn man sein Auto benutzt.«

Es war sein ganzer Stolz und fast neu, keine fünf Jahre alt. Ein schmucker Toyota, den er sich 2009 angeschafft hatte, nachdem der alte, aber voll funktionstüchtige VW Golf Variant der staatlichen Abwrackprämie zum Opfer gefallen war. Das war auch anders gelaufen, als es sich Papa vorgestellt hatte. Er hatte angenommen, der Staat würde ihm was schenken, wenn er seinen Wagen verschrotten ließ, nämlich ebenjene ausgelobten zweieinhalbtausend Euro. Aber was passierte? Der Staat schenkte ihm das Geld eben nicht.

Er musste erst den alten Wagen verschrotten lassen und dann einen neuen kaufen, um an die Kohle zu kommen. Und das hatte Papa dann auch getan. Jetzt stand er beim Autohändler in Ribnitz mit zwölftausend Euro in der Kreide und schonte sein Auto, damit ihm ja nichts passierte.

»Oma, ich bin im Dienst«, versuchte es Maike noch mal, »ich muss recherchieren, Leute befragen, mal hier, mal da, in Rostock, in Barth, in Graal-Müritz. Wenn ich das alles mit dem Bus mache, ist der Täter über alle Berge. Immerhin geht es um Mord!«

»Habt ihr denn keinen Dienstwagen in Barth?«

»Doch«, antwortete Maike, »aber den benutzt der Chef.« Was einerseits stimmte, andererseits auch nicht, denn wahrscheinlich stand der Opel ungenutzt herum, weil Oehler irgendwo sein Bierchen trank. »Papa muss doch nichts davon wissen. Ich bring den Wagen auch ohne Schramme wieder zurück. Versprochen.«

»Er hat ihn das ganze Wochenende gewaschen und poliert«, erwiderte die Oma. »Und jetzt willst du mit dem Auto raus. Bei dem Wetter!«

»Ich mach ihn wieder sauber, wenn ich zurück bin.«

»Mhm …« Oma seufzte nachdenklich und sah auf den Kalender neben der Tür. »Die haben heute ihren Kegelabend, da kommt er nicht vor zehn zurück. Schaffst du das?«

»Klar, Oma!« Maike fiel ihr um den Hals und gab ihr einen Kuss. »Du bist ein Schatz! Bis heute Abend.« Sie schnappte sich die Autoschlüssel und rannte hinaus.

»Fahr vorsichtig mit dem Wagen«, rief ihr die Oma besorgt nach. »Keine Verfolgungsjagden damit, klar?«

28 NACH GRAAL-MÜRITZ waren es circa dreißig Minuten Fahrt über die B 105 bis Ribnitz-Damgarten, an Hirschburg und Klein-Müritz vorbei, über eine nasse Landstraße zwischen feucht dampfenden Küstenwäldern hindurch. Das Gewitter hatte sich verzogen, doch ihm waren tiefe Wolken gefolgt, aus denen ein kräftiger, gleichmäßiger Landregen fiel. Zudem war es empfindlich kühl geworden, und so sollte es, glaubte man der Wettervorhersage im Radio, auch die nächsten Tage bleiben.

Graal-Müritz selbst war ein mondänes Heilbad, mit vielen alten Kurkliniken und Pensionen. Trotz des feuchten Wetters ging Frau Kolpert, so erzählten es zumindest die Schwestern des psychologisch-psychotherapeutischen Zentrums, in dessen Behandlung sich die Anwaltsgehilfin begeben hatte, im Rhododendronpark spazieren, um über ihre traumatischen Erfahrungen hinwegzukommen.

»Frau Kolpert liebt den Park, wissen Sie? Er tut ihr gut, gerade um diese Zeit, wenn die Rhododendren blühen. Es wäre besser, wenn Sie sie nicht auf das Erlebte ansprechen würden. Sie zeigt sich in dieser Hinsicht noch sehr labil.«

Abwarten, dachte Maike, denn genau wegen dieser Erlebnisse war sie ja hier.

Sie trabte los und setzte sich die Kapuze ihres Anoraks auf. Er war schwarz, wie alles, was Maike trug, und trotzdem viel zu mädchenhaft. Allein diese pelzverbrämte Kapuze! Sie hatte ihn von Oma zu Weihnachten geschenkt bekommen, obwohl sie eigentlich lieber einen ordentlichen Parka gehabt hätte. Nix mit kuscheliger Daunenfüllung, das war was für Tussis. Aber heute hielt er die Nässe ganz gut ab, denn der Rhododendronpark war riesig. Menschen waren keine zu sehen, dafür war das Wetter zu kalt und zu schlecht. Aber die Rhododendren und Azaleen blühten herrlich in allen Farben, von den glänzenden Blättern perlte der Regen, und ein wenig fühlte sich Maike wie in einem Zauberwald.

Von irgendwoher hörte sie melancholisches Geigenspiel. Sehr romantisch, wie sie fand, denn es passte zur regnerischen Stimmung und zu den unwirklichen Farben ringsum. Maike folgte den Tönen und fand so die Kolpert.

Unter einem Regenschirm saß die Anwaltsgehilfin mit verschatteten Augen auf einer Bank an der sogenannten Lyrik-Buche und hörte versonnen dem Spiel einer Geigerin im völlig durchnässten, altertümlich wirkenden Musselinkleid zu, die die leidenschaftlichen

Rezitationen eines ebenso durchnässten jungen Mannes begleitete, der halb auf Knien in einem durchweichten Reclam-Heftchen blätterte.

»Ihr wandelt droben im Lichte
Auf weichem Boden, selige Genien!
Glänzende Götterlüfte rühren euch leicht,
Wie die Finger der Künstlerin heilige Saiten.«

Maike trat näher und setzte sich neben die andächtig Lauschende.
»Frau Kolpert?«
»Pst«, zischte die, »hören Sie nicht?«
Doch, Maike hörte, sie war ja nicht taub. Der Regen rauschte in den hohen Bäumen und prasselte auf Frau Kolperts Schirm herunter.
Die Anwaltsgehilfin trug einen schwarzen Regenmantel und wirkte ein wenig verloren, wie ein einsamer Vogel.
Vielleicht ein Todesengel, dachte Maike, ich muss es ihr nur nachweisen.

»Schicksallos wie der schlafende Säugling
Atmen die Himmlischen; keusch bewahrt
In bescheidener Knospe blühet ewig
Ihnen der Geist.
Und die seligen Augen blicken
In stiller ewiger Klarheit.«

Der junge Mann sprang auf und warf sich dramatisch in die Brust, während ihm das Wasser wie Tränen über das Gesicht lief.

»Doch ist uns gegeben, auf keiner Stätte zu ruhn.
Es schwinden, es fallen die leidenden Menschen
Blindlings von einer Stunde zur anderen,
Wie Wasser von Klippe zu Klippe geworfen
Jahrelang ins Ungewisse hinab.«

»Brahms«, seufzte Frau Kolpert ergriffen, als sich der junge Mann und seine Geigerin vor den beiden einzigen Zuschauerinnen verbeugten, als stünden sie auf einer großen Bühne,»das Schicksalslied von Friedrich Hölderlin. Wie passend!«

Das machte durchaus Sinn, war die Lyrik-Buche doch von der Kurverwaltung gestiftet worden, damit sich hier jedermann literarisch betätigen konnte.

Frau Kolpert sah Maike Hansen prüfend an.»Ihr Gesicht ist gut verheilt.«

»Da war nichts«, winkte Maike ab.»Nur Nasenbluten. Und bei Ihnen?«

»Na, ich fand diese Polizisten noch rabiater als den Gangster vorher.« Frau Kolpert schüttelte sich.»Furchtbar! Ich darf nicht drüber reden, das gefährdet die Therapie.«

»Was haben Sie denn für Symptome?«

»Alpträume. Angstzustände. Schweißausbrüche. Ich stehe unter Beruhigungsmitteln und Stimmungsaufhellern. Das hilft.« Sie lachte etwas zu schrill auf und hielt ihr den Arm hin.»Wollen Sie nicht unter den Schirm? Sie werden doch ganz nass.«

Diese plötzliche Vertraulichkeit irritierte Maike. Dennoch hakte sie sich ein.»Vielen Dank.«

Gemeinsam gingen sie die feuchten Wege zwischen den blühenden Stauden entlang. Vom Schirm tropfte das Wasser.

»Wissen Sie schon, wer's war?«

Maike schüttelte unmerklich den Kopf.»Wissen Sie's?«

»Schön wär's«, antwortete die Kolpert.»Da wird doch geblockt und gemauert, was das Zeug hält. Oder haben Sie sich noch nicht gefragt, warum die plötzlich da waren?«

Gott, wovon redete die Frau? Maike war ratlos.»Wer?«

»Die Bullen natürlich. Beim Überfall auf die Kanzlei.«

»Angeblich hatten sie einen anonymen Anruf bekommen.«

»Und das glauben Sie? Oje!« Die Kolpert verzog mitfühlend das Gesicht.»Sie tappen ja wirklich völlig im Dunkeln!«

Mag sein, dachte Maike.»Helfen Sie mir raus!«

»Es gibt immer eine offizielle und eine inoffizielle Linie«, antwortete die Anwaltsgehilfin. »Und ich vermute, dass da irgendwer ziemlichen Bammel hat, dass öffentlich wird, was eigentlich inoffiziell bleiben soll.«

»Geht's vielleicht ein bisschen genauer? Was darf denn nicht an die Öffentlichkeit?«

»Fragen Sie meinen Chef! Vorausgesetzt, Sie wissen, wo er steckt.«

Shit, dachte Maike Hansen. Entweder sie weiß wirklich noch nicht, dass Krahwinkel tot ist, oder sie täuscht diese Unwissenheit nur vor. »Ihr Chef ist verstorben, Frau Kolpert.«

»Verstorben?« Die Anwaltsgehilfin hob die Augenbrauen. »Wann?«

»Am Sonntag. Er wurde auf seinem Segelboot gefunden. Erstochen.«

»Das …« Die Kolpert klimperte nervös mit den Augen. »Das ist keine gute Nachricht, nicht wahr?«

Sicher nicht, dachte Maike. »Frau Kolpert, wo waren Sie am Nachmittag und Abend des 2. Juni?«

»Was ist denn das jetzt für eine Frage?«

»Ich stelle sie allen, die näher mit Krahwinkel zu tun hatten.«

»Dann nehmen Sie an, mein Chef wurde von einer ihm nahestehenden Person umgebracht?«

»Bislang weiß ich noch nicht einmal zweifelsfrei, ob er überhaupt umgebracht wurde.«

»Dann könnte es auch ein Unfall gewesen sein? Sie sagten doch, er sei erstochen worden.«

»Wir müssen alle Möglichkeiten überprüfen, Frau Kolpert. Also: Wo waren Sie am Sonntag?«

»Zu Hause, nehme ich an.«

»Allein?«

»Ja. Ich lebe allein. Und das sehr gerne«, betonte Frau Kolpert mit Nachdruck. »Macht mich das verdächtig?«

»Ja«, antwortete Maike ohne Ironie. »Sofern niemand bestätigen kann, dass Sie wirklich zu Hause waren, haben Sie kein Alibi für die Tatzeit. Wie war denn Ihre Beziehung zu Ihrem Chef?«

»Professionell. Er war mein Arbeitgeber. Was für ein Motiv sollte ich haben, ihn umzubringen?«

»Keine Ahnung. Sagen Sie es mir?«

»Das kann ich nicht. Ich habe keins. Im Gegenteil, ich habe meinen Chef ganz gern gehabt.«

»So sehr, dass Sie mit ihm segeln gegangen sind?«

»Nein. Ich war nie auf seinem Boot. Unsere Beziehung war rein beruflich. Aber ich mochte ihn.« Die Kolpert blieb stehen und sah Maike an. »Im Ernst: Sie sollten lieber untersuchen, wer die Kanzlei überfallen hat!«

»Das macht die Rostocker Polizei, soweit ich weiß.«

»Ach was!« Die Kolpert winkte verächtlich ab. »Die gehören doch zum Vertuschungskommando!«

Interessant, überlegte Maike. Falls die Rechtsanwaltsgehilfin von sich ablenken wollte, machte sie es sehr geschickt.

Denn der Eindruck, dass die Rostocker Polizei etwas verheimlichte, konnte sich durchaus aufdrängen. Allein wie mühsam es heute Morgen war, den Aufenthaltsort von Frau Kolpert herauszubekommen.

»Was soll denn vertuscht werden?«

»Das weiß ich auch nicht«, erwiderte die Anwaltsgehilfin, »aber die Argent Venture Capital Limited war eine reine Briefkastenfirma mit Sitz auf den Seychellen. Deshalb liefen ja der Kontakt und alles Rechtliche ausschließlich über unsere Kanzlei.«

»Aber Sie wissen nicht, wer dahintersteckt?«

»Nein. Das ist ja der Sinn von Briefkastenfirmen. Wir waren nur der Strohmann, der die Verträge ratifiziert und ihnen rechtliche Gültigkeit gibt.«

»Das ist erlaubt?«

»Aber sicher. Die Investoren wollen inkognito bleiben. Aus den verschiedensten Gründen. Das kann Steuervermeidung sein oder eine geplante feindliche Übernahme am Aktienmarkt. Briefkastenfirmen gehören zu den ganz alltäglichen Tools im Finanzgeschäft. Und dann kommen wir ins Spiel.«

»Aber übernehmen Sie dann nicht auch das Haftungsrisiko? Was ist, wenn etwas schiefgeht? Zumal Sie nicht wissen, wer hinter der Firma steckt?«

»Unsere Haftung ist begrenzt. Wir sind eine GmbH.«

Gesellschaft mit beschränkter Haftung. Da machte der Begriff Sinn.

»Und was haben Sie genau für diese Argent Venture getan?«

»Nun, es ging um den in Rostock höchst umstrittenen Verkauf des MS ›Georg Büchner‹. Ich weiß nicht, ob Sie davon gehört haben, aber es ging ja durch die Presse. Und die Zeitungen schreiben fast täglich, dass dabei nicht alles rechtens gelaufen sei. Da werden so einige nervös.«

Das würde ich auch, dachte Maike, wenn plötzlich Strohmänner und Briefkastenfirmen ins Spiel kommen.

»Üblicherweise wird, wenn ein Betrieb zahlungsunfähig wird, ein Insolvenzverwalter bestellt«, erklärte die Kolpert weiter. »Der prüft, was für Werte in der bankrotten Firma stecken, und sucht diese gewinnbringend zu veräußern, damit die Gläubiger wenigstens einen Teil ihrer Forderungen zurückbekommen. Im konkreten Fall war das Problem, dass es sich beim insolvent gewordenen Betreiber des MS ›Georg Büchner‹ um einen Verein handelt, der sich dem Gemeinwohl verpflichtet hatte und daher aus Steuermitteln unterstützt wurde.«

»Das heißt?«

»Erster Gläubiger war die Stadt Rostock. Und der einzige Wert ein altes Schiff, das unter Denkmalschutz stand. So was kauft niemand für mehr als den symbolischen einen Euro. Verstehen Sie, was ich meine?«

»Nicht ganz«, musste Maike passen. Gott, war das kompliziert.

»Das Ganze war ein Insichgeschäft. Sonst hätte die Hansestadt Rostock auf ihre Forderungen verzichten müssen.«

»Ein *Insichgeschäft*?«

»Man verkauft sich selbst etwas, zu einem Preis, den man dann auch selbst bestimmen kann, und erhöht so dessen Wert. Entschuldigen Sie.« Die Kolpert suchte nach einem Taschentuch und putzte sich die Nase. »Und jetzt fragen Sie nicht wieder, ob so etwas erlaubt ist. Laut Paragraf 181 des BGB sind diese Geschäfte zulässig, wenn die beteiligten Vertragspartner dem Vertreter die

Selbstkontraktion gestattet haben oder das Rechtsgeschäft ausschließlich der Erfüllung einer Verbindlichkeit dient. Und diese Voraussetzungen waren im Falle des MS ›Georg Büchner‹ mehr als gegeben.«

Na super! Maike schwirrte der Kopf. Das war jetzt doch ein bisschen viel für sie. Und wie passte das alles mit dem Überfall auf die Kanzlei und den Mord an Anwalt Krahwinkel zusammen?

»Wer war noch alles in die Sache involviert?«

»Nur der Insolvenzverwalter, soweit ich weiß.«

»Gab es da mal Ärger?«

»Ärger haben vor allem diese Bürgerinitiativen gemacht. Die waren gut vernetzt, hatten ihre Leute überall. Zuletzt wollten sie sogar die Verschleppung des Schiffes nach Litauen torpedieren. Bei der schifffahrtspolizeilichen Genehmigung dafür stellte sich die verantwortliche Dame quer. Die hat uns immer wieder neue Auflagen beschert. Bis sie zurückgepfiffen wurde.«

»Von wem?«

»Das müssen Sie die Dame schon selbst fragen. Eine Frau Solms, Marietta Solms. Den Namen werde ich nie vergessen.«

Maike tippte hastig ihre Notizen ins Smartphone ein. »Haben Sie von der Frau Kontaktdaten?«

»Nein, das ist alles in der Kanzlei. Aber fragen Sie beim Wasserstraßen- und Schifffahrtsamt nach. Da ist die Solms angestellt.« Frau Kolpert sah sie unschlüssig an. »Kann ich jetzt gehen? Ich muss zu meiner Therapie.«

»Darf ich sie kurz fotografieren?«

»Wieso denn das?«

»Nur für die Akten.« Schon hatte Maike ihr Smartphone gezückt und die Kolpert abgelichtet. »Vielen Dank!«

»Wiedersehen.«

»Wiedersehen«, echote Maike und sah der Anwaltsgehilfin nach, bis diese hinter ein paar Azaleenstauden verschwunden war.

Mannomann! Insichgeschäfte, Briefkastenfirmen. Strohmänner! Eine offizielle und eine inoffizielle Linie. Nicht zu fassen!

Sie tippte auf ihrem Smartphone herum und rief, nachdem sie die

Telefonnummer online herausgefunden hatte, das Wasserstraßen- und Schifffahrtsamt, kurz WSA, an.

Nein, Frau Solms habe sich krankgemeldet und sei nicht erreichbar. Und nein, die Adresse könne man auch nicht herausgeben, jedenfalls nicht telefonisch. Für derartige Auskünfte sei das Hauptamt in Stralsund zuständig, Anträge hierzu seien schriftlich zu stellen.

Na, vielen Dank auch, dachte Maike und steckte das Smartphone wieder ein.

Konnte es sein, dass Krahwinkel für die offizielle Lesart der Geschichte zur Gefahr geworden war? Weil er inoffiziell etwas wusste, das irgendwem sehr gefährlich werden konnte?

Und wer war die Frau auf dem Boot? So wie es aussah, hatte die Kolpert kein Alibi. Insofern konnte auch sie eine offizielle und eine inoffizielle Linie haben.

29 MAIKE HANSEN setzte sich nachdenklich in den geliebten Toyota ihres Vaters und nahm über die Landstraße 22 via Nienhagen und Hinrichsdorf den kürzesten Weg nach Rostock, um einen Abstecher bei Krahwinkel & Partners in der Kröpeliner Straße zu machen.

Doch auf dem edel polierten Messingklingelbrett war die Anwaltssozietät nicht mehr verzeichnet. Und oben in den Räumen der ersten Etage wurde gründlich renoviert. Sämtliche Büros waren leer geräumt. Stattdessen standen Farbeimer herum und Leitern. Maler in fleckigen Arbeitsanzügen strichen die Wände weiß.

»Wo ist die Kanzlei?«, erkundigte sich Maike Hansen verblüfft. »Krahwinkel & Partners?«

Ein Maler sah fragend auf.

»Die waren doch hier.«

»Möglich«, brummte der Maler und setzte seine Arbeit fort. »Jetzt sind sie nicht mehr hier.«

Aus den hinteren Räumen kam ein untersetzter Herr mit dem

teigigen Gesicht einer Bulldogge. Er trug einen weiten Trenchcoat und hatte eine Aktenmappe unter dem linken Arm. Mit der rechten Hand hielt er sich ein Handy ans Ohr. »Wollen Sie sich noch mal die Eckdaten zu Gemüte führen? Einhundertachtzig Quadratmeter, verteilt auf vier Räume plus Teeküche, Damen- und Herren-WC sowie ein großzügiges Entree, das Ganze in der Beletage eines repräsentativ sanierten Altbaus, Stuck, Parkett, alle Medien vorhanden, sonnig, große Fenster, Toplage in der Kröpeliner. Zentraler geht's kaum. Vorher war hier eine renommierte Anwaltskanzlei drin, aber selbstverständlich werden die Räumlichkeiten komplett renoviert. Frei ab sofort, kommen Sie her, das müssen Sie sehen!«

»Entschuldigen Sie?« Maike nestelte nervös am Reißverschluss ihres Anoraks herum und ging ein paar Schritte auf den Mann zu. »Moment.« Die Bulldogge, offenbar ein Makler, sprach weiter mit dem Handy. »Aber Sie müssten sich sputen, die Interessenten rennen mir die Bude ein. Gerade eben ist eine junge Frau gekommen, die hier natürlich auch zum Zuge kommen will. Dieses Ding will *jeder*! Wer hier nicht zuschlägt, hat einfach Pech. Also, ich erwarte Sie in der nächsten halben Stunde, sonst kann ich nichts weiter für Sie tun, alles klar? – Natürlich, bis gleich.« Er steckte zufrieden sein Handy weg und wandte sich Maike zu. »Toplage, sehen Sie ja, vier Räume, dazu großes Entree für den Empfang, plus Damen- und Herren-WC sowie eine große Teeküche. Sehr gefragt, so was. Wollen Sie sich in Ruhe umsehen?«

»Nee.« Maike kratzte sich am Kopf. »Ich suche eigentlich die Kanzlei.«

»Die sind weg, sehen Sie ja. Ging ganz fix, dabei hätten die noch drei Monate Kündigungsfrist gehabt.«

»Wer hat denn den Mietvertrag gelöst?«

»Ein Herr Krahwinkel, soweit ich weiß …« Er sah umständlich in seinem Ordner nach. »Ja, Krahwinkel, am Montag.«

»Das kann nicht sein.« Maike schüttelte entschieden die blonden Locken.

»Doch, doch«, widersprach der Makler und blätterte in seinen

Unterlagen.»Drei Monatsmieten wurden noch überwiesen, ebenso die Kaution – insofern alles top.«

»Herr Krahwinkel ist am Sonntag verstorben«, sagte Maike.»Er kann Ihnen nicht gekündigt haben. Nicht am Montag.«

»Dann wird es wohl die Witwe gewesen sein.« Er hob bedauernd die Schultern.»Frau Krahwinkel.«

Auch falsch, dachte Maike, denn die war mit ihrem Fohlen beschäftigt.»Wo sind denn die ganzen Sachen hin?«

»Tut mir leid, das weiß ich nicht.« Der Makler klappte seinen Ordner zu.»Also was ist? Interessiert?«

Maike winkte dankend ab.

Merkwürdig. Wer hatte die Räumlichkeiten der Kanzlei gekündigt? Krahwinkels»Partners«? Aber wer waren diese Partner? Und warum wusste noch nicht einmal die Kolpert davon? Seltsam, echt sehr seltsam ...

Maike verabschiedete sich und ging nachdenklich wieder hinunter auf die Straße, wo eben eine Politesse vom Ordnungsamt einen Strafzettel unter den Scheibenwischer von Papas geliebtem Auto klemmen wollte, was natürlich unbedingt verhindert werden musste.

»Verzeihen Sie!« Maike wedelte mit ihrem Dienstausweis.»Ich fahr gleich weg.«

»Sie dürfen hier gar nicht fahren«, erklärte die Politesse stirnrunzelnd,»das ist eine reine Fußgängerzone.«

»Ich weiß«, nickte Maike entschuldigend.»Aber ich hatte hier einen dienstlichen Einsatz.«

Die Politesse nahm ihr den Dienstausweis ab und studierte ihn eingehend. Dann zog sie den Strafzettel wieder unter der Windschutzscheibe hervor und zerriss ihn.»Kann ich ja nicht wissen.« Sie drückte die Schnipsel Maike in die Hand.»Dahinten ist'n Mülleimer.«

»Ich werf ihn zu Hause weg.« Maike entriegelte den Wagen und setzte sich hinters Steuer.»Schönen Tag noch.« Sie startete den Motor und fuhr los.

Gleichzeitig kam ein zweiter Wagen die Fußgängerzone entlang. Französisches Fabrikat, Peugeot oder Renault, dunkelgrün.

Die Politesse reckte streng den Arm, um den grünen Wagen zum Halten zu bringen, doch der Fahrer gab nur kurz Gas und fuhr in dieselbe Richtung davon, in die auch Maike mit ihrem silbernen Toyota verschwunden war.

»Scheißbulgaren«, schimpfte die Politesse und starrte dem ausländischen Kennzeichen nach.

Ungeachtet der Aufforderung, ihre Ermittlungen auf den »Barther Raum« zu beschränken, fuhr Maike zum Polizeipräsidium. Vielleicht konnte sie hier in Erfahrung bringen, wie weit die Rostocker mit ihren Ermittlungen waren und was es mit dem »Vertuschungskommando« auf sich hatte.

Doch schon an der Pforte stieß sie auf Widerstand. Der Portier wollte sie nicht durchlassen.

»Dazu müssten Sie mir erst mal sagen, um welchen Fall es geht!«

»Krahwinkel«, wiederholte Maike und setzte hinzu, dass sie noch heute Morgen mit der Abteilung zwei telefoniert habe, die wohl mit dem Fall betraut sei.

»Nee«, wiegelte der Pförtner ab. »Die Zwo macht bei uns die Öffentlichkeitsarbeit.«

Das konnte doch nicht wahr sein! Da hatten sie die Rostocker heute früh mit der Öffentlichkeitsabteilung verbunden? Um sie abzuwimmeln? »Mir wurde immerhin mitgeteilt, wo ich Krahwinkels Sekretärin finde.«

»Dann wird das die Öffentlichkeit wissen dürfen.«

»Hören Sie mal.« Maike beugte sich vor und sprach dem Pförtner eindringlich in die Box. »Ich ermittle in einem Mordfall. Die Kanzlei des Opfers wurde überfallen, und eines Ihrer SEKs war dann da im Einsatz. Anschließend wurde ich hier auf dem Präsidium vernommen. Von so einem smarten Typen. Schwarzer Kurzmantel, Gelfrisur. Das wird sich doch herausfinden lassen.«

»Den Namen haben Sie nicht?«

»Tut mir leid, der Mann hat sich mir auch auf mehrmalige Nachfrage nicht vorgestellt.«

Der Portier gähnte vernehmlich und griff dann nach einem Telefonhörer. Er wählte, wartete. Dann: »Entschuldigung, die Pforte. Hier steht so ein Mädchen vom Barther Kriminalkommissariat, das behauptet, mit Ihrer Abteilung heute Morgen über den Fall, ähm …«

Er sah fragend auf.

»Krahwinkel«, zischte Maike.

»… Krahwinkel gesprochen zu haben. Angeblich wurde ihr telefonisch der Aufenthaltsort von dessen Sekretärin …«

Wieder sah er auf, und Maike trommelte genervt mit den Fingern gegen die Glasscheibe der Pförtnerloge. »Kolpert!«

»… einer Frau Kolpert mitgeteilt. Wer sitzt denn bei uns an der Sache dran? – Bont? – Alles klar. Vielen Dank.«

Diese Abteilung zwo schien ein echtes Informationswunder zu sein.

Der Pförtner legte auf. »Das macht Bont.«

»Bond?« Maike konnte sich ein Grinsen nicht verkneifen. »James Bond?«

»Kevin Bont«, knurrte der Pförtner. Offenbar hörte er diesen Witz nicht zum ersten Mal. »Treppe rauf, zweiter Stock links, Raum 208.« Er drückte seinen Summer, und die Tür schwang auf.

»Na also, geht doch!« Maike schlüpfte durch und flitzte die Treppe hoch.

Nicht schnell genug, denn an der Tür zum Raum 208 wartete schon der Gegelte auf sie. Offenbar hatte ihn der Pförtner vorgewarnt. Erstaunt sah Maike ihn an: »Sie sind Herr …?«

»… Bont, scharfes hartes t wie ›Torte‹ am Ende.« Er stieß die Tür auf und ließ sie hinein. »Oder ›Tussi‹.«

»›Idiot‹ hat auch ein hartes t am Ende.« Maike ließ sich auf einen der Stahlrohrstühle im Büro fallen und sah ihn herausfordernd an.

»Okay, ich sehe, Sie wollen da weitermachen, wo wir letztens aufgehört haben.« Kevin Bont setzte sich ihr gegenüber und sah sie kalt an. »Was führt Sie zu mir?«

»Meine Ermittlungen zum Mordfall Krahwinkel.«

»Und was kann ich diesbezüglich für Sie tun?«

»Sie untersuchen den Überfall auf die Kanzlei. Vielleicht gibt es da einen Zusammenhang.«

»Das war ein einfacher Raubüberfall«, entgegnete Bont, »es fehlen fünfzigtausend Euro.«

»Und das Graffito an der Wand?«

»Kann ein Ablenkungsmanöver sein. Oder es waren Chaoten aus dem linksautonomen Spektrum. Randalierer, die diesen an sich ganz ordinären Raub als Rache für den Verkauf der ›Georg Büchner‹ kaschieren.«

»Haben Sie da genauere Hinweise?«

»Lasse ich Ihnen zukommen. Sonst noch was?«

»Der Mietvertrag der Kanzlei Krahwinkel wurde überraschend gekündigt«, sagte Maike. »Ich frage mich, warum und von wem?«

»Tja«, Bont hob bedauernd die Hände, »weiß ich auch nicht. Muss uns das interessieren?«

»Mich interessiert vor allem, wo die ganzen Akten und Unterlagen von Krahwinkel & Partners sind. Dazu Notizen, Terminkalender, so was halt.«

»In den Asservaten«, antwortete Bont, »wir haben das alles beschlagnahmen lassen nach dem Überfall.«

»Kann ich da mal einen Blick reinwerfen?«

»Dafür brauchen Sie einen richterlichen Beschluss.«

»Wieso?«

»Wegen des laufenden Insolvenzverfahrens gegen den Verein Traditionsschiff. Das war der letzte Betreiber der ›Georg Büchner‹, der Verkauf lief über die Kanzlei.«

»Aber es geht hier um eine Mordermittlung!«

»Ja, eben.« Bont erhob sich und ging wieder zur Tür. »Stellen Sie einen Antrag, begründen Sie Ihre Verdachtsmomente, und dann wird ein Richter über die Einsichtnahme entscheiden.« Er öffnete die Tür. »Ich freue mich, Ihnen geholfen zu haben, Frau … Wie war gleich Ihr Name?«

»Hansen.« Auch Maike erhob sich und ging langsam zur Tür. »Ganz ohne t.« Sie blieb dicht vor Kevin Bont stehen und sah ihm direkt in die stahlgrauen Augen. »Diese linksautonomen Chaoten – wo finde ich die?«

»Ich sagte doch, das lasse ich Ihnen nach Barth zukommen.«

»Ich bin aber jetzt in Rostock.«

»Stimmt. Sie wildern in meinem Revier.«

»Falsch, denn ich bin weder ein Hund noch wild.«

Beide starrten sich kühl an, und jeder hielt dem Blick des anderen stand, auch wenn es Maike zunehmend schwererfiel.

»Wildern Katzen nicht auch?«

»Ich bin keine Katze.«

»Aber Sie sind auf der Jagd.«

Sie standen sich so dicht gegenüber, dass Maike den starken Pfefferminzgeruch in Bonts Atem wahrnahm. Vermutlich benutzte er Kaugummis oder ein Mundwasser. Maike hoffte, selbst keinen Mundgeruch zu haben, denn sie nahm weder das eine noch das andere. Bei ihr musste das morgendliche Zähneputzen reichen.

»Fahren Sie nach Hause«, sagte er leise. »Rostock hat viele dunkle Ecken. Da sollten Sie Ihre kleine forsche Nase nicht reinstecken.«

»Und wenn doch?« Maike tat so, als würde sie an seinem Hals schnüffeln. »Krieg ich dann eins auf die Nuss?«

»Das wäre unverschämtes Glück«, erwiderte er. »Die meisten verschwinden hier im Hafenbecken.«

»Keine Sorge, ich kann schwimmen.«

»Nicht mit einem alten Autoreifen an den Füßen. Und die Warnow ist tief.«

Maike spürte den kalten Schauer, der ihr über den Rücken lief. »Drohen Sie mir?«

»Nur ein kollegialer Rat. Und jetzt hauen Sie ab!« Er packte sie an der Kapuze ihres Anoraks und schob sie unsanft zur Tür hinaus. »Wäre schade um Sie.«

Arschloch, dachte Maike, weil sie ein mulmiges und sehr ungutes Gefühl im Magen verspürte. Was hatten die hier nur zu verbergen? Noch hatte sie ihre Fühler doch gar nicht richtig ausgestreckt. Und trotzdem versuchte dieser Bont, ihr Angst zu machen. Was viel schlimmer war: Es schien ihm zu gelingen.

»Bezahlt Sie eigentlich noch der Steuerzahler«, fragte sie etwas zu laut, um das Zittern in ihrer Stimme zu unterdrücken, »oder tun das schon die Leute aus den dunklen Ecken?«

Sie wartete die Antwort nicht ab, sondern drehte sich rasch um und lief zügig den Gang hinunter. Und sie musste sich sehr zusammenreißen, um nicht zu fliehen wie ein junges Reh.

30   »HIER HAT DOCH JEDER seine Leiche im Keller«, knurrt der alte Seemann mit dem Käpt'n-Blaubär-Bart, »diese hohen Herren sind doch alle korrupt bis zur Halskrause.«

»Und wer nicht mitmacht«, fügt ein anderer hinzu, »wird systematisch kaputt gespielt.«

»Wie die Charlies«, sagt ein Dritter.

»Genau.« Die Übrigen nicken. »Wie die Charlies.«

Wir sitzen bei denen, die immer in der »Kogge« sitzen, einer gemütlichen alten Seemannskneipe am Stadthafen von Rostock. Alles ehemalige Seeleute hier, die allein aus ökonomischen Gründen auf dem Trockenen sitzen.

»Deutsche Seemänner findest du kaum noch. Unseren Job machen jetzt die Fidschis, die sind billiger.«

»Die Kapitäne nennen sich Transportmanager, die Offiziere sind Russen. Alles unterhalb der Brücke kommt aus Fernost. Thailand, Malaysia, Indonesien.«

Der Hagere links von mir war jahrzehntelang Chief auf einem Stückgutfrachter, soweit ich das verstanden habe, die beiden trinkfesten Strohblonden rechts waren Vollmatrosen. Der Käpt'n Blaubär gegenüber, den sie hier alle ehrfürchtig den »Admiral« nennen, hatte ein früheres Leben als Kapitänleutnant der Volksmarine. Der Platz neben ihm wird für den alten Segelschiffer frei gehalten, der aber immer erst am Abend kommt. Und dann gibt es noch den Atlantikfischer, der zu DDR-Zeiten einen großen Trawler befehligte.

»Die DDR«, so sagt er stolz, »hatte eine der größten Fischfangflotten der Welt. Monatelang waren wir draußen auf dem Nordatlantik. Industrielle Fischerei. Mehrere große Trawler, die Versorger, die Gefrier- und die Fischverarbeitungsschiffe. Ja, bei uns kam der

Dorsch schon auf See in die Konservendose, das waren schwimmende Fabriken.«

Über uns hängen verstaubte Modelle von Segelschiffen aus früherer Zeit, riesige hölzerne Steuerräder dienen als Kronleuchter, und die Wände sind mit Kapitänsbildern und Gemälden von sturmgepeitschten Schiffen auf hoher See dekoriert. Alte Messinglaternen an den Wänden verbreiten warmes Licht, aus der Musikbox klingt »La Paloma«, und der Wirt, ein Bierbauch, dem die Zigarettenkippe an den Lippen festgewachsen scheint, stellt uns in schöner Regelmäßigkeit immer wieder neue Humpen mit frischem Bier auf den großen Holztisch. »Wohlsein!«

»Wohlsein!«

An das Rauchverbot in Gaststätten, das seit 2007 auch in Mecklenburg-Vorpommern gilt, hält sich hier niemand. Alle quarzen, was die Lunge hält. Auch Hünerbein hat seine geliebten Roth-Händle ausgepackt, ich schmauche an meiner Pfeife und fühle mich wie ein Abenteurer in sehr fernen Häfen.

»Die Charlies«, erkundige ich mich, »wer sind denn die Charlies?«

»Das kann nur 'ne Landratte fragen.« Die Männer lachen. »Berliner, was?«

»Berliner«, nicke ich entschuldigend und hebe meinen halben Liter. »Wohlsein!«

»Wohlsein!« Die Bierhumpen stoßen an, und eine Zeit lang ist nichts als das gierige Schlucken immer durstiger Männerkehlen zu hören.

Gott, wie urig, denke ich. So urig, dass es kaum auszuhalten ist. Aber ich fühle mich pudelwohl. Und auch Hünerbein hockt behaglich wie eine fette Qualle in seiner Ecke und futtert einen Matjeshering nach dem anderen. Die sind ganz besonders lecker hier.

»Die Charlies gehören zu Rostock wie die ›Büchner‹«, antwortet der alte Seebär.

»Oder die ›Stephan Jantzen‹«, nickte der andere.

»Ja, der ist als Nächstes dran.«

Um nicht allzu landrattig rüberzukommen, will ich nicht schon wieder fragen, wer Stephan Jantzen ist, und sehe Hünerbein an. Der kann ja auch mal den Dummen spielen. Doch der schmatzt nur vor sich hin und grunzt zufrieden.

»Wird alles verzockt«, sagt der Wirt und stellt uns neue Biere auf den Tisch. »Machen die alles zu Geld.«

»Es ist eine Schande.«

»Jau, das ist es.«

»Wohlsein!«

»Wohlsein!«

»Wer ist denn«, lässt sich Hünerbein endlich vernehmen, »dieser Stephan Jantzen?«

»Mann, das war'n Lotse hier! Und ein Seenotretter der ersten Stunde.«

»Nach ihm ist der Eisbrecher benannt.«

»Historisch«, merkt der Admiral an. »Ein maritimes Denkmal!«

»Da gründet man dann mal schnell einen Verein«, sagt der Chief, »kauft das Schiff symbolisch für einen Euro und verkloppt es dann zum Schrottpreis.«

»Ja, das ist 'ne hübsche Gewinnspanne«, nickt der Atlantikfischer, »da muss Oma lange für stricken, nicht?«

»Vielleicht sollten wir auch mal so'n Verein gründen«, rufen die strohblonden Matrosen und heben ihre Bierhumpen. »Wohlsein!«

»Wohlsein!«

»Nee, du, das könnte ich nicht!« Der Chief schüttelt den Kopf. »So'n schönes Schiff als Schrott verhökern.«

»Kommt auf die Summe an. Was haben die für die ›Büchner‹ gekriegt? Fast 'ne Million, oder?«

»Neunhunderttausend«, grummelt der Admiral in seinen Bierhumpen.

»Ja«, wiederholt der Atlantikfischer, »verdammt lange stricken musst du da.«

»Das schaffste normal gar nicht in einem Leben.«

»Und dann war der Kahn ja auch noch versichert«, weiß der Admiral. »Stand in der Zeitung.«

»Ja, aber das kriegen die doch nicht. Versicherungen nehmen nur, aber geben nichts.«

»Abwarten«, mahnt der Admiral, »das drehen sich die hohen Herren schon irgendwie hin.«

»Wer sind denn die hohen Herren?«, erkundige ich mich.

»Na, Janßen, Schwartz und Schliecker«, antwortet der Chief, »da waren dann auf einmal zu viele Kapitäne an Bord.«

»Und keine Besatzung. Das konnte nicht gut gehen.«

»Der Schliecker wollte die ›Büchner‹ wirklich erhalten.«

»Und was ist mit diesem Peter? Den haben die sich doch auch noch ins Boot geholt.«

»Ich sage ja, zu viele Kapitäne.«

»Ach, das war doch alles Absicht! Die haben die Unbequemen und den Schliecker rausgemobbt und dann gemeinsame Sache gemacht.«

Alles hochinteressant, finde ich, doch leider können weder Hünerbein noch ich dem Gespräch so recht folgen. Es scheint, als würde da eine Bande von Geldgierigen unter dem Deckmantel der Rettung alter Traditionsschiffe das maritime Erbe Rostocks verscherbeln. Erst die ›Georg Büchner‹, dann die ›Stephan Jantzen‹. Aber so richtig verstehen tun wir es nicht, dafür fehlt uns das Hintergrundwissen.

»Wenn Sie mehr erfahren wollen«, erklärt uns der alte Käpt'n-Blaubär-Admiral, »dann sollten Sie mal mit den Charlies reden.«

Die anderen nicken bekräftigend. »Wenn jemand weiß, was mit der ›Büchner‹ passiert ist, dann sind es die Charlies.«

Wunderbar! »Und wo finden wir die Charlies?«

»Tja …« Die Männer sehen sich ratlos an. »Das ist'n Problem. Charly Zwo ist abgetaucht. Wie die ›Büchner‹.«

»Ich hab ihn danach nicht mehr gesehen«, knurrt der Chief. »Ihr?«

»Nee.« Die Männer schütteln einhellig die Köpfe.

Aber Charly Eins sei noch da, meint der Atlantikfischer. Er habe ihn vorgestern noch getroffen. Bei so einem Wettbewerb in Schmarl, »wo sie ihre Boote gegeneinander haben antreten lassen«. Schöne Schiffe seien dabei gewesen, »wirklich beeindruckend«.

Denn seitdem sie den Charlies den Schlepper buchstäblich unterm

Arsch wegverschrottet hätten, so erklären es uns die Seeleute, würden die jetzt kleinere Brötchen backen. Im Maßstab eins zu fünfundzwanzig schipperten die jetzt nicht mehr über die Warnow und den Rostocker Überseehafen, sondern zwischen Teichrosen entlang.

Mit anderen Worten: Charly Eins und Zwo seien normalerweise überall dort anzutreffen, wo Modellboote sind. Oder in ihrer Werkstatt an der Alten Werft.

»Das ist doch ein Wort«, freue ich mich und erhebe meinen Bierhumpen. »Wohlsein!«

»Wohlsein!«

Wir prosten uns zu und trinken.

31 RUSHHOUR. Es hatte wieder zu regnen angefangen, die Scheibenwischer gingen hin und her.

Maike Hansen stand in Rostock-Mitte im Stau und spielte mit ihrem Smartphone. Wozu gab es Suchmaschinen? Sie tippte den Namen Marietta Solms ein: dreihundertvierzehntausend Einträge, na super! Die ersten kamen aus Amerika und bezogen sich auf eine Solms-Delta-Beauty-Farm in Texas, USA. Unsinn!

Maike klickte bei den Suchoptionen »Deutschland« an und fand ein paar Facebook-Seiten. Und jedes Mal die Frage: »Falsche Marietta Solms?« Absolut, denn die Facebookerinnen waren allesamt im Schulalter.

Und dann gab es noch einen Online-Telefonbucheintrag. Personensuche im Internet: Solms, Marietta, Rostock – na also! Die Dame wohnte am Alten Strom in Warnemünde. Es gab auch eine Telefonnummer, dennoch wollte sich Maike Hansen lieber an das alte Gesetz polizeilicher Ermittlungsarbeit halten, sich niemals vorher telefonisch anzukündigen, sondern Zeugen und Verdächtige stets unvermittelt aufzusuchen. Damit die sich nicht vorbereiten können. Also nichts wie hin!

Leider kam sie nicht voran. Berufsverkehr. Mist! Maike steckte das Smartphone wieder weg und sah verschwommen durch den Rückspiegel, dass der Fahrer des dunkelgrünen Peugeot hinter ihr am Steuer telefonierte. Was eine eindeutige Ordnungswidrigkeit war. Maike überlegte, ob sie das weitermelden sollte, aber bis eben hatte sie ja selbst noch mit dem Smartphone gespielt. Außerdem war sie keine Streifenpolizistin mehr.

Maike Hansen drehte das Radio lauter. Es lief gerade einer ihrer Lieblingssongs. »Prayer In C« von Lilly Wood & The Prick. Eine fette Deep-House-Nummer, die Maike richtig geil fand. Sie wiegte sich im Takt und sang laut mit.

»Ya!
See the children are starving
And their houses were destroyed
Don't think they could forgive you!
Hey!
When seas will cover lands
And when men will be no more
Don't think you can forgive you
Yeah!
When there'll just be silence
And when life will be over
Don't think you will forgive you ...«

Das spiegelte durchaus ihre merkwürdigen Gefühle wider und half, die Anspannung abzubauen, denn der Besuch bei Bont steckte ihr noch in den Knochen.

Abwarten, dachte sie grimmig. Von wegen Autoreifen an den Füßen. Dich krieg ich auch noch. Irgendwann.

Inzwischen ging es wieder etwas voran auf der Straße, vor allem auf der linken Spur.

Maike überlegte, ob sie wechseln sollte, denn jetzt war der grüne Peugeot neben ihr. Der Fahrer telefonierte immer noch. Frechheit! Noch schlimmer war, dass er gemütlich an ihr vorbeizuckelte. Nur Schritttempo, aber immerhin. Maike blinkte und ordnete sich ebenfalls links hinter dem Peugeot ein. Er hatte ein ausländisches Kennzeichen. Bulgarien oder so.

Na ja, dachte sie, vielleicht dürfen die in Sofia ja noch am Steuer telefonieren. Unwillkürlich merkte sie sich die Nummer. Ein alter Reflex aus ihrer Stralsunder Zeit im Streifenwagen. Und wie das so ist im Stau, plötzlich ging es auf der rechten Seite schneller. Maike blinkte erneut und wechselte wieder die Spur. Das soll man ja eigentlich nicht machen, aber sie ermittelte immerhin in einem Mordfall! Konnte es etwas Wichtigeres geben?

Zuvor war sie beim Insolvenzverwalter des Traditionsschiff e.V. gewesen, hatte aber dort bis auf die Feststellung, dass der Betreiberverein der »Georg Büchner« schon immer ziemlich klamm gewesen sei, nichts herausbekommen. Aufgrund des laufenden Insolvenzverfahrens könne man sich nicht weiter dazu äußern. Kein Kommentar zu den Hintermännern dieser mysteriösen Briefkastenfirma Argent Venture, keine Aussage über das von der Kolpert vermutete Insichgeschäft oder zum Versicherer des Schiffes. Und zu dieser Marietta Solms, die für die Genehmigung der Schiffsverschleppung nach Klaipeda verantwortlich war, wollte der Insolvenzverwalter auch nichts sagen. Die Fahrt zu ihm hätte sich Maike Hansen getrost sparen können.

Wenigstens ging es nun auf der rechten Spur vergleichsweise zügig voran. Warnemünde, ich komme! Maike gab Gas. Und auch der bulgarische Dauertelefonierer im grünen Peugeot war jetzt wieder hinter ihr.

Der Alte Strom in Warnemünde war schon seit dem Ende des 13. Jahrhunderts ein wichtiger Fischerei- und Handelshafen. Ab 1423 wurde er mit Bollwerken befestigt und regelmäßig ausgebaggert, um für die Koggen der Hanse die nötige Tiefe vorzuhalten, und bis 1903 war er auch die einzige Zufahrt zum Rostocker Überseehafen.

Heute befand sich auf der Westseite des Stroms eine touristisch beliebte Flaniermeile mit gemütlichen Kneipen und Cafés in prachtvollen Strandvillen der typischen Bäderarchitektur des ausgehenden

19. Jahrhunderts. Es gab Edelboutiquen, Fast-Food-Restaurants, Buch- und Souvenirläden.

Südlich der alten Zugbrücke wurde es uriger. Hier standen noch die alten, unverfälschten Kapitänskaten alter Segelschiffer. Viele davon dienten heute als Ferienpensionen, doch einige waren noch von echten Warnemündern und Warnemünderinnen bewohnt.

Eine davon war Marietta Solms, eine elegante, schwarz gekleidete Frau zwischen vierzig und fünfzig Jahren.

»Das Haus ist über dreihundert Jahre alt und gehört der Familie meines Mannes seit sechs Generationen«, erklärte sie nicht ohne Stolz. »Alles Seeleute.«

Maike wurde in die gute Stube geführt, ein nicht sehr großes, aber repräsentativ möbliertes Zimmer, das mit seiner niedrigen Decke, dem urigen Kachelofen aus Delfter Fliesen und den großen, detailgenauen Modellen zweier schnittiger Herreshoff-Schoner vor den Fenstern zum Alten Strom hinaus ein maritimes Flair vermittelte. Maikes Blick blieb auf den feuchten Flecken an den Wänden hängen.

»Hausschwamm. Müsste eigentlich dringend gemacht werden.« Frau Solms deutete auf einen der beiden ledernen Ohrensessel und setzte sich. »Aber die Sanierung ist aufwendig und teuer, zumal sie unter denkmalschutzrechtlichen Maßnahmen durchgeführt werden müsste. Wollen Sie nicht Platz nehmen?«

»Danke, aber ich habe die ganze Zeit im Auto gesessen.« Maike sah sich die gerahmten Fotos an der Wand an. Sie zeigten Marietta Solms mit einem gut gebauten, sicher zwanzig Jahre älteren Mann. Auf einigen Bildern trug er eine Kapitänsuniform, auf anderen war er braun gebrannt in Shorts und Polohemd gekleidet. »Ist das Ihr Gatte?«

»Mein Mann, ja«, nickte Frau Solms und lächelte schmerzlich, »er ist, wie so viele, auf See geblieben.«

»Oh, das tut mir leid.« Maike setzte sich jetzt doch. »Was ist passiert?«

»Nun, sein Schiff ist untergegangen. Es sollte ohnehin seine letzte Fahrt sein. Dass er davon nicht lebend zurückgekehrt ist, empfinde ich als eine besonders bittere Ironie des Schicksals.« Frau Solms erhob sich wieder. »Aber das ist sicher nicht der Grund Ihres Hierseins, nehme ich an. Möchten Sie Tee? Ich habe gerade welchen aufgebrüht.«

»Vielen Dank, gerne.«

»Interessiert sich die Polizei jetzt doch für die ›Büchner‹?« Man hörte Frau Solms in der Küche mit Geschirr klappern. »Oder weshalb sind Sie hier?«

»Ich ermittle in einem Todesfall«, antwortete Maike, »der möglicherweise in Zusammenhang mit dem Untergang des Schiffes steht.«

»Ein Todesfall!« Frau Solms blieb mit zwei Teetassen in der Hand wie angewurzelt stehen. »Auf der ›Büchner‹?«

Maike schüttelte den Kopf. »Wir haben die Leiche von Rechtsanwalt Ernst Holger Krahwinkel auf seinem Segelboot gefunden.«

»Aha.« Frau Solms stellte die Tassen auf einem kleinen Beistelltisch ab und ging wieder in die Küche. »Und was wollen Sie dann von mir?«

»Sie hatten doch mit Krahwinkel zu tun.«

»Inwiefern?« In der Küche wurde wieder geklappert.

»Na, mit dieser wasserschutzrechtlichen Genehmigung für das Verschleppen der ›Büchner‹. Zumindest hat das Krahwinkels Sekretärin Frau Kolpert so ausgesagt.«

»Also erstens ist Frau Kolpert keine Sekretärin, sondern Anwaltsgehilfin.« Frau Solms kam mit einer dampfenden Kanne zurück und goss vorsichtig Tee in die Tassen. »Insofern war sie Krahwinkels rechte Hand …«

»Sind das Sekretärinnen nicht auch?«

»Schon, aber anders als gewöhnliche Sekretärinnen ist Frau Kolpert vom Fach. Sie weiß Bescheid. Rechtlich gesehen.«

»Bescheid worüber?« Maike stellte sich ahnungslos.

»Nun, über diese recht komplizierte Gemengelage beim Verkauf des Traditionsschiffes.« Frau Solms nippte an ihrem Tee. »Oder glauben Sie, dass das alles mit rechten Dingen zugegangen ist?«

»Sie haben sich lange gegen eine Verschleppung nach Klaipeda gewehrt«, erwiderte Maike statt einer Antwort. »Das behauptet zumindest Frau Kolpert.«

»Stimmt. Ich war absolut dagegen.«

»Warum?«

»Ich hielt es für unverantwortlich, das Schiff in diesem Zustand auf See zu lassen. Mal ganz abgesehen davon, dass es sich um ein denkmalgeschütztes Erbe unserer maritimen Kultur handelte, das niemals hätte verkauft werden dürfen.«

»Aber letztendlich haben Sie die Genehmigung erteilt.«

»Ja.« Frau Solms seufzte.

»Auf Druck von oben?«

»Es lagen alle sicherheitsrelevanten Zertifikate vor. Ich musste die Verschleppung genehmigen.«

»Aber Sie waren trotzdem dagegen?«

»Das ist doch ein Skandal«, regte sich Frau Solms ganz unhanseatisch auf, »wir können unser Haus nicht renovieren, weil uns das Denkmalamt mit immer neuen kostspieligen Auflagen kommt, die letztlich langfristig einen Erhalt des Hauses nur verhindern, da so etwas finanziell einfach nicht zu stemmen ist. Aber bei der ›Georg Büchner‹ wird der Denkmalstatus einfach aufgehoben. Haben Sie sich schon mal gefragt, warum?«

»Sagen Sie es mir!«

»Weil der Herr Writschan, Leiter des Amtes für Untere Denkmalpflege in Rostock, gleichzeitig Mitglied im insolventen Verein Traditionsschiff ist und somit von einem schnellen Verkauf der ›Büchner‹ nur profitieren konnte.«

»Sie meinen, da gab es einen Interessenkonflikt?«

»Das liegt doch auf der Hand.«

»Kann der das denn alleine entscheiden?«

»Er hat es entschieden.« Frau Solms lehnte sich zurück. »Trinken Sie keinen Tee?«

»Doch, gerne.« Maike nahm folgsam ihre Tasse. »Sagen Sie mir auch, wer Ihrer Meinung nach vom Tod von Ernst Holger Krahwinkel profitiert?«

»Woher soll ich das wissen?« Frau Solms hob die Schultern. »Aber er hatte sicher viele Gegner.«

»Wen meinen Sie?«

»Das weiß ich nicht, aber Krahwinkel war bestimmt keine Sympathiefigur in Rostock. Allein mit dieser dubiosen Geschichte um die ›Georg Büchner‹ hat er sich Feinde gemacht. Und wer weiß, was der noch so alles angestellt hat? Sie sollten sich seine Akten ansehen!«

Das würde ich, wenn ich an sie rankäme, dachte Maike. »Die Akten sind alle verbrannt«, sagte sie stattdessen. »In Krahwinkels Haus wurde Feuer gelegt. Da ist nichts mehr übrig.«

»Es trifft nicht den Falschen«, entgegnete Frau Solms, »glauben Sie mir.«

»Auch ein Mann wie Krahwinkel hat Frau und Kinder, für die er sorgen muss.«

»Dann hätte er sich um sie sorgen sollen«, erwiderte Frau Solms hart. »Der Mann ist selbst über Leichen gegangen, um seine Ziele durchzusetzen. Den haben andere Leben auch nie interessiert.«

Interessant, dachte Maike. »Frau Solms, waren Sie mal auf dem Segelboot von Herrn Krahwinkel?«

»Nein, wie käme ich denn dazu?«

»Am Sonntag wurde eine Frau wie Sie auf Krahwinkels Boot gesehen.«

»Das muss eine Verwechslung sein. Ich war den ganzen Sonntag hier.«

»Allein?«

»Nein, mit meinen Söhnen.« Frau Solms erhob sich wieder und nahm ein Foto von der Wand, das sie mit zwei lachenden jungen Männern in Marineuniformen zeigte. »Hier! Das sind sie. Mein großes Glück.«

»Können die das bestätigen?«

»Sicher.« Frau Solms lächelte. »Wenn Sie wieder zurück sind. Am Montag sind Sie mit der Fregatte ›Augsburg‹ ausgelaufen. Operation Atalanta.«

»Die Anti-Piraterie-Mission am Horn von Afrika?«, fragte Maike. »Wann sind sie denn davon zurück?«

»Nicht vor Dezember. Leider.« Frau Solms seufzte erneut. »Deshalb haben wir uns ja am Sonntag so lange voneinander verabschiedet. Aber vielleicht können Sie sie im Hafen von Dschibuti erreichen. In zwei Wochen müssten sie dort einlaufen.«

»Vielen Dank!« Maike erhob sich. »Auch für den Tee.« Sie sah sich das Foto noch einmal an. »Darf ich das mitnehmen?«

»Ungern«, erwiderte Frau Solms. »Was wollen Sie denn damit?«

Maike zog ihr Smartphone hervor. »Es reicht auch, wenn ich es abfotografiere.« Sie sah fragend auf. »Oder ich fotografiere Sie direkt. Was halten Sie davon?«

»Nichts. Ich bin nicht in der Stimmung. Fotografieren Sie lieber das Bild, wenn es unbedingt sein muss.«

»Danke.« Maike lichtete das Foto mit dem Smartphone ab und kontrollierte, ob es etwas geworden war. »Perfekt.« Sie hängte das Bild an die Wand zurück. »Das war's.«

Frau Solms brachte Maike vor die Tür. »Halten Sie mich auf dem Laufenden?«

Maike antwortete nicht, denn eben fuhr auf der Straße am Alten Strom ein dunkelgrüner Peugeot mit ausländischem Kennzeichen vorbei. Der bulgarische Dauertelefonierer!

Maike stutzte und hatte es plötzlich sehr eilig.

»Hey«, rief sie, »Sie da!« Sie stürmte zu ihrem Wagen, startete den Motor, wendete scharf mit kreischenden Reifen und versuchte, dem grünen Peugeot zu folgen. Doch schon an der Kreuzung Rostocker/ Alte Bahnhofstraße hatte sie ihn verloren.

Seltsam, dachte sie und sah sich aufmerksam nach allen Seiten um. Sehr seltsam. Doch was konnte ein Bulgare von ihr wollen? War das nicht völlig abwegig?

Vermutlich Zufall, beruhigte sie sich, einfach nur ein blöder Zufall.

32 DER OSTSEEFLUGHAFEN BARTH lag etwas südlich am Stadtrand. Früher zu DDR-Zeiten gab es hier noch richtig Linienverkehr. Regelmäßig brachte die Interflug mit ihren Antonows FDGB-Urlauber und Kurgäste aus Dresden, Leipzig und Berlin an die Küste. Und einmal wöchentlich im August wurde Barth auch von Alitalia angeflogen. Dann machte Fiat Ferien, wie sie hier sagten, und brachte massenhaft Italiener an den Ostseestrand.

Aber das war vorbei. Zwar hatte der Ostseeflughafen vor ein paar Jahren ein schickes neues Terminal erhalten, zwar war mit EU-Mitteln die Start- und Landebahn teuer saniert und verlängert worden, aber regelmäßigen Luftverkehr gab es hier schon lange nicht mehr.

Ein paar einmotorige Kleinflugzeuge standen auf dem Rollfeld herum, sie gehörten wahrscheinlich wohlhabenden Hobbyfliegern. Und eine Flugschule hatte hier ihren Sitz, die ihre Cessna im Sommer auch für Rundflüge an Touristen vercharterte. Manchmal kamen Rettungsflieger, seltener Geschäftsleute, denn was für Geschäfte konnte man schon machen in Barth?

Kriminaloberkommissar Björn Oehler zuckte mit den Schultern und blinzelte in den wolkenverhangenen Himmel, aus dem es noch immer regnete. Er war gespannt auf die blau-weiße Piper Meridian mit der Kennung »D-FOKE«, die der Barth Aviation GmbH eines gewissen Claas Ludewig gehörte. Laut Jann Giehrling ein enger Freund des toten Krahwinkel und Besitzer einer stolzen Moody 45 mit elektrischen Winschen und allem Komfort.

Was Oehler zu der Frage veranlasste, wie man im beschaulichen Barth so viel Geld verdienen konnte, dass man nicht nur eine Piper Meridian, sondern auch noch so eine nette Segelyacht im Nautischen Yachtclub sein Eigen nennen durfte? Wohl kaum mit legalen Geschäften.

Er steckte sich gerade eine weitere Zigarette an, als er am Himmel das sonore Brummen eines Flugzeugs vernahm. Oehler sah auf die Uhr. Halb vier am Nachmittag. Pünktlich war er ja, dieser Claas Ludewig.

Das blau-weiße Flugzeug mit Platz für immerhin vier Passagiere flog einen weiten Kreis und setzte dann von Osten her zur Landung an. Nach einem punktgenauen Touchdown, wie Oehler fachmännisch befand, rollte das Flugzeug aus und fuhr dann langsam auf das Terminal zu, wo es direkt vor dem Kriminaloberkommissar zum Stehen kam.

Im Rumpf öffnete sich eine Tür, und eine schmale Treppe klappte aus. Gleichzeitig fuhr ein Lieferwagen vor. Zwei Frauen mit Latexhandschuhen stiegen aus und öffneten geschäftig die Heckklappe. Außerdem rollte ein Tankwagen heran, und Claas Ludewig kletterte aus seinem Flieger. Prüfend lief er um ihn herum.

»Sind Sie mit ein paar Kranichen zusammengestoßen?«, erkundigte sich Oehler und ging auf den Piloten zu. »Oder warum gucken Sie sich so kritisch Ihren Vogel an?«

»Routine«, knurrte der Pilot, »ich checke die Maschine immer vor dem Start und nach der Landung. Entschuldigen Sie, aber hier ist das Rauchen strengstens verboten! Explosionsgefahr.« Er nahm Oehler die Kippe ab und trat sie gründlich aus. »Sicherheit ist in der Luftfahrt das A und O.« Er hielt ihm die Hand hin. »Ludewig, mein Name, Claas Ludewig. Und Ihrer?«

»Oehler«, erwiderte der Oberkommissar und schlug ein, »Kriminalpolizei.«

»Sie sind wegen Krahwinkel hier?«

»Sie treffen ins Schwarze, Herr Ludewig. Wie es heißt, waren Sie enger befreundet?«

»Wer sagt das?«

»Jann Giehrling«, antwortete Oehler und grinste, »vom Nautischen Yachtclub. Sie sind ja nicht nur in der Luft, sondern auch auf dem Wasser unterwegs. Beneidenswert. Wie finanzieren Sie das eigentlich?«

»Die Fliegerei ist mein Beruf, die Segelei mein Hobby«, antwortete Ludewig und prüfte den Reifenabrieb an den Rädern seiner Maschine. »Insofern finanziert das eine das andere.«

»Sie leben von der Fliegerei?« Oehler war verblüfft. »Das geht?«

»Das geht sogar sehr gut«, nickte Ludewig und sprach etwas lauter, um das Geräusch, mit dem der Tankwagen den Flieger betankte, zu übertönen, »ich hab ja nicht viel Konkurrenz hier oben.« Er wandte sich den beiden Frauen am Lieferwagen zu. »Die Ware bitte sorgsam fixieren. Ich hab Ihnen ein paar zusätzliche Spanngurte bereitgelegt. Es ist gewittrig, wir werden durch ein paar Turbulenzen müssen.« Oehler sah zu, wie die Frauen vorsichtig einen grauen Trockeneisbehälter aus dem Lieferwagen ins Flugzeug umluden. »Was ist da drin? Drogen?«

»Organe«, antwortete Ludewig. »Die müssen nach Hamburg für eine Transplantation. Aber ich befördere natürlich auch Drogen. Lebenswichtige Medikamente zum Beispiel.« Er verschränkte die Arme über der Brust und sah Oehler durch seine verspiegelte Pilotenbrille an. »Aber Sie wollten mit mir über Krahwinkel sprechen.«

»Ja. Wo waren Sie denn am Sonntagabend?«

»In Stuttgart. Zwei Urlauber nach Hause bringen. Dort habe ich die Maschine gründlich checken lassen und bin Montag früh wieder zurück.«

»Kann das jemand bestätigen?«

»Klar. Die Luftraumüberwachung, die Stuttgarter. Nicht zuletzt mein Flugschreiber.«

»Sind Sie verheiratet?«

»Verwitwet. Meine Frau ist vor zwei Jahren gestorben. Darmkrebs.«

»Das tut mir leid.«

»Mir auch. Sagen Sie, bin ich irgendwie verdächtig?«

»Jetzt nicht mehr«, bekannte Oehler, auch wenn er den Mann nach wie vor für einen kriminellen Schmuggler hielt. »Aber Sie waren mit Krahwinkel befreundet …«

»›Befreundet‹ ist übertrieben«, unterbrach ihn Ludewig, »›gute Bekannte‹ trifft es eher.«

»Sie sind zusammen Regatten gefahren, sagt Giehrling.«

»Das stimmt, aber dafür muss man ja nicht eng befreundet sein, oder?«

Oehler sah interessiert zu, wie das Flugzeug betankt wurde. »Hatte Krahwinkel Feinde?«

»Na, hören Sie mal!« Ludewig lachte. »Welcher Anwalt hat keine

Feinde? Leute, die sich nicht gut vertreten oder falsch beraten fühlen. Opfer von Verbrechern, die er zu perfekt verteidigt hat, oder Verbrecher, die sich suboptimal verteidigt fühlen – Feinde gehören bei Anwälten zum guten Ruf.«

»Ist das so?«

»Ich denke schon.«

»Sein Haus wurde niedergebrannt«, überlegte Oehler laut, »seine Kanzlei überfallen, er selbst erstochen.«

»Da hat sich wohl jemand übel gerächt«, vermutete Ludewig. »Aber Sie wissen nicht, wer?«

»Nein.« Ludewig schüttelte den Kopf. »Das herauszufinden ist doch Ihre Aufgabe.«

»Deshalb bin ich ja hier«, insistierte Oehler. »Hat Krahwinkel nicht mal was erzählt? Dass er bedroht wird oder so? Dass er in Schwierigkeiten steckt?«

Der Pilot winkte ab. »Krahwinkel war nicht der Typ, der über seine Schwierigkeiten gesprochen hat. Der hielt sich für einen Gewinner, verstehen Sie? Für einen, der immer alles im Griff hat. So einer erzählt gern von seinen Erfolgen, aber nie von Problemen.«

»Was war denn sein größter Erfolg?«

»Die Versenkung der ›Büchner‹, nehme ich an.« Ludewig kratzte sich am Kopf und lächelte. »Das fand er jedenfalls einen ziemlich gelungenen Coup.«

»Ehrlich?« Oehler war baff. »Sie meinen, das Schiff ist tatsächlich mit Absicht versenkt worden?«

»Meinen Sie das etwa nicht?« Der Pilot schüttelte ihm erneut die Hand. »Entschuldigen Sie, aber ich muss wieder. Viel Erfolg bei Ihren Ermittlungen.«

Er kletterte in seinen Flieger und ließ den Kriminaloberkommissar einigermaßen verdattert zurück.

Heilige Scheiße, dachte der. Die Sache wird immer monströser.

33 MAIKE HANSEN parkte den Toyota ihres Vaters am Lindenpark, schräg gegenüber der Unteren Denkmalschutzbehörde am Friedhofsweg. Ein schmucklos funktionaler Zweckbau, der eher an ein Finanzamt erinnerte.

Auch hier gab es einen Pförtner, der aber von Maikes Dienstausweis so beeindruckt war, dass er keine Fragen stellte, sondern sie sofort zum Leiter der Behörde durchließ.

Doch nicht ein Herr Writschan wartete auf sie, sondern eine Frau Schröder oder Schroeter, und sie war ebenfalls zwischen vierzig und fünfzig.

Nicht noch eine Verdächtige, dachte Maike genervt. »Ich wollte zum Leiter dieses Amtes und hatte das an der Pforte auch deutlich kommuniziert.«

»Tut mir leid«, antwortete Frau Schröder oder Schroeter, »aber der Herr Writschan ist leider verhindert.«

»Ach! Hat der Herr Writschan noch andere Aufgaben?« Maike ignorierte den angebotenen Stuhl und blieb in der Tür stehen. »Etwa als Mitglied des insolventen Betreibervereins der ›Georg Büchner‹?«

»Seit wann interessiert sich die Kriminalpolizei dafür?«

»Seit es einen Toten gibt.«

Frau Schröder oder Schroeter hob fragend die Augenbrauen. »Einen Toten?«

»Ernst Holger Krahwinkel«, präzisierte Maike.

»Der Name sagt mir gar nichts.«

»Das wundert mich«, Maike setzte sich jetzt doch, »sind doch aus Krahwinkels Kanzlei Unterlagen verschwunden, die die Rolle Ihres Amtsleiters im Zusammenhang mit dem Verkauf der ›Georg Büchner‹ an eine Briefkastenfirma auf den Seychellen näher beleuchten könnten.«

»Also ehrlich!« Jetzt erhob sich die Frau wieder und lief aufgebracht im Raum herum. »Sie könnten genauso gut spanisch mit mir sprechen, denn ich verstehe nicht, wovon Sie reden!« Sie beugte sich zu Maike herunter und sah ihr eindringlich ins Gesicht. »Wer ist tot? Und was haben wir damit zu tun? Was wollen Sie von mir?«

»Sie sind also völlig ahnungslos«, stellte Maike fest. »Sehen Sie, und deshalb wollte ich mit Ihrem Chef persönlich sprechen.«

»Er ist nicht da, wie gesagt.« Frau Schröder oder Schroeter hob resigniert die Hände. »Sie werden mit mir vorliebnehmen müssen. Also, was wollen Sie wissen?«

»Mich interessiert, warum die ›Georg Büchner‹ ihren Status als technisch-maritimes Denkmal verloren hat.«

»Weil es niemanden gab, der für den Erhalt des Denkmals garantieren konnte.« Die Frau setzte sich wieder. »Die Stadt Rostock war nicht Eigentümerin des Schiffes, sondern der Betreiberverein. Und der hat Insolvenz angemeldet, weil er den Erhalt des Schiffes nicht mehr finanzieren konnte. Letztlich ist ein Denkmal nur so lange ein Denkmal, wie es jemanden gibt, der es erhalten kann. Das war im Fall der ›Büchner‹ nicht mehr gegeben.«

»Das verstehe ich nicht«, erwiderte Maike. »Wenn jemand ein denkmalgeschütztes Haus besitzt …«

»… ist er für den Erhalt des Denkmals verantwortlich.«

»Und wenn er das finanziell nicht mehr leisten kann?«

»Dann sollte er das Haus verkaufen. An jemanden, der es sich leisten kann.«

»Und wenn es niemanden gibt«, fragte Maike, »der es sich leisten kann, verliert das Haus seinen Denkmalstatus?«

»Nicht zwangsläufig«, entgegnete Frau Schröder oder Schroeter. »Sehen Sie, die ›Büchner‹ war ein anderer Fall. Hier galt es, die Folgekosten für die Stadt zu minimieren. Der Betreiber war ein gemeinnütziger Verein. Da flossen Steuergelder. Allein die Liegeplatzgebühren! Der Erhalt der Schwimmfähigkeit! Wer sollte das bezahlen, wenn es niemanden mehr gibt, der sich darum kümmern kann? Wir hatten gar keine andere Wahl, als dem Schiff die Denkmalwürdigkeit zu entziehen.«

»Aber es gab doch einen Interessenten«, widersprach Maike.

»Einen einzigen. Und der war nicht am Denkmal, sondern allein am Schrottwert interessiert. Insofern mussten wir handeln. Ich verstehe nur nicht, was das mit Ihrem Toten zu tun haben soll?«

»Krahwinkel war für den Käufer zeichnungsberechtigt. Als

Strohmann für eine Briefkastenfirma, wie gesagt. Es handelt sich womöglich um ein Insichgeschäft. Das heißt, der Verkäufer verkaufte an sich selbst.«

»Sind Sie sicher? Das macht doch keinen Sinn. Mit welcher Zielsetzung sollte denn das geschehen sein?«

»Klaipeda«, antwortete Maike. »Für die Überfahrt wird das Schiff teuer versichert. Und dann geht es plötzlich unter. Und alle sind fein raus.« Maike holte ihr Smartphone hervor. »Der Einzige, der Licht in diese Sache bringen kann, wird erstochen aufgefunden, und all seine Unterlagen verschwinden. Und wenn man dann noch bedenkt, dass der Leiter der Unteren Denkmalschutzbehörde gleichzeitig zu den Verkäufern des Schiffes gehört, bekommt die amtliche Streichung von dessen Denkmalwürdigkeit ein – wie sagt man in Schwaben so schön? – Geschmäckle. Finden Sie nicht?«

Frau Schröder oder Schroeter war nachdenklich geworden. »Vielleicht ist es doch besser, Sie klären das mit dem Chef persönlich.«

»Gern«, lächelte Maike. »Wann kann ich ihn denn sprechen?«

»Das weiß ich nicht, da muss ich erst rückfragen. Lassen Sie mir Ihre Karte da?«

»Bitte!« Maike gab sie ihr. »Wir können ihn auch vorladen lassen.«

»Das wird nicht nötig sein.«

»Was dagegen, wenn ich Sie kurz fotografiere?« Maike hob ihr Smartphone.

»Wozu soll das gut sein?«

»Reine Routine.« Schon hatte Maike die Frau geknipst. »Wo waren Sie eigentlich am Sonntagnachmittag bis abends?«

»Ich? Im Garten, wieso? Wir haben Kindergeburtstag gefeiert. Mein Jüngster ist zwölf geworden.«

»Na denn.« Maike hob die Hand zum Abschied. »Vergessen Sie Ihren Chef nicht!«

34 ALS MAIKE das Gebäude der Unteren Denkmalschutzbehörde verließ, regnete es wieder wolkenbruchartig. So als wäre das Gewitter zurückgekommen, nur dass es diesmal nicht blitzte und donnerte.

Maike setzte die Kapuze ihres Anoraks auf und rannte geduckt quer über die Straße zum Auto. Es hatte eine Funkfernbedienung, mit der sich die Türen schon im Laufen entriegeln ließen. So musste Maike nicht lange im Regen am Schloss herummachen, sondern brauchte nur die Tür aufzureißen und sich hinters Steuer zu klemmen.

Puh! Was für ein Wetter! Sie schob sich die feuchte Kapuze vom Kopf und holte ihr Smartphone hervor. Ein Wunder: In der Dienststelle ging tatsächlich Oberkommissar Björn Oehler ran. Schon nach dem zweiten Klingeln. Er musste direkt hinter dem Telefon an seinem Schreibtisch sitzen.

»Geht es Ihnen nicht gut«, fragte sie verwundert, »oder rauchen Sie wieder heimlich im Büro?«

»Ich rauche, wann und wo es mir passt, Hansen«, grummelte er zurück, »das werden Sie nicht ändern.«

»Abwarten, Chef.«

»Ist das ein reiner Kontrollanruf, oder brauchen Sie mich?«

Maike Hansen zuckte mit den Schultern, aber das konnte er nicht sehen. Und noch bevor sie etwas sagen konnte, kam er mit neuen Erkenntnissen.

»Krahwinkel hat damit herumgeprahlt, die ›Büchner‹ versenkt zu haben«, erklärte er gedehnt. »Zumindest hat das ein gewisser Claas Ludewig zu Protokoll gegeben.«

»Wer soll das sein?«

»Ein etwas zwielichtiger Pilot, wie ich finde. Ein Schmuggler oder so, verdient ein Heidengeld mit seiner Privatfliegerei. War ein Segelkamerad von Krahwinkel im Nautischen Yachtclub. Außerdem hat die KT auf dem Boot zwei benutzte Gläser sichergestellt. Die Fingerabdrücke auf dem einen Glas konnten zweifelsfrei Krahwinkel zugeordnet werden. Die auf dem zweiten sind unbekannt und stammen von eher zartgliedrigen Händen, also vermutlich einer Frau.«

»Das heißt, er hatte Damenbesuch auf dem Boot«, folgerte Maike genervt. »Das wussten wir ja schon.«

»Aber jetzt haben wir handfeste Indizien, Hansen.« Oehler räusperte sich umständlich. »Denn alle Fingerabdrücke fanden sich ebenfalls auf dem Kappmesser. Also auch die zartgliedrigen.«

»Die Dame hat demnach zugestochen?«

»So sieht's aus. Wir suchen also eine Frau zwischen vierzig und fünfzig, die nicht Krahwinkels Gattin ist.«

»Ich kann Ihnen drei Verdächtige anbieten«, antwortete Maike, »alle zwischen vierzig und fünfzig. Eine Frau Kolpert, eine Frau Solms und eine Frau Schroeter oder Schröder. Alle drei hatten mit Krahwinkel zu tun.«

»Haben auch alle drei ein Motiv?«

»Die Solms hat aus ihrer Abneigung gegen Krahwinkel keinen Hehl gemacht, hat aber wahrscheinlich ein Alibi.«

»Was heißt ›wahrscheinlich‹? Hat sie oder hat sie nicht?«

»Sie hat sich angeblich Samstag von Ihren Söhnen verabschiedet. Die sind bei der Bundesmarine und am Montag mit der Fregatte ›Augsburg‹ nach Dschibuti ausgelaufen. Zur Operation Atalanta. Das ist diese Anti-Piraterie-Mission am Horn von Afrika.«

Oehler schwieg.

»Sind Sie noch dran?«

»Mhm«, machte der Kriminaloberkommissar am anderen Ende der Leitung. »Ich schreibe mit. Weiter!«

»Die Schroeter oder Schröder hatte denkmalrechtlich mit Krahwinkel zu tun, aber da fehlt ein Motiv. Außerdem war sie zur Tatzeit auf einem Kindergeburtstag. Bleibt noch die Kolpert, die ihren Chef angeblich mochte, aber kein Alibi für die Tatzeit hat.«

Wieder Schweigen am anderen Ende.

»Chef?«

»Laden Sie diese Kolpert mal vor, Hansen«, meldete sich Oehler, »zur erkennungsdienstlichen Behandlung. Vielleicht haben wir ja einen Treffer. Ich überprüfe unterdessen das Alibi dieser Frau Solms. Bis gleich.«

Super, dachte Maike Hansen, als Oehler auflegte. Also zurück nach Graal-Müritz. Sie startete den Motor und fuhr los. Der Regen pladderte aufs Autodach, die Stadt wirkte wie durchgespült. Obwohl die Scheibenwischer auf der höchsten Stufe liefen, nahm Maike den Verkehr um sich herum nur sehr verwaschen wahr. Wohl deshalb bemerkte sie die beiden bulligen amerikanischen SUVs, die sie von links und rechts in die Zange nahmen, viel zu spät. Erst als sie am Stadthafen links abbiegen wollte, stellte sie fest, dass man sie nicht ließ.

Maike hupte und fluchte laut vor sich hin, musste aber wohl oder übel geradeaus weiterfahren.

Zwei Jeep Cherokee, stellte sie fest, zwei schwarze Grand Cherokee, verdammt! Wie in einem schlechten Film, es war nicht zu fassen! Normalerweise müsste sie einen Ausbruch versuchen, scharf bremsen und dann ausscheren, aber das war Vaters Toyota. Wenn sie den auch nur mit einer Schramme zurückbrachte, war die Hölle los.

Maike gab Gas und beschleunigte den Wagen auf unerlaubte achtzig Kilometer die Stunde, wurde aber weiter von den beiden Jeeps flankiert. Waren das Bonts Leute? Mit dem Auftrag, ihr Angst zu machen?

Arschlöcher, dachte sie und spürte ihren rasenden Puls. Ihr beschissenen Arschlöcher! Was wollt ihr von mir?

Inzwischen rasten die drei Fahrzeuge über ein verlassenes Industriegebiet am Alten Hafen. Hier wurde seit sozialistischen Zeiten nichts mehr produziert, überall standen verfallene Hallen und alte Speichergebäude herum, verrostete Kräne und Förderanlagen.

Die Autos rumpelten über Gleise, aus denen schon das Gras wucherte, und Maike wagte endlich die Flucht. Sie trat abrupt auf die Bremse und versuchte einen Return, wie sie es auf der Polizeischule mit ausgedienten Streifenwagen gelernt hatte. Aber der Wagen ihres Vaters hatte ABS und ESP, elektronische Traktionskontrollen und was noch alles für Fahrsicherheitspakete, der ließ sich nicht vollbremsend auf der Stelle drehen. Er blieb einfach stoisch in der Spur stehen, da konnte sie machen, was sie wollte. Hastig legte sie den Rückwärtsgang ein und gab wieder Gas. Mit dem Heck voran bog sie in eine schmale Gasse zwischen zwei maroden Ziegelgebäuden ein. Die Jeeps folgten. Man sah die Männer hinter der Windschutzscheibe. Trotz des Regens trugen sie dunkle Sonnenbrillen. Drohend dicht ragte der verchromte Bullenfänger des Cherokee vor der Motorhaube des Toyota auf, doch Maike konnte darauf nicht achten. Sie fuhr mit gut neunzig Sachen rückwärts eine kaum vier Meter breite Gasse entlang und musste sich höllisch nach hinten konzentrieren. Ihr Herz schlug bis zum Hals, und kalter Angstschweiß trat ihr auf die Stirn.

Die Gasse schien immer schmaler zu werden und war am Ende mit irgendwelchen aufgeweichten Pappkartons vollgestellt. Glücklicherweise waren sie leer und ließen sich einfach durchfahren. Matschiges Pappmaschee klebte an der Heckscheibe und verdeckte zusätzlich die Sicht, Pfützen spritzten auf.

Was mach ich hier, dachte Maike mit zunehmender Verzweiflung, verdammter Mist, was mach ich hier? Sie rumpelte erneut über ein paar alte Eisenbahngleise, und dann …

Oh Gott, was kam dann?

»Shit!«, kreischte Maike entsetzt auf, als sie merkte, dass da direkt das Hafenbecken war, ein hoher brüchiger Verladekai, dahinter die Warnow. »Shit!«, schrie sie wieder und trat bis zum Anschlag die Bremse durch, »Shit, Shit, Shit!«

Der Wagen kam knapp vor der Kaikante mit rauchenden Reifen zum Stehen. Doch der Jeep mit dem riesigen Bullenfänger bremste nicht.

Oh Gott, das gibt Ärger, dachte Maike noch, als der geliebte Toyota ihres Vaters krachend frontal getroffen wurde. Unvorstellbaren Ärger gibt das!

Maike flogen die Airbags um die Ohren, während der Wagen mit dem Heck voran ins Bodenlose zu fallen schien. Dann klatschte er hoch aufspritzend in die Fluten der Warnow.

Oh Mann, wie soll ich das bloß meinem Alten erklären? Maike starrte wie gelähmt auf das viele Wasser um sich herum. Es umspülte die Scheiben des Autos, und sie spürte, wie von allen Seiten das Wageninnere geflutet wurde. Eisige Nässe drang ihr durch die

Jeans, stieg an ihrem Anorak hoch durch den Pullover bis auf die Haut ...

Und oben auf der Kaikante standen die beiden schwarzen Jeeps.

Die Männer mit den Sonnenbrillen waren ausgestiegen, hatten sich Zigaretten angesteckt und sahen in aller Ruhe zu, wie Maike mit dem geliebten Toyota ihres Vaters in den eisgrauen Fluten versank.

35 AUF DEM GELÄNDE der Alten Werft, nördlich des Rostocker Stadthafens, hat sich in einem Gewirr aus halb verfallenen Schuppen, Lagerhäusern und alten Fabrikhallen viel Handwerk und kleines Gewerbe angesiedelt: Autoreparaturwerkstätten, Schrotthändler, Segelmacher, Krämer. Neben einer Schreinerei, in der laut getischlert wird, und einem Schiffsausrüster gibt es hier auch einen Militaria-Versand und mehrere Metallbaubuden sowie einen Erotikartikel-Großhandel, eine Archivierungsgesellschaft und das Selbsthilfezentrum Anonymous. Und hinter der Verwaltung einer örtlichen Fitnesskette an einem schmalen Stichkanal am westlichen Warnowufer finden wir zwischen einem Vulkanisierbetrieb, der mächtig nach Gummi riecht, der Spezialschlosserei Grotjohann und einer chinesischen Garküche endlich die Modellbau Hinrichsen GbR in einer schmalen Werftbaracke aus dem 19. Jahrhundert.

Überall stehen gestanzte Kleinbleche herum, zugeschnittene Spanholzplatten, die Regale sind voll mit kleinen Elektromotoren, Schrauben, Muttern, Farbdosen und Werkzeugen aller Art und Form. Sogar eine kleine Drehbank gibt es hier und mehrere Bohr- und Schleifmaschinen.

Ein graubärtiger Charakterkopf mit wettergegerbtem Gesicht sitzt an einer Werkbank vor dem Modell des Bugsierschleppers »Charly« und lötet kleine Lautsprecher hinter die Motorenraumabdeckungen. »Sind Sie von der Immobilienfirma«, fragt er uns, ohne aufzusehen, »oder von der Bank?«

»Weder – noch«, antwortet Hünerbein und schaut sich in der Werkstatt um, »wir sind nur zwei neugierige ältere Herren, die sich für alte Schiffe interessieren.«

»Erwarten Sie denn eine Immobilienfirma?«, erkundige ich mich.

»Nee«, der Graubart schüttelt das Haupt, »aber die kommen trotzdem. Das soll hier alles plattgemacht werden.« Er legt den Lötkolben weg. »Für eine teure Apartmentanlage. Luxuswohnungen und Penthäuser. Damit pflastern sie die ganze Warnow zu. Ich frage mich, wer da mal alles einziehen soll?«

Ja, in Berlin wird auch gerne in Premium-Immobilien investiert, denke ich. Da scheint es eine Marktlücke zu geben. »Sie sind Charly Eins, nehme ich an.«

»Derselbe«, nickt er. »Und Sie?«

»Knoop, Hans Dieter.« Ich zeige auf den schnaufenden Dicken neben mir. »Und das ist mein Kollege Harald Hünerbein.«

»Exkollege«, verbessert der. »Wir sind in Pension.«

»Dann geht's Ihnen wie mir.« Charly Eins lächelt uns aus seltsam hellen goldgelben Augen an. »Langeweile pur, was?«

Ich winke ab. »Es gibt immer irgendwelche Herausforderungen.«

»Alte Hobbys werden wiederentdeckt«, pflichtet Hünerbein bei und besieht sich den Schlepper. »Na, da steckt aber auch ein Haufen Arbeit drin, was?«

»Es vertreibt die Zeit.« Charly Eins erhebt sich. Mir fällt auf, wie groß er ist. Bestimmt zwei Meter. »Und Sie interessieren sich für alte Schiffe?«

»Für die ›Georg Büchner‹, um genau zu sein.«

»Da kommen Sie ein bisschen spät.«

»Ja«, nicke ich. »Aber Ihre Kollegen aus der Kogge haben gesagt, wenn jemand weiß, was da genau passiert ist, dann Sie.«

»Haben das die Jungs aus der Kogge gesagt?« Charly Eins kratzt sich am Kopf. »Tja. Da war letztens schon einer da, der alles über die ›Büchner‹ wissen wollte. Nannte sich Herbie.«

»Herbie?«

Charly Eins nickt. »War aber ein Arzt oder so.«

»Und was haben Sie dem erzählt?«

»Nichts.«

»Nichts?«

»Nichts«, bekräftigt Charly Eins. »Der war nicht sauber, wenn Sie verstehen, was ich meine.«

»Nun«, räuspert sich Hünerbein, »es wäre aber schön, wenn Sie uns mehr erzählen würden.«

Charly Eins überlegt und sieht uns prüfend aus seinen Katzenaugen an. »Kommen Sie«, sagt er nach einer Weile. »Ich mach uns einen Grog.«

Wenig später sitzen wir in seiner kleinen Küche hinter der Werkstatt mit Blick auf die Warnow. Ein paar Segler ziehen trotz des schlechten Wetters vorbei, und etwas weiter südlich von uns tuckert die Fähre nach Gehlsdorf rüber. Das Wasser kocht auf dem urigen, noch mit Holz beheizten Kanonenofen. Überall an den verblichen himmelblau getünchten und roh verputzten Wänden hängen ungerahmte Bilder von Marinemalern, und auf den Küchenschränken und Anrichten fallen weitere Modellboote auf. Segler vor allem, in Flaschen.

»Mit Buddelschiffen hab ich angefangen«, erzählt Charly Eins, während er den Grog anrichtet. »Die beiden kleinen auf dem Board waren meine ersten. Die hab ich noch als Decksjunge auf der ›Dresden‹ gemacht. Meine erste Südamerika-Reise.«

Interessant, denke ich. Jetzt kann man endlich mal erfahren, wie diese Segelschiffe durch die schmalen Flaschenhälse kommen. Doch bevor ich danach fragen kann, quatscht Hünerbein drauflos.

»Die ›Dresden‹? Gibt's die noch?«

»Ja sicher«, nickt Charly Eins, »liegt als Traditionsschiff Typ ›Frieden‹ oben in Schmarl.«

»Was, es gibt noch ein Traditionsschiff?« Das erstaunt uns. Bislang war immer nur von der ›Georg Büchner‹ die Rede.

»Die ›Dresden‹ war schon immer unser Traditionsschiff«, erklärt Charly Eins. »Schon zu DDR-Zeiten. Mit den Schiffen der sogenannten ›Frieden‹-Klasse haben wir unsere Handelsflotte aufgebaut nach dem Krieg. Das waren moderne Stückgutfrachter, gebaut auf einer volkseigenen Werft. Insofern war die ›Dresden‹ ein Symbol für die Leistungsfähigkeit unseres Arbeiter-und-Bauern-Staates. Deshalb wurde sie später auch nicht ausgemustert, sondern aufgelegt als Museumsschiff. Ganze Schulklassen sind da durch. Junge Pioniere. Aber nach der Wende wusste niemand, was aus dem Kahn werden sollte. Sie lag da und vergammelte allmählich. Und Egon, der früher selbst auf der ›Dresden‹ gefahren ist, war inzwischen als Bauunternehmer im Aufbau Ost zu viel Geld gekommen. Und dann hat er seinen Traditionsschiff e.V. gegründet.«

»Egon?«

»Egon Schliecker. – Vorsicht: heiß!« Charly Eins serviert uns den Grog in dampfenden Blechtassen und setzt sich zu uns. »Tja, so fing das mal an. Von der ›Georg Büchner‹ hat damals niemand gesprochen.« Er beugt sich zu uns und macht eine verschwörerische Miene. »Das war doch ein alter Kongodampfer, verstehen Sie? Finsterster Kolonialkapitalismus. Damit wollte niemand etwas zu tun haben bei uns. Wir waren stolz auf unsere volkseigenen Schiffe. Und außerdem war die ›Büchner‹ ja noch in Betrieb. Als Studentenwohnheim und Betriebsberufsschule. Deshalb haben sie den Rumpf ja mit diesen ganzen zusätzlichen Bullaugen verschandelt. Da wurden einfach Löcher gebohrt. Ohne Sinn und Verstand. Egon hat immer gesagt, mit diesen Bullaugen haben sie die ›Büchner‹ vergewaltigt.«

»Aber trotzdem wurde sie doch zum Traditionsschiff Ihrer schönen Hansestadt«, widerspreche ich und erinnere mich an Oehlers Worte: *Die »Büchner« war der Traum eines jeden jungen Mannes, der zur See fahren wollte.*

»Als sie noch Ausbildungsschiff war, sicher«, nickte Charly Eins. »Aber später lag sie doch nur noch im Hafen herum. Stationär. Gehörte zum Stadtbild. Die ›Dresden‹ haben wir immer fahrtüchtig gehalten. Aber der Schorsch war doch kein Schiff mehr. Nicht seetüchtig, ohne Schraube. Eine stinknormale Berufsschule, wie gesagt. Dass er später trotzdem zum Traditionsschiff unseres Vereins wurde, ist sozusagen gerichtlich verfügt worden.«

Die letzten Worte spricht er mit bitterem Unterton.

»Was heißt das«, fragt Hünerbein, »›gerichtlich verfügt‹?«

»Es gab Querelen. Wie das so ist im Leben.« Charly Eins hebt seinen Becher und prostet uns zu.

Wir prosten zurück und trinken.

Holla, denke ich, das nenn ich mal einen Grog! Der haut den stärksten Seemann aus den Bootsschuhen.

»Gut?«, erkundigt sich Charly Eins.

»Großartig«, finde ich. Hoffentlich kann Hünerbein nachher noch fahren.

»Was waren denn das für Querelen?«, will der wissen.

»Das ging los, als sie hier die IGA geplant haben«, antwortet Charly Eins. »Mecklenburg-Vorpommern hatte sich Ende der Neunziger für die Internationale Gartenbauausstellung beworben. Im Rahmen des Strukturwandels, wie es so schön hieß, mit den Standorten Schwerin und Rostock. Was unsere schöne Hansestadt angeht, hatten wir ja noch mit dem schlechten Ruf zu kämpfen, den uns die Krawalle von Rostock-Lichtenhagen eingebracht hatten. Erinnern Sie sich? Als das Vietnamesen-Heim abgefackelt wurde? Drei Tage tobte da der Mob, und die Polizei sah zu.« Er winkt ab. »Egal, erinnern Sie sich besser nicht! Jedenfalls wollte man die soziale Struktur in Lichtenhagen verbessern. Überhaupt in den Neubauvierteln, auch in Lütten Klein. Und praktisch gegenüber an der Warnow liegt Schmarl. Da sollte der Garten hin. Um auch den Bewohnern der Satellitenstädte etwas zu bieten. Und in Schmarl lagen eben auch die ›Dresden‹ und die ›Büchner‹. Und dann sind unsere tollen Stadtplaner auf die Idee gekommen, die ›Dresden‹ als Traditionsschiff in das IGA-Konzept mit aufzunehmen. Sozusagen als maritim-musealer Aspekt. Aber die kannten den Egon nicht. Der hatte seine ganz eigenen Pläne. Und was Egon überhaupt nicht mag, ist, wenn ihm jemand reinreden will. Da hatten wir auch im Verein immer Probleme mit. Egon ist zwar ein guter Kerl, aber den Verein führte er wie sein Unternehmen. Ohne Transparenz. Wie ein Alleinherrscher.«

»*Le* Verein *c'est moi*«, nickt Hünerbein verständig. »Haben Sie den Aufstand gewagt?«

»Wir nicht, aber die Stadt Rostock. Die hatte ja immerhin auch

Mittel in die ›Dresden‹ investiert und wollte mitreden. Am Ende drohten sie, uns die Gemeinnützigkeit zu entziehen, und so ging die Sache vor Gericht.«

»Mit dem Ergebnis, dass Sie die ›Dresden‹ verloren haben und dafür die ›Büchner‹ bekamen?«

»Genau so endete das. In einem Vergleich, glaube ich.« Charly Eins schenkt uns Grog nach. »Keine Ahnung, warum sich der Egon darauf eingelassen hat. Aber auch die ›Büchner‹ war ein schönes Schiff, trotz der zusätzlichen Bullaugen im Rumpf. Hatte mehr was von einem alten Passagierdampfer. Mit gut erhaltener luxuriöser Inneneinrichtung aus kolonialen Zeiten und schönen Teakdecks. Und dann die Antriebsmaschine. Die war Gold wert. Allein dafür hatte ein dänisches Schiffstechnikmuseum fast eine Million Mark geboten. Also der Schorsch hatte durchaus Potenzial. Zumal Generationen von Seeleuten auf ihm ihr Handwerk gelernt hatten. Zwar musste der Kahn erst in Schuss gebracht werden, aber Rostock hatte erhebliche finanzielle Zusagen gemacht, und wir behielten unseren gemeinnützigen Status als Verein. Denn genau genommen war auch die ›Georg Büchner‹ ein Schiff mit Tradition. Das letzte erhaltene Schiff seiner Klasse, insofern einzigartig. Das letzte Kongoboot.« Charly Eins seufzt und deutet durchs Fenster. »Da habe ich sie noch vorbeifahren sehen letzten Dienstag. Und jetzt liegt sie auf Grund. Ich kann es noch immer nicht fassen.«

»Was ging schief?«, erkundige ich mich.

»Egon ist mit seiner Gutsherrenart bei vielen Leuten angeeckt«, antwortet Charly Eins. »Er allein stand bei der Stadt Rostock im Wort, und er allein bestimmte, was mit dem Schiff passiert. Damit hat er viele Vereinsmitglieder vergrault.« Er lächelt schmerzlich. »Auch mich und meinen Kompagnon. Die Stadt hatte noch mal insgesamt anderthalb Millionen Steuergelder in das Schiff investiert. Es wurde als schwimmende Jugendherberge in den Stadthafen verlegt, lag somit an exponierter Stelle und war immer ausgebucht, vor allem während der Hanse Sail, dem großen Windjammertreffen jedes Jahr im August. Da gab es sogar Wartelisten bei den Übernachtungen. Die ›Büchner‹ verdiente wieder richtig Geld mit ihrem kolonialmaritimen Ambiente und dem reichhaltigen Frühstücksbüfett. Aber sie war kein Fünf-Sterne-Hotel. Und deshalb reichten die Einnahmen nicht, um gewissen Leuten den Lebensstandard zu gewähren, den sie sich erträumten.«

Hünerbein merkt auf. »Wie meinen Sie das?«

Charly Eins lacht. »Na ja: Sie servieren Ihren Gästen täglich die schöne weite Welt, und zu Hause reicht's nicht einmal für die Miete. Dem Egon war das egal, der hatte ja genug. Aber sein Geschäftsführer Janßen und der Kassenwart Rainer Schwartz waren wohl unzufrieden. Die ›Büchner‹ hatte einfach zu hohe Kosten.« Er ist aufgestanden und gestikuliert mit seinen langen Armen. »Und so trat genau das ein, was wir immer befürchtet hatten, verstehen Sie? Die Leute sind zu gierig! Man hätte eine neue Heizungsanlage einbauen müssen, neue Decksbeschichtungen, Isolierungen für ein sparsames Energiemanagement. Und das Geld wäre dafür ja auch vorhanden gewesen, wenn es denn reinvestiert worden wäre. Stattdessen versickerte es irgendwo. Man wollte ja profitieren, nicht wahr, bevor das Leben zu Ende ist, und spätestens als Janßen, angeblich aus reiner Neugier, 2008 den Schrottwert des Schiffes bei unabhängigen Gutachtern eingeholt hatte, liefen wesentliche Vereinsmitglieder nur noch mit Dollarzeichen in den Augen herum.«

Charly Eins setzte sich wieder. »Danach ging's bergab mit der ›Büchner‹, sage ich Ihnen, das war eine Schussfahrt ins Tal! – Noch 'nen Grog?«

»Gern«, lalle ich schon leicht angesäuselt, aber wer kann so einem scharfen Seemannstrunk widerstehen? Auch ich habe nur dieses eine Leben, da sollte man sich keinen Rausch entgehen lassen.

Hünerbein dagegen bleibt sachlich nüchtern, auch wenn er sich ebenfalls nachschenken lässt. »Wie hoch war denn der Schrottwert des Schiffes?«

»Geschätzt knapp eine Million Euro«, antwortet Charly Eins, und ich erinnere mich an die Worte des Atlantikfischers: *Da muss Oma lange für stricken.*

»Janßen und Schwartz«, Charly Eins kocht erneut Wasser auf seinem Kanonenofen auf, »haben den Kahn ganz bewusst in die Pleite gefahren. Mit dem Ziel, zum Schrottpreis zu verkaufen. Das einzige Problem war dabei der Denkmalschutz, unter dem die ›Büchner‹ stand, und Egon Schliecker selbst.«

»Der hat da nicht mitgemacht?«

»Nein. Bestimmt nicht«, Charly Eins schüttelt heftig den Kopf, »Egon liebte seine Schiffe. Der hätte einer Verschrottung nie zugestimmt. Er stand ja auch bei der Stadt im Wort. Wieso er nicht mitbekam, was sein Geschäftsführer und der Kassenwart trieben, verstehe ich bis heute nicht. Egon kümmerte sich ungern um Details, dafür hatte er immer seine Leute. Aber warum er den Verfall des Schiffes nicht gesehen hat – ich weiß es nicht.«

»Menschliche Hybris«, vermutet Hünerbein.

Ich denke eher an Gutgläubigkeit. »Vielleicht hat er die drohende Pleite nicht ernst genommen und dachte, er könne das noch abwenden.«

»Zu spät«, entgegnet Charly Eins. »Denn inzwischen hatte der Verein Traditionsschiff nur noch zwölf Mitglieder! Zwölf«, betont er und tippt sich gegen die Stirn. »In unseren besten Zeiten waren wir mal sechzig! Ein Mitglied war spät hinzugekommen: Peter Writschan, der honorige Chef unseres Amtes für Untere Denkmalpflege und somit zuständig für den Status der ›Georg Büchner‹ als maritim-technisches Denkmal. Auf der letzten Sitzung des Vereins, wo sich Egon Schliecker als Vorstand wiederwählen lassen wollte, waren von den zwölf verbliebenen Mitgliedern gerade mal sieben anwesend. Darunter Schwartz mit Ehefrau, Sohn und Schwiegertochter, damit bei der Abstimmung ja nichts schiefgeht.«

»Danach, nehme ich an«, überlege ich laut, »war Schliecker draußen?«

»Und wie«, nickt Charly Eins. »Die Satzung wurde entsprechend geändert, und danach war der Weg frei für die Insolvenz. Ein Verwalter wurde bestellt, der dann auch überraschend schnell einen Käufer für das Schiff fand. Irgend so eine Phantasieklitsche von den Seychellen.«

»Die Argent Venture Capital Limited«, nickt Hünerbein wissend.

»Dubios, nicht wahr?« Charly Eins winkt ab. »Das klingt doch schon wie ausgedacht. Siebenhundertfünfzigtausend Euro wollten die für die ›Büchner‹ zahlen. Angeblich der Schrottpreis. Von einer Million sprach plötzlich niemand mehr.« Er schenkt Grog nach und zündet sich einen Zigarillo an.

Das ist das Signal. Ich stopfe mir mein Pfeifchen, und auch Hünerbein raucht seine Roth-Händle.

»Und dann wachten die ersten Rostocker auf, die lokale Presse schrieb darüber, Bürgerinitiativen bildeten sich«, erzählt Charly Eins weiter. »Wie das so ist, immer mehr Leute sprangen auf den Zug auf. Vom Ausverkauf des maritimen Erbes war plötzlich die Rede und dass man Denkmäler nicht verschrotten dürfe …«

Er malt mit seinem Zigarillo Rauchringe in die Luft. »Das war ein Volltreffer, denn die ›Büchner‹ durfte tatsächlich nicht verschrottet werden. In den siebziger Jahren war auf dem Schiff aus Brandschutzgründen Asbest verbaut worden. Nach den Umweltschutzrichtlinien der Europäischen Union hätte man das vor einer Verschrottung erst gründlich und kostenintensiv entsorgen müssen. Und dazu war natürlich niemand bereit. Da die ›Büchner‹ in ihrem Zustand nicht nach Übersee geschleppt werden konnte, hatte man nun ein Problem. Janßen und Schwartz hielten sich zu dem Thema bedeckt, aber unser Hafenkapitän Gisbert Ruhnke diktierte jedem Reporter ins Mikrofon, dass niemals daran gedacht worden sei, die ›Büchner‹ zu verschrotten. Man verkaufe sie lediglich, und was der Käufer letztendlich mit seinem Schiff mache, gehe niemanden etwas an. Mit anderen Worten: Die ›Büchner‹ wird nicht verschrottet, sondern lediglich zum Schrottpreis verkauft. Und so ein Verkauf sei selbstverständlich mit den EU-Richtlinien vereinbar.«

»An diesem Hafenkapitän scheint ein Jurist verloren gegangen zu sein«, bemerkt Hünerbein, doch Charly Eins winkt heftig ab.

»Ach was, der war Seemann wie wir alle. Der ist früher sogar selbst auf der ›Büchner‹ gefahren. Ruhnke kannte das Schiff in- und auswendig. Aber er träumt wohl seit einiger Zeit davon, aus seinem Stadthafen ein nobles Yachtquartier zu machen, so eine Art zweites Monaco. Glemmer und Glitter und viele Millionäre mit ihren Hochseeyachten. Da hat ihn wohl die olle ›Büchner‹ bei seinen Träumen gestört. Jedenfalls kann ich mich nicht daran erinnern, dass er jemals die Hand gehoben hätte, um für den Erhalt seines alten Schiffes zu werben. Ganz im Gegenteil.«

Nachdenklich sieht er dem Qualm seines Zigarillos nach. Wir tun es ihm gleich.

»Ihr Kompagnon Charly Zwo«, bricht Hünerbein schließlich das Schweigen. »Wo ist der eigentlich?«

»Die Leute in der Kogge sagen, er wär abgetaucht«, setze ich hinzu. »Wie die ›Büchner‹. Ist da was dran?«

Charly Eins kratzt sich den Bart und fixiert mich skeptisch. »Sie haben gesagt, Sie würden sich für alte Schiffe interessieren. Und jetzt fragen Sie nach meinem Co. Genau wie dieser Herbie. Wer sind Sie wirklich?«

»Wir waren jahrzehntelang bei der Berliner Kriminalpolizei«, erklärt Hünerbein freimütig. »Da gewöhnt man sich das Fragen an. Inzwischen sind wir tatsächlich pensioniert und quasi zufällig über diese Geschichte gestolpert, nicht wahr, Sardsch?

»Im Nebel draufgefahren«, bestätige ich. »Auf die Segelyacht eines Herrn Krahwinkel, der irgendwie mit dieser Argent Venture zu tun hatte. So kamen wir zur ›Büchner‹ und schließlich auch zu Ihnen. Als Pensionär hat man viel Zeit für solche Sachen.«

»Viel Muße«, bekräftigt Hünerbein. »Mit irgendwas muss man sich ja beschäftigen, sonst wird man bekloppt.«

Charly Eins lächelt schwach.

»Also«, frage ich noch mal nach, »wissen Sie auch nicht, wo Ihr Kompagnon ist? Oder hat er sich abgesetzt?«

»Zuletzt hat er sich von der ›Büchner‹ gemeldet«, antwortet Charly Eins. »Am Tage ihres Untergangs.«

»Er war wirklich auf der ›Büchner‹?« Ich fasse es nicht. »Was hat er da gemacht?«

»Er hatte bei so einem belgischen Konsortium angeheuert, das für den Erhalt des Schiffes kämpfte. Die haben viel Geld dafür gezahlt, damit er auf dieser letzten Reise mitfährt. Einen Besseren hätten die auch gar nicht kriegen können. Charly Zwo kennt sich aus. Auf der ›Büchner‹ wie auf dem Meer. Und er spricht fließend Russisch. In

Klaipeda sollte er eine womöglich geplante illegale Verschrottung des Schiffes verhindern. Aus Sicherheitsgründen hielten wir per Funk Kontakt. Seine letzte Meldung kam am späten Nachmittag des 30. Mai. Da hatte er eine Kursänderung nach Südost registriert.«

»Das heißt?«

»Der Schlepper fuhr aus völlig unverständlichen Gründen auf die polnische Küste zu. Zur Danziger Bucht. Und da ist das Schiff ja dann auch gesunken.«

Ich starre den alten Lotsen an. »Sie meinen, Charly Zwo ist mit dem Schiff untergegangen?«

»Wenn er noch leben würde, hätte er sich gemeldet.«

»Ja, aber das Schiff wurde doch geschleppt. Die Schlepperbesatzung hätte ihn doch sicher gerettet!«

»Nicht unbedingt.« Charly Eins schüttelt den Kopf. »Dazu hätten die Männer auf dem Schlepper wissen müssen, dass sich jemand auf der ›Büchner‹ befindet. Doch mein Co. reiste unerkannt. Er war sozusagen als blinder Passagier auf dem Schiff.«

»Und warum schlagen Sie dann keinen Alarm?«

»Ich schlage schon lange keinen Alarm mehr.« Charly Eins drückt resigniert seinen Zigarillo aus. »Das hat noch nie was gebracht. Es wird allgemein nicht gern gesehen, wenn man die Leute verrückt macht. Daran halte ich mich.« Er hebt die Hände. »Aber wenn Sie Alarm schlagen wollen – bitte!«

»Wer wusste noch alles davon?«

»Außer mir?« Charly Eins überlegt. »Nur die Belgier, nehme ich an.«

Das ist ein Hammer, überlege ich und schaue Hünerbein an. »Was denkst du, Harry?

»Tragische Geschichte«, murmelt der. »Dann gibt es womöglich einen Toten auf dem Schiff.« Er steht etwas zu ruckartig auf, um sich noch unverhoffter von Charly Eins zu verabschieden. Ein untrügliches Zeichen dafür, dass er eine Idee hat.

»Danke, dass Sie so offen zu uns waren.«

»Gerne wieder«, lächelt Charly Eins. »Wir Rentner haben ja für so was Zeit, nicht wahr?«

»Absolut«, nickt Hünerbein und wedelt sich mit dem Zeigefinger vor dem Kopf herum. »Nur müssen wir diese ganzen Informationen erst mal gründlich in unseren altersschwachen Hirnen verarbeiten.«

»Informieren Sie mich, zu was für Schlüssen Sie gekommen sind?«

»Aber klar«, verspricht Hünerbein. »Und dann bringe ich Ihnen einen Schnaps mit, der für Ihren übrigens sehr leckeren Grog viel zu schade ist, einverstanden?«

»Einverstanden.« Charly Eins bringt uns zur Tür. »Diese Yacht«, fragt er gedehnt, »mit der Sie da im Nebel zusammengestoßen sind – hieß die zufällig ›Artemisia‹?«

»Ja«, antworte ich. »Der Besitzer war ein gewisser Krahwinkel, wie schon gesagt.«

»Ich nehme an, dass der auch nicht mehr lebt.«

»Stimmt. Der lag tot auf seinem Boot. Aber darum kümmert sich die Barther Kriminalpolizei.«

»Verstehe. Das machen die Profis.«

»Na ja, wir waren ja auch mal Profis«, gibt Hünerbein zu bedenken.

»Aber jetzt nicht mehr«, stelle ich klar.

»Nee«, seufzt Hünerbein. »Jetzt nicht mehr.«

»Wiederschaun.«

»Wiederschaun!«

Charly Eins steht mit den Händen in den Hosentaschen vor seiner Werkstatt und wartet, bis wir in Hünerbeins Mercedes eingestiegen sind. Dann hebt er die Hand an seine Mütze zum Abschied und geht wieder zurück in seine Baracke.

»Theorie?«, frage ich Hünerbein, als er den Motor startet.

»Theorie«, nickt er und zieht eine rote Farbspraydose aus den Tiefen seines Trenchcoats. »Sind dir diese Dinger nicht aufgefallen?«

Doch, sind sie. »Rechtsverdreher, wir kriegen dich!« »Du meinst, Charly Eins steckt hinter dem Anschlag auf Krahwinkels Haus?«

»Zumindest sollten wir den Inhalt mal analysieren lassen. Vielleicht ist das ja die gleiche Farbe.« Hünerbein steuert den Wagen vorsichtig durch das Gewirr von Kleinbetrieben auf der Alten Werft, während ich mich nachdenklich zurücklehne.

Ist dieser sympathische alte Lotse ein Brandstifter? Und hat er auch die Kanzlei des toten Anwaltes überfallen? Aber warum? Mit welchem Ziel? Um sich für den Untergang der »Büchner« zu rächen? Für das Verschwinden von Charly Zwo? Und ist er womöglich sogar für den Tod dieses Anwaltes selbst verantwortlich?

Fragen über Fragen. Und keine befriedigenden Antworten.

»Noch nicht, Sardsch«, erwidert Hünerbein, als hätte ich etwas laut gesagt, »noch nicht.«

36 KRIMINALOBERKOMMISSAR BJÖRN OEHLER saß in seiner Dienststelle und telefonierte sich ein Ohr ab. Er hatte geglaubt, beim Rostocker Flottenkommando Auskunft darüber zu bekommen, ob die Fregatte »Augsburg« am Montag tatsächlich nach Dschibuti ausgelaufen war. Doch so einfach ging das nicht. Eine derartige Auskunft berühre erstens militärische Geheimnisse und könne zweitens nur vom Kommando Marineführungssysteme in Wilhelmshaven nach schriftlicher Anfrage erteilt werden.

»Mensch, Kinders, ich muss nur ein Alibi überprüfen«, regte er sich auf. »Es geht hier immerhin um einen Mordfall!«

Das fanden sie beim Flottenkommando zwar höchst interessant, es änderte aber nichts an den Vorschriften.

Wütend legte Oehler auf und wählte die Nummer vom Vessel Traffic Service der Schiffsverkehrsleitzentrale in Warnemünde, um sich die letzten Positionsdaten der »Georg Büchner« vor ihrem Untergang geben zu lassen.

Doch auf dem Schiff, so wurde ihm hier erklärt, war kein AIS installiert worden, kein automatisches Identifikationssystem, sodass es auch keine Positionsdaten davon gebe. Anders der polnische Schlepper »Ajaks«, der die »Büchner« über die Ostsee gezogen hatte. Von dem gab es entsprechende AIS-Signale, die als GPS-Tracker sogar online verfügbar waren.

Leider war Oehler nicht online. Er bat darum, dass man ihm die Daten faxte, doch auch dafür hätte er erst einen schriftlichen Antrag stellen sowie die entsprechende Gebühr auf ein Konto des WSA in Stralsund überweisen müssen.

»Himmelherrgott noch mal!« Unverrichteter Dinge legte Oehler wieder auf. War das zu fassen? Nee! War es nicht.

Was also tun? Auf die Lütte warten? Die sollte längst hier sein. Er versuchte, sie auf ihrem Smartphone zu erreichen, doch da meldete sich nur die Mailbox. Und was sollte er der erzählen? Dass das Alibi der Solms ein militärisches Geheimnis war und es offline doch nicht ging?

Nein, Oehler schüttelte das Haupt, das käme dem Eingeständnis einer persönlichen Niederlage gleich, das musste nicht sein.

Er erhob sich seufzend und fuhr einmal mehr an diesem Tag zu Jann Giehrling in den Nautischen Yachtclub. Der hatte einen Computer in seinem Büro, mit dem man auch ins Internet gehen konnte.

»›Ajax‹«, fragte Giehrling, »wie Amsterdam?«

»Nee, mit k-s statt x«, antwortete der Kriminaloberkommissar und stellte als zusätzlichen Anreiz einen Sechserträger Barther Küstenbier auf den Tisch. »Ist'n polnisches Schiff.«

»Haben die Polen kein x?« Giehrling tippte eifrig auf seiner Tastatur herum. »Ah, marinetraffic.com! Hier ist es.«

»Und?« Oehler setzte sich gespannt neben ihn und starrte auf den Bildschirm. Unglaublich! Da waren sämtliche Schiffsbewegungen auf allen Weltmeeren zu sehen. Auch auf der Ostsee. Jedes einzelne Schiff. Toll! »Wir brauchen den Donnerstag«, sagte Oehler, »lässt sich das rekonstruieren?«

»Mal sehen.« Giehrling tippte. »Im Reminder vielleicht.«

»Was?« Oehler verstand kein Wort, doch Giehrling antwortete nicht.

»Na, sieh einer an«, sagte er stattdessen und zoomte sich in eine elektronische Seekarte hinein. »Da haben wir's doch.« Er drehte den Bildschirm etwas zu Oehler hin.

Der beugte sich interessiert vor. Das, was er sah, erinnerte ihn an eine Leine, die unklar gekommen war. Ein wirres, unverständliches Knäuel aus Schlaufen und Schleifen.

»Was sind die denn da für Manöver gefahren?«, überlegte er kopfschüttelnd. »Gibt's doch nicht.«

Zunächst war der Schlepper »Ajaks« mit vier Knoten schnurgerade auf Nordostkurs gewesen, bevor er auf Südost wechselte. Dann war er mit nur noch zwei bis drei Knoten Geschwindigkeit an der polnischen Küste entlanggefahren, bis er schließlich abends gegen Viertel vor acht mitteleuropäischer Sommerzeit das Ruder hart backbord legte und seltsame Schlangenlinien fuhr. Gleichzeitig wurde weiter Fahrt aus dem Schiff genommen. Nach einer zweiten Backbordwende stoppte der Schlepper für gut zehn Minuten auf. Dann gab er wieder Gas, beschleunigte auf drei Knoten Fahrt und vollführte einen wahren Tanz, Ruder hart steuerbord, dann wieder backbord und wieder steuerbord …

»Was war da los?« Giehrling sah Oehler fragend an. »Sternfahrt?«

»Sieht aus, als ob die den Kahn aufschaukeln wollten«, knurrte der Kriminaloberkommissar grimmig und griff zum Telefonhörer. »Kann ich mal? Wird'n Ferngespräch.«

»Polnisches Seeamt?«

Oehler nickte. »Hast du da 'ne Nummer?«

»Nee.« Giehrling tippte wieder auf seiner Tastatur herum. »Aber die sitzen in Gdynia, glaube ich.«

Wenig später hatte er die Telefonnummer herausgefunden, und Oehler wählte, sich gewichtig räuspernd. Sein Englisch war nicht das beste. In den späten achtziger Jahren hatte er mal einen Kurs besucht, Englisch für Schiffsoffiziere, an der Volkshochschule in Stralsund. Das sollte reichen.

»*Hello, that's the German police in Barth. I have a question to turn of vessel ›Ajaks‹, IMO-Number seventy-five, fourteen, six, five, eight, on May thirty, you know?*«

Na bitte, die Polen waren sofort im Bilde, und es schien Oehler, als freuten sie sich, dass sich endlich auch die deutsche Polizei mit dem Fall beschäftigte. Derart ermuntert radebrechte er sich zu der Frage vor, was die seltsamen Manöver des Schleppers wohl zu bedeuten hatten. Darüber rätselten die Polen auch. Die Ermittlungen hierzu liefen noch, und derzeit gebe es dazu keine gesicherten Erkenntnisse.

Ob der Schlepper »Ajaks« Notsignale gegeben habe, wollte Oehler wissen.

Nein, antwortete das Seeamt, Notrufe habe es nicht gegeben. Aber gegen achtzehn Uhr dreißig MEZ, also neunzehn Uhr dreißig Sommerzeit, habe man von der »Ajaks« eine Mitteilung empfangen, in der darüber berichtet wurde, dass mit der »Büchner« etwas nicht in Ordnung sei. Da habe das Schiff aber schon mit gut fünfundvierzig Grad auf der Steuerbordseite gelegen. Hilfe habe der Schlepper jedoch nicht angefordert. Vermutlich seien gegen zwanzig Uhr einundzwanzig MESZ die Schleppverbindungen gekappt und die »Büchner« aufgegeben worden.

»Okay, thanks«, dankte Oehler und legte nachdenklich auf. »Heiliger Klabautermann!«

»Was?«, fragte Giehrling.

»Keine Hilferufe«, antwortete Oehler. »Und eine erste Mitteilung erst, als das Schiff schon schwer auf der Seite lag.« Er öffnete zwei Bier und stieß mit Giehrling an.

»Klingt nicht gut«, fand der.

»Nee«, nickte Oehler. Das klang wirklich nicht gut. Alles andere als korrekt jedenfalls.

Giehrling wechselte zur elektronischen Seekarte zurück. »Wieso fährt der fast anderthalb Stunden lang diese irren Kreise?«

»Das ist die Preisfrage«, nickte Oehler und trank.

»Kannst du mir das ausdrucken?«

»Klar.« Giehrling drückte ein paar Tasten, und schon begann irgendwo unter dem Schreibtisch ein Drucker zu arbeiten.

»Darf ich auch mal?« Oehler deutete auf die Computertastatur. Giehrling nickte. »Nur zu!«

Oehler gab den Namen »Augsburg« in das Suchfenster von marinetraffic.com ein, und siehe da: Das militärische Geheimnis lüftete sich umgehend. Danach war die Fregatte schon seit Februar am Horn von Afrika im Einsatz.

»Na, das ist'n Ding«, knurrte Oehler höchst erstaunt und erhob sich ächzend. »Ich muss los. Da kommt nachher gleich dieser Privatdetektiv.«

»Du, kann ich nicht mitkommen?« Giehrling reichte ihm die Computerausdrucke. »Jetzt, wo ich ja quasi irgendwie an dem Ding beteiligt bin?«

»An welchem Ding?«

»Na, an deinen Ermittlungen, Björn. Außerdem ist es sicherer, wenn du diesem Holländer nicht allein gegenüberstehst. Wer weiß, was das für einer ist?«

»Ein Belgier.«

»Eben«, nickte Giehrling.

»Hast du hier nix zu tun?«

»Nö.« Giehrling schüttelte den Kopf. »Ich kenne meine Nautiker. Bei dem Wetter läuft hier eh keiner mehr aus.«

Oehler nickte langsam. »Na gut«, sagte er schließlich, »aber nimm's Bier mit, damit wir nachher nicht trocken sterben.«

»Klar«, freute sich Giehrling und zog eifrig seinen Friesennerz über, weil es draußen noch immer mächtig regnete.

37 GOTT, WAS FÜR EINE verdammte Scheiße!
Maike tauchte japsend wie ein junger Hund an der Wasseroberfläche auf und rang schwer nach Luft. Aber auch die Luft war voller Wasser, denn es schüttete wie aus Eimern.

Maike hatte verdammt hart kämpfen müssen, um überhaupt aus dem Auto herauszukommen. Es war fast senkrecht und mit dem Kühler voran in der Tiefe versunken. Obwohl das Wageninnere ziemlich rasch geflutet worden war, hatte es eine gefühlte Ewigkeit gedauert, bis sich die Türen öffnen ließen. Fast wäre Maike ertrunken. Doch sie war nicht umsonst Mitglied in der Gesellschaft zur

Rettung Schiffbrüchiger. Da hatte sie auch das Tauchen trainiert. Bis zu zweieinhalb Minuten waren drin. Problemlos. Danach wurde es schwieriger. Am Ende hatte Maike fast vier Minuten im gefluteten Wagen ausharren müssen, und es war ihr zunehmend schwerer gefallen, jenem Grundsatz zu folgen, der für alle Notsituationen gilt und nur aus zwei Wörtern besteht: Ruhe bewahren.

Super! Bewahre mal die Ruhe, wenn du minutenlang unter Wasser gefangen bist und dir die Lungen zu implodieren drohen.

Immerhin hatte sie es geschafft. Sie war ohne größere Panikattacken aus Papas Toyota rausgekommen, und der erste Gedanke, der ihr nach dem befreienden Luftholen kam, galt dem gigantischen Anschiss, den es zu Hause dafür geben würde, dass sie das geliebte Auto in der Warnow versenkt hatte.

Atemlos sah sie sich um und erschrak, wie weit sie vom Ufer weggetrieben war. Das Haar klebte im Gesicht wie nasser Tang, ihr Herz raste wie wild, und das Wasser war für Anfang Juni auch noch ziemlich kalt.

Wer waren diese Typen in den schwarzen Jeeps? Bonts Leute? Wollte dieser Idiot seine Drohung wahr machen? Oder war sie, ohne es zu ahnen, irgendwem zu nahe gekommen? War sie jemandem gefährlich geworden? So sehr, dass sie noch nicht einmal jetzt genug hatten? Mit Entsetzen registrierte Maike, dass plötzlich ein Mann vor ihr im Wasser auftauchte und sie energisch packte.

Oh Gott, die Kerle wollten sie wirklich umbringen! Heftig wehrte sie sich und schrie, schluckte Wasser und schrie wieder. Vergebens. Der Typ war stärker. Sie spürte, wie er ihr die Arme auf den Rücken drehte. Fesselgriff, sodass sie sich nicht mehr rühren konnte.

»Hilfe«, schrie Maike jetzt doch voller Panik, »Hilfe!« Sie tauchte unter und wasserüberströmt wieder auf und zappelte wie ein Fisch auf dem Trockenen. »Hilfe!«

Nein, sie wollte nicht sterben, nicht hier und nicht so. Heftig trat sie um sich, strampelte sich kurzzeitig wieder frei und schwamm um ihr Leben.

Doch sie war nicht mehr bei Kräften, ihre Arme und Beine wie gelähmt. Maike fühlte sich wie in diesen Alpträumen, die sie öfter als Kind gehabt hatte: Da wollte sie vor einem saurierartigen Urzeitmonster wegrennen, aber es ging nicht. Sie fiel immer wieder hin und kam einfach nicht hoch. Die Beine versagten, und das gruselige Monster kam näher und näher ...

Nach nur wenigen Metern hatte sie der Mann wieder eingeholt. »Pst«, keuchte er und schnappte sie sich erneut, »ganz ruhig, pst ...«

Na, so weit kam es noch, dass sie ruhig blieb und sich hier still und leise ertränken ließ, nee, du Arsch! »Hilfe!«, brüllte sie gurgelnd, »Hilfgrrrpfff...« Sie biss ihm in die Hand, mit der er ihr den Mund zuhielt, trat heftig um sich und schrie röchelnd auf.

Beide versanken in der Tiefe, strampelten sich wieder hoch.

Maike spuckte Wasser und Rotz, sah plötzlich die graue, mit braungrünen Algen bewachsene Kaimauer vor sich. Aber wie dort hochkommen? Wie?

Schon hatte der Typ sie wieder am Wickel. Erneut ging sie unter, tauchte röchelnd wieder auf und spürte, wie sie an der Kapuze ihres Anoraks zu einer rostigen Leiter gezerrt wurde.

»Rauf da!«, rief der Mann atemlos, »na los, mach schon!«

Leider war Maike inzwischen zu schwach, um auch nur die Sprossen der Leiter greifen zu können. Halb ohnmächtig wurde sie daran hochgezogen. Was offenbar nicht so einfach war, denn mindestens zweimal klatschte sie in die trüben Fluten der Warnow zurück. Erst beim dritten Versuch schaffte es der Mann, die triefende und sich nicht mehr wehrende Kriminalobermeisterin in ihrem pitschnassen Anorak über die Kaikante zu hieven und in eine stabile Rückenlage zu bringen.

Jetzt gab es Backpfeifen, klatsch, klatsch, links, rechts, immer wieder. Maikes Kopf flog hin und her.

»Hey«, rief der Mann und klatschte ihr weiter auf die Wangen, »wach bleiben, hörst du? Nicht einschlafen, komm schon!«

Ich bin wach, wollte Maike antworten, würgte aber nur einen ganzen Eimer Wasser hervor.

»Gut«, fand das der Mann, »alles raus. Sehr gut!« Keuchend hockte er über ihr, und von seiner Nase tropfte Wasser auf Maikes

Gesicht, während er ein beruhigendes Lächeln versuchte. »Das war knapp, nicht wahr? Knapp, aber geschafft.«

Okay, dachte sie verwirrt, der wollte mich nicht umbringen, sondern retten. Und morgen gibt's einen Artikel auf der Lokalseite der Ostseezeitung. »Frau von tapferem Rostocker aus Warnow gezogen« oder so.

»Können Sie aufstehen?«

Maike nickte, kam aber nicht wirklich auf die Beine.

»Warten Sie, ich helfe Ihnen.« Er legte sich ihren Arm über die Schulter und half ihr auf die Füße. »Wir müssen ein Stück. Wir sind abgetrieben, mein Auto steht weiter da vorn.«

»Alles in Ordnung?« Plötzlich waren Passanten da und gafften unter ihren regennassen Schirmen hervor.

»Jetzt ja«, antwortete der Mann und zog und schleppte Maike zu einem an einer halb verfallenen Lagerhalle geparkten grünen Wagen, den sie als Peugeot des dauertelefonierenden Bulgaren erkannte.

Irgendwas musste sie laut gesagt haben, denn der Mann fragte: »Wieso Bulgare?«

»Ihr Länderkennzeichen«, nuschelte sie noch immer ziemlich außer Puste.

»B steht für Belgien, nicht für Bulgarien«, erklärte der Mann und lehnte sie an das Auto, um eine Decke aus dem Kofferraum zu holen.

»Und warum verfolgen Sie mich?«

»Seien Sie froh«, sagte der Mann, und sein Akzent war tatsächlich mehr flämisch als bulgarisch, »sonst würden Sie jetzt tot auf dem Grund des Flusses liegen.« Er hängte der schlotternden Maike eine warme Wolldecke um und setzte sie auf den Beifahrersitz. »Was wollten diese Typen von Ihnen?«

Ja, wenn Maike das wüsste. »Mich umbringen?«

»Aber warum? Für wen arbeiten Sie?« Der Mann klemmte sich hinter das Steuer und startete den Wagen.

»Für die Kripo in Barth.« Maike schnallte sich mit klammen Fingern an.

»Das trifft sich gut«, fand der Belgier und fuhr los, »da muss ich auch hin.« Er griff in die feuchte Brusttasche seines Hemdes und gab ihr eine durchweichte Visitenkarte.»Alvaro Beerendonk, Privatermittler. Wir recherchieren in derselben Sache, nehme ich an?«

»Der Mordfall Krahwinkel?«

»Der Untergang der ›Georg Büchner‹«, erwiderte er.»Aber diese Fälle hängen wahrscheinlich sehr eng zusammen.«

38 VERSICHERUNGSBETRUG. Okay. Kann man vermuten, dachte Oehler. Da macht eine Versenkung Sinn.

Nur, und jetzt wandte er sich Jann Giehrling zu, der hinter gut einem Dutzend geleerter Bierflaschen am Schreibtisch des Kriminaloberkommissars saß:»Welche Versicherung zahlt so was? Ich meine, das ist doch hirnrissig, oder? Die wollen doch auch Geld verdienen. Welche Versicherung lässt sich mit so einer Nummer hinter die Fichte führen?«

»Die müssen da einen Mann gehabt haben«, überlegte Giehrling und trank.»So einen korrupten Typen halt, der versicherungstechnisch was zu sagen hat und den man am Gewinn beteiligen kann.«

»Und wer sollte das sein?«

»Der Mörder.« Giehrlings Augen leuchteten.»Du, das ist'n ganz klarer Fall: Der hat den Ernst Holger umgebracht, weil der das mit der Versenkung rausposaunt hat. Damit wurde er für unseren Versicherungsmann zur Gefahr, verstehste?«

»Für unsere Versicherungs*frau*«, überlegte Oehler.

»Wie?«

»Du hast doch eine Frau auf der ›Artemisia‹ gesehen. Und die Kriminaltechnik hat Fingerabdrücke einer zarten Hand auf der Tatwaffe sichergestellt.«

»Ja, ja«, nickte Giehrling nachdenklich.»Darf man echt nicht unterschätzen, diese Weiber.«

»Sonst würden sie ja nicht Kanzler werden«, pflichtete Oehler bei.»Wie Mutti das geschafft hat, ist mir bis heute ein Rätsel.«

»Du, die tut nur so mütterlich. Die ist eiskalt!« Giehrling tippte sich an den Kopf. »Welche Pfarrerstochter durfte bei uns schon an der Moskauer Lomonossow-Universität studieren! Das war doch eigentlich gar nicht möglich. Die muss so was von zweihundert-fünfzigprozentig auf Parteilinie gewesen sein, mit rein fachlicher Kompetenz kriegste das doch gar nicht hin.«

»Sie wird schon gewusst haben, wen sie wegbeißen muss«, entgegnete Oehler und wollte noch hinzufügen, dass man auch mit Stasikontakten viel erreichen konnte, als es plötzlich an der Tür klopfte.

Einundzwanzig Uhr. Der Belgier war pünktlich.

»Bierflaschen weg, aber zack!« Oehler scheuchte Jann Giehrling auf, der die leeren Flaschen hastig im Papierkorb versenkte, und setzte sich mit gewichtiger Miene hinter seinen Schreibtisch. »Du hältst die Klappe, klar?«

Jann Giehrling biss sich angespannt auf die Lippen.

»Ob das klar ist?«

»Klar, Björn.«

»Okay.« Oehler räusperte sich, um seiner Stimme jenen streng amtlichen Ton zu verleihen, der schon von vornherein unmissverständlich vermitteln sollte, wer hier zu respektieren war und das alleinige Sagen hatte. »Hhmmm, Sie können eintreten, bitte!«

Doch nicht Privatdetektiv Alvaro Beerendonk, sondern die beiden Berliner Exkriminalräte kamen offenkundig nicht mehr ganz nüchtern und bestens gelaunt in sein Büro.

»So wie Sie gucken, haben Sie jemand anders erwartet«, sagte dieser Entenfuß oder wie der Dicke auch immer hieß, und sein hagerer, kahlköpfiger Partner in der dem Alter etwas unangemessenen Jeansjacke setzte grienend hinzu: »Mit den Reizen Ihrer hübschen Kollegin können wir leider nicht aufwarten.«

»Wohl aber mit neuen Erkenntnissen«, versprach der Dicke und ließ sich ungefragt auf einen der Stühle plumpsen. »Wo ist sie eigentlich, die niedliche Hansen?«

»Das Wort ›niedlich‹ sollten Sie in Gegenwart der Kollegin nicht benutzen«, knurrte Oehler statt einer Antwort, »da reagiert sie ganz allergisch drauf.« Er setzte die Lesebrille ab und lehnte sich abwartend zurück.»Was haben Sie denn für mich?«

»Einen zweiten Toten«, antworteten die beiden Alten im Duett.

»Wo?«

»Auf der ›Büchner‹.«

»Was?« Oehler hob fragend die Augenbrauen.»Wie kommen Sie denn darauf?«

»Die Hinweise sind nicht verifizierbar«, gab der mühsam auf jugendlich getrimmte Kahlköpfige etwas gewunden zu,»aber ein Rostocker Lotse ist seit dem Untergang der ›Georg Büchner‹ ebenfalls verschwunden.«

»Ein Lotse?«

»Ja. Er soll auf der ›Büchner‹ gewesen sein, als sie sank«, erklärte der Dicke schnaufend.»Inkognito und im Auftrag einer belgischen Firma.«

»Um zu verhindern, dass die ›Büchner‹ verschrottet wird.« Der Kahlköpfige hatte die leeren Bierflaschen im Papierkorb gefunden.»Haben Sie noch zwei?«

»Klar!« Eifrig stellte Jann Giehrling vier Flaschen Barther Küstenbier auf den Tisch und griente.»Da snackt's sich besser, wie?« Er öffnete die Flaschen mit seinem Feuerzeug.»Prost!«

»Wohlsein«, prosteten die beiden Alten zurück und tranken.

Oehler musste erst mal tief durchatmen. Ein Toter auf der »Büchner«! Das wurde ja immer verrückter.»Woher haben Sie Ihre nicht verifizierbaren Informationen?«

»Von Peter Hinrichsen«, antwortete der Dicke und stellte eine rote Farbspraydose auf den Tisch.»Macht jetzt in Modellbau und benutzt dabei solche Dosen. Die sollten Sie mal analysieren lassen. Ich könnte mir vorstellen, dass man damit auch schön Wände und Zaunlatten beschmieren kann.«

»Das muss nichts heißen.« Oehler besah sich die Dose.»Die gibt's in jedem Baumarkt.«

»Schon«, nickte der Dicke,»aber nicht jeder hat den Spitznamen Charly Eins. Sagt Ihnen das was?«

»Aber ja«, strahlte Jann Giehrling, »Charly Eins und Zwo! Die beiden sind Legenden im Rostocker Überseehafen …«

Er wollte weiter ausholen, doch Oehler warf ihm einen vernichtenden Blick zu. Giehrling schwieg verschämt.

»Und Sie sind«, wollte der Dicke wissen, »wer?«

»Giehrling, Jann«, knurrte Oehler, »Hafenmeister in der Marina am Alten Wirtschaftshafen.«

»Nautischer Yachtclub«, ergänzte Giehrling würdevoll.

»Nett, Sie kennenzulernen«, nickte der Kahlköpfige und stellte sich ebenfalls vor: »Knoop, Hans Dieter. Und das«, er zeigte auf den Dicken, »ist mein Kollege Harald Hünerbein.«

»Exkollege«, verbesserte der.

»Exkriminalräte aus Berlin«, präzisierte Oehler, froh, endlich die Namen der beiden wieder präsent zu haben, »pensioniert. Helfen ein bisschen.«

»Ja, ich helfe auch«, nickte Giehrling stolz. »Ist ja ein ziemlich komplizierter Fall, nicht wahr? Wir nehmen an, dass die Täterin bei der Versicherung tätig war.«

»Jann«, mahnte Oehler streng, doch vergebens, denn Hünerbein merkte sofort auf.

»Bei welcher Versicherung?«

»Die, wo die ›Büchner‹ versichert worden ist«, schwadronierte Giehrling drauflos. »Hören Sie, das war doch eine abgekartete Sache. Die brauchten die Frau da, damit die dann auch die Summe zahlen. Die Versicherungssumme, meine ich …«

»Jann!«, brüllte Oehler.

»Ich meine ja nur«, entschuldigte sich Giehrling. »Du warst doch auch der Meinung, dass …«

»Ich bin überhaupt keiner Meinung«, rief Oehler aufgebracht, »ich habe nur mal kreativ quergedacht. Mehr nicht! Und das sollte unter uns bleiben, verdammt noch mal!«

»Bleibt es ja«, lächelte Hünerbein beruhigend und beugte sich höchst interessiert vor. »Also noch mal und ganz unter uns vieren: Was für kreative Gedanken hatten Sie genau?«

Klang da Spott in der Stimme des Dicken mit? Oehler zählte

innerlich bis drei, um nicht zu explodieren. Giehrling, dieser elende Trottel! Konnte nicht einmal die Klappe halten. Dabei war das doch nur so ins Blaue gemutmaßt. In Bierlaune sozusagen und um auf neue Ideen zu kommen. Was wussten sie denn wirklich? Nichts! Gar nichts. Stattdessen kamen diese Berliner mit einer Farbdose und erzählten von einem zweiten Toten.

»Nun?« Aufmunternd sahen sie ihn an. Als wäre er ein kleiner Junge, der sich nicht traut.

»Also, unsere Überlegungen«, sagte Oehler schließlich gedehnt, »gingen in die Richtung, dass, wenn hinter dem Untergang der ›Georg Büchner‹ ein Versicherungsbetrug steckt, wie so manche Zeitung vermutet, die Hintermänner jemanden bei der Versicherung gehabt haben müssen. Denn so ohne Weiteres wird ein derartiger Schaden ja kaum reguliert.«

»Haben Sie denn einen konkreten Hinweis auf Versicherungsbetrug«, fragte Hünerbein, »außer dem, dass manche Zeitung so etwas schreibt?«

»Es gibt Hinweise, dass das Schiff absichtlich versenkt wurde«, erwiderte Oehler.

»Ach«, machte der Kahlköpfige, »die da wären?«

»Ein Segelkamerad von Krahwinkel«, Oehler blätterte in seinen Notizen, »ein gewisser Claas Ludewig, hat ausgesagt, dass Krahwinkel vor seinem Tod mit der Versenkung der ›Georg Büchner‹ geprahlt hat. Das sei wohl sein größter Coup gewesen. Und außerdem«, er reichte den Berlinern die Blätter mit den Positionsdaten des polnischen Bergungsschleppers, »sind da ziemlich seltsame Manöver gefahren worden.«

Die Berliner besahen sich etwas ratlos die Ausdrucke. »Was ist das?«

»Der AIS-Tracker der ›Ajaks‹ vor dem Untergang der ›Büchner‹«, antwortete Oehler, »die Daten waren online verfügbar. Giehrling hat sie heruntergeladen.«

»Die ›Büchner‹ hatte ja schon leichte Schlagseite beim Auslaufen«, setzte der eifrig hinzu, »so vier, fünf Grad nach steuerbord, das kann man an den zahlreichen Fotos erkennen, die ebenfalls online auf diversen Portalen abrufbar sind.«

»Und was bedeutet das?«

»Erst mal nichts«, erwiderte Oehler. »Das kann mit nachträglichen Umbauten zu tun haben, die im Laufe der Zeit als stationäres Schiff gemacht worden sind. Interessant wird das erst, wenn man sieht, dass der Schlepper nach AIS-Daten mehrmals scharf Backbordruder gelegt hat. Denn das führt schon aus physikalischen Gründen dazu, dass die ›Büchner‹ weiter nach steuerbord überholt.«

»Die haben den Kahn so lange aufgeschaukelt, bis er gekippt ist«, sagte Giehrling. »Ich könnte wetten, dass der über steuerbord gekentert ist.«

»Aber beweisen können Sie das alles nicht.«

»Nee.« Oehler schüttelte den Kopf und hob resignierend sein Bier. »Wie denn? Aber wenn es dabei einen Toten gab, weil da jemand blind auf der ›Büchner‹ mitfuhr, was Sie im Übrigen auch nicht beweisen können, dann wäre das natürlich ein Problem. Und wenn dann der Krahwinkel hier herumläuft und damit auch noch groß angibt, könnte er für die Hintermänner zur Gefahr geworden sein.«

»Und für die Hinterfrauen«, ergänzte Giehrling.

»Meinetwegen auch für die Hinterfrauen«, nickte Oehler. »Also musste er weg.«

»Wieso für die Hinterfrauen?« Hünerbein guckte fragend.

»Na, weil unsere Hauptverdächtige weiblich ist«, sagte Oehler. »Als Krahwinkel das letzte Mal mit seiner Yacht auslief, war er mit einer Frau unterwegs …«

»… ich hab das ganz genau gesehen«, bestätigte Giehrling, »das war kein langhaariger Hippie, sondern eindeutig eine Frau.«

»Zudem haben wir augenscheinlich weibliche Fingerabdrücke auf der Tatwaffe«, ergänzte Oehler, »und daher glauben wir, dass es …«

»… eine Versicherungsagentin gewesen sein könnte?« Hünerbein hob skeptisch die Augenbrauen. »Das ist aber eine gewagte These, meine Herren!«

»Mag sein. Es ist ja nicht unsere einzige.« Oehler seufzte. »Wir haben noch zwei weitere verdächtige Frauen ohne Alibi auf dem

Schirm. Leider fehlt uns bei beiden noch ein schlüssiges Motiv.« Er griff missmutig nach dem Telefonhörer und versuchte noch mal, Maike Hansen anzurufen. Wieder nur die Mailbox. Seltsam. Die hantierte doch sonst immer mit ihrem Smartphone herum. Er tippte ungehalten auf die Gabel, behielt aber den Telefonhörer am Ohr. Dann zog er Beerendonks Visitenkarte aus der Tasche. Mal sehen, wo dieser Privatermittler blieb. Der war auch längst überfällig.

39 »ALS BEI UNS bekannt wurde, dass es hier mit dem Kongoboot ein Problem geben würde, war man sich schnell einig, dass man die ›Charlesville‹ beziehungsweise die ›Georg Büchner‹ zurück nach Antwerpen holen sollte. Mehrere verschiedene Institutionen hatten Interesse angemeldet. Das Museum aan de Stroom, der Anwalt Eric Van Hooydonk vom Verein Waterfgoed Vlaanderen und der Vorsitzende des Vereins für Industrielle Architektur in Flandern, Adriaan Linters, wollten das Schiff retten. Das war sogar Thema im flämischen Parlament, und letztlich sollen gut zweieinhalb Millionen Euro für das Projekt bereitgestellt worden sein. Doch obwohl unser Minister für Denkmalpflege Geert Bourgeois beim Kultusminister vom Mecklenburg-Vorpommern Mathias Brodkorb intervenierte, bekamen die belgischen Vereine keinerlei Unterstützung für ihr Vorhaben.«

Es regnete noch immer in Strömen. Die Scheibenwischer liefen auf der höchsten Stufe, Beerendonk fuhr zügig. Er hatte die Heizung voll aufgedreht, damit die Scheiben nicht beschlugen. Trotzdem war Maike immer noch ziemlich kalt. Sie befanden sich auf der B 104 kurz vor Gelbensande, und sie überlegte, ob man nicht einen Zwischenstopp zu Hause in Trinwillershagen einlegen sollte, um sich etwas Trockenes überzuziehen. Aber dann müsste sie ihrem Vater von dem versunkenen Toyota erzählen ... Gott, wie sollte sie ihm das nur beibringen?

»In Belgien ist man sehr verärgert darüber«, redete Beerendonk weiter, »vor allem weil der schlimmste aller Fälle eingetreten und dieses einzigartige Schiff nun gesunken ist. Deshalb bin ich hier. Mein Auftrag als Privatdetektiv ist es, vor Ort nach Anhaltspunkten zu suchen, die für eine strafrechtliche Verfolgung nötig sind. Man will den Fall in Belgien vor Gericht bringen.«

Plötzlich fing etwas ziemlich vorsintflutlich zu piepen an. Der typische Nokia-Tune aus den Urzeiten des Handys.

»Greifen Sie mal hinter sich auf die Rückbank«, sagte Beerendonk, sich auf ein Überholmanöver konzentrierend, »da will jemand was von mir.«

Maike nahm das Handy an sich und erkannte auf dem Display die Nummer der Dienststelle. »Das ist mein Chef«, sagte sie zögernd.

»Dann gehen Sie ran«, ermunterte sie der Privatdetektiv, »sagen Sie ihm, dass wir unterwegs sind.«

Maike hielt sich das Handy ins Ohr.

»Beerendonk, wo stecken Sie«, bellte es ihr entgegen, »Sie sind seit einer halben Stunde überfällig!«

»Ruhig Blut, Chef, wir sind aufgehalten worden.«

»Was?« Oehler schien verwirrt. »Hansen, sind Sie das?«

»Ja, ich sitze bei Beerendonk im Wagen.« Maike verwarf den Gedanken an eine Trinwillershagener Umkleidepause. »Wir sind direkt auf dem Weg nach Barth.«

»Das wird auch verdammt noch mal Zeit! Es gibt hier neue Erkenntnisse: ein zweiter Toter zum Beispiel. Ist mit der ›Büchner‹ untergegangen. Sagt Ihnen der Name Charly Zwo etwas?«

»Charly Zwo?« Maike schüttelte unwillkürlich den Kopf. »Nie gehört.«

»Sehn Se, Hansen, da frag ich mich, wo und weshalb Sie sich den ganzen Tag herumtreiben? Die bahnbrechenden Erkenntnisse haben wir hier auf der Dienststelle. Das Alibi dieser Frau Solms ist auch nix wert. Die ›Augsburg‹ liegt schon seit Februar vor Dschibuti. Ununterbrochen. Und nun kommen Sie in die Puschen, ich will auch mal Feierabend machen!«

»Alles klar, Chef, sind unterwegs.« Sie legte auf und sah Beerendonk an. »Es gibt noch einen Toten.«

»Charly Zwo«, nickte der Privatdetektiv. »Es wundert mich, dass Sie den Mann nicht kennen. Sie waren doch heute bei seiner Frau.«

»Was?« Maike verstand nicht.

»Marietta Solms«, half ihr Beerendonk auf die Sprünge, »war verheiratet. Seit dreißig Jahren mit Werner Solms, besser als Charly Zwo bekannt, wegen seines Bugsierschleppers.«

»Und der ist mit der ›Büchner‹ untergegangen?« Maike war völlig baff. »Jetzt, am 30. Mai?«

»Vermutlich. Er ist seitdem verschwunden, und es gibt keine Erklärung dafür. Seine Frau geht davon aus, dass er tot ist.« Beerendonk sah sie verwundert an. »Wenn Sie das nicht wussten: Was in aller Welt wollten Sie dann von Marietta Solms?«

»Es ging um die schifffahrtsrechtliche Genehmigung. Also, ich wollte eigentlich nur … ich dachte … ich, ich …«, stammelte Maike irritiert, bevor sie den einzig richtigen Entschluss fasste: »Okay, stopp! Sofort umdrehen! Wir müssen zurück!«

»Warnemünde?«

»Warnemünde«, bestätigte Maike und hatte es plötzlich ziemlich eilig. »Nun machen Sie schon!«

Beerendonk legte einen kreischenden Return hin und gab Gas. Mit überhöhter Geschwindigkeit und sämtliche Verkehrsregeln ignorierend bretterte er ab Rövershagen über die Landstraße 43 durch die verregnete Rostocker Heide bis Hohe Düne. Von dort ging es mit der Fähre über die Warnow, und keine dreißig Minuten später standen sie wieder vor dem Kapitänshaus am Alten Strom.

Marietta Solms öffnete. »Alvaro! Du traust dich aus der Deckung?«

»Alles andere wäre unterlassene Hilfeleistung gewesen, Jette.« Beerendonk und die Witwe umarmten sich. »Wie geht es dir?«

»Es ging schon besser.«

Maike erstaunte die Vertraulichkeit zwischen den beiden. Ganz offensichtlich kannten sie sich gut.

»Kommt rein!« Frau Solms ließ sie ins Haus. »Ihr seid ja völlig durchnässt.«

»Und das nicht nur vom Regen«, erwiderte Beerendonk und setzte zu einer Erklärung an, dass dieser Besuch vermutlich unangenehmerer Art sei, doch Maike ging zügig dazwischen. Vorläufige Festnahmen waren schließlich ihre Sache.

»Frau Solms, ich muss Sie bitten, mit mir aufs Revier zu kommen«, sagte sie im amtlichen Ton, obwohl sie ja keine Streifenpolizistin mehr war. Denn nur die gingen aufs Revier. Kriminalisten dagegen saßen im Kommissariat. »Wir müssen in die Dienststelle nach Barth«, verbesserte sie sich und setzte hinzu, dass es sich um »eine erkennungsdienstliche Maßnahme« handele.

Frau Solms hob die Augenbrauen. »Darf man fragen, was der Grund für diese Maßnahme ist?«

»Du hast ihr verschwiegen, dass dein Mann seit dem Untergang der ›Büchner‹ verschwunden ist, Jette«, antwortete Beerendonk, noch bevor Maike zu Wort kam.

»Umgebracht haben sie ihn«, fauchte Marietta Solms, »ersäuft wie eine Katze.«

Beerendonk lächelte bedauernd. »Es wäre sicher besser gewesen, wenn du das der Polizei gegenüber gleich angegeben hättest. So hast du dich unnötig verdächtig gemacht …«

»Herr Beerendonk, würden Sie das bitte mir überlassen!« Maike warf ihm einen vernichtenden Blick zu und wandte sich wieder an die Solms. »Können wir? Alles Weitere dann auf der Dienststelle.«

»Ja, wenn es unbedingt sein muss.« Marietta Solms griff nach ihrem Mantel.

»Jette, du musst da nicht mitgehen.« Der grauhaarige bärtige Mann, der plötzlich aus dem Wohnzimmer trat, musste auch gerade erst eingetroffen sein, denn er trug eine schwarze Motorradlederkombi und hatte einen Integralhelm in der Hand. Er war bestimmt schon über siebzig Jahre alt, schien aber sehr rüstig. Und er war groß, bestimmt zwei Meter. So groß jedenfalls, dass er sich in der niedrigen Diele bücken musste, um nicht mit dem Kopf an die Decke zu stoßen. Mit seltsam hellen Katzenaugen sah er Maike an. »Oder haben Sie einen Haftbefehl?«

»Darf man fragen, wer Sie sind?«

»Man darf«, antwortete der Grauhaarige und reichte Maike seine kräftige Hand.»Hinrichsen, mein Name, entschuldigen Sie.«

»Der frühere Kompagnon meines Mannes auf dem Hafenschlepper ›Charly‹«, setzte Marietta Solms hinzu:»Er hilft mir in der Stunde der Not.«

»Fein«, sagte Maike, obwohl ihr die Sache sehr seltsam vorkam. »Haben Sie nun einen Haftbefehl?«

»Für eine vorläufige Festnahme brauche ich keinen Haftbefehl.«

»Eine vorläufige Festnahme?« Hinrichsen hielt noch immer ihre Hand fest.»Aus welchem Grund?«

»Es geht um den Anwalt Ernst Holger Krahwinkel«, antwortete Maike,»der am Montagvormittag tot auf seiner Yacht gefunden wurde. Erstochen, vermutlich am Sonntagabend. Frau Solms hat angegeben, sich zur Tatzeit von ihren Söhnen verabschiedet zu haben, da sie am Montag früh mit der Fregatte ›Augsburg‹ nach Dschibuti auslaufen wollten. Und das«, wandte sie sich vorwurfsvoll an die Frau,»war eine glatte Lüge. Denn die ›Augsburg‹ befindet sich schon seit Monaten am Horn von Afrika.«

»Seit Februar, um genau zu sein«, gab Marietta Solms zu.»Aber rechtfertigt das eine Festnahme?«

»Sie haben mich angelogen«, erwiderte Maike streng,»und Sie haben ein Motiv. Ihr Mann ist mit der ›Büchner‹ untergegangen. Und Sie wissen, dass Krahwinkel dafür verantwortlich war, stimmt's?«

»Jette, sag nichts«, mahnte der alte Hinrichsen.»Nicht ohne einen Anwalt.«

»Sie müssen nicht aussagen«, pflichtete Maike bei.»Auf der Tatwaffe fanden sich Fingerabdrücke. Wir gleichen sie mit Ihren ab. Wenn Sie nichts damit zu tun haben, Frau Solms, sind Sie in zwei Stunden wieder hier.« Sie funkelte den alten Lotsen in seiner Lederkombi an.»Lassen Sie mich los?«

»Schon in Ordnung, Peter.« Marietta Solms zog sich ihren Mantel über.»Das wird sich aufklären.«

»Das hoffe ich.« Nur zögernd gab Hinrichsen Maikes Hand frei. Marietta Solms umarmte ihn.»Pass auf dich auf!« Sie sah ihm fest in die Augen.»Das wird schon.«

»Denn man tau!« Maike öffnete die Haustür, und Frau Solms ging hinaus, nicht ohne dem Privatdetektiv ein enttäuschtes »Dass du dich für so etwas hergibst« zuzuflüstern.

Beerendonk zuckte entschuldigend mit den Schultern und folgte ihr auf die Straße. Er öffnete die hintere Tür seines Peugeot, damit sich Marietta Solms hineinsetzen konnte. Maike nahm neben ihr Platz und zog die Tür zu. Beerendonk klemmte sich hinters Steuer und startete den Wagen.

Hinrichsen sah ihm nach, bis er hinter einer Kurve verschwunden war.

Keiner sprach ein Wort. Eine halbe Stunde lang nicht. Maike hatte ihr Smartphone aus dem noch immer feuchten Anorak gezogen und versuchte, es einzuschalten. Ohne Erfolg. Das Bad in der Warnow war der Elektronik nicht bekommen.

Plötzlich näherte sich von hinten ein Motorrad und überholte. Eine Yamaha XT 500, wie Maike fachmännisch erkannte, der Klassiker unter den Enduro-Maschinen. Nicht schlecht!

Die Enduro schwenkte vor dem Wagen ein, stellte sich mit quietschenden Reifen quer und zwang Beerendonk so zu einer Vollbremsung.

»Gek woorden, of wat«, fluchte der Privatermittler in seiner flämischen Heimatsprache und bekam den Wagen nur Millimeter vor der Enduro zum Stehen.

Der Fahrer war von seiner Maschine abgesprungen und riss die linke Fondtür des Peugeot auf. Es war Hinrichsen.

»So, Jette«, rief er entschieden, »es reicht. Raus hier!«

»Was soll das denn werden«, rief Maike empört, »die Frau bleibt im Wagen!«

»Ich lasse nicht zu, dass sie verhaftet wird, klar?« Schon hatte er die Solms aus dem Wagen gezerrt. »Geh zur Maschine! Ich kläre das hier.«

»Da gibt es nichts zu klären, Herr Hinrichsen.« Maike war ebenfalls ausgestiegen und hatte ihre Dienstwaffe gezogen. »Frau Solms, zurück ins Auto! Und Sie«, wandte sie sich wieder dem alten Lotsen zu, »sollten froh sein, dass ich Sie wegen dieser Nummer nicht auch gleich mitnehme. Das ist Behinderung der Staatsgewalt!«

»Mädchen, Mädchen.« Hinrichsen sah Maike aus seinen irritierend goldgelben Augen an und ging langsam auf sie zu. »Sie fühlen sich wohl sehr stark mit Ihrer Pistole, was?«

»Bleiben Sie stehen«, rief Maike scharf und entsicherte, »sofort stehen bleiben, sonst …«

»Ja, was sonst?« Hinrichsen kam immer näher. »Wollen Sie mich sonst erschießen? Ein alten unbewaffneten Mann?«

Maike wich, nervöser werdend, zurück, ohne die Heckler & Koch herunterzunehmen. »Hören Sie auf«, rief sie mit sich vor Aufregung überschlagender Stimme, »Hinrichsen, ich bitte Sie. Bleiben Sie stehen!«

»Nö, bleib ich nicht.« Hinrichsen schüttelte unmerklich das graue Haupt. Er war jetzt direkt vor ihr, keine zehn Zentimeter von der Mündung ihrer Dienstwaffe entfernt. »Da werden Sie mich schon töten müssen, wenn Sie hier Ihre Staatsgewalt durchsetzen wollen. Das mach ich nämlich nicht mit.«

Maike schloss genervt die Augen. Denn natürlich konnte sie den alten Mann nicht einfach erschießen. Und wenn sie auf die Beine zielte? Um ihn kampfunfähig zu machen? Aber der wollte ja gar nicht kämpfen. Der wollte einfach nur der Solms helfen. Einer trauernden Witwe. Wer weiß, wie lange die sich schon kannten? Vielleicht waren die ja mal sogar ineinander verliebt gewesen …

Die Waffe in Maikes Händen zitterte. Verdammt! Sie konnte nicht schießen. Nee! Das brachte sie einfach nicht übers Herz. Hilflos ließ sie sich die Waffe abnehmen.

»Das ist vernünftig«, sagte Hinrichsen zufrieden und gab rasch zwei Schüsse hintereinander auf Vorder- und Hinterrad von Beerendonks Peugeot ab. Zischend entwich die Luft aus den Reifen.

Maike zuckte erschrocken zusammen.

Hinrichsen zog das Magazin aus der Pistole, nahm die Patronen heraus und warf sie ins Feld. Dann gab er Maike die Pistole zurück. »Handy? Smartphone?«

»Ja, was?«, blaffte Maike.

»Her damit!«

»Ist sowieso im Arsch.« Maike warf ihm das Smartphone vor die Füße. Es zersprang auf dem Asphalt.

Hinrichsen trat noch mal genüsslich mit dem Hacken drauf und wandte sich Beerendonk zu. »Ihr Handy brauch ich auch.«

»Das dachte ich mir«, antwortete der und hielt ihm ergeben das Uralt-Handy hin. »Nicht kaputt machen, Käpt'n. Bitte!«

»Die SIM-Karte reicht mir völlig«, erwiderte Hinrichsen ruhig, zog sie aus dem Handy und warf es ebenfalls ins Feld. »Vielen Dank und schönen Abend noch!« Dann lief er zurück zu seiner Yamaha, half Marietta Solms auf den Sozius und bretterte mit ihr davon.

»Shit!« Maike trat wütend gegen die zerschossenen Reifen des grünen Peugeot, »Oh Mann, was für'n Shit!« Dann sank sie am Straßenrand nieder und schlug die Hände vors Gesicht.

»War das Ihre erste Festnahme?« Beerendonk hockte sich neben sie.

»Hat man das nicht gemerkt?« Sie sah verbittert in den verregneten Sonnenuntergang. »Ich bin unfähig, echt! Ich bin total unfähig.«

»Warum haben Sie ihm die Waffe gegeben? Sie hatten die Situation doch unter Kontrolle.«

»Ja, wenn ich ihn erschossen hätte«, fluchte sie. »Warum haben Sie mir nicht geholfen?«

»Ich bin kein Polizist«, erklärte er schulterzuckend und legte ihr tröstend den Arm um die Schulter. »Selbst wenn ich es wäre, dürfte ich hier als Belgier gar keine hoheitlichen Aufgaben durchführen.«

»Heißt das bei Ihnen so? Hoheitliche Aufgaben?«

»Bei Ihnen nicht?« Er lächelte. »Wir sind eben ein Königreich.«

»Und wir sind vollkommen aufgeschmissen«, regte sich Maike auf. »Wir haben nicht mal Telefon. Wir können die Dienststelle nicht alarmieren und wissen nicht, wie wir hier wegkommen sollen.«

»Vermutlich zu Fuß.« Beerendonk sah auf die Uhr. Es war kurz vor halb elf Uhr abends. »Wird schwierig per Anhalter um diese Zeit, was?« Grinsend sah er sie an.

»Ich will Ihnen mal was sagen.« Maike machte sich wütend los und erhob sich. »Sie sind befangen. Sie kennen die Solms und diesen Hinrichsen. Sie wollten mir gar nicht helfen.«

»Also, ich finde«, er stand ebenfalls auf, »ich habe Ihnen heute schon sehr viel geholfen.« Er ging zum Auto, öffnete die Beifahrertür und holte ein weiteres Uralt-Handy aus dem Handschuhfach. »Hier! In meinen Beruf ist es nützlich, mehrere Telefone zu haben.« Maike war kurz davor, ihm um den Hals zu fallen.

40 »DIE HANSEAT«, schwadroniert Oehler gerade und marschiert hinter seinem Schreibtisch auf und ab, als das Telefon zu läuten beginnt, »da hat der Krahwinkel seine Frau versichert. Vielleicht hat er ja da auch das Schiff versichern lassen.« Er greift zum Hörer und nimmt ab. »Kripo Barth, Oehler. – Ja, Hansen, wo stecken Sie? Die halbe Stunde ist inzwischen auch vorbei ... – Was sagen Sie?« Seine Augen werden riesengroß, und es folgt ein sehr langes »Waaas?«.

Hünerbein und ich werfen uns vielsagende Blicke zu, obgleich wir keinen Schimmer haben, was vor sich geht.

»Waaas?«

Du lieber Gott, was hat der Beamte nur?

»Ja, wieso haben Sie ...? – Warum haben Sie sich keine Verstärkung geholt? So was macht man doch nicht allein! – Ja, was weiß ich? – Ich denke nach, verdammt noch mal!«

Kein Zweifel, der Mann ist außer sich.

»Der Flughafen«, brüllt er plötzlich in den Hörer. »Mensch, vielleicht hauen die über den Flughafen ab! Hier in Barth! Und jetzt kommen Sie endlich aus der Hüfte, Hansen! Ich lasse alles abriegeln!« Er tippt auf die Gabel, »Mannomann!«, und wählt eine neue Nummer. »Oehler hier, Kripo Barth. Ich brauche alle Streifen in der Umgebung am Ostseeflughafen. Der muss abgeriegelt werden, alle Starts sind zu unterbinden. – Ich weiß, dass das nicht einfach wird!«

Er legt wieder auf und greift nach einem Telefonbuch. »Wo ist denn die Scheißnummer von diesem Flughafen?«

»Steht vorne drauf«, meldet Giehrling, »neunundachtzig fünfundfünfzig eins.«

»Was?« Oehler sieht fragend auf.

»Die Nummer vom Ostseeflughafen«, wiederholt Giehrling, »steht doch ganz vorne auf dem Telefonbuch, siehste das nicht? Ist Werbung!«

Oehler starrt auf das Deckblatt: »Ah, tatsächlich«, und greift erneut zum Telefon, laut die Nummer vor sich hin sprechend. Er wählt, wartet: »Mist, Anrufbeantworter«, und legt wieder auf. Ratlos sieht er uns an. »Und nun?«

»Vielleicht klären Sie uns kurz mal über den Sachverhalt auf«, schlägt Hünerbein vor.

»Die Lütte wollte eine dringend Tatverdächtige festnehmen.« Oehler tippt sich gegen die Stirn. »Allein! Das macht man doch nicht! Da holt man sich doch mindestens einen Streifenwagen dazu.«

»Na, manchmal fehlt die Zeit.« Auch ich habe schon allein Festnahmen durchführen müssen. »Da muss es dann ganz schnell gehen.«

»Ach was, das hat die nicht richtig durchdacht«, schimpft Oehler, »Jugend halt, ungeduldig, immer mit dem Kopf durch die Wand und total unerfahren. Ich frag mich, was die da heute lehren auf der Fachhochschule in Güstrow. Holen sich dauernd irgendwelche supergenialen amerikanischen Profiler als Dozenten, aber eine einfache Festnahme wird nicht mehr geübt. Zeiten sind das!«

»Ich vermute, die Festnahme ist misslungen?«

»Und wie! Die sind einfach getürmt. Und jetzt fragen wir uns, wo die hin sind!«

»Zum Flughafen?«

»Da kommt man doch am schnellsten weg, oder? Also ich meine, richtig weg, außer Landes vermutlich.« Fragend sieht er mich an und nestelt eine Zigarette aus der Packung. »Dachte ich jedenfalls bis eben. Aber jetzt ist da gar keiner mehr.«

»Ist halt'n Provinzflughafen«, stellt Hünerbein bräsig fest. »Was will man da erwarten?«

»Na, hören Sie mal«, regt sich Hafenmeister Jann Giehrling auf, »unser Flughafen funktioniert wenigstens. Nicht so wie bei Ihnen in Berlin. Die fliegen sogar nachts!«

»Ehrlich?« Oehler vergisst, sich die Zigarette anzuzünden.

»Ohne Bodenpersonal?«

»Sind doch kleine Maschinen, Björn«, erklärt Giehrling. »Die brauchen keinen Tower. Die fliegen auf Sicht. Über die Ostsee und weg.«

»Okay!« Oehler zieht sich seine Jacke über. »Nichts wie hin. Die schnappen wir uns noch!«

Sekunden später hocken wir alle im Dienst-Astra der Barther Kriminalpolizei. Oehler fährt, Hünerbein macht den Beifahrer, Hafenmeister Jann Giehrling und ich hocken auf der Rückbank. Fast zeitgleich mit uns trifft ein Taxi am Barther Ostseeflughafen ein, aus dem eine völlig aufgelöste Maike Hansen springt, gefolgt von einem Mann, der mich irgendwie an Rudi Carrell erinnert.

»Sie sind dieser Beerendahl?« Oehler baut sich gewichtig vor dem Mann auf.

»Beerendonk«, verbessert der, »Alvaro Beerendonk. Wir waren verabredet?«

»Ja, aber Sie sind nicht gekommen!«

»Ich hatte die Ehre, Ihre junge Mitarbeiterin aus der Warnow zu fischen.« Beerendonk drückt uns allen eine seiner durchweichten Visitenkarten in die Hand. »Sie ist von zwei schwarzen Autos abgedrängt worden und …« Er kann nicht weitersprechen, denn die Hansen zerrt an ihm herum und zeigt hektisch auf ein Motorrad.

»Oh Mann, die sind wirklich hier, da steht die Enduro.« Schon stürmt sie auf den Flughafen.

Wir rennen hinterher, und tatsächlich fährt eine kleine einmotorige Maschine mit laufendem Motor und eingeschalteten Lichtern über das Rollfeld.

»Das ist die Piper von Claas Ludewig«, schnauft Oehler, »na, ich wusste gleich, dass das ein Gangster ist.«

Die Maschine schwenkt auf die Startbahn.

»Anhalten!« Maike Hansen rennt mit ausgebreiteten Armen quer über das Rollfeld. »Sofort anhalten! Polizei!«

Doch es ist definitiv zu spät. Vermutlich bemerkt uns der Pilot in der Maschine gar nicht mehr. Die Piper gewinnt an Geschwindigkeit, wird immer schneller und hebt schließlich ab. »D-FOKE«, lese ich noch die Kennzeichnung an den Flügeln der blau-weißen Maschine, bevor sie in die anbrechende Nacht davonschwebt.

Maike Hansen bricht buchstäblich zusammen. Als wir sie erreichen, liegt sie auf dem vom Regen durchweichten Rasen neben dem Rollfeld und hat bitterlich zu weinen angefangen.

»Na, na, na, Lütte!« Besorgt hockt sich Oehler neben sie. »Was zum Deibel ist los?«

»Die sind weg«, schluchzt sie, »verdammt, die sind weg!«

»'ne FlaK wäre nicht schlecht gewesen«, meint Giehrling. »Damit hätten wir sie noch gekriegt.«

»Mensch, Mädel!« Oehler streicht ihr hilflos über den zuckenden Rücken, »so schlimm ist das nun auch wieder nicht. Blöd gelaufen, klar, aber nehmen Sie's positiv. Als Erfahrung. Solche Dinge passieren nun mal am Anfang. Aber nur aus solchen Fehlern lernt man dann auch, deswegen hat man Sie doch zu mir geschickt. Damit Sie was lernen.«

»Ich hatte sie doch!« Maike Hansen ist nicht zu beruhigen. »Verdammt, ich hatte sie doch schon«, wimmert sie, »und dann kam dieser Hinrichsen. Hätte ich den erschießen sollen? Das wär's doch auch nicht gewesen. Und wie soll ich meinem Papa erzählen, dass sein Auto weg ist? Der bringt mich um. Genauso wie Bonts Leute, das ist so ein Shit alles, das kann doch keiner aushalten ...«

Sie ist völlig fertig und kurz vor dem Nervenzusammenbruch.

Oehler sieht uns verständnislos an. »Bonds Leute?«

»Ein Rostocker Kriminalhauptkommissar heißt Kevin Bont«, erklärt Beerendonk mit seinem Rudi-Carrell-Akzent. »Er untersucht den Überfall auf Krahwinkels Kanzlei.«

»Die ist inzwischen komplett leer geräumt und wird sauber renoviert«, schluchzt Maike Hansen verzweifelt. »Als wär da nie was gewesen. Alle Unterlagen und Akten weg. Als ich Bont dazu befragt habe, hat er gesagt, das wär sein Revier, da hab ich nicht zu wildern. Ansonsten lande ich mit einem Autoreifen in der Warnow.« Sie klammert sich heulend an Oehler fest wie ein kleines Kind. »Das sind solche Arschlöcher, echt!«

Mhm, denke ich. Mir ist das alles nicht ganz klar, denn: »Weshalb sollten denn die Rostocker Kollegen Sie einschüchtern wollen?«

Maike fährt wütend herum. »Weil die alle ganz tief drinstecken«, faucht sie außer sich, »bis zur Halskrause! Das Ganze war ein Insichgeschäft, die haben das Schiff quasi an sich selbst verkauft, um es dann schön teuer zu versichern und auf Grund zu schicken. Ich möchte die fetten Eigenheime sehen, die sich diese korrupten Schweine jetzt kaufen werden. Alle mit Meerblick vermutlich. Und die Bullen sollen das mal alles schön vertuschen helfen!«

Kein Zweifel, die kleine Hansen ist mächtig sauer. Wäre ich auch, wenn sie mich in die Warnow schmeißen würden. Ich sehe Hünerbein an.

Der hebt wissend den Zeigefinger, als wolle er gleich etwas Gewichtiges sagen. Etwas, das in einer solchen Situation nur einem sehr lang gedienten und weisen Kriminaloberrat einfallen kann. Doch dann lässt er den Zeigefinger wieder sinken und sagt nichts.

»Wo können die hingeflogen sein?«, überlegt Oehler, die lütte Hansen wie ein Kind hin- und herschaukelnd. »Wird das irgendwo registriert?«

»Nicht bei Kleinflugzeugen«, winkt Giehrling ab. »Die können überall hin sein. Das kriegste das nicht so einfach raus, Björn.«

»Die sind weg«, sekundiert auch Beerendonk, und Hünerbein konstatiert, dass das dann wohl ein tüchtiger Schuss in den Ofen gewesen und es für alle besser sei, sich jetzt nach Hause zu begeben und aufs Ohr zu legen.

»Morgen sieht die Welt dann schon ganz anders aus. Ein neuer Tag bringt neue Ideen, hat meine Großmutter immer gesagt, und die hatte meistens recht.«

»Ich kann nicht nach Hause«, fängt Maike Hansen wieder zu heulen an. »Oh Gott, ich kann nie wieder nach Hause.«

Erneut fällt sie Oehler wimmernd um den Hals. »Mein Papa bringt mich um. Der bringt mich eiskalt um!«

Das erscheint mir jetzt aber ziemlich paranoid. Was soll denn der Papa damit zu tun haben? »Wieso will der Sie umbringen?«

»Na, wegen des Wagens«, erinnert mich Beerendonk. »Weil der in der Warnow versunken ist.«

Blödsinn! War das ein Rolls-Royce, oder was? Kein Mensch wird wegen eines Autos umgebracht.

»Wir bringen Sie nach Hause«, erkläre ich, »und regeln das mit Ihrem Papa.«

»Und dann packen Sie sich erst mal warm ins Bett und schlafen sich aus«, setzt Hünerbein zuversichtlich hinzu.

»Genau«, pflichtet Oehler bei, sichtlich froh, wenigstens dieses Problem vorerst los zu sein, »erholen Sie sich! Ich geb Ihnen ein paar Tage frei, in Ordnung?«

Von ferne hören wir Sirenengeheul. Die Martinshörner der Streifenpolizei.

»Na, die kommen jetzt auch zu spät«, stellt Oehler fest und richtet sich auf. »Aber sie kommen. Immerhin.«

Der Regen strömt auf uns herab. Jetzt erst stellen wir fest, dass wir alle klatschnass geworden sind.

41   DAS EIGENHEIM des Dr. Herbert Gräwe im vornehmen Rostocker Stadtteil Gehlsdorf am Ostufer der Warnow war seltsam dunkel. Dabei war es noch weit vor Mitternacht, so früh gingen weder die halbwüchsigen Kinder noch seine Frau zu Bett.

Irgendwas stimmte nicht, das war dem Abgeordneten sofort klar.

Ihn packte die kalte Hand der Furcht, und einen Augenblick lang war er versucht, sofort den Rückwärtsgang einzulegen und das

Weite zu suchen. Doch die Sorge um Kinder und Frau überwog. Gräwe ließ den Motor laufen und stieg aus dem Wagen. Der Regen hatte nachgelassen, und zwischen den Wolken im Westen stand ein rötlicher Schleier der untergegangenen Sonne am Himmel. Nebel waberte von der Warnow herüber. Der ganze Straßenzug schien feucht zu dampfen. Ein Wetter wie in einem Edgar-Wallace-Film. Fehlte nur noch, dass Klaus Kinski um die Ecke kam.

Beruhige dich, sprach er sich Mut zu, was soll schon groß passiert sein? Wahrscheinlich hatte er nur irgendeinen Termin vergessen. Das große Voltigierturnier seiner Tochter zum Beispiel. Aber war das nicht erst übernächsten Samstag? Und die Schultheateraufführung seines Sohnes? Wann war da die Premiere? Seit Tagen sprach Steffen über nichts anderes mehr, er spielte den Hamlet. War das schon heute?

Gräwe wusste es nicht. Aber es würde die Abwesenheit der Familie erklären.

Vorsichtig drückte er das Gartentor auf. Lautlos wie ein Einbrecher schlich er ums Haus. Auch die Wohnzimmerfenster zur Terrasse hintenraus waren dunkel. Nirgendwo brannte ein Licht. Selbst die von Solarzellen betriebenen Blumenlämpchen, die aufgrund der langen Tage im Juni fast die ganze Nacht hindurch leuchteten, waren aus.

Seltsam, dachte Gräwe und kämpfte mühsam gegen seinen Fluchtimpuls an, das war alles andere als normal.

Vorsichtig stieg er die Stufen zum Keller hinunter. Hier gab es einen Bewegungsmelder, aber auch diese Lampe brannte nicht. Gräwe spürte, wie ihm kalter Schweiß auf die Stirn trat. Vielleicht ein Stromausfall? Aber dann würden doch diese dämlichen Blumenlichter leuchten. Nee, hier war etwas nicht in Ordnung, das spürte Gräwe mit jeder Pore seines Körpers. Wann im Leben hatte er jemals solche Angst gehabt?

In einer fahrigen Bewegung schloss er die Kellertür auf. Das war sicherer, als von oben durch den Haupteingang zu kommen. Im Keller hatte Gräwe noch seine alte Dienstpistole im Safe, eine

Makarow aus alten Stasitagen. Damit würde er sich etwas besser fühlen.

Er tappte sich im Dunkeln zum Vorratskeller vor, stieß dabei schmerzhaft gegen eine superblöd im Vorraum abgestellte Schubkarre, dass es ihm fast die Tränen in die Augen trieb, und humpelte weiter.

Im Vorratsraum summten die Kühltruhen, was gegen einen Stromausfall sprach. Vielleicht war auch nur die Glühbirne am Bewegungsmelder kaputt. Dabei hatte er sie erst vor vier Wochen ausgetauscht. Gegen eine sündhaft teure Energiesparlampe, normale Glühbirnen gab es ja EU-weit nicht mehr. Was auch so ein Unsinn war. Von wegen Energie sparen, das war ein staatliches Konjunkturprogramm für die Leuchtmittelhersteller. Da hatten sich einmal mehr die Lobbyisten durchgesetzt – na, das hätten die früher mal in der DDR versuchen sollen! Da hätte es einen Volksaufstand gegeben.

Der Abgeordnete wandte sich nach rechts. Gleich neben der Tür, etwas versteckt zwischen Konservendosenregalen, stand der Safe. Vierhundert Kilo schwer, ein wahnsinnig robustes Teil. Das bekam man hier beim besten Willen nicht mehr raus. Gräwe tastete nach dem Drehschloss und lauschte dem Klacken seiner Zahlenkombination. Dann war die zentimeterdicke feuerfeste Stahltür offen.

Gräwe griff hinein und erstarrte. Der Safe war leer! Seine Waffe jedenfalls fehlte. Er hatte sie hier immer sorgsam in Ölpapier gewickelt aufbewahrt, und die Zahlenkombination kannte nur er. Das konnte doch nicht sein! Hastig irrten seine suchenden Hände durch das Innere des Safes, das Resultat blieb dasselbe. Die gottverdammte Pistole war nicht mehr im Safe. Wo war die Makarow? Das war doch eigentlich vollkommen unmöglich.

»Na, Herbert«, vernahm er plötzlich eine Stimme, viel zu nah an seinem Ohr. »Suchst du deine Waffe?«

Gleichzeitig hörte er ein charakteristisches Klacken. Das typische Geräusch, das beim Entsichern der Pistole entstand. Und spürte er nicht auch schon den Lauf der Makarow im Nacken?

»Woher kennen Sie meinen Zahlencode?« Gräwe zitterte beim Sprechen. Ihm war eiskalt und heiß zugleich.

»Du hast ihn in all den Jahren nicht verändert«, sagte die Stimme, die Gräwe plötzlich bekannt vorkam. »Sehr leichtsinnig von dir.«

Meyer, dachte er. Das ist eindeutig die Stimme vom Genossen Siegbert Meyer. Wenn der Alte hier persönlich auftaucht, muss ich einen üblen Fehler gemacht haben. Einen ganz üblen, einen sehr gefährlichen Fehler.

»Wo ist meine Familie?«, stammelte er. »Was habt ihr mit meinen Kindern gemacht? Mit meiner Frau?«

»Beruhige dich, die sind in Sicherheit«, erwiderte Meyer ruhig. »Ingrid hat doch immer so von den Weißen Nächten geschwärmt. Jetzt kann sie sie in aller Ruhe genießen.«

Sankt Petersburg, durchfuhr es den Abgeordneten. Die hatten seine Familie nach Sankt Petersburg entführt! Ihm stand der kalte Schweiß auf der Stirn. »Ihr werdet ihnen doch nichts tun …?«

»Für wen hältst du uns? Für Kinderschänder?« Meyer spuckte wütend aus. »Ist dir der Aufstieg nicht bekommen? Hast du zu viel gekokst? Nur noch Scheiße im Hirn, oder was?«

Gräwe schwieg verwirrt.

»Sieh mich an«, sagte Meyer. »Wir müssen reden.«

Als Gräwe sich langsam, sehr langsam umdrehte, flammte eine Taschenlampe auf und blendete ihn.

»Was soll das, Genosse Meyer?« Er klang fast weinerlich und kniff die Augen zusammen. »Wir sind nicht mehr im Ministerium.«

»Die alten Regeln gelten nach wie vor. Sie haben dich ganz nach oben gebracht, schon vergessen?« Meyer schaltete die Taschenlampe aus und das Kellerlicht ein. Er saß sehr entspannt auf einem alten Sessel, den Gräwe schon vor Jahren ausgemustert hatte, weil er zur neuen Wohnzimmereinrichtung nicht passte.

Alt war Meyer geworden, grauhaarig, das war Gräwe schon am Hafen aufgefallen. Aber noch immer verdammt gefährlich. Wie ein alter Löwe, der leichte Beute wittert. In der rechten Hand hatte er die Makarow, mit der linken stützte er sich auf seinen Gehstock und deutete knapp auf einen klapperigen Holzschemel, der vergessen in der Ecke stand.

»Setz dich!«

»W-willst du mich erschießen?« Zitternd hockte sich Gräwe auf den Hocker. »Damit es hinterher wie Selbstmord aussieht?«

»Gäbe es denn dafür einen Grund?« Der alte Meyer beugte sich interessiert vor. »Deiner Meinung nach?«

»Ich, ich, ich …« Gräwe schüttelte hilflos den Kopf. »Ich weiß nicht … ich …«

»Das war schon immer dein Problem, Gräwe«, sagte Meyer gedehnt und lehnte sich wieder zurück. »Du verlierst zu schnell die Nerven.«

Gräwe spürte, wie eines seiner Augenlider nervös zu ticken anfing. Er hatte keine Ahnung, was der Alte von ihm wollte.

»Was habt ihr mit der kleinen Polizistin gemacht?«

»B-bitte? Welche Polizistin?«

»Vom Barther Kriminalkommissariat.« Meyers Stimme wurde schneidend kalt. »Sollte die in der Warnow ersaufen?«

»Ich weiß nicht, wovon Sie reden, Genosse …«

»Lüg mich nicht an, sonst kriegst du heute wirklich noch eine Kugel in den Kopf! Wie blöd seid ihr eigentlich? Glaubt ihr, wenn ihr die Kleine beseitigt, werden die nicht mehr ermitteln? Das ist doch hirnrissig!«

»Das muss Bonts Idee gewesen sein«, verteidigte sich Gräwe. »Er hatte lediglich den Auftrag, das Mädchen im Auge zu behalten.«

»Wozu?«

»Wir sind hier in Rostock! Die Barther dürfen hier gar nicht ermitteln.«

»Ach. Und das bestimmst du, oder was? Lass die doch ihre Arbeit tun. Was geht uns dieser tote Anwalt an?« Meyer kniff die grauen Augen zusammen. »Oder steckst du da doch irgendwie mit drin?«

»Quatsch«, beteuerte Gräwe, »dafür gibt's doch keinen Grund. Krahwinkel hat saubere Arbeit geliefert.«

»Dann solltest du an einer Aufklärung des Falles interessiert sein.«

»Wenn hier die Kriminalpolizei ermittelt, kann das alles gefährden.« Gräwe gestikulierte. »Alles! Dann sind wir alle in Gefahr!«

»Mumpitz«, fauchte Meyer und erhob sich ruckartig. »Von dir weiß ohnehin ganz Rostock, dass du ein korrupter Hund bist.«

Da war es also, dachte Gräwe. Jetzt lassen sie mich fallen. Der Mohr hat seine Schuldigkeit getan.

»Ich lass mir von eurem übertriebenen Aktionismus nicht das Geschäft versauen«, regte sich Meyer auf. »Du und dein durchgeknallter Terrier! Dieser Bond-Verschnitt!« Grimmig hinkte er auf seinen kaputten Beinen durch den Keller und wedelte mit dem Stock. »Greift eine Polizistin an! Das ist das Dümmste, was mir je untergekommen ist. Damit werden die doch erst recht wach!«

»Aber Krahwinkels Akten«, widersprach Gräwe. »Die ganzen Unterlagen ...«

»Darum haben wir uns längst gekümmert.«

»Sie?« Gräwe riss erstaunt die Augen auf. »Bont hat mir gesagt, dass er ...«

»... Krahwinkels Haus abgefackelt hat? Mit billigen Brandsätzen? Hör auf, Herbert, ich will von diesem Spinner nichts mehr hören«, winkte Meyer wütend ab. »Der spielt sich ungehörig auf. Zu unserer Zeit nannte man das nassforsch.«

»Aber ...«

»Nein, da gibt es kein Aber! Vielleicht hast du mich nicht verstanden.« Meyer sah ihn eindringlich an. »Aber deine Familie ist nicht zum reinen Vergnügen in Sankt Petersburg.«

»Was verlangt ihr von mir?« Gräwe schlotterte am ganzen Körper. »Was soll ich machen?«

»Nichts. Das ist es ja.« Meyer setzte sich wieder. »Gar nichts. Du wirst überhaupt nichts mehr machen, klar? Du hast gewissermaßen ein komplettes Handlungsverbot, bis die Sache reibungslos über die Bühne gegangen ist.« Er spielte mit der Makarow, ohne Gräwe aus den Augen zu lassen. »Halt einfach die Füße still. Nimm deinen Bont an die kurze Leine und leg dich an den Pool. Und falls doch noch eine Panne passiert, mein lieber Dr. Herbert Gräwe, kann ich für nichts mehr garantieren. Haben wir uns verstanden?«

»Ich …«

»Ob wir uns verstanden haben?«

»Ja, klar«, nickte Gräwe eifrig. »Ich halte mich ab sofort ganz raus. Aber lasst meine Familie in Ruhe. Bitte!«

»Deiner Familie wird nichts geschehen«, versprach Meyer und erhob sich wieder. »Und es liegt allein an dir, ob du sie wiedersehen wirst. Beweg dich nicht mehr. Entscheide nichts. Bleib einfach im Bett. Wer nichts tut, kann auch keine Fehler machen.« Er ging langsam zur Tür und drehte sich dort noch einmal um. Dann warf er Gräwe die Makarow vor die Füße. »Du solltest deine Waffe mal wieder gründlich putzen. Sie hat Ladehemmung.«

Und mit diesen Worten ließ er den total verängstigten Abgeordneten Dr. Herbert Gräwe allein zurück.

42 KRIMINALOBERKOMMISSAR BJÖRN OEHLER hatte nach einem eilig beantragten Hausdurchsuchungsbeschluss die nach Barth beorderten Streifenwagen nach Warnemünde umgeleitet, damit die alte Kapitänskate der Familie Solms am Alten Strom gesichert und untersucht werden konnte. Dafür war auch die Kriminaltechnik aus Schwerin angefordert worden, doch bis die hier eintraf, konnte es dauern.

Bis dahin besichtigte er, in Gummipuschen über den Schuhen und Latexhandschuhen, um keine Spuren zu vernichten, allein das Haus. Vorsichtig und mit seiner alten Polaroid bewaffnet, tappte er von Raum zu Raum. Vorsichtig und vor allem auch ehrfurchtsvoll, denn immerhin war das hier auch das Heim eines echten Seemannes.

So hausen also die wahren Kapitäne, dachte er beeindruckt, als er sich die vielen Mitbringsel aus Übersee an den Wänden, in den Regalen und auf den Sideboards ansah: riesige Muscheln aus dem

Pazifik, Totenmasken aus Afrika, karibische Voodoo-Puppen und ausgestopfte Leguane von den Galapagosinseln, getrocknete fliegende Fische und die beeindruckenden Krallen eines ausgewachsenen Grizzlys von Alaskas eisiger Felsküste.

Bevor aus Werner Solms der Schlepperkäpt'n Charly Zwo aus Rostocks Hafen geworden war, musste er sämtliche Weltmeere befahren haben. Eine gerahmte Urkunde an der Wand wies ihn sogar als einen der letzten Kap Hoorniers aus. So nannte man jene wackeren Seeleute, die noch auf Windjammern, den großen Frachtseglern vergangener Tage, bis in die fünfziger Jahre hinein auf der Salpeterroute nach Chile die Roaring Fourties, die Howling Fifties und manchmal sogar die Screaming Sixties durchqueren mussten, bevor sie das sturmumtoste Kap Hoorn an der Südspitze Südamerikas umrunden konnten. Der Oberkommissar sah sie vor seinem geistigen Auge, die kühnen Teerjacken mit ihren Südwestern, wie sie in orkangepeitschten Rahen hängen, um zerfetzte Segel zu bergen, wie sie sich an den mannshohen hölzernen Steuerrädern auf dem Hurrikan-Deck festbinden müssen, um nicht von überkommenden Brechern über Bord gespült zu werden, und wie sie in den Witwenmacher klettern, dem Netz unter dem Klüverbaum, um die letzte Sturmfock zu setzen.

Ach ja. Oehler seufzte sehnsüchtig. Wie gern wäre er damals dabei gewesen, mitgefahren auf den berühmten Flying-P-Linern der Reederei Laeisz, der »Padua«, der »Peking«, der »Priwall« und wie sie alle hießen, unter ihren legendären Kapitänen wie dem unerschrockenen Max Jürgen Jürs, dem tollkühnen Magnus Allwardt und dem genialen Robert Clauß. Das waren die Helden der Seefahrt damals, als man die Meere noch allein mit der Kraft des Windes befuhr. Leider war Oehler zu spät und zudem in einem Land geboren, dass ihn nicht mal auf Motorschiffen Seemann werden ließ, weil sein Vater als politisch unzuverlässig galt.

Aber noch ist nicht aller Tage Abend, dachte Oehler grimmig. Noch war er nicht tot, im Gegenteil, er war in den besten Jahren. Und wenn die Lütte sich gut macht, wer weiß? Vielleicht heuerte er dann vorzeitig ab bei der Barther Kripo und ging in Frühpension, um sich endlich den lang gehegten Traum zu erfüllen. Einmal über alle Meere. Einmal unter weißen Segeln fremde Küsten entdecken. Weiße Sandstrände unter Palmen und nackte Hula-Hula-Mädels. Einmal das ganz große Abenteuer …

»Darf man fragen, was hier los ist?«

Es war eine ziemlich unangenehme Stimme, die Oehler aus seinen Träumen riss. Irgendwie keifend, fast hysterisch. Entsprechend ungehalten und ohne sich zu der Stimme umzudrehen, fragte Oehler zurück: »Darf man fragen, wer Sie sind?«

Und wurde sofort angebellt: »Nee! Denn hier stelle allein ich die Fragen, klar?«

»Nun mal halblang, min Jung.« Oehler löste sich aus seinen Gedanken und drehte sich langsam, ganz langsam, zur keifenden Stimme um. Igitt, dachte er, ein aalglatter Städter: gegeltes blondes Haar, eisgraue Augen. Der Typ war so unangenehm wie seine Stimme. So einen mochte Oehler jetzt bestimmt nicht sehen. »Wer hat Sie denn hier reingelassen?«

»Wer mich reingelassen hat? Sind Sie wahnsinnig?« Der Typ stand kurz vor der Detonation. »Sie haben hier überhaupt nichts zu melden, denn das ist mein Revier!« Er wandte sich an die erschrocken hereinkommenden Streifenpolizisten, hielt seinen Dienstausweis in die Höhe und brüllte drauflos: »Alles hört auf mein Kommando! Mein Name ist Bont, Kevin Bont, Hauptkommissar der Rostocker Polizei, und Sie alle hier sind mir ab sofort untergeordnet, verstanden?«

Na, so was! Oehler hob erstaunt die Augenbrauen. »Sie sind also Kevin Bont!« Er packte den Gegelten am Kragen und zog ihn zu sich heran. »Der weit über die Stadtgrenzen Rostocks hinaus bekannte Kevin Bont?«

»Was soll das?« Kevin Bont versuchte hektisch, sich loszumachen, allerdings ohne Erfolg. »Wer sind Sie?«, fragte er, nervöser werdend. »Lassen Sich mich los, verdammt noch mal!«

»Genau das werde ich nicht tun, Sie gemeingefährlicher Wicht!« Oehler schob den sehr viel kleineren Kevin Bont rücklings zur Haustür. »Denn Sie haben meine Lütte zu Tode erschreckt. Und ich mag es überhaupt nicht, wenn man meiner Lütten Angst macht.«

»Sind Sie verrückt geworden?« Bont strampelte und zappelte, kam aber von Oehler nicht los. »Loslassen, sage ich! Aufhören!« Und noch bevor er richtig begriff, wie ihm geschah, wurde er von Oehler auf die Straße gestoßen. Sie war nicht breit, kein Verkehr und nur wenige Meter bis zum Alten Strom. Oder zwei bis drei kräftige Stöße. Nach dem vierten landete Bont klatschend im Wasser. Schwarze Fluten spritzten auf, und es dauerte einen Moment, bis er japsend wieder auftauchte und Oehler mit verzerrtem Gesicht anstarrte.

»Ich hoffe, Sie können schwimmen, Angeber«, rief der Oberkommissar und lichtete den japsenden Bont mit seiner Polaroid ab.

»Sssspfff… Sind Sie verrückt geworden?« Bont röchelte und prustete, hatte aber seine Sprache wiedergefunden. »Das hat ein Nachspiel«, drohte er wütend und versuchte, an der glatten, mit rutschigem Tang bewachsenen Kaimauer hochzuklettern. Vergebens. Immer wieder klatschte er ins Wasser zurück. Die Frisur war hinüber, der sonst so stolze Hauptkommissar planschte herum wie ein orientierungsloser junger Hund. »Das hat ein Nachspiel«, wiederholte er keuchend, »verlassen Sie sich drauf!«

»Da liegen Sie falsch, Mister Bont.« Oehler machte noch ein paar Fotos. »Denn das war schon das Nachspiel!« Er bestellte ihm noch einen schönen Gruß von Kriminalobermeisterin Maike Hansen aus Barth und wandte sich dann mehreren dunkelblauen Bullis mit Schweriner Kennzeichen zu, die vor dem Haus stoppten.

Na endlich! Die Kriminaltechnik war da.

43 ES HERRSCHT EINE etwas bedrückte Stimmung im Trinwillershagener Wohnzimmer der Hansens. Zuvor hatte Maike tränenreich und aufgelöst ihrem reglos dasitzenden Vater gestanden, dass der noch nicht mal im Ansatz abbezahlte Toyota in den Fluten

der Warnow abgesoffen war. Auch die Großmutter bekannte sich schuldig und gestand zerknirscht, dass sie Maike unter dem Siegel der Verschwiegenheit die Autoschlüssel zugesteckt habe. Schließlich stehe der Wagen ja ohnehin die meiste Zeit nur ungenutzt in der Garage herum. Außerdem habe niemand wissen können, dass das Mädel bei ihren eher routinierten Ermittlungen derart angegangen wird. Von zwei schwarzen Jeeps – ja sind wir hier in einem amerikanischen Actionfilm? Das gibt's ja nicht mal in Berlin! Da fahren die richtigen Gangster meist nur völlig unauffällige Golfs. Die mit den fetten Karren sind entweder komplette Idioten, die gefasst werden wollen, oder tun nur böse.

»Ich hab noch nicht mal was Relevantes rausbekommen«, schnieft Maike hilflos, »das ist doch echt …« Sie kann nicht weitersprechen, fängt wieder an zu heulen.

Und endlich rührt sich der Vater. Auch ihm laufen Tränen über sein starres Gesicht, als er seine Tochter endlich in den Arm nimmt.

»Schon gut, Spatz«, sagt er nach einer Weile heiser, »schon gut. Hauptsache ist, dass dir nichts passiert ist, was? Autos lassen sich ersetzen. Menschenleben nicht.«

Recht hat er, denke ich und sehe Hünerbein an. Auch der Dicke wischt sich verstohlen ein Tränchen aus dem Gesicht.

»Ich brauch sowieso kein Auto«, tröstet der Vater seine Tochter, »guck mal, ich mach sowieso alles mit dem Landrover der Nationalparkverwaltung. Viel schlimmer ist, dass da draußen jemand rumläuft, der dir was antun will.«

»Wie hieß der Kerl noch mal?«, erkundige ich mich.

»Bont.«

»Wie James?«

»Nee, mit scharfem t«, schluchzt Maike Hansen. »Wie ›total beklopptes Arschloch‹!«

Dachte ich's mir. Denn James ist in seinen Filmen ja eher der sympathische Typ. Auch wenn mir Pierce Brosnan immer besser gefallen hat als dieser neue Schauspieler, dieser Daniel Craig. Aber allen Bond-Darstellern ist eines gemein: Sie tun Frauen in der Regel nichts, ganz im Gegenteil.

Das Telefon beginnt zu klingeln, aber niemand kümmert sich drum. Auch Oma Frieda nicht.

»Vielleicht sollten wir mal rangehen«, schlage ich vor. »Könnte wichtig sein.«

»Dann gehen Sie doch ran!« Maike kuschelt sich an ihren Papa. Ganz offensichtlich genießt sie es, mal wieder von ihm in den Arm genommen zu werden.

Ich halte mir den Telefonhörer ans Ohr. »Hier bei Hansen?«

»Wer ist dran?« Oehlers Stimme klingt verunsichert. »Der Vater?«

»Nee, der Knoop«, antworte ich. »Ihre Kollegin ist gerade verhindert.«

»Die Lütte schläft schon, was?« Oehler seufzt. »Wecken will ich sie nicht.«

»Warten Sie mal!« Ich halte Maike den Hörer hin. »Ihr Chef ist dran.«

»Was?«

Es folgt ein längerer Monolog Oehlers, den wir nicht verstehen können.

»Okay«, erwidert Maike Hansen nach einer Weile, »mach ich.« Sie legt wieder auf und starrt uns an. »Der Chef hat ein paar Polaroids gemacht. Die sollen wir uns mal ansehen.«

»Wo?«

»Am PC. Er hat sie von den Kriminaltechnikern im Computer einscannen lassen und mir als E-Mail geschickt.«

»Dann gucken wir doch mal. Wo haben Sie denn Ihren PC?«

»In meinem Zimmer.«

»Ich mach uns noch einen Tee.« Oma Frieda erhebt sich und schlurft in die Küche. »Mit oder ohne Schuss?«

»Mit«, sage ich, damit der Alkoholpegel nicht sinkt.

»Ohne«, widerspricht Hünerbein und stupst mich an. »Wer weiß, was das für Bilder sind.«

Egal. Mit Alkohol lässt sich alles ertragen.

Kurz darauf drängen wir uns um den Computer in Maikes Zimmer im Obergeschoss herum. Sie klickt ihre E-Mails an, öffnet die mit dem Absender Marietta@Solms.de und dem Betreff »Rache ist nass«: Mehrere grobstichige Fotos tauchen auf. Eingescannte Polaroids eben. Einige zeigen einen wild herumfuchtelnden Mann im nachtschwarzen Wasser. Auf den anderen sieht man, wie der Mann an einer Mauer aus dem Wasser zu klettern sucht. Er trägt einen nass glänzenden schwarzen Kurzmantel und hat angeklatschtes blondes Haar.

»Fuck«, ruft Maike Hansen, »das ist Bont!«

»Und er ist baden gegangen.«

»Wurde auch Zeit.« Wir grienen uns an, und Maike fängt hell an zu lachen. Sie kann gar nicht mehr aufhören, so freut sie sich.

Und so wird es denn doch noch ein ganz netter Abend im Hause der Hansens in Trinwillershagen.

44   DIE GELEGENHEIT konnte besser nicht sein. Alvaro Beerendonk saß allein mit dem Hafenmeister des Nautischen Yachtclubs in Moppis »Vinetablick«. Aus den Boxen der Musikanlage schallte Udo Jürgens' »Ich war noch niemals in New York«, das Bier hatte die Zungen gelöst, und Jann Giehrling zeigte sich höchst interessiert an der Arbeit eines Privatermittlers. Gebannt lauschte er, was der Belgier so von sich gab.

Dass man oft am Rande der Legalität operiere, weil man die polizeilichen Befugnisse nicht habe, sich dafür aber auch nicht an deren Vorschriften halten müsse. Und dass man jetzt eigentlich ganz dringend die »Artemisia« untersuchen müsse, da dort wichtige Akten zum Untergang der »Georg Büchner« versteckt sein könnten.

»Bitte?« Giehrling zuckte zusammen. »Was wollen Sie? Auf die ›Artemisia‹?« Er lächelte entschuldigend. »Nee! Das geht doch nicht.«

»Warum nicht?«

»Sie haben die nötigen Befugnisse nicht«, antwortete Giehrling listig. »Haben Sie eben selbst gesagt!«

»Ich will nur was nachschauen.«

Giehrling hob sein Glas. »Prost!«

»Prost.«

Beide tranken.

»Ich könnte nachsehen«, sagte Giehrling nach einer Weile.

»Sie haben auch keine Befugnisse«, erwiderte Beerendonk.

»Doch, hab ich«, widersprach Giehrling stolz, »ich hab sogar Schlüssel für das Boot. Ich hab die Schlüssel für alle Boote bei uns.«

»Dann würden Sie mich auf das Boot lassen?«

»Nein.« Giehrling schüttelte den Kopf. »Sie sagen mir, wonach ich suchen muss, und ich bring's Ihnen.«

»Ihr Deutschen seid ziemlich kompliziert.«

»Nicht wahr?« Giehrling strahlte. »Nicht so einfach gestrickt wie ihr Holländer, was?«

»Ich bin Belgier.« Beerendonk erhob sich schwerfällig und reichte Giehrling die Hand. »Aber gut, einverstanden. So machen wir's!«

»Unter einer Bedingung: Ich komm mit auf den Abspann!«

»Auf was?«

»Auf den Abspann«, wiederholte Giehrling und breitete begeistert die Hände aus, »im Kino! Die Leinwand, verstehen Sie? Wo am Ende immer draufsteht, wer alles mitgemacht hat. Da muss dann ganz groß ›Giehrling‹ stehen, ›Jann Giehrling aus Barth‹.«

Beerendonk stutzte. »Wie kommen Sie darauf, dass das ins Kino kommt?«

»Na, das weiß man doch«, freute sich der Hafenmeister, »Detektivgeschichten kommen immer ins Kino. Philip Marlowe, Jim Rockford, Harry O – alles Filme!«

»Rockford und O sind aber Fernsehserien gewesen«, sagte Beerendonk.

»Kein Problem«, winkte Giehrling ab, »ich nehm auch Fernsehen. Gehen wir?«

Beerendonk nickte. »Gehen wir.«

Nacht über Barth. Die Straßen waren noch feucht vom Regen, überall standen Pfützen. Vom Bodden her hatte sich eine dunstige Nebelschicht über die Stadt gelegt, durch die nur schwach eine bleiche Mondscheibe schien. Echtes Philip-Marlowe-Wetter, und Giehrling schob sein Basecap tiefer in die Stirn und schlug den Kragen seines Friesennerzes hoch. Er kam sich schon ganz so vor wie Humphrey Bogart.

Irgendwo kreischten ein paar Katzen beim Koitus.

»Widerhaken«, sagte Giehrling, als die Männer nebeneinander durch den menschenleeren Hafen gingen.

»Widerhaken?«

»Ja. Haben die Kater am Pimmel. Deswegen schreien die Katzen immer so laut.« Giehrling stoppte. »Oh!«

»Was ist?«

Sie hatten den ehemaligen Wirtschaftshafen erreicht. Hinter den alten Ziegelbauten waren schon die Boote des Nautischen Yachtclubs und die Charterschiffe der Marina sichtbar. Sie lagen alle im Dunkeln. Nur auf einem Boot war Licht. Es war die »Artemisia«.

»Da war jemand schneller!«

Beerendonk zog seine Waffe. »Sie bleiben hier!«

»Ich komme mit.« Giehrling ließ sich nicht abwimmeln. Nicht jetzt, wo er auf den Abspann kam.

Geduckt liefen die Männer zur schönen »Artemisia« rüber, die elegant und schlank an ihrem Liegeplatz lag. Es waren Stimmen zu hören, Gelächter. Entweder hatten sich Leute in der Yacht geirrt, oder die Einbrecher hatten keine Angst, entdeckt zu werden. Beide Szenarien waren demütigend für Jann Giehrling. Entsprechend verärgert kletterte er auf das Schiff.

»Was zum Teufel …?« Verblüfft hielt er inne. Denn das, was er sah, war entweder eine Folge von zu viel Bier oder schlichtweg absurd: Im Cockpit der Yacht stand ein Pferd. Ein kleines Pferd, ein Pony oder so, aber es war lebendig und echt, und es wieherte vor Schreck.

Aus dem Salon der Yacht kamen zwei Frauen. Eine ältere und eine jüngere. Unwirsch sahen sie Giehrling an.

»Was suchen Sie hier?«

»D-das wollte ich Sie fragen«, stammelte Giehrling und ließ das Pferd nicht aus den Augen. »Vor allem, was hat dieses Viech hier zu suchen?«

»Dieses Viech ist ein Fohlen«, erklärte die ältere der beiden Frauen. »Es hat seine Mutter bei der Geburt verloren und muss jetzt von Hand aufgezogen werden.«

»Mit der Flasche«, setzte die jüngere hinzu.

»Mit der Flasche«, echote Giehrling und sah fragend die Frauen an. »Auf einer Segelyacht?«

»Wo sonst?«, erklärte die ältere Frau bitter. »Ich habe ja kein Haus mehr. Und mit dem Fohlen nimmt uns kein Hotel auf. Wir sind gezwungen, auf diesem Kahn zu leben, bis sich etwas Besseres ergibt.«

»Sie müssen Frau Krahwinkel sein.« Giehrling reichte ihr die Hand. »Nett, Sie mal kennenzulernen. Ich bin der Yachtwart und Hafenmeister hier. Tut mir übrigens leid, das mit Ihrem Mann.«

»Ja, mir auch«, entgegnete Frau Krahwinkel und deutete auf die Jüngere. »Doch meine Tochter leidet mehr. Studiert in Greifswald, hilft mir aber jetzt mit dem Fohlen.«

»Angenehm.« Giehrling schüttelte auch der Tochter die Hand. »Jaaa, ich kann mich mal umhören, ob wir hier in Barth irgendwo einen Stall für das Vie… also das Pferd finden.«

»Ställe haben wir genug«, erwiderte die Krahwinkel, »die hat das Feuer verschont. Da sind auch unsere anderen Tiere, deshalb können wir hier ja nicht weg. Und das Fohlen kann nicht allein bleiben, solange es alle zwei Stunden gesäugt werden muss.«

»Verstehe!« Giehrling schob sich nervös das Basecap in den Nacken. »Jau, dann will ich Sie mal nicht weiter aufhalten, nicht wahr?« Er nickte den Frauen zu, schob sich vorsichtig am neugierig an seiner Hose schnuppernden Fohlen vorbei und kletterte wieder zurück auf den Steg.

Beerendonk stand mit entsichertem Revolver im Lichtschatten einer einsamen Laterne. »Und?«

»Nichts und.« Giehrling zuckte mit den Schultern.

»Keine Akten?«

»Nee. Aber ein Pferd.«

Beerendonk verstand nicht.

»Egal«, sagte Giehrling und klopfte ihm tröstend auf die Schultern. »Lass uns einfach noch'n Bier trinken, Cowboy.«

45 DER NÄCHSTE MORGEN sollte besser werden. Die gewittrige Kaltfront vom Vortag war durchgezogen, und, so versprach es zumindest der Wetterbericht, nach Auflösung von örtlichen Hochnebelfeldern würde es überall an der mecklenburgisch-vorpommerschen Ostseeküste sonnig und sehr mild werden. Genau darauf wartete Kriminaloberkommissar Björn Oehler jetzt in der kleinen Cafeteria des Barther Ostseeflughafens. Dass das Wetter besser würde. Dass sich die Wolken verzogen und eine kleine blau-weiße Piper Meridian mit der Kennung »D-FOKE« zur Landung ansetzte.

Vorsorglich hatte er einen Haftbefehl beantragen wollen, doch die bekloppten Richter hatten sich dagegen gesperrt. Zu wenige Beweise. Ha, dachte Oehler kopfschüttelnd, diese Idioten! Was für Beweise denn? War es nicht mehr als offensichtlich, dass dieser Claas Ludewig Mördern zur Flucht verholfen hatte? Den Mann würde er festnehmen, komme, was wolle. Und wenn er dann dessen Geständnis hatte, würde es auch mit dem Haftbefehl klappen.

Er sah unruhig auf die Uhr. Gleich acht Uhr. Wo diese Piper nur blieb? Inzwischen war der Himmel fast wolkenlos, und im Tower hatten sie gesagt, dass sich Ludewig für heute Vormittag angemeldet hatte. Von einem Start gestern wussten sie allerdings nichts. Wie auch, wenn sie schon um sechzehn Uhr Feierabend machten. Na, solche Dienstzeiten wollte Oehler auch mal wieder haben. Aber seit er die Lütte beaufsichtigen musste, war ohnehin nichts mehr, wie es sein sollte. Mensch, wie sie gestern so geweint hatte. Da tat sie ihm richtig leid. Aber diesem Bont hatte er's gezeigt. Der würde es nie wieder wagen, die Hansen anzugehen. Ganz bestimmt nicht mehr.

Dennoch machte sich Oehler ein paar Sorgen. Mit dem Bont war nicht zu spaßen, das war ein ganz Scharfer, ein Hundertfünfzigprozentiger, wie man zu DDR-Zeiten gesagt hätte. Der kam ihm sicher mit einer Anzeige wegen Körperverletzung und einer Dienstaufsichtsbeschwerde und wer weiß was noch alles ...

Egal. Oehler würde auf Affekt plädieren. Immerhin hatte dieser Bont angefangen und die Lütte zuerst angegriffen. Das wettern wir auf der linken Arschbacke ab, dachte Oehler grimmig und steckte sich eine Zigarette an. Von solchen Bonts hatten wir früher viel mehr. Und die haben wir alle in die Wüste geschickt, damals, neunundachtzig ...

»Entschuldigung!« Die Tresenkraft, die bislang überhaupt noch nicht hinter ihrer Theke hervorgekommen war, stand plötzlich neben ihm und sah ihn vorwurfsvoll an. »Hier ist das Rauchen verboten.«

Klar, dachte Oehler genervt, das ist neuerdings überall verboten. Aber er wollte keinen Ärger machen. Wer weiß, vielleicht brauchte er die Hilfe des Flughafenpersonals noch mal? Also lächelte er schuldbewusst und sagte: »Verzeihen Sie mir? Ich wollte mir ohnehin kurz die Füße vertreten.« Und dann ging er mit der brennenden Zigarette vor die Tür und suchte einmal mehr den Himmel ab.

Das permanente Flugzeuggeräusch, das er beim Eintreffen schon vernommen hatte, kam von einer Cessna, die mit einem Flugschüler Übungsrunden über dem Terminal flog. Von Ludewigs Piper Meridian war noch immer nichts zu sehen.

Oder etwa doch? Oehler kniff die Augen zusammen und fixierte seinen Blick auf einen Punkt über dem südlichen Horizont. Na? War sie das? Oder etwa doch nicht? Oder wie oder was?

Er stemmte die Hände in die Hüften und stand wie erstarrt. Reglos beobachtete er den Punkt am Himmel, der da langsam näher kam. Das war immerhin ein Flugzeug, aber war es auch die Piper der Barth Aviation GmbH?

»Au!« Erst als er sich die Hände verbrannte, merkte er, dass er vor lauter Konzentration die Zigarette zwischen den Fingern vergessen hatte. Hastig warf er sie zu Boden und trat sie aus. Dann lutschte er an der Brandwunde. Verdammt, tat das weh! Na, das würde eine schöne Blase geben. So ein Mist aber auch! So was war ihm ja noch nie passiert, unglaublich das, einfach unmöglich!

Inzwischen war die Maschine näher gekommen und setzte zur Landung an. Sie war blau-weiß. Das musste Ludewig sein.

Oehler bemühte sich um einen streng amtlichen Gesichtsausdruck und atmete tief durch. Er würde nicht viel sagen. Vorläufige Festnahme wegen Fluchthilfe, das sollte reichen.

Na ja, Fluchthilfe … Hörte sich sehr nach DDR-Grenztruppe an. Gab es dafür nicht noch ein anderes Wort? Strafvereitelung klang besser, Behinderung der Strafverfolgungsbehörden, Komplizenschaft mit Mordverdächtigen, da kam einiges zusammen. Ziehen Sie sich warm an, Herr Ludewig!

Breitbeinig trat er der ausrollenden Maschine entgegen. Doch es war nicht die Piper Meridian des Claas Ludewig, sondern eine Pilatus PC-12 mit einem Schweizer Ehepaar. Sie sprachen italienisch miteinander, und die Frau war eine echte Lago-Maggiore-Schönheit. Wahnsinnig elegant. Oehler blieb fast das Herz stehen, als sie ihm die edle Gucci-Handtasche reichte und ihn mit einem strahlenden Lächeln und den Worten »*Buongiorno*« begrüßte. Vermutlich hielt sie ihn für den Gepäckträger oder irgendeinen Flughafensteward.

»Bon wie auch immer«, stammelte er verwirrt und gab ihr hilflos lächelnd die Tasche zurück, »aber ich bin nicht ihr *ragazzo*. Verwechslung, *capito*? *Scusi, signorina*, bin untröstlich!« Dann machte er, dass er wegkam. Am besten aufs Männerklo. Da konnte sie ihm nicht folgen, und pinkeln musste er ohnehin.

Puh! Er wartete eine Weile. Traute sich nicht wirklich von der Toilette herunter. Er hatte es nicht so mit Fremden. Vor allem, wenn sie aus der Schweiz waren und italienisch sprachen. Das war nun wirklich nicht seine Welt. Dann lieber ein paar zünftige Russen, mit denen konnte man wenigstens ordentlich was trinken gehen.

Als er die Toilette endlich verließ, stand auch die blau-weiße Piper Meridian mit der Kennung »D-FOKE« auf dem Rollfeld vor dem Empfangsgebäude. Claas Ludewig lief gewohnt prüfend um seine Maschine herum. Der musste gerade gelandet sein. Na, jetzt aber los!

»Herr Ludewig!« Selbstsicher stiefelte der Kriminaloberkommissar auf den Piloten zu. »Hätte nicht gedacht, dass Sie sich noch einmal hierhertrauen. Darf ich fragen, wo Sie gerade herkommen?«

»Aber natürlich dürfen Sie.« Ludewig zeigte nach oben. »Gerad vom Himmel komm ich her.« Er wischte sich die Hände an einem Lappen ab und grinste. »Was wollen Sie denn schon wieder? Haben Sie den Mörder vom Krahwinkel gekriegt?«

»Sehr witzig«, knurrte Oehler. »Natürlich nicht, weil Sie die ja gestern so fein ausgeflogen haben.«

»Was habe ich?«

»Tun Sie doch nicht so«, schimpfte Oehler, »Sie sind ein Strafvereitler, ein Schmuggler, ein Krimineller, und deswegen nehme ich Sie jetzt fest!«

»Ist Ihnen nicht gut?« Ludewig war baff. »Wie kommen Sie darauf?«

»Mann, ich hab Sie doch wegfliegen sehen«, regte sich Oehler auf. »Sie haben sich den Anordnungen der Polizei widersetzt und sind einfach gestartet, obwohl wir Ihnen überdeutlich Handzeichen gegeben haben! Die Lütte hat sich doch fast vor Ihre Maschine geworfen!«

»Sprechen Sie von dem Start gestern Abend?«

»Ja, ich spreche von dem Start gestern Abend.« Oehler nickte heftig. »Und jetzt erzählen Sie mir nicht, dass der seit Wochen vorbestellt war!«

»Nein, das war völlig außerplanmäßig«, erwiderte Claas Ludewig. »Ich wollte gestern gar nicht mehr weg.« Wieder zeigte er auf den Himmel. »Das Wetter. Keine guten Sichtflugbedingungen.«

»Sie sind aber trotzdem gestartet!«

»Die Fluggäste hatten es sehr eilig …«

»Mensch, das waren Verbrecher«, brüllte Oehler mit hochrotem Kopf. »Die waren auf der Flucht vor der Polizei!«

»Das kann ich doch nicht wissen«, brüllte Ludewig zurück. »Woher denn?«

»Sie wollen mir doch nicht im Ernst erzählen, dass es völlig normal ist, wenn spätabends noch ein paar Leute aufs Flugfeld gerannt kommen und dringend wegwollen?«

»Ob Sie's glauben oder nicht, aber das kommt öfter vor, als Sie

denken!« Class Ludewig atmete tief durch und schüttelte den Kopf.
»Und ich frage dann nicht nach dem Warum. Weil ich nämlich mit der Fliegerei«, er klopfte auf den Rumpf seines Flugzeugs, »mein Geld verdienen muss. Da bin ich froh über jeden Auftrag. Zumal die gut gezahlt haben.«

»Wie viel?«

»Dreißigtausend Euro«, antwortete der Pilot. »Für das Geld fliege ich normalerweise nach Spanien.«

Heiliger Klabautermann, dachte Oehler. Woher haben die so viel Geld? Sicher die Beute aus der Kanzlei. »Bar auf die Hand?«

»Bar auf die Hand«, nickte Ludewig. »Da stellen auch Sie keine Fragen mehr.«

»Und dann haben Sie sich nicht gewundert, dass ...«

»Natürlich habe ich mich gewundert«, nickte Ludewig, »aber das tut nichts zur Sache, oder? Die wollten fliegen, haben gezahlt, also bin ich geflogen. Nichts anderes ist mein Job.«

»Aber Sie hätten doch sehen müssen, dass wir gewinkt haben!«

»Vielleicht hab ich was gesehen.« Ludewig zuckte mit den Schultern. »Vielleicht nicht. Keine Ahnung. Es wurde dunkel, strömender Regen. Alles keine guten Bedingungen für Sichtflug. Ich war froh, als wir über den Wolken waren.«

»Und wo sind Sie hingeflogen?«

»Danzig«, antwortete der Pilot. »Und da komme ich auch gerade her. Es war zu viel Nebel über der Ostsee, da hab ich die Nacht abgewartet.«

»Verstehe«, sagte Oehler und dachte angestrengt nach.

»Wollen Sie mich immer noch verhaften?«

»Ach, hauen Sie ab!« Oehler machte eine wegwerfende Handbewegung und stiefelte schwerfällig zum Empfangsgebäude zurück.

46 »DANZIG?«, fragte Maike Hansen keine Viertelstunde später in der Dienststelle.

»Danzig«, nickte Kriminaloberkommissar Björn Oehler und sank schnaufend hinter seinen Schreibtisch. »Was machen Sie überhaupt hier? Ich hab Ihnen doch freigegeben.«

»Ich fühl mich aber gut«, erwiderte sie. »Und ich will den Fall abschließen. Ich war sowieso in der Stadt, hab ein neues Smartphone gekauft, schauen Sie mal!« Stolz zeigte sie es ihm. Ein Samsung Galaxy, das neueste Modell, aber wahnsinnig teuer.

»Ohne geht's nicht, oder?« Oehler schüttelte verständnislos den Kopf und griff zu seinem Festnetztelefon auf dem Tisch. »Mir reicht das hier völlig.« Er klemmte sich den Hörer zwischen Schulter und Ohr und begann, umständlich in seinem Notizbuch und diversen Ordnern nach einer Nummer zu suchen.

»Wen wollen Sie anrufen?«, fragte sie.

»Die polnischen Behörden«, antwortete er. »Die sollen mal schauen, ob sie die Solms in Danzig irgendwo ausmachen.«

»Das ist doch klar, was die vorhaben!«

»Ist es das?«

»Natürlich.« Maike Hansen war ganz aufgeregt. »Die wollen zu diesem Schlepper.«

»Zu welchem Schlepper?«

»Zur ›Ajaks‹! Herrgott, wieso stehen Sie eigentlich immer so auf der Leitung?« Maike Hansen verstand es nicht. »Die Solms hat Ihren Mann auf der ›Büchner‹ verloren. Was also will sie in Danzig? Natürlich herausfinden, was genau mit dem Schiff passiert ist. Und wo findet sie das raus? Bei der Schlepperbesatzung, die die ›Büchner‹ bis zu ihrem Untergang über die Ostsee geschleppt hat. Und die haben ihren Heimathafen in Danzig.« Sie nahm ihre Jacke. »Also müssen wir auch dahin, Chef, und zwar so schnell wie möglich!«

»Unsinn, Hansen«, stoppte er sie, »das überlassen wir den Polen.«

»Wieso den Polen?«

»Weil die direkt vor Ort und in Danzig zuständig sind.«

»Bloß dass Sie die Nummer nicht finden!« Sie begann, sich aufzuregen. »Mann, wir sollten einfach diese Piper nehmen und hinterherfliegen!«

»Für dreißigtausend Euro? Zahlen Sie das?«

»Nee«, rief sie missmutig, »aber es wird ja noch 'ne andere Möglichkeit geben, oder? Darüber denken Sie natürlich nicht nach! Weil Sie lieber alles hübsch von Ihrem Schreibtisch aus regeln wollen. Am besten noch mit einer Flasche Bier und 'ner Kippe im Mund! Schönen Dank auch!«

Wütend verließ sie das Büro und knallte die Tür hinter sich zu. Björn Oehler, dachte sie, ist mein ganz persönlicher Fluch. Will der mich nur ärgern? Oder ist der wirklich so träge? Nicht auszuhalten. Echt! Wir können doch in Danzig die polnischen Behörden verständigen. Aber vorher müssen wir selbst dahin. Die Lage checken. Ist doch klar!

Eilig lief sie über die Straße auf ihre gegenüber geparkte Zündapp zu, als ihr plötzlich ein Mann in den Weg trat. Schwarzer Kurzmantel, Gelfrisur …

»Bont!« Fast hätte Maike geschrien.

»Wundert Sie das?«

»Ein bisschen«, antwortete sie mit leicht zitternder Stimme, denn sie war mehr verängstigt als verwundert. »Was suchen Sie hier?«

»Sie«, antwortete er kalt. »Was soll ich hier sonst suchen?«

»Okay.« Maike zwang sich zur Ruhe. »Und was wollen Sie von mir?«

»Sie haben mich in den Arsch gefickt, Hansen.« Er zeigte ihr den Mittelfinger. »Respekt!«

»Dass man Sie ins Wasser geschmissen hat, war nicht meine Idee.«

»Es geht nicht um deinen durchgeknallten Kommissar«, knurrte er, ins Du übergehend. »Das nehm ich gelassen, der ist doch eh schon scheintot.«

»Ich finde ihn noch recht lebendig.« Maike konnte sich ein Grienen nicht verkneifen. »Ein bisschen träge vielleicht. Aber für Sie hat's ja gereicht.«

»Es geht darum, dass du mich gefickt hast, klar?« Wütend spuckte er ihr vor die Füße. »Wie fühlt man sich, wenn man einen Kollegen fickt?«

»Wie oft wollen Sie das F-Wort denn noch in den Mund nehmen?«, fragte sie leicht genervt. »Soweit ich weiß, waren wir nicht zusammen im Bett. Aber vielleicht träumen Sie ja sehr realistisch davon. Es scheint Ihnen keinen Spaß gemacht zu haben, tut mir leid.«

»Ja! Verarschen Sie mich! Lachen Sie mich aus! Treten Sie mit Füßen nach mir, wenn Sie sich damit besser fühlen.«

»Stimmt irgendwas nicht, Bont?« Plötzlich hatte sie gar keine Angst mehr vor ihm. Klang er doch so gar nicht bedrohlich, sondern eher verbittert, geradezu selbstmitleidig.

»Mit Ihnen stimmt was nicht, Hansen«, regte er sich auf, »Sie ficken Kollegen in den Arsch, und das ist absolut nicht in Ordnung, verstehen Sie? So was macht man nicht!« Die letzten drei Worte betonte er, als hätte jedes einzelne davon ein Ausrufezeichen.

»Okay. Und weiter?« Maike hatte keine Ahnung, worauf das hier hinauslaufen sollte. Aber immerhin siezte er sie wieder.

»*Okay. Und weiter*«, äffte er sie nach und winkte verächtlich ab.

»Weiber! Echt!« Er starrte sie an. »Sie wissen nicht, was mich so aufregt, oder? Sie haben keine Ahnung!«

Stimmt, dachte sie. Eigentlich hätte ich mehr Grund, mich aufzuregen.

»Es gibt ein paar Dinge, die lernt man nicht auf der Polizeischule«, fing er an zu dozieren, »und eines davon heißt Anstand. Man pisst Kollegen nicht ins Gesicht! Niemals!«

Na, der war gut. »Hören Sie mal«, regte sie sich jetzt auch auf, »Sie haben mich bei unserem ersten Zusammentreffen geschlagen …«

»Weil Sie mich angespuckt haben.«

»Sie haben mir bei unserem zweiten Treffen unmissverständlich gedroht, danach haben Sie mich von Ihren Gangstertypen in die Warnow drängen lassen, dass ich fast ersoffen wäre. Und Sie reden von Anstand? Ich glaub, ich spinne!«

»Genau darum geht's, Pussi!«

»Nennen Sie mich nicht Pussi!«

»Huch, kommt jetzt die Frauenbeauftragte?« Er lachte hässlich.

Der ist betrunken, überlegte Maike, der muss total besoffen sein. Oder noch schlimmer. Aber das wollte sie sich nicht ausmalen.

»Genau darum geht's«, fing er wieder an, »genau darum: *Ich wär fast ersoffen*«, machte er sie wieder nach, »*zwei böse Jeeps haben mich verfolgt, auweia! Mann!*« Er schnaubte wie ein angeschlagener Stier. »Hast du irgendeinen Beweis, dass ich dahinterstecke? Nee! Und trotzdem machst du mich von hinten an.«

»Stopp«, unterbrach sie ihn, »nach Ihrer subtilen Drohung lag es nahe, dass die Typen von Ihnen kamen.«

»Ach«, brüllte er sie an, »es war naheliegend? Und deshalb fickst du mich?«

»Ich fürchte, Sie haben den Wortsinn des Wortes ›ficken‹ nicht wirklich erfasst«, erwiderte sie ruhig. »Und im Übrigen haben Sie den Beweis eben selbst erbracht: Denn wenn Sie nicht dahintergesteckt haben, woher wollen Sie dann wissen, dass es zwei Jeeps gewesen sind?«

»Intellektuelle, was?« Er winkte großspurig ab. »Ich geb's ja zu: Wir wollten dir ein bisschen Angst machen. Na und? So läuft's manchmal. Das Leben ist kein Ponyhof.« Mit gesenktem Kopf kam er auf sie zu. »Aber wenn man damit Probleme hat, dann klärt man das persönlich. Unter Männern, verstehste?«

»Ich bin kein Mann«, erwiderte sie und hielt seinem drohenden Blick stand.

»Und genau das ist das Problem«, knurrte er. »Pussis! Die rennen gleich ganz nach oben. Zum ober-ober-obersten Chef! Am besten gleich zur Merkel, was? Mutti hilft!«

»Sagen Sie mal, was ist eigentlich passiert, Bont, dass Sie mich hier so auf der Straße angehen?«

»Ich gehe Sie doch gar nicht an.« Sofort ließ er von ihr ab. »Ich sag Ihnen nur meine Meinung. Das wird ja wohl noch erlaubt sein.«

»Und wo liegt jetzt Ihr Problem?« Maike schüttelte den Kopf. »Ja, ich hab mich über Sie beschwert. Aber weder bei Gott noch unserer Kanzlerin, sondern lediglich bei meinem Chef, Kriminaloberkommissar Oehler. Und ich kann mir nicht vorstellen, dass das irgendwelche Konsequenzen für Sie hat. Außer vielleicht, dass Sie in den Alten Strom geschmissen worden sind.« Sie grinste. »Was ich nicht gutheiße, auch wenn mich die Vorstellung amüsiert.«

»Ha-ha! Sehr lustig. Ich bin wegen dieser Geschichte versetzt worden.«

»Ach nee«, machte sie spöttisch, »regeln Sie jetzt den Verkehr, oder was?«

»Das kam von ganz oben«, raunte er, »Sie müssen einen Draht zu den Mächtigen haben.«

»Ach, habe ich das?«

»Haben Sie«, nickte er, »sonst wären Sie weg und nicht ich.«

»Vielleicht liegt's an der Frauenquote.«

»Spotten Sie nur. Ich bin ein guter Polizist«, wurde er wieder lauter, »ein verdammt guter Polizist! Und ich hätte es noch weit bringen können, wenn Sie nicht Pussi gespielt hätten!«

»Falsch, Bont! Sie sind ein Arschloch. Und Arschlöcher sind nie gute Polizisten.«

»Fick dich!«

»Ich werd dran denken, wenn ich ins Bett gehe«, lächelte sie maliziös. »Aber wenn Sie so sauer sind, müssen Sie mir die Frage beantworten: Wohin hat man Sie denn versetzt?«

»Polizeihochschule Güstrow«, grummelte er. »Ins Archiv.«

»Ins Archiv?« Maike schmiss sich fast weg vor Lachen. »Ja, da wird es schwer, Arschloch zu bleiben. Zumindest merkt's da keiner.«

»Sie haben gut lachen«, stellte Bont fest. Er stand mit verschränkten Armen vor ihr. »Aber man trifft sich immer zwei Mal im Leben.« Er wandte sich ab und ging langsam die Straße hinunter. »Immer zwei Mal«, wiederholte er, ohne sich noch einmal nach ihr umzudrehen. »Vergessen Sie das nie.«

Und dann war es doch wieder ein kalter Schauer, der Maike über den Rücken kroch.

47 MEIN GARTEN besteht größtenteils nur aus einer Wiese ums Haus herum, mit einigen knorrigen Sträuchern, Fliederbüschen und Bäumen, sodass man nicht viel Arbeit damit hat. Aber der Rasen müsste trotzdem mal gemäht werden. Außerdem hat der blöde Maulwurf wieder überall seine Hügel aufgeworfen. Die müssen erst weggemacht werden, bevor ich mit dem Rasenmäher drübergehe.

Am Vormittag hat sich Hünerbein nach Berlin verabschiedet. Seine Frau warte sicher schon auf ihn und beginne, wenn sie sich langweile, sinnlose Sachen einzukaufen. Da müsse er rechtzeitig einschreiten, bevor die ganze Wohnung wieder mit bescheuertem Plunder vollgestopft sei. Letztens habe sie im KaDeWe einen balinesischen Zimmerspringbrunnen erstanden und damit das ganze Wohnzimmer unter Wasser gesetzt. Na, man werde eben nicht jünger, da könnten solche Sachen schon mal passieren.

Wir lagen uns zum Abschied in den Armen, beschworen noch einmal die alten Zeiten und beglückwünschten uns, »dass wir es noch mal richtig hatten krachen lassen«. Zumindest was den Genuss von Alkohol anging. Dann versprachen wir uns, das bei Gelegenheit zu wiederholen, und schließlich ist er gefahren.

Schade eigentlich. Aber auch gut, denn zuletzt habe ich ein wenig die Einsamkeit vermisst. Ich bin noch nie ein Mensch gewesen, der nicht alleine sein kann. Im Gegenteil.

Verdammte Maulwürfe! Wieso die unter Naturschutz stehen, muss mir mal jemand erklären. Wütend haue ich mit einem Spaten die Erdhaufen platt. Ich habe es mit sündhaft teuren akustischen Sendern im Hochfrequenzbereich versucht, die man mir im Baumarkt angedreht hatte. Das ultimative Gerät, um Wühlmäuse und Maulwürfe dauerhaft zu vertreiben, wie der Prospekt versprach. Aber mein Maulwurf scheint taub zu sein. Und clever, denn in eine meiner sorgsam platzierten Fallen ist er auch noch nie getappt.

Das Einzige, was hilft, ist ein Hund, habe ich letztens in einer Gartenbauzeitschrift gelesen. Aber so weit kommt es noch, dass ich mich mit so einer kläffenden Töle herumplage. Da haue ich lieber regelmäßig die Maulwurfshügel platt.

Der Husqvarna-Rasenmäher ist fast neu, mäht aber irgendwie nicht richtig. Als würde er das Gras nur umhauen, statt es zu schneiden. Merkwürdig.

»Darf ich mal?«

Ich bemerke Maike Hansen erst, als sie mich antippt, und fahre erschrocken herum. Schon wieder Besuch, ist mein erster Gedanke, doch dann schmelze ich angesichts ihres zauberhaften Anblicks wie Eis in der Sommerhitze. Sie hat das blonde Haar zu einem Pferdeschwanz zusammengebunden, trägt kurze, abgeschnittene Jeans und ein über dem Bauch zusammengeknotetes Holzfällerhemd.

Sehr sexy, denke ich sehnsüchtig und komme mir plötzlich uralt vor. *Wahnsinnig* sexy. An den Füßen trägt sie klobige Motorradstiefel, aber ich vermisse ihren Rotarmisten-Stahlhelm.

»Sind Sie zu Fuß?«, frage ich sie. »Ich hab Sie gar nicht kommen hören.«

»Das kann mit dem Rasenmäher zusammenhängen«, erwidert sie und lächelt.

»Ja, er ist ziemlich laut.« Ich schalte ihn ab und lächle zurück. »Und mähen tut er auch nicht mehr. Obwohl er noch ganz neu ist.«

»Warten Sie mal!« Sie zieht den Stecker und dreht den Rasenmäher so auf die Seite, dass man das Mähwerk an der Unterseite sieht.

»Dachte ich's mir.«

»Stumpf geworden, was?« Ich beuge mich etwas vor, um besser sehen zu können.

»Falsch eingebaut. Ich hole mal Werkzeug.« Maike Hansen erhebt sich wieder und geht zu ihrer Zündapp, die neben dem Haus steht. »Sie versuchen, den Rasen mit der Messerrückseite zu mähen. Das kann nicht klappen.«

Aha, denke ich. Aber woher soll ich auch wissen, in welche Richtung der Motor dreht?

»Da gibt es eine kleine Nut.« Maike Hansen kommt mit einem Schraubenschlüssel zurück und beginnt, zügig das Messer abzubauen. »Auf die müssen Sie achten. Sehen Sie? Und diese Nut kommt hierhinein.« Sie dreht das Messer um und steckt es wieder auf den Aufsatz. »Da kann man eigentlich nichts falsch machen.«

Eigentlich. »Ich bin, was technische Dinge angeht, eher unbegabt«, gebe ich zu.

»Das wird schon«, beruhigt sie mich. »Sie sind halt Großstädter und müssen sich ins Leben auf dem Land erst einfinden.« Sie dreht den Rasenmäher um, steckt den Stecker wieder rein. »Na, schau'n Sie mal, wie gut das jetzt geht!« Sie schaltet den Mäher ein, läuft ein paar Schritte und zieht eine schöne kurz geschorene Spur hinter sich her. »Sie können auch einstellen, wie tief Sie mähen wollen.«

»Ganz tief«, sage ich, »das wächst ja alles wieder.«

»Was sagten Sie?« Sie macht den Mäher wieder aus und sieht mich fragend an.

»Wir könnten einen Kaffee zusammen trinken.«

»Für mich lieber Tee. Falls Sie so was haben.«

»Bestimmt.« Ich gehe ins Haus und suche in der Küche nach dem Earl Grey, den Siggi mitgebracht hatte, weil er mit mir ganz britisch Five-o'Clock-Tea trinken wollte. Wir sind nie dazu gekommen.

Draußen lärmt der Husqvarna wieder los, und als ich Maike Hansen wenig später zum Tee auf die Terrasse bitte, hat sie schon fast die ganze Wiese gemäht.

»Sie sind schnell«, stelle ich fest.

»Na, das ist ja hier nicht so viel.« Sie setzt sich und schlägt die schönen braun gebrannten Beine übereinander. »Was denken Sie, was ich zu Hause mähen muss. Aber da haben wir einen Rasentraktor. Sonst würde man das gar nicht alles schaffen.«

»Weshalb sind Sie hier?« Ich gieße ihr Tee ein.

»Was glauben Sie?«

»Ihre verunglückte Festnahme. Zucker?«

»Nur ein Stück, bitte! Haben Sie auch Zitrone?«

»Frau Hansen«, mahne ich streng, »das ist Earl Grey! Den trinkt man nicht mit Zitrone.«

»Okay.« Sie lächelt entschuldigend und nippt an ihrem Tee. »Oh! Schmeckt ungewöhnlich. Ein bisschen wie Parfüm, oder?«

»Ich hab auch Früchtetee.« Wir sehen uns an, und ich bin schon wieder ganz verliebt. Hin und weg, wie man früher sagte. Aber das lasse ich mir nicht anmerken.

»Ich wollte Sie fragen, ob Sie mit mir nach Danzig fahren«, sagt sie nach einer Weile und schiebt mir die Ostsee-Zeitung über den Tisch, »und zwar noch heute. Am besten gleich.«

Ich sehe mir die Zeitung an. »Still ruht die See« ist ein Artikel betitelt, der sich um das beklemmende Schweigen der Behörden zum Untergang der »Georg Büchner« dreht.

»Sie haben doch Zeit«, setzt sie ungeduldig hinzu. »Es eilt ein wenig.«

»Und was haben wir da vor?« Ich gebe ihr die Zeitung zurück.

»Eine Festnahme.« Sie holt tief Luft. »Wir wissen inzwischen, wohin die geflogen sind.«

»Nach Danzig?«

»Ja«, nickt sie eifrig und beugt sich vor. »Die werden sich da die Schlepperbesatzung vornehmen, da bin ich mir sicher. Nur die können wissen, wie das Schiff untergegangen und was mit dem Mann der Solms passiert ist.«

Jetzt wird's interessant. »Und dabei wollen Sie sie festnehmen?«

»Ja. Ich will keinen Fehler mehr machen. Dafür brauche ich Sie.«

»Dafür brauchen Sie vor allem die polnischen Behörden«, erkläre ich ihr nachsichtig, »denn nur die sind für Festnahmen auf ihrem Staatsgebiet zuständig.«

»Das hat mein Chef auch gesagt«, ärgert sie sich, »aber der ist ja nicht mal in der Lage, die Polen zu verständigen.« Sie nimmt meine Hand und drückt sie so eindringlich, dass mir ganz warm wird. »Wir fahren dahin, machen die Solms und diesen Hinrichsen ausfindig und verständigen dann die polnische Polizei, okay? Alles ganz korrekt. Ich will nur bei der Festnahme dabei sein.«

»Und dazu brauchen Sie mich?«

»Nur für den Fall, dass wieder etwas schiefläuft. Ich hab keinen Bock, dass sich das von gestern noch mal wiederholt.«

»Frau Hansen, dafür bin ich auch keine Garantie. Es kann immer etwas schieflaufen. Auch bei so alten Hasen wie mir. Und vor allem brauchen Sie erst ein Amtshilfeersuchen der hiesigen Staatsanwaltschaft, das ist eine länderübergreifende Sache. Haben Sie das schon beantragt?«

»Ach«, Maike Hansen winkt ab, »das dauert doch ewig. Bis die das genehmigt haben, sind die längst über alle Berge. Sie haben doch selbst gesagt, manchmal muss man schnell handeln und improvisieren.«

So, denke ich, habe ich das? Ich gieße ihr Tee nach. »Mädchen, auch alte Männer erzählen viel Unsinn.«

»Ich bin kein Mädchen!«

Da hat sie recht, Mädchen reparieren keine Rasenmäher. Einen Moment lang schweigen wir und trinken unseren Tee. Dann fängt sie wieder an.

»Also, ich hab mir das überlegt: Wir fahren nach Danzig. Zum Hafen, wo der Schlepper ›Ajaks‹ seinen Liegeplatz hat, und sondieren die Lage. Ich bin sicher, dass wir die Solms und den Hinrichsen genau da finden werden.«

»Und dann?« Ich schüttle den Kopf. »Wie stellen Sie sich das Weitere vor?«

»Wir alarmieren dann natürlich die polnische Polizei, je nachdem. Wichtig ist allein, dass die uns nicht ein zweites Mal entkommen.«

Mich stört, dass sie dauernd von »wir« redet und »uns«.

»Von mir kann keine Rede sein«, stelle ich grundsätzlich fest. »Sie wollen dahin. Nicht ich. Sie wollen unbedingt Ihren Fehler von gestern wiedergutmachen, und ich rate Ihnen, das nur in engster Kooperation mit den polnischen Behörden zu versuchen. Sonst geht das wieder in die Hose. Wer mit dem Kopf durch die Wand will, holt sich einen blutigen Schädel.«

Sie nickt. Offenbar hat sie endlich verstanden, dass ihr Plan Unsinn ist.

»Okay«, sagt sie nach einer Weile. »Das war zwar nicht die Antwort, die ich hören wollte, aber in Ordnung.« Sie stellt ihre Tasse ab und erhebt sich. »Akzeptiert. Und vielen Dank für den Tee.«

Sie geht. Oder besser, fährt, denn ich höre, wie die Zündapp gestartet wird. Mit wuchtigem Getöse brummelt sie davon.

Fein, denke ich. Das war's dann also. Ich habe alles richtig gemacht. Nur fühle ich mich leider gar nicht gut dabei.

Und hinten bei den Fliederbüschen ist schon wieder einer von diesen Maulwurfshügeln. Ich haue ihn so wütend platt, dass der Stiel meines Spatens bricht.

48 KEINE FÜNF MINUTEN später habe ich sie mit meinem VW Passat eingeholt.

»Na, haben Sie sich das noch mal überlegt«, ruft sie durch das Getöse ihrer Zündapp, »oder wollen Sie nur sichergehen, dass ich heil nach Hause komme?«

»Ich frage mich, wie Sie die Reise finanzieren wollen?«, brülle ich zurück.

»Was?«

»Wer soll die Fahrt bezahlen?«

»Na, Sie, dachte ich. So'n alter Kriminalrat hat ja schließlich nicht schlecht verdient, oder?«

Wenn die wüsste. »Haben Sie Ihre Sachen dabei?«

»Klar.« Sie deutet auf ihren Beiwagen. »Alles da.«

»Dann halten Sie an! Wir fahren mit meinem Wagen.«

Ich weiß nicht, was in mich gefahren ist. Abenteuerlust war mir noch nie gegeben. Deshalb bin ich ja Beamter geworden. Vielleicht ist es ein jugendlicher Schub, das letzte Aufbäumen im Alter, der Drang, es dieser jungen Frau noch mal beweisen zu wollen. Vielleicht sind es auch nur ihre schönen großen Scheinwerferaugen, die mich bezirzen, ihre Jugend, ihr spröder nordischer Charme, ihr blond strahlendes Haar, ihre dezenten Rundungen – ich könnte ewig weiterschwärmen.

Fakt ist, dass ich nicht mehr bei Sinnen bin. Und dass ich mich schon seit Langem nicht mehr so gut gefühlt habe.

Bestens gelaunt lege ich einen Hit meiner Jugend in den CD-Player ein und singe laut Janis Joplins »Me And Bobby McGee« mit. Was für ein Tag. Er verspricht herrlich zu werden.

Maike will fahren, ich überlasse ihr nur zu gern das Steuer und blättere mich durch den Autoatlas. Zwar habe ich auch ein Navi im Wagen, habe es aber noch nie benutzt. Schon des allgemeinen Überblicks wegen verlasse ich mich lieber auf klassisches Kartenmaterial aus Papier, obwohl Maike das »total old-school« findet.

Ihr Vater, so erzählt sie mir, steht derweil in Rostock an der Kaikante und sieht wahrscheinlich mit melancholischem Blick zu, wie sein Toyota per Hebekran aus der Warnow geborgen wird. Das Auto ist nicht mehr zu retten, und auch die Bergung dürfte einiges kosten, aber, so Oma Frieda, er werde darüber hinwegkommen.

Dank der neuen Ostseeautobahn erreichen wir die polnische Grenze in nur anderthalb Stunden. Das war früher anders. Auch wundert mich, dass man an der Grenze gar nicht mehr kontrolliert wird. Wir halten trotzdem, versorgen uns mit Złoty und günstigem Benzin, was Maike super findet, sowie mit günstigem Pfeifentabak. Den mag sie eher nicht. Soll ich mir das Rauchen abgewöhnen?

Später, denke ich, vielleicht später.

Die polnischen Straßenverhältnisse sind so, wie man das aus den neuen Bundesländern kurz nach der Wende kennt. Schmal, schlecht beleuchtet, voller Schlaglöcher. Dennoch sind überall Zeichen des Aufbruchs zu sehen, sanierte Häuser, neue Firmenparks, sogar ALDI und Lidl gibt es hier schon. Unaufhaltsam breitet sich der Kapitalismus mit all seinen Blödsinnigkeiten nach Osten aus.

Die Landschaft ringsum ist herrlich, ich bin wie im Rausch. Nach vier Stunden Fahrt wechseln wir. Jetzt sitze ich am Steuer, und Maike probiert das Navi aus. Wir lachen über die Stimme, die uns den Weg erklären will. Es gibt verschiedene davon, Männer- und Frauenstimmen, man kann sie einstellen, auch die Sprache. Wir entscheiden, uns den Weg nach Danzig auf Finnisch erklären zu lassen, und amüsieren uns prächtig.

Gegen drei Uhr am Nachmittag sind wir am Ziel. In Danzig ist es hochsommerlich heiß. Unglaublich für Anfang Juni. Die Stadt ist überraschend groß und imposant, mit internationalem Flair und alter Geschichte. Es gibt viel Tourismus und dichten Verkehr, herrliche Bauten aus fast tausend Jahren europäischer Architektur in der Innenstadt und kaum Parkplätze.

Auch der Hafen ist riesig, und wir brauchen eine Weile, um uns zum Hochseeschlepper »Ajaks« durchzufragen, der hier in Danzig registriert ist.

Aber wir haben Glück. Der Schlepper liegt an seinem Liegeplatz. Ich bin ganz erstaunt, wie groß die »Ajaks« ist. Ich hatte mehr an diese typischen Hafenschlepper gedacht, mit ihren Glaskuppeln auf den hohen Aufbauten, damit der Käpt'n gute Rundumsicht hat, und alten Autoreifen an den Rumpfseiten. Aber dieser hier sieht aus wie ein richtiges Schiff. Er ist mindestens fünfundzwanzig Meter lang, die Aufbauten erstrecken sich über zwei Decks, und achtern gibt es ein mannshohes Windengeschirr mit einem schweren Stahlhaken an dicken Trossen. Genau daran wird die »Georg Büchner« bei ihrer letzten Fahrt in den Untergang gehangen haben.

Niemand scheint an Bord zu sein, denn auf unser Rufen wird nicht reagiert. Was uns seltsam vorkommt, denn eine Tür auf dem Hauptdeck steht sperrangelweit offen.

Maike Hansen steigt kurzerhand über das Schanzkleid und sieht vorsichtig ins Innere des Schiffes. Ich kann sie nicht davon abhalten. »Und?« Ein zunehmendes Unbehagen steigt in mir auf. Etwas stimmt hier nicht, das sagt mir mein Instinkt. Und der hat mich zumindest die letzten fünfundzwanzig Jahre nicht getäuscht. »Was ist?«

Sie antwortet nicht, verschwindet stattdessen im Schiff. Himmel, diese Verrückte! Waren wir früher auch so leichtsinnig? Etwas umständlich klettere ich ebenfalls über die Schanz. Meine Knie sind nicht mehr so gelenkig, mit einem Satz, so wie die Hansen, schaffe ich das längst nicht mehr. Plötzlich höre ich sie rufen:

»Oh, Shit! Kommen Sie schnell!«

Meine Knie sind doch noch gut. Wie der Blitz sause ich durchs Schiff, bevor der Hansen was passiert.

Sie hockt in der Messe über einem blutverschmierten, an einen Heizkörper gefesselten Mann und versucht, ihn zu befreien. »Irgendwie erinnert mich das an die Situation in Krahwinkels Kanzlei. Die Kolpert habe ich auch so vorgefunden.«

Ich reiche ihr mein Taschenmesser. »Hier! Damit geht es schneller.«

Der Mann ist ansprechbar und ungefähr Mitte vierzig. Er stellt sich als Kapitän des Schleppers heraus und hat einen selbst beim besten Willen unaussprechlichen Namen. Dennoch kann er gut Deutsch, weil er oft in Charter für die Bremer Bugsier-Reederei Otto Hahn fährt.

»Wer sind Sie?«, will er von uns wissen. »Gehören Sie auch zu denen?«

»Wir sind privat hier«, mahne ich leise, bevor Maike Hansen amtlich werden kann, »alles klar?«

»Lassen Sie mich nur machen. Wen meinen Sie mit ›denen‹?«, wendet sie sich an den Kapitän. »Wer sind die?«

»Und was wollten die hier?«, setze ich hinzu.

»Die Frage ist doch«, der Kapitän richtet sich mühsam auf und setzt sich an einen der am Boden festgeschraubten Tische in der Messe, »was wollen Sie auf meinem Schiff?«

»Wir suchen Marietta Solms«, gebe ich unumwunden zu, »und den Rostocker Lotsen und Schlepperkapitän Peter Hinrichsen, bekannt auch als Käpt'n Charly Eins.«

»Die waren doch hier, oder?« Maike Hansen setzt sich ebenfalls und beugt sich zu dem Kapitän vor. »Die wollten wissen, was mit Werner Solms passiert ist, richtig? Das ist der ehemalige Kompagnon von Charly Eins.«

»Weshalb man ihn auch Charly Zwo nennt«, setze ich hinzu.

Der Kapitän wiegelt sofort ab. Das sei Gegenstand einer amtlichen Untersuchung, dazu könne er sich leider nicht äußern.

»Und damit Sie trotzdem reden, wurden Sie verprügelt. War es so?«

»Ich habe nichts gesagt«, erwidert der Kapitän stoisch.

Ich versichere ihm, dass unser Interesse rein privater Natur sei, und betone, dass unsere Erkenntnisse in keinerlei amtliche Untersuchung einfließen würden. »Sie können ganz beruhigt sein«, verspreche ich ihm, »dieses Gespräch bleibt selbstverständlich unter uns.«

»Also? Warum ist das Schiff gesunken?«

Der Kapitän zuckt mit den Schultern. »Wassereinbruch, nehme ich an.«

»Genauer wissen Sie es nicht?«

»Was ist daran ungenau?«, fragt er zurück. »Schiffe sinken, wenn sie Wasser machen. Ist ein physikalisches Gesetz.«

»Haben Sie denn keine Bordwache gehabt? Oder jemanden, der nachsieht, was los ist?«

»Da war es zu spät.«

»Sie hätten auch Pumpen auf die ›Büchner‹ bringen können.« Maike sieht sich um. »Ich bin sicher, Sie haben hier leistungsfähige Pumpen an Bord. So was hat jeder Schlepper. Schließlich geht es ja darum, das Schleppgut sicher in den Zielhafen zu bringen, oder etwa nicht?«

»Das Schiff hatte schon beim Auslaufen in Rostock Schlagseite«, antwortet der Kapitän. »Das hat auf See immer weiter zugenommen.«

»Ein Grund mehr, eine Bordwache aufzustellen und Pumpen auf die ›Büchner‹ zu bringen«, meint Maike, ohne sich von mir bremsen zu lassen. Dass Frauen immer so viel reden müssen!

»Das sagen Sie jetzt«, entgegnet der Kapitän. »Aber übernehmen Sie mal die Verantwortung! Für eine Besatzung, die Familie hat und heil nach Hause will.«

»War die Situation denn so unübersichtlich«, übernehme ich wieder das Wort, »ich meine, unübersichtlich von Anfang an?«

»Das Schiff hatte Schlagseite«, wiederholt der Kapitän. »Ich wollte nichts riskieren. Ich bin zunächst näher an die Küste herangefahren. Um das Schiff notfalls auf Grund zu setzen.«

»Aber ihr Auftrag war, nach Klaipeda zu fahren«, erwidert Maike. »Oder etwa nicht?«

»Das Schiff war uralt. Es hat fünfunddreißig Jahre im Schlick gelegen. Da kann alles Mögliche passieren.«

»Sie hätten feststellen müssen, woher die Schlagseite kommt«, beharrt Maike. »Warum haben Sie niemanden an Bord gelassen?«

»Das habe ich. Drei Männer!« Der Kapitän zeigt drei Finger. »Die sind an Bord gegangen. Aber da war die Situation schon außer Kontrolle. Ich konnte nicht mehr manövrieren, und plötzlich kippt das Schiff über steuerbord komplett auf die Seite. Das ging ganz schnell. Wir konnten gerade noch die Trossen kappen. Und dann haben wir unsere Männer aus dem Wasser gefischt und sind nach Hause gefahren.«

»Deshalb die Sternfahrt«, überlege ich laut.

»Was?« Maike versteht nicht.

»Der Hafenmeister in Barth hatte so einen Computerausdruck aus dem Internet«, erkläre ich ihr. »Die letzten Positionsdaten.«

»Der AIS-Track.« Jetzt hat sie's. »Aber hatte die ›Büchner‹ überhaupt AIS?«

»Die ›Büchner‹ nicht«, sagt der Kapitän, »aber unser Schlepper. Ist alles öffentlich, können Sie sich ansehen.«

»Die sind so Schlangenlinien gefahren nach dem Untergang. Kreise und Kurven, ganz komisch. Oehler und der Hafenmeister glauben«, ich wende mich wieder dem Schlepperkapitän zu, »dass Sie die ›Büchner‹ so zum Kentern bringen wollten.«

»Was für eine absurde Unterstellung«, widerspricht der Kapitän energisch. »Wir haben die Männer rausgeholt. Die ›Büchner‹ war da schon gesunken.«

Macht Sinn, denke ich und sehe den Kapitän fragend an. »Haben Sie nur Ihre Männer aus dem Wasser geholt? Oder war da noch jemand? Jemand, der sozusagen blind auf dem Schiff mitfuhr?«

»Zum Beispiel Charly Zwo?«

»Ich weiß nicht, wovon Sie reden!« Der Kapitän springt etwas zu abrupt auf. »Sie wissen jetzt alles.«

»Haben Sie das so auch Marietta Solms und Peter Hinrichsen erzählt?«

»Ja«, der Kapitän seufzt, »ich hatte ja keine andere Wahl, oder?«

»Und wo sind die jetzt hin?«

»Woher soll ich das wissen? Keine Ahnung.« Für den Kapitän ist das Gespräch offenbar beendet.

»Vielen Dank«, erwidere ich freundlich, »Sie haben uns wirklich weitergebracht. Schönen Abend noch!«

Er nickt und bringt uns hinaus. »Ihnen auch. Ich habe zu danken.«

49 »DAS IST JA SUPER GELAUFEN«, regt sich Maike Hansen auf, als wir langsam durch den Hafen zurückschlendern. »Wir wissen genauso viel wie vorher. Wir haben nichts herausgefunden, absolut nichts!«

»Unsinn, wir haben eine ganze Menge herausgefunden«, finde ich. »Wir wissen erstens, dass Frau Solms und Peter Hinrichsen auf dem Schlepper waren. Dass sie den Kapitän zu einer Aussage zwingen wollten. Und dass er ihnen vermutlich genau das Gleiche gesagt hat wie uns. Und zweitens wissen wir jetzt, dass der Untergang der ›Georg Büchner‹ ganz normale Ursachen haben kann. Dass die Schlepperbesatzung davon ebenso überrascht wurde wie alle anderen und ihre seltsamen Manöver nicht gefahren ist, um das Schiff aufzuschaukeln, sondern nur, um ihre Leute nach dem Untergang aus dem Wasser zu fischen.«

»Und wieso haben die dann keine Notsignale gesendet?«

»Vielleicht war dafür einfach keine Zeit. Mich interessiert mehr, ob die auch Werner Solms gerettet haben.«

»Ja«, nickt Maike, »da ist er ziemlich nervös geworden.« Sie sieht mich groß an. »Ob die den haben absaufen lassen?«

Noch bevor ich darüber nachdenken kann, zupft mich jemand am Arm. Ein kleines, zahnloses Männlein, abgemagert in zerschlissenen Klamotten und mit schütterem halblangem Haar. Es ist mindestens siebzig Jahre alt.

»Du wollen Information«, krächzt der Alte lispelnd, »über

278

›Buchner‹?« So spricht er es aus: *Buchner.* »Ich verkaufen Information über ›Buchner‹. Gut?« Erwartungsvoll sieht er mich an.

»Was haben Sie denn für Informationen?«

»Ich verkaufe. Du zahlen hundertfünfzig, und ich rede. Gut?«

»Nicht gut«, finde ich das. »Ich kauf doch nicht die Katze im Sack. Woher soll ich wissen, dass Ihre Infos das Geld wert sind?«

»Ich reden, du zahlen.«

Hilflos sehe ich Maike an. Was sollen wir mit dem Männlein machen? Uns drauf einlassen?

Sie nickt langsam. »Im Zweifel ist es für einen guten Zweck. Sehen Sie sich den armen Kerl doch mal an!«

Aber hundertfünfzig? »Euro oder Złoty?«

»Złoty«, lispelt der Alte, »fünfzig Euro, hundertfünfzig Złoty. Und Flasche Wodka dazu. Gut?«

»Na meinetwegen.«

»Gehen da vorn.« Zielgerichtet steuert er mit uns eine heruntergekommene Bar am Rande des Hafens an.

Eine richtige Piratenkneipe. Laut, heiß, überfüllt und voller Zigarettenqualm. An der Bar drängen sich Seeleute aus aller Herren Länder: Chinesen, Russen, Filipinos. Heruntergekommene Huren suchen nach Freiern, schnatternd und lachend, an den Tischen wird lärmend gezockt, Halunken warten auf leichte Beute, Schmuggler auf heiße Ware, Spekulanten auf den großen Deal. In einer Ecke hockt ein Akkordeonspieler und singt gegen ein Handgeld das immer selbe Lied vom »Drunken Sailor«. Wobei er gegen billigen Technopop ankämpfen muss, der aus übergroßen Boxen an der Decke dröhnt.

Ich schiebe mich zur Bar durch, erstehe für viel zu viel Geld viel zu schlechten, weil mit Leitungswasser gestreckten Wodka und bringe ihn dem Alten, der sich mit Maike ans Fenster zurückgezogen hat.

»Also«, ich schiebe ihm die hundertfünfzig Złoty rüber, »was hast du zu sagen?«

»Du sprechen mit ›Ajaks‹ über ›Buchner‹?«

»Mit dem Kapitän der ›Ajaks‹, ja.«

»Haben kaputt gemacht ›Buchner‹.«

Das ist die Frage. »Haben sie, oder haben sie nicht?«

»Stecken die in der Geschichte drin?« Auch Maike will jetzt was hören. »Was ist mit den Leuten von der ›Ajaks‹?«

»Viel Geld«, krächzt der Alte und trinkt von seinem Wodka mit großen, gierigen Schlucken. »Sind reiche Leute geworden.«

»Wer? Die ›Ajaks‹-Leute?«

Der Alte nickt. »Sehr reich! Viel, viel Geld!«

»Und wofür haben die das bekommen?«

»Haben bekommen«, der Alte trinkt, »für ›Buchner‹.«

»Gibt's dafür irgendwelche Beweise?«

»Große Autos«, nickt der Alte, »musst du gucken. Mercedes, Audi. Kapitän baut großes Haus.« Er schnappt sich Geld und Flasche. »Muss weg jetzt. Vielen Dank!«

»Was, das war's?« Maike ist außer sich. »Hey! Hiergeblieben!« Sie zieht den Mann unmissverständlich zurück. »Haben Sie heute schon anderen Leuten Infos zu dem Thema verkauft? Einer Frau zum Beispiel? Ihr Begleiter ist ein alter großer Mann. Grauer Bart, helle Augen.«

Der Mann schweigt trotzig.

»Mensch, reden Sie!« Maike Hansen kann richtig ungemütlich werden. Fast wird sie handgreiflich. »Wir haben nicht ewig Zeit!«

»Im Zweifel für den guten Zweck«, erinnere ich sie an ihre Worte, doch sie lässt sich immer noch nicht bremsen.

»Wo sind die hin, verdammt noch mal? Wollen Sie Geld? Hier!« Sie packt ihm weitere hundert Złoty auf den Tisch. »Also, was ist?«

Ihr Verhalten ist unklug, weil der Alte jetzt merkt, dass ihr diese Information wirklich sehr wichtig ist. Und so wartet er listig ab. Am Ende liegen dreihundert Złoty auf dem Tisch, und ich stelle noch eine Flasche Wodka dazu. Nicht die Plörre, die es in dieser Bar gibt. Sondern richtig guten Grasowka aus dem Kiosk nebenan. Der mit dem Büffelgrashalm.

Und endlich spricht der Alte. »Zoppot«, krächzt er leise.

»Zoppot?«

»*Szkoła nurkowania*«, nickt der Alte und trinkt. »The ›Emerald‹ Diving School«, setzt er hinzu und macht, dass er wegkommt.

50 SIEGBERT MEYER stoppte seinen Audi Q7 in der Hafenstraße vor dem kleinen Barther Kriminalkommissariat. Zuvor war er bei Hans Dieter Knoop im Fahrenkamp gewesen, doch da war niemand. Weder dieser dicke Hünerbein noch Dieter selbst. Beide Autos waren weg.

Und das Kriminalkommissariat war auch nicht besetzt. Am Türknauf hing nur ein verblichenes, rührend selbst gemaltes »Komme gleich wieder«-Schild.

Meyer sah auf die Uhr. »Gleich« war ein allzu dehnbarer Begriff, wie er fand. Das konnte jetzt sein oder in zwei Stunden.

»Nee, der kommt heute nicht wieder«, sagte unaufgefordert ein Arbeiter der kleinen Bootswerft nebenan. »Der hat sich heute freigenommen. Hat seinen Fall wohl gelöst.«

»Und warum steht dann hier ›Komme gleich wieder‹?«

»Damit die Leute die Hoffnung nicht verlieren«, antwortete der Werftarbeiter. »Ist doch wichtig heutzutage: Hoffnung.«

»Und wo finde ich diese kleine Kriminalbeamtin?«

»Ach, zur Lütten wollen Sie?« Der Werftarbeiter kratzte sich nachdenklich am Kopf. »Ja, weiß nicht, so lange ist die noch nicht dabei. Aber den Oehler finden Sie entweder bei Moppi oder auf seinem Kutter.«

»Und wo ist das?« Meyer klackte unruhig mit seinem Gehstock auf dem Pflaster herum.

»Moppi gleich hier, den Weg hoch.« Der Werftarbeiter zeigte es ihm. »Und den Kutter finden Sie unten im Hafen. Ist nicht zu übersehen. Heißt ›Swantje‹.«

»›Swantje‹, soso«, machte Meyer. »Na, vielen Dank erst mal.«

»Nicht dafür.« Der Werftarbeiter hob grüßend die Hand.

Na, dann mal los! Meyer stützte sich auf seinen Gehstock und schritt zügig den beschriebenen Weg entlang.

Moppi war wirklich nicht weit. Eine Fischgaststätte, die eigentlich »Vinetablick bei Moppi« hieß. Der Laden war proppenvoll. Hauptsächlich mit Seglern, die wegen der andauernden Windstille im Hafen geblieben waren und sich langsam das Wetter schöntranken.

»Gestern zu viel Wind, heute zu wenig«, sagte der Mann am Tresen und lachte. »Man kann es den Menschen einfach nicht recht machen. Na, mir soll's recht sein. Steigt der Umsatz. Wat dem een sin Uhl, ist dem annern sin Nachtigall, nicht wahr? Was darf's denn sein?«

»Ich suche einen Herrn, äh ... Herrn ...« Gott, wie hieß der Mann noch gleich? Meyer kam nicht drauf. »Diesen Kriminalbeamten vom Kommissariat da oben.«

»Ach, Björni meinen Sie?«

»Man sagte mir, der sei vielleicht hier.«

»Nee, isser nicht«, winkte Moppi ab, »ist wohl an einer ganz harten Sache dran. So fertig habe ich den lange nicht gesehen. Ich denke mal, er wird wieder ermitteln – oder sich erholen.«

»Auf seinem Kutter womöglich?«

»Ganz recht, auf seinem Kutter.«

»Und wie komme ich zum Kutter?« Meyer deutete mit seinem Stock am Wasser entlang. »Da runter?«

»Das haben Sie vollkommen richtig erfasst«, freute sich Moppi und spülte Gläser, »immer an der Waterkant entlang, dann können Sie ihn nicht verfehlen. Noch 'n Bier als Stärkung zwischendurch?«

»Nein, danke«, winkte Meyer ab. »Heute Abend vielleicht. Vielen Dank.«

Meyer machte sich einmal mehr auf den Weg, obwohl beide Beine stark schmerzten. Das wurde immer schlimmer im Alter. Da hieß es Zähne zusammenbeißen und durch, sonst war man am Ende überhaupt nicht mehr beweglich. Zwar hatte Meyer Schmerzmittel verschrieben bekommen, aber das fand er auch nicht optimal. Er wollte nicht von Tabletten abhängig werden. Schmerz muss man aushalten können. Komme, was wolle.

Er hinkte die Hafenkante entlang und konzentrierte sich auf die Umgebung. Ganz hübsches Städtchen, dieses Barth. Der ganze Flecken hier war herrlich. Wunderbar. Das musste man dem Dieter lassen, mit diesem Häuschen am Bodden hatte er das große Los gezogen.

Überhaupt war das ein tolles Land. Landschaftlich gesehen. Im Süden der Thüringer Wald und die Mittelgebirge, im Norden die wunderschöne Boddenlandschaft und die Ostsee. Dazwischen Spreewald, Heide, Uckermark. Alles wunderbare Orte. Mystisch. Und erst die vielen Seen in Mecklen- und in Brandenburg.

Meyer verstand nicht, warum die Leute überhaupt wegwollten. Nach Spanien oder Thailand. Absurd fand er das, völlig absurd. Insofern würde er nie begreifen, warum sie damals die Mauer niedergerissen hatten. Für die Freiheit, so ein Blödsinn! In der DDR hatten die Leute doch alles. Herrlich vielfältige Landschaften, keine Existenzängste, keine sozialen Verwerfungen. Das war schön, so wie es war. Aber die Menschen sind dumm. Erst wenn sie es verlieren, begreifen sie, was sie hatten. Und jetzt sind sie frei, haben aber kein Geld, um sich die Freiheit auch leisten zu können. Schöne Scheiße, was? Eben!

Meyer stand vor einem alten hölzernen Kutter. »SWANTJE«, war auf den Bug gepinselt, hier war er richtig. Doch an Deck war niemand zu sehen.

»Herr …« Noch immer wusste er den Namen des Kriminalkommissars nicht. Er versuchte es laut mit: »Björni? Bjöörrniiiii!«

Tatsächlich, auf dem Kutter tat sich was. Ein korpulenter Mittfünfziger schaute skeptisch aus dem Ruderhaus. Freier Oberkörper, Handtuch um den Hals. Wahrscheinlich hatte er sich gerade gewaschen.

»Haben Sie mich so gerufen?«

»Ja, verzeihen Sie«, lächelte Meyer, »aber ich habe Ihren Nachnamen nicht mehr präsent. Und der Wirt vom ›Vinetablick‹ hat Sie Björni genannt.«

»So darf mich auch nur der Wirt vom ›Vinetablick‹ nennen«, knurrte Oehler.

»Entschuldigen Sie nochmals!«

»Schon gut. Worum geht es denn?«

»Nun, sehen Sie, ich bin ein enger Verwandter vom Herrn Knoop. Sie kennen doch Herrn Knoop? Ihre junge Kollegin war neulich bei uns, es ging wohl um einen Mord.«

»Sie meinen den ollen Kriminalrat aus Berlin«, nickte Oehler. »Ja, den kenn ich. Sind Sie sein Bruder, oder was?«

»Schwager trifft es besser.«

»Na, dann kommen Sie mal an Bord!« Oehler half Meyer auf den Kutter und bemerkte dessen Handicap an den Beinen. »Kriegsverletzung?«

»Na, hören Sie mal! So alt bin ich nicht«, erwiderte Meyer etwas beleidigt, »das war eher ein berufliches Malheur.«

»Arbeitsunfall, verstehe. Bier?«

»Merkwürdig.« Meyer tupfte sich umständlich den Schweiß von der Stirn. »Sie sind heute schon der Zweite, der mir ein Bier anbietet, und es ist noch nicht mal ein Uhr.«

»Für Bier ist's nie zu früh.«

»Ein Wasser wäre mir dennoch lieber.«

»Na, Wasser haben wir hier genug.« Oehler verschwand in seinem Ruderhaus unter Deck und kam kurz darauf mit einem Bier und einer Flasche Wasser zurück. »Brauchen Sie'n Glas?«

Meyer winkte ab, obwohl er gern ein Glas gehabt hätte. Aber er wollte die Gastfreundlichkeit des Kriminalkommissars nicht überstrapazieren. »Das geht schon, danke!«

Oehler deutete auf eine Backskiste. »Setzen wir uns?«

»Gern. Setzen wir uns.«

Sie nahmen nebeneinander Platz. Oehler hob seine Bierflasche. »Na denn: Prost! Auf Ihren Schwager!«

»Konnte der Ihnen denn helfen?«

»Aber klar«, nickte Oehler. »Ist schließlich mal Kriminalrat gewesen. Da traf Erfahrung auf Kompetenz, wie man so schön sagt.«

»Und Sie haben den Fall gelöst?«

»Wie man's nimmt«, seufzte Oehler. »Die mutmaßlichen Täter sind leider entkommen.«

»Ach! Soll eine schwierige Sache gewesen sein, wie man hört.«

»So? Hört man das?«

»Das sagen die Leute im Ort«, nickte Meyer und probierte von seinem Wasser. »Wer war denn der Täter?«

»Kein Täter. Eine Täterin«, verbesserte Oehler. »Sie hat diesen Krahwinkel wohl für den Tod ihres Mannes verantwortlich gemacht, der mit der ›Büchner‹ untergegangen ist. Wahrscheinlich. Schwierig waren die Ermittlungen vor allem deshalb, weil wir dauernd behindert worden sind.«

»Tatsächlich?«

»Tatsächlich«, bekräftigte Oehler. »Da scheinen in Rostock so manche der hohen Herren ziemlich nervös geworden zu sein. Na ja, wenn's da noch einen Toten gibt …«

»Aber in den Zeitungen steht, dass bei dem Unglück keine Opfer zu beklagen waren.«

»Das steht in den Zeitungen«, nickte Oehler, »wissen tun sie's nicht.«

»Tragischer Fall.« Meyer seufzte. »Und Ihre junge Kollegin? Wo steckt die?«

»Der hab ich freigegeben, wieso?«

»Nun«, Meyer überlegte einen Moment, »mein Schwager ist nicht zu Hause. Ich fürchte, er hat einen Narren an Ihrer Kollegin gefressen.«

»So?« Oehler war plötzlich sehr aufmerksam. »Hat er das?«

»Warum auch nicht?«, erwiderte Meyer. »Ist ja'n hübsches Ding.«

»Zu jung für Ihren Schwager.«

»Finden Sie?«

»Finden Sie nicht?« Oehler rang um Fassung. »Der Kerl könnte ihr Großvater sein!«

Meyer hob beschwichtigend die Hände. »Ich bin sicher, er

wird sich korrekt benehmen. Auch wenn ich mich frage, wo er steckt.«

»Sie meinen, er ist mit der Lütten unterwegs?«

»Könnte das nicht sein?«

»Bei der ist alles möglich«, antwortete Oehler und rülpste vernehmlich. »Vielleicht ist er mit ihr nach Polen gefahren.«

»Nach Polen?« Meyer schluckte. »Was zum Teufel wollen die da?«

»Unsere mutmaßlichen Täter schnappen.«

»Wären dafür nicht die Polen zuständig?«

»Sicher. Aber erklären Sie das mal meiner Kollegin.« Oehler holte sich noch ein Bier. »Die ist jung. Die ist ehrgeizig. Die lässt nicht locker. Und sie ist mächtig sauer, dass ihr die Solms entwischt ist.«

»Um Gottes willen!« Meyer hatte sich bleich erhoben. »Holen Sie das Mädchen aus Polen zurück! Die läuft da ins offene Messer!«

»Ich hab versucht, es ihr auszureden.« Oehler schüttelte den Kopf. »Ohne Erfolg. Insofern wäre ich heilfroh, wenn Ihr Schwager da mitgefahren ist. Der wird die Lütte hoffentlich vor dem Schlimmsten bewahren.«

»So sicher wäre ich mir da nicht«, erwiderte Meyer nervös. »Dieter ist zwar ein altes Frontschwein, was Kriminalität angeht. Aber er ist halt auch ein hemmungsloser Romantiker.«

»Meinen Sie, die stechen da in ein Wespennest?«

»Das haben sie doch längst«, antwortete Meyer, »Sie ahnen ja gar nicht, was Sie mit Ihren Ermittlungen allein hier in Rostock ausgelöst haben. Und wenn die jetzt auch noch wegen dieser dämlichen Geschichte in Polen Unruhe stiften«, Meyer schwitzte plötzlich stark, »dann ist das, als würde man Benzin ins Feuer gießen, verstehen Sie?«

»Bumm«, machte Oehler und wurde allmählich skeptischer. »Was haben Sie eigentlich damit zu tun?«

»Das ist doch nicht von Relevanz«, regte sich Meyer auf. »Als wenn das wichtig wäre!

Nein, jetzt ging es nur noch darum, Dieter und diese junge Kriminalistin da rauszuholen.

Bevor Oberst Bronin davon Wind bekam.

51   WER EINMAL in Zoppot war, weiß, dass Badeorte wie Rimini, Port d'Andratx oder Narbonne-Plage von deutschen Urlaubern völlig überschätzt werden.

Zoppot toppt sie alle. Es ist heiß, es ist mondän, es gibt kristallklares Wasser und endlose Sandstrände. An der Uferpromenade thront ein elegantes, palastartiges Grandhotel aus dem Fin de Siècle. In den hübsch restaurierten Straßen dahinter findet man Sushi-Bars, Nachtclubs und ausgezeichnete Restaurants. Vor der riesigen Seebrücke werden gnadenlos leckere frisch gepresste Fruchtsäfte verkauft, es gibt tolle Eiscafés, Cocktailbars, Kaffeehäuser, Teestuben und die *szkoła nurkowania*, die Tauchschule »Emerald«.

Sie liegt etwas abseits direkt am Strand und ist in mehreren Containern und einer zum Meer hin offenen Bretterbude untergebracht. Bunte Neoprenanzüge hängen zum Trocknen herum, ein Kompressor füllt Luftflaschen auf, und laute Musik schallt herüber. The Beach Boys zumeist, »California Dreamin'« und »Surfin' USA« in einer Dauerschleife, die sich mit dem begeisterten Kreischen badender Kinder mischt. Am Strand liegen zwei hochmotorisierte RIBs, große Schlauchboote mit Festrumpf und Mittelkonsole, wie man sie aus dem Fernsehen von spektakulären Greenpeace-Aktionen kennt, doch von Marietta Solms und Peter Hinrichsen ist nichts zu sehen.

»Die sind vor ein paar Stunden los«, weiß Maike Hansen, die eben ein längeres, mit viel Gesten und Körpersprache geführtes Gespräch mit den Tauchlehrern hinter sich hat. »Die können weder Deutsch noch Englisch und ich kein Polnisch«, erklärt sie mir. »Aber am Ende haben wir uns doch verstanden. Sie machen uns ein Boot klar, und dann fahren wir hinterher.«

»Wieso hinterher? Wir können doch hier warten, bis sie zurückkommen.« Ich denke dabei an eine dieser netten Bars auf der Promenade. Da hätten wir bei einem Gin Tonic die Tauchschule gut im Blick und würden die Solms und ihren Hinrichsen schon von Weitem übers Meer herankommen sehen.»Und dann Zugriff. Am besten durch die polnische Polizei.«

Aber Maike Hansen will lieber in See stechen.»Wer weiß, ob die hierher zurückkommen?«, überlegt sie laut und schüttelt dann entschieden den Kopf.»Nein, wir fahren ihnen besser nach. Ist sicherer.«

Gott, wie stellt sie sich das vor?»Showdown auf hoher See, oder was?«

»Wir checken erst mal die Lage und entscheiden dann.« Schon macht sie wieder mit ihrem Smartphone herum.»Ich hab die Nummer von der polnischen Küstenwache eingespeichert. Notfalls können wir die alarmieren.«

Na super! Noch beunruhigender finde ich, dass unser RIB mit sechs Luftflaschen, Zusatztanks, Kompressoren und diversen anderen Geräten, von denen ich nichts verstehe, beladen wird. Allein die zwei mal neunzig Meter Ankerleine hauen mich um. Dazu Signalraketen, Lampen, Rettungswesten, Paddel, Karabiner und Schäkel wie für eine Großexpedition.»Haben Sie vor, dort zu tauchen?«

»Nur für den Fall.«

»Und wozu zwei Neoprenanzüge?«

»Einer ist für Sie.«

»Nee, nee!« Zwar habe ich mal in den Achtzigern einen Ferientauchkurs in der türkischen Ägäis mitgemacht, mich aber schon damals zwischen all den Fischen, Muscheln und versunkenen Amphoren aus der Römerzeit nicht sonderlich wohlgefühlt.»Keine zehn Pferde bringen mich unter Wasser. Niemals.«

Um mich abzulenken, schaue ich mir die vielen Strandschönheiten an. Denn auch das fällt auf in Zoppot: Während in deutschen Nord- und Ostseebädern vor allem Rentner und Pensionäre unterwegs zu sein scheinen, sieht man hier kaum Leute über vierzig. Polen scheint ein jugendliches Land zu sein und zudem eines mit unglaublich gutem Wetter. Dass die Ostsee schon im Juni zwanzig

Grad warm werden kann, hätte ich in Deutschland nie für möglich gehalten, genauso wie Lufttemperaturen jenseits der fünfunddreißig Grad.

»Je weiter man nach Osten kommt, umso besser wird das Wetter, wussten Sie das nicht?« Maike packt noch ein paar Flossen und Taucherbrillen ins Boot. »Liegt am Kontinentalklima. Trockene heiße Sommer, klirrend kalte Winter und ein insgesamt stabileres Wetter als bei uns.«

So lernt man immer was dazu.

»Wir müssen jetzt nur noch Wasser und etwas Proviant für unterwegs kaufen«, bleibt sie geschäftig, »und dann können wir los.«

Eine halbe Stunde später brechen wir auf. Maike gibt mächtig Gas, ich klammere mich an der Konsole fest, das gut sechs Meter lange Boot scheint über das spiegelglatte Meer zu fliegen. Die Sonne steht noch immer hoch am wolkenlosen Junihimmel, der Fahrtwind zaust das Haar, und ich spüre eine feine Salzschicht im Gesicht.

»Wissen Sie denn, wo wir hinmüssen?«

»Android macht's möglich!« Sie hält mir ihr unvermeidliches Smartphone hin. Da gibt es eine Seekarten-Software, die uns via GPS direkt zu den Koordinaten der Untergangsstelle der »Büchner« führt. Sie liegt hinter der Halbinsel Hela, etwa neun Meilen östlich vom Kap Rozewie.

Als wir die Stelle erreichen, geht es auf achtzehn Uhr zu, und noch immer brennt die Sonne von Himmel, als wäre es Mittag. Von Marietta Solms und dem alten Lotsen ist nichts zu sehen. Kein Boot ankert hier, nur eine gelbe Boje markiert die Lage des Wracks.

»Damit warnen sie die Schifffahrt«, erklärt Maike. »Damit hier keiner aufbrummt.«

»Fein, und wo sind unsere Delinquenten?«

»Wenn die nach Zoppot zurückgefahren wären, hätten sie uns entgegenkommen müssen.« Maike Hansen schlüpft eifrig in ihren Neoprenanzug. »War klar, dass die woandershin sind.«

Ach, war das klar? Für mich nicht.

»Die können sich doch denken, dass wir hinter ihnen her sind.« Sie legt sich einen Bleigürtel um und schnallt sich die Flossen an die Füße. »Helfen Sie mir mal mit der Luftflasche?«

»Wollen Sie jetzt tauchen, oder was?« Ich fasse es nicht.

»Warum nicht? Wenn wir schon mal hier sind.«

Also ich halte das für eine weniger gute Idee. Ausgesprochen absurd. Und gefährlich obendrein. Wir haben doch alle im Fernsehen gesehen, wie schwierig es selbst für die professionellen Wracktaucher auf Giglio war, an der gekenterten Costa Concordia zu tauchen, und die ist nicht mal vollständig untergegangen.

»Die Concordia liegt auch an einem Abhang«, erwidert Maike, »die drohte ständig abzurutschen. Das war gefährlich!«

»Und die ›Büchner‹ liegt zweifelsfrei fest auf Grund?«

»Keine Ahnung.«

Na eben. Ich schüttle entschieden den Kopf. »Lassen Sie den Quatsch!«

»Auf Giglio mussten die Taucher ins Schiff.« Maike Hansen ist nicht zu bremsen. »Weil sie da nach Leichen gesucht haben.«

»Und wonach suchen Sie?«

»Ich will nur mal gucken.«

»Nach der Leiche von Charly Zwo?«

Sie hebt ergeben die Hände. »Ich werde nicht ins Wrack hineinschwimmen, okay? Nur einmal außen lang. Versprochen!«

Nur einmal außen lang? Und warum haben wir dann sechs Luftflaschen dabei? Egal. Ich kann sie sowieso nicht davon abhalten.

»Vereinbaren wir irgendein Alarmzeichen? Einmal an der Strippe ziehen oder so?« Ich habe das mal bei Jacques Cousteau gesehen. Der hatte auf seiner »Calypso« immer so eine Leine mit einer Signalglocke. Einmal läuten bedeutete, die Taucher sind unten. Zweimal läuten, sie kommen hoch. Dreimal war Alarm, es gibt Probleme. So ähnlich jedenfalls. Genau weiß ich es auch nicht mehr.

»Wir brauchen keinen Alarm«, winkt Maike ab und lacht. »Ich hab meinen Rettungstauchschein bei den Seenotrettern gemacht, mit Notfallmanagement. Da kann gar nichts passieren. Ich passe schon auf, und das Schiff liegt nur in fünfzehn Metern Tiefe.«

»Ich denke, in fünfunddreißig?« So stand es wenigstens in den Zeitungen.

»Ja«, nickt sie, »aber es liegt auf der Steuerbordseite. Und es ist mindestens achtzehn Meter breit. Die müssen Sie abziehen, ich will ja nicht unter das Schiff. Ich bin in dreißig Minuten zurück.«

Na, hoffentlich. »*Good luck*«, wünsche ich ihr, als sie sich rücklings vom Boot fallen lässt und augenblicklich im Meer versinkt. Eine Weile lang sieht man noch die Luftblasen auf der Wasseroberfläche zerplatzen. Doch irgendwann hört auch das auf.

Ich fühle mich wie mitten auf dem Meer. Plötzlich wird mir angst und bange. Was hat mich nur geritten, diese bescheuerte Sache mitzumachen? Ich bin sechsundsechzig, ich muss vor diesem Mädchen nicht mehr den Helden spielen.

Wie idiotisch! Ich sitze in einem schaukelnden, nur sechs Meter langen Schlauchboot, und es ist kaum Land in Sicht. Was, wenn ein Sturm kommt? Eine Riesenwelle? Was, wenn wir in dieser Wasserwüste nicht mehr zurückfinden? Was, wenn ihr da unten was passiert? Und ich ihr nicht helfen kann?

In ein paar Meilen Entfernung tuckert ein Kutter herum. Vermutlich Fischer, und für einen Augenblick bin ich versucht, sie zu Hilfe zu rufen. Aber zu Hilfe für was?

Noch ist ja alles in Ordnung.

Oder?

Warum habe ich nur so ein mulmiges Gefühl bei dieser Sache?

52 MIT NACKTEM OBERKÖRPER und im Schweiße seines Angesichts schrubbte Oehler gründlich das Deck seines Kutters.

Muss auch mal sein, dachte er, klar Schiff machen, Frühjahrsputz sozusagen. Kommt man ja sonst nicht zu.

»Hey! Björn!«

Was ist denn jetzt schon wieder? Genervt sah Oehler auf.

An der Kaikante stand Jann Giehrling mit geheimnisvoller Miene.

»Gibt Neuigkeiten. Hat mir der Holländer erzählt!«

»Wann begreifst du endlich, dass der Holländer ein Belgier ist?«

»Ach, das sind doch sowieso alles Flamen«, lächelte Giehrling entschuldigend. »Darf ich auf dein sauberes Deck? Hab Bootsschuhe an.«

Vor allem hatte er einen Sechserträger Küstenbier in der Hand.

»Na, komm schon rauf.« Oehler machte eine entsprechende Handbewegung. »Bin gespannt auf deine Neuigkeiten.«

Sie setzten sich auf die Backskiste und öffneten erst mal gemütlich zwei Bier. Dann stießen sie an und tranken.

»Heiß heute, was?« Oehler wischte sich den Schweiß von der Stirn.

»Kein Wetter zum Schrubben jedenfalls.«

»Mal muss ich's ja machen«, erwiderte Oehler. »Sonst wächst irgendwann Moos auf dem Deck.«

Beide lachten und prosteten sich zu.

»Also, was sagt der Privatschnüffler?«, erkundigte sich Oehler. »Hat er wieder 'nen Revolver gezückt?«

»Nee«, antwortete Giehrling. »Aber er hat rausgefunden, ob und bei wem die ›Büchner‹ für ihre letzte Reise versichert war.«

»War sie?«

»Sie musste. Sonst hätte es keine Genehmigung zum Auslaufen gegeben.«

»Macht Sinn«, fand Oehler.

»Jetzt rate mal, mit wie viel sie den ollen Kahn abgesichert haben!« Giehrling machte ein Gesicht wie Wim Thoelke in seinen besten Tagen. »Kleiner Tipp: Verkauft wurde er für einen Schrottpreis von siebenhundertfünfzigtausend Euro.«

»Dann waren es siebenhundertfünfzigtausend.« Oehler zuckte mit den Schultern. »Oder mehr?«

»Natürlich mehr. Sonst wär's ja kein Geschäft.«

»Fragt sich, für wen? Eine Million? Anderthalb?« Oehler gab's auf. »Mensch, Jann, mach's nicht so spannend! Ich hab keine Ahnung.«

»Vier Millionen!«

»Was?« Oehler fiel fast von der Backskiste.

»Sagt der Holländer.«

»Der Belgier.«

»Nennen wir ihn Beerendonk.« Giehrling hob seine Flasche.
»Prost!«

»Prost!«

Beide tranken.

»Mensch, vier Millionen!« Oehler konnte es nicht fassen. »Das ist ja mehr als das Dreifache.«

»Mehr als das Fünffache sogar!«

»Aber welche Versicherung macht so was?« Oehler schüttelte den Kopf. »Die ruinieren sich doch mit so einem Ding total die Bilanz.«

»P-&-I-Club«, sagte Giehrling.

»Pi-änd-Ei-Klapp?« Na, das wurde ja immer abstruser. »Klingt wie'n Puff.«

»Ist aber 'ne Versicherung. Sitzt in Ungarn. Bukarest.«

»Bukarest ist Rumänien«, erklärte Oehler. »Budapest ist Ungarn.« In Geografie war er gut.

»Na, Ostblock halt.« Für Giehrling war das alles dasselbe. »Balkan.«

»Haben die zu viel Kohle da, oder was?« Nee! Oehler sprang auf und lief auf seinem frisch geschrubbten Deck hin und her. Das stimmte doch vorn und hinten nicht! Warum sollte eine rumänische Versicherung ein Schiff, das als Marktwert gerade mal den Schrottpreis erzielt hat, mit so einer astronomischen Summe absichern?

»Dein Beerendonk erzählt Mist«, schimpfte er. »Das kann nicht sein! Pi-änd-Ei-Klapp!« Er wedelte sich mit den Händen vor dem Gesicht herum. »Meschugge ist das, völlig bekloppt.«

»Ist es eben nicht, Björn.« Giehrling hob dozierend den Zeigefinger: »*Protection and Indemnity. P and I.* Die Idee kommt aus England. Sagt der Holländer.«

»Wollten wir uns nicht auf Belgier einigen?«

»Nee. Auf Beerendonk. Prost!«

»Prost!«

Beide stießen an und tranken ihre Flaschen leer. Oehler machte gleich mal zwei neue auf.

»Und was sagt Beerendonk noch?«

»Dass P-&-I-Club zwar bescheuert klingt, aber ganz normal ist bei Schiffsversicherungen. Sozusagen als Zusatz zur Schiffskasko, denn die versichert ja nie den vollen Wert. Also werden diese Clubs gegründet.«

»Das sind wirklich Clubs?« Oehler stellte sich distinguierte Herren Zigarre rauchend in dunklen Ledersesseln vor. »Eintritt nur mit nobler Clubkarte, oder was?«

»So ungefähr. Der Witz ist, die Clubs werden von den Reedereien selbst gegründet. Verstehste, die schließen sich dann zusammen. Und wenn es einen Versicherungsfall gibt, wird er auf alle Clubmitglieder umgelegt. Will man also das eigene Schiff über einen P-&-I-Club versichern, muss man auch selbst eintreten. Also Mitglied werden in dem Club. Beerendonk sagt, das wäre ein ganz normales Verfahren in der Seefahrt. Es gibt überall weltweit solche Clubs, damit sichern sich die Reedereien gegen Ladungs- und Haftungsschäden ab. Und wenn so'n Schiff mal absäuft.«

»Aber?«

»Kein Aber.«

»Das klang aber so, als käme da noch ein Aber.«

»Na also, wenn man den Gedanken«, Giehrling beugte sich verschwörerisch vor und senkte die Stimme, »jetzt mal ein Stückchen weiterspinnt, dann könnte man mit so einem P-&-I-Club sicher auch einen Haufen Schindluder treiben.«

»Sagt das auch Beerendonk?«

»Nee!« Giehrling tippte sich stolz gegen seinen schlauen Kopf. »Das sage ich! Ich meine, Reeder sind doch Privatleute, Björn. Und wenn Privatleute so einen Club gründen können …«

»Du meinst, die haben sich den Club einfach selber gegründet?« Oehler verstand allmählich. »Damit sie ihre alte ›Büchner‹ überversichern können?«

»Das meine ich«, nickte Giehrling. »Ganz genau.«

»Aber irgendwo muss doch das Geld herkommen«, fragte sich Oehler laut, »die vier Millionen, die die abkassieren wollen.«

»Stimmt.« Giehrling fasste sich nachdenklich ans Kinn. »Sonst macht das ja keinen Sinn.« Er zog die Stirn in Falten. »Vielleicht Schwarzgeld?«

»Schwarzgeld?«

»Hinterzogene Steuergelder, Kohle aus Geschäften, die nicht ganz sauber sind«, überlegte Giehrling. »So was in der Richtung, verstehste? Du steckst dein Schwarzgeld in deinen P-&-I-Club, versenkst anschließend dein überversichertes Schrottschiff und wäschst das Geld so rein.«

Oehler war baff. Sein kleiner trotteliger Hafenmeister! Den hatte er völlig unterschätzt.

»Mein lieber Jann«, sagte er mehr bewundernd als mahnend. »Was hast du plötzlich für kriminelle Gedanken!«

»Darauf trink ich«, freute sich Giehrling. »Prost!«

»Prost!«

Die Flaschen stießen klirrend aneinander.

53 GOTT, IST DAS HEISS! Die glühende Junisonne reflektiert sich auf dem Meer, sodass ich mich auf dem Schlauchboot beidseitig gebraten fühle. Trotz dicker Cremeschicht mit Schutzfaktor fünfzig plus ist ein fürchterlicher Sonnenbrand vorprogrammiert. Ein gegrilltes Hähnchen kann sich kaum schlechter fühlen.

Dabei ist es gleich halb sieben. Zeit für den Sundowner. Doch nur ein schwacher Dunstschleier am westlichen Horizont, hinter dem allmählich das Kap Rozewie und die Halbinsel Hela verschwinden, kündigt den nahenden Abend an.

Das plötzliche Klatschen, mit dem Maike Hansen prustend die Wasseroberfläche durchstößt, lässt mich zusammenzucken. Mir ist sofort klar, dass etwas nicht stimmt. Offenbar hat sie ihr Tauchgerät verloren, denn sie schwimmt wie eine Apnoe-Taucherin ohne Luftflasche auf das Boot zu und hält sich keuchend daran fest. Gierig ringt sie nach Luft, mit rasselndem Atem, unfähig, zu sprechen.

Ich packe sie an den Händen und helfe ihr an Bord. Sie ist völlig erschöpft und starrt mich atemlos an.

»Wo ist Ihre Flasche?«

»Die …« Sie beugt sich vor, um ihre Atmung in den Griff zu bekommen. »Die musste ich unten lassen«, keucht sie gepresst, »ich brauch sofort eine neue …« Schon will sie danach greifen, doch ich halte sie zurück.

»Ganz ruhig. Erst mal ausruhen, okay?«

»Es ist keine Zeit zum Ausruhen, verdammt!« Entschlossen rappelt sie sich auf und holt eine neue Luftflasche aus der Halterung am Vorschiff. »Die sind da unten.«

Ich brauche einen Moment, um die Bedeutung ihrer Worte zu erfassen. *Die sind da unten.* »Wer?«

»Hinrichsen und Solms.« Hastig schnallt sie sich die Flasche auf den Rücken. »Im Wrack eingeklemmt, brauchen Luft. Deshalb habe ich ihnen meine Flasche dagelassen.« Sie schnappt sich noch eine zweite, setzt sich die Taucherbrille wieder auf und springt zurück ins Wasser.

Ich starre ihr nach, wie sie in den Tiefen des Meeres verschwindet.

Hinrichsen und Solms sind im Wrack eingeklemmt? Aber wie das? Und wo ist deren Boot? Abgetrieben?

Hastig suche ich den Horizont ab, doch der Fischkutter von vorhin ist auch nicht mehr zu sehen.

Ich muss Hilfe rufen, denke ich, wir brauchen dringend Hilfe. Die Küstenwache! Die Nummer hatte Maike doch irgendwo eingespeichert. Nervös suche ich in ihrer Sporttasche nach dem Smartphone.

Diese blöden neumodischen Dinger! Erst bekomme ich es kaum eingeschaltet, und dann ist es mit einem Zahlencode gesichert. Ich versuche ein paar Kombinationen auf gut Glück. Vergebens. Herrgott noch mal! Früher gab es Funkgeräte. Die waren einfach zu bedienen. Nur die Frequenz suchen und los. Notruf auf Kanal sechzehn. Das konnte jedes Kind. Heute dagegen kann man mit so einem Smartphone zwar ins Internet gehen, Filmchen gucken, fotografieren, Nachrichten twittern und die coolsten Party-Clubs in der Nähe finden, aber einen einfachen Notruf absetzen geht nicht! Jedenfalls nicht ohne Code! Null! Fehlanzeige! Hölle noch mal, das darf echt nicht wahr sein! Ich muss mich schon sehr zusammenreißen, um dieses dämliche Hightech-Teil nicht laut fluchend ins Meer zu schmeißen.

Und warum taucht Maike nicht wieder auf? Ich werde zunehmend nervöser. Schließlich greife ich mir auch einen von diesen Neoprenanzügen und pelle mich hinein. Fühlt sich eng und scheußlich an. Zumal der Kautschuk den unschönen Vintage-Look des Alters so unvorteilhaft betont. Ich sollte mehr für meine Figur tun. Ich mache ein paar Dehnbewegungen und versuche, mich an meinen Tauchkurs zu erinnern. Der ist mindestens dreißig Jahre her. Sommer dreiundachtzig. Wir waren völlig bekifft mit einer Gület von Bodrum gekommen, und eigentlich war ich nur wegen der süßen Tauchlehrerinnen an Bord. Die antike Stätte auf dem Meeresgrund interessierte mich buchstäblich einen feuchten Dreck. Aus gutem Grund leben wir an Land. Der Mensch ist schließlich kein Fisch.

Und dennoch muss ich mich bewähren, heute mehr als damals. Da unten sind Menschen in Gefahr, auch wenn ich mich frage, wie die dahin gekommen sind. Also zusammenreißen und mal wieder Kerl sein. Was im Alter nicht einfacher wird. Mühsam schnalle ich mir eine Druckluftflasche auf den Rücken und prüfe, ob die Ventile korrekt funktionieren.

In einem Schwall von weißen Blasen taucht Maike Hansen wieder auf. »Allein schaff ich das nicht«, ruft sie atemlos.

Das dachte ich mir. Ich lächle ihr bemüht lässig zu und fühle mich mit den Flossen an den Füßen wie Kermit aus der Muppet Show. »Bin schon unterwegs!«

»Warten Sie!« Sie schwimmt heran und schiebt sich die Taucherbrille auf die Stirn. »Als Erstes müssen wir ein paar Zeichen vereinbaren, weil wir uns unter Wasser ja nur mit Gesten verständigen können. Alles klar?«

Na logo. Zumal diese Gesten recht einfach sind, damit es keine

Missverständnisse gibt. So einfach jedenfalls, dass sogar ich sie mir nach wenigen Minuten merken kann. Mehr Zeit bleibt uns zur Vorbereitung ohnehin nicht. »Improvisation ist alles«, gebe ich den Coolen und will schon von Bord springen, als sie mich an meine Taucherbrille erinnert.

»Die brauchen Sie. Und den Bleigürtel auch. Und vergessen Sie die Handlampe nicht!«

Mühsam kämpfe ich mit der umfangreichen Ausrüstung. »Ist schon ein Weilchen her, mein letzter Tauchgang«, gebe ich zu. »Wie sieht's denn da unten aus?«

»Schon ziemlich dunkel«, erwidert sie, »und wir werden ungefähr zwei bis drei Minuten brauchen bis zum Wrack. Bleiben Sie einfach dicht hinter mir. Nach spätestens dreißig Minuten in der Tiefe brechen wir ab und kommen wieder hoch. Auf keinen Fall länger unten bleiben, haben Sie das verstanden?«

»Ja, alles klar!«

»Da liegt so ein Stahlträger über der Tür, den müssen wir wegschieben«, erklärt sie mir. »Der ist ziemlich schwer. Geben Sie mir noch eine von den Luftflaschen? Nur für den Fall, dass es nicht reicht. Und beeilen Sie sich bitte!«

Ja doch! Ich tapse über das schwankende Boot wie ein betrunkener Ritter und reiche ihr eine weitere Flasche. Dann schiebe ich mir die Taucherbrille ins Gesicht und das Mundstück in den Mund, hoffe inständig, dass ich keinen Herzinfarkt erleide, und lasse mich rücklings von Boot fallen wie ein altersschwaches Walross.

Natürlich verliere ich im Wasser sofort die Orientierung, weiß nicht mehr, wo oben und unten ist. Und diese bescheuerte Atmung durch den Schlauch macht mich auch ganz wuschig. Aber anders als befürchtet bleibt eine Panik aus. Ich lasse erst mal alles sein und konzentriere mich auf das Licht. Wo Licht ist, ist die Wasseroberfläche, auch wenn sich das momentan ganz anders anfühlt.

Ein Fisch glotzt mich an. Ich kann ihn fast mit den Händen greifen. Dann sehe ich Maike vor mir, wie eine Wassernymphe. Ihr Gesicht ist vom schwebenden Haar umweht, und sie scheint zu tanzen. Doch dann begreife ich, dass sie mir zeigen will, wie ich die

Beine und Flossen bewegen soll, und mache es ihr nach. Und siehe da, allmählich bekomme ich ein Gefühl für die Sache.

Wie abgesprochen folge ich Maikes Blasenspur. Es wird langsam dunkler. Das Wasser ist voller kleiner Sedimentteilchen. Aufgeschreckte Fischschwärme blinken silbrig um uns herum. In der Ägäis wären jetzt haufenweise zerbrochene Amphoren aus dem Altertum aufgetaucht, hier dagegen erscheint in der grünlichen Dämmerung der Tiefe schemenhaft das Schiff. Es ist riesig. Wie eine versunkene Stadt. Geisterhaft und schneeweiß sieht es aus. Deutlich erkenne ich den gelben Schornstein mit dem blau-weiß-roten Logo der Deutschen Seereederei und die mächtigen Ladegeschirre auf Vor- und Achterdeck. Ein Sonnenzelt aus besseren Tagen wirbt für Lübzer Bier, Leinen und Taue schweben herum. Am Vorschiff hängt das dicke Kabel für den Landanschluss, so als müsste man es nur anschließen, damit der Betrieb an Bord wieder losgehen kann.

Seltsam. Irgendwer hat an die Kommandobrücke ein Foto von Walter Ulbricht gehängt. Surreal. Wir schalten unsere wasserdichten Handlampen an und schwimmen dicht an den Fenstern entlang. Die Kommandobrücke ist fast leer geräumt, es gibt nicht mal mehr ein Steuerrad. Im Funkraum sehen die Geräte aus, als würden sie noch funktionieren. Eine Etage tiefer im Wintergarten liegen Stühle und Tische herum sowie ein paar im Salzwasser ersoffene Topfpflanzen.

Maike schwimmt jetzt genau auf das Promenadendeck zu, und ich stelle mir vor, wie hier früher die Passagiere in ihren Liegestühlen saßen, um zu lesen, Schach zu spielen oder einfach nur den Blick aufs Meer zu genießen. Kellner in weißen Livreen servieren Tee und Cognac, ein Grammofon spielt, und an der Reling hängen altmodische Rettungsringe mit dem Namenszug »CHARLESVILLE«.

Ich folge Maikes Blasenspur über die Promenade. Sie stoppt an einer doppelflügeligen Tür aus massivem Tropenholz. Im Schein meiner Lampe reflektieren sich Handgriffe und Scharniere aus Messing, als wären sie poliert. Die Scheiben der ebenfalls mit Messing eingefassten Bullaugen in der Tür sind eingeschlagen, aber zu eng, als dass sich dort ein Mensch durchzwängen könnte. Dahinter erkenne ich die angstverzerrten Gesichter von Marietta Solms und Peter Hinrichsen. Mit ihren Taucherbrillen sehen sie wie gefangene Fische aus. Ich hebe meinen Daumen. Das soll Zuversicht ausstrahlen. Dann rüttle ich an der Tür. Vergebens. Maike hatte recht. Ein Stahlträger liegt quer vor der Tür, sodass diese sich nicht mehr öffnen lässt. Ich versuche, ihn anzuheben, bekomme ihn aber keinen Millimeter bewegt.

Maike tippt mich an und reicht mir eine Eisenstange, die sie irgendwo auf dem Deck gefunden hat. Die schiebe ich unter den Stahlträger und lege sie dann auf die Reling, um den Träger mittels Hebelkraft von der Tür wegzubekommen. An Land würde das eventuell funktionieren. Doch unter Wasser fehlt mir das Gewicht, das ich auf den Hebel legen könnte. Im Prinzip schwebe ich hier wie eine Feder, und meine Kraft allein reicht nicht aus.

Und dann diese ganzen Luftblasen um mich herum. Dauernd treiben sie mir vor die Taucherbrille und nehmen die Sicht. Mühsam rucke ich an der Eisenstange herum, doch der Träger ist wie angeschweißt. Was ist hier los? Wenn ich nichts mehr wiege unter Wasser, warum ist dann der Stahlträger so schwer?

Hilflos sehe ich Maike an und schüttele den Kopf. So wird das nichts.

Eine rosa Qualle schwebt an mir vorbei und wird vom Blasenschwall, den ich ausstoße, gegen die massive Teakholzleiste getrieben, mit der die Tür von drei Seiten eingefasst ist. Diese im Fachjargon genannte Zarge reicht aber nicht bis ganz aufs Deck, sondern endet gut zehn Zentimeter vor dem sogenannten Überspülschutz, der verhindern soll, dass das Wasser überkommender Brecher im Sturm auf hoher See ins Schiff eindringen kann. Zwischen diesem Überspülschutz und der Zarge klemmt also der Träger und blockiert die überlappende Türfalz. Deshalb kann man sie nicht öffnen und den Träger nicht so ohne Weiteres beiseiteschieben und anheben.

Aha, denke ich, immerhin eine Erkenntnis. Leider führt sie mich zügig zu einer zweiten, sehr viel unheimlicheren Einsicht, und diese jagt mir einen eisigen Schauer über den Rücken. Denn von allein kann der Stahlträger unmöglich unter die Türzarge geraten sein. Dann hätte er entgegen seiner Schwerkraft entweder nach oben oder über den Überspülschutz rutschen müssen. Beides widerspricht jeder physikalischen Logik. Mit anderen Worten: Der Stahlträger muss von irgendwem da reingeschoben worden sein. Verdammt noch mal! Wir sind hier unten nicht allein.

Irgendwer hat die Solms und ihren Lotsen ganz bewusst im Wrack eingeschlossen. Damit sie ersaufen. Und wir sollten jetzt zusehen, dass wir sie da schleunigst herausbekommen und abhauen!

Hastig gebe ich Maike ein Zeichen. Wir müssen den Stahlträger der Länge nach vorsichtig unter der Türzarge herausziehen, ohne dass er sich verkantet. Dazu bindet Maike eine der im Wasser umherschwebenden dünnen Leinen um den Träger. So können wir besser zugreifen und mit vereinten Kräften ziehen.

Ich weiß nicht, wie lange uns die Fische dabei zusehen müssen, Tatsache ist, dass wir die Tür nach einer gefühlten Ewigkeit tatsächlich freibekommen und öffnen können. Bevor wir auftauchen, macht Maike der Solms und dem Lotsen klar, dass wir alle hinter ihr bleiben sollen. Sie gibt das Tempo beim Auftauchen vor, damit wir keine Dekompressionsprobleme bekommen.

Es folgen endlose Minuten, in denen ich fürchte, dass jeden Augenblick der Sauerstoff in den Flaschen ausgeht. Endlich stoßen wir durch die Wasseroberfläche. Gerettet!

Wir nehmen die Atemschläuche aus dem Mund, holen tief Luft. Ah, wie gut das tut!

Direkt neben mir taucht Hinrichsen auf, der alte Schlepperkäpt'n aus der Modellbauwerkstatt. »Das war knapp«, keucht er atemlos, »nicht wahr?«

»Das war verdammt knapp«, bestätige ich auch ziemlich erschöpft. »Was haben Sie da unten eigentlich gesucht?«

»Wir wollten wissen, ob mein Co. tatsächlich mit dem Schiff gesunken ist.«

»Zweifeln Sie daran?«

»Solange seine Leiche nicht gefunden ist, sind doch Zweifel angebracht, oder?«

Mag sein, denke ich und schaue mich um. »Und wo ist Ihr Boot?«

»Gute Frage«, antwortet er und sieht sich ebenfalls um. »Wo ist Ihrs?«

Das gibt's doch nicht! Wir hatten es an die Boje gebunden, doch jetzt ist es nicht mehr da. Wo ist unser Schlauchboot?

Hastig drehe ich mich nach allen Seiten um. Doch überall nur Wasser. Nirgendwo ein Boot in Sicht. Das darf doch nicht wahr sein!

»Diese Schweine!« Maike reckt den Arm.

Ein paar Seemeilen weiter tuckert ein kleiner Kutter davon. Es ist derselbe wie vorhin. Und er schleppt unser Schlauchboot mit allem, was darauf ist, von uns weg.

»Diese Schweine«, wiederholt Maike entsetzt. »Diese gottverdammten Schweine.«

»Hey«, brülle ich dem Kutter nach und wedele wild mit den Armen. »Hey! Was soll das werden! *Hey!*«

»Das hat keinen Zweck«, keucht Maike atemlos. »Wir vergeuden nur unsere Kräfte.«

»Die können doch nicht einfach mit unserem Boot abhauen!« Ich spüre, wie eiskalte Panik in mir hochkriecht. »Da ist doch alles drin. Die können doch nicht einfach abhauen! Hey«, brülle ich erneut, »Hey! Kommt zurück!«

»Beruhigen Sie sich!« Maike fasst mich am Arm. »Das bringt doch nichts.«

Verblüfft sehe ich sie an. Ich soll mich beruhigen? »Verdammt, die lassen uns hier einfach ersaufen!«

»So schnell geht das nicht. Erst mal müssen wir die Bleigürtel loswerden. Und die Luftflaschen.« Maike sieht uns aufmunternd an. »Na los, abschnallen!«

»Und dann?«

»Fallen lassen.«

»Aber das geht doch unter.«

»Na und? Wir brauchen den Scheiß nicht mehr!«

Wo sie recht hat …

Mit zitternden Fingern lösen wir unsere Bleigürtel und nehmen die Flasche ab. Bleigürtel sinken schneller in die Tiefe als Flaschen. Die Frage ist: Wann folgen wir?

Maike erkundigt sich bei Frau Solms und Peter Hinrichsen, ob alles okay ist.

Eine super Frage. »Nichts ist okay«, rege ich mich auf, »die sind mit unserem Boot abgehauen, verdammt!«

»Und jetzt?« Marietta Solms zittert am ganzen Leib. »Was machen wir jetzt?«

»Schwimmen«, antwortet Hinrichsen und zeigt nach Westen. »Acht, neun Meilen weit. Dann kommt Land.«

»Schwimmen?« Maike Hansen schüttelt den Kopf. »Wir haben nicht mal Schwimmwesten.«

»Was schlagen Sie vor?«

»Keine Ahnung. Warten.«

»Warten?« Ich fasse es nicht. »Auf wen? Hier kommt doch niemand!«

»Wir können nicht an Land schwimmen«, erklärt Maike entschieden. »Das ist zu weit weg. Das schaffen wir nicht. Das schaffen wir niemals. Wir haben keine Wahl. Wir müssen warten, bis uns jemand sucht. Irgendwann werden sie uns an Land vermissen.«

Aber bis dahin können Stunden vergehen, überlege ich zähneklappernd. Mir ist jetzt schon kalt, und wie viele Stunden hält es ein Mensch im Wasser aus? Bei zwanzig Grad, an eine einsame Boje geklammert, mitten auf dem Meer?

Fünf Stunden? Oder zehn? Und wenn sie uns erst am Morgen suchen? Überstehen wir den Abend, der vor uns liegt? Und die lange Nacht?

Worauf warten wir?

Auf den Tod?

Zbygniew Bartoczewski, stellvertretender Leiter des polnischen Seeamtes in Gdynia, bat den steifbeinigen Besucher in sein Büro. Endlich kommen sie, die Deutschen, dachte er, um sich um ihr Wrack zu kümmern. »Bitte, setzen Sie sich doch!«

»Danke.« Der Mann, hager und vermutlich Mitte/Ende sechzig, nahm Platz. Er trug einen hellen Leinenanzug und war trotz Sommerhitze außerordentlich korrekt gekleidet. In Hemd und Krawatte, zudem trug er einen breitkrempigen, zum Anzug passenden Hut. Sehr elegant. Außerdem fielen Bartoczewski die feinen Glacéhandschuhe auf, mit denen der Besucher den Knauf seines Gehstockes umfasste. »Entschuldigen Sie die Störung«, sagte er.

»Aber nein«, erwiderte Bartoczewski, »ich bin froh, dass Sie gekommen sind. Wie war noch gleich Ihr Name?«

»Meyer«, antwortete der elegante Herr, »ich hatte mich nicht vorgestellt. Siegbert Meyer. Aus Berlin.«

»Aus Berlin, aha. Es geht um die ›Büchner‹, nicht wahr?«

»Möglicherweise.« Meyer räusperte sich umständlich. »Vor allem aber geht es um einen älteren Herrn in meinem Alter und eine junge Frau von Anfang zwanzig. Eventuell haben sie sich bei Ihnen nach der ›Georg Büchner‹ erkundigt.«

»Aha.« Bartoczewski gab sich interessiert, obgleich er nicht ganz folgen konnte. »Und wie kommen Sie darauf?«

»Ihre Behörde untersucht den Untergang des Schiffes.«

»Das ist richtig«, nickte der stellvertretende Leiter des Seeamtes. »Wie stehen Sie denn dazu?«

»Wozu?«

»Verzeihen Sie!« Bartoczewski lächelte entschuldigend. »Ich habe mich unpräzise ausgedrückt. Mich interessiert, in welcher Funktion Sie sind? Gehören Sie zu den Käufern des Schiffes? Oder zu den Verkäufern? Wie ist überhaupt die Eignersituation derzeit?«

»Moment!« Meyer stoppte den stellvertretenden Leiter des polnischen Seeamtes mit einer knappen Handbewegung. »Sie haben meine eingangs gestellte Frage noch nicht beantwortet. Stattdessen stellen Sie mir nun viele weitere Fragen, auf die ich gern bereit bin einzugehen, aber: Können wir das der Reihe nach abarbeiten?«

»N-natürlich, äh …« Bartoczewski war verwirrt. »Sie haben sich nach zwei Personen erkundigt, richtig?«

»Hans Dieter Knoop und Maike Hansen.«

Bartoczewski blätterte in seinen Unterlagen. »Wissen Sie, wir sind hier sehr an einer schnellen Bergung des Wracks interessiert. Es geht uns vor allem darum, keinen Präzedenzfall zu schaffen. Die polnische Ostseeküste soll kein Friedhof für ausrangierte Schiffe werden. Daher suchen wir händeringend nach den Eignern des MS ›Georg Büchner‹. Denn die sind letztlich dafür verantwortlich, verstehen Sie? Es geht hier um das Verursacherprinzip.«

»Der Verursacher war der Schlepper«, stellte Meyer fest. »Der hat das Schiff doch erst hierher vor die Küste gezogen …«

»Weil es zu sinken drohte.«

»Mumpitz!« Meyer beugte sich vor. »Die ›Büchner‹ war seefest, alle erforderlichen Genehmigungen für eine Überfahrt waren erteilt.«

»Nun«, Bartoczewski seufzte, »Genehmigungen kann man kaufen.«

»Bei Ihnen vielleicht.« Meyer lehnte sich wieder zurück. »Was die Bundesrepublik Deutschland angeht, vertraue ich auf die Korrektheit unserer Behörden. Insofern gab es gar keinen Grund für die Schlepperbesatzung, die vorgesehene Route eigenmächtig zu ändern. Dann würde das Schiff auch nicht in Ihren Gewässern liegen.«

»Wie gesagt«, Bartoczewski hob beschwichtigend die Hände, »unsere Untersuchungen laufen noch. Dennoch ist das natürlich alles sehr ärgerlich.«

»Ärgerlich ist vor allem«, allmählich wurde Meyer ungeduldig, »dass Sie mir noch immer meine Frage nicht beantwortet haben, Herr Bartoczewski!«

»Entschuldigen Sie!« Er schüttelte bedauernd den Kopf. »Ich bin etwas … Wie waren die Namen Ihrer …?«

»Hansen und Knoop.«

»Hansen und Knoop, richtig.« Bartoczewski blätterte wieder fahrig seine Unterlagen durch. »Und wann sollen die hier gewesen sein?«

»Das weiß ich nicht!« Meyers Stimme wurde schneidend. »Deshalb frage ich Sie jetzt zum dritten Mal, *ob* die beiden hier gewesen sind?«

»Ach, das wissen Sie gar nicht?«

»Deshalb frage ich!«

»Verstehe.« Bartoczewski griff zum Telefon. »Einen kleinen Moment, bitte.« Er wartete, sprach dann polnisch in den Hörer. Mehrmals fielen die Namen »Knoop« und »Hansen«. Dann legte er auf und sah Meyer beruhigend an. »Die rufen gleich zurück.« Nach einer kurzen Pause: »Knoop und Hansen untersuchen den Fall?«

»Für die Kriminalpolizei, ja«, antwortete Meyer. »Mir ist sehr daran gelegen, dass ihnen nichts passiert.«

»Sie haben recht«, nickte Bartoczewski, »Polizist ist ein gefährlicher Beruf. Arbeiten die beiden mit den polnischen Behörden zusammen?«

»Ich fürchte, nein.«

»Und warum interessiert sich die deutsche Polizei für einen Schiffsuntergang? Wäre das nicht eher Sache des Seerechts?«

»Schon«, nickte Meyer. »Aber es gab einen Toten. Und dann ermittelt die Polizei.«

»Einen Toten? Auf dem Schiff?«

Meyer schüttelte den Kopf. »Ein Anwalt, der für den Käufer der ›Büchner‹ handelte.«

»Diese Argent Venture Capital Limited?«

»Sie sind gut informiert.«

»Ja, aber wir bekommen nichts heraus über diese Firma«, sagte Bartoczewski bekümmert. »Wissen Sie, wer dahintersteckt?«

»Nein, leider nicht.«

Das Telefon klingelte. Bartoczewski nahm ab, lauschte, dankte auf Polnisch. Dann legte er wieder auf und sah Meyer bedauernd an.

»Tut mir leid, aber weder eine Frau Hansen noch ein Herr Knoop waren in den letzten Tagen hier.«

»Mist!«

»Bitte?«

»Nichts.« Meyer erhob sich missmutig. »Ich hatte nur gehofft, dass Sie mir hier weiterhelfen könnten. Leider ist das nicht der Fall.« Er überlegte. »Vielleicht können Sie mir sagen, wo dieser Hochseeschlepper, der die ›Büchner‹ am Haken hatte, seinen Heimathafen hat.«

»In Gdańsk, soweit ich weiß.«

»Vielen Dank für Ihre Hilfe.« Meyer verabschiedete sich. »Ich muss jetzt weiter.«

»Einen Augenblick noch. Sie wollten mir noch eine ganze Reihe von Fragen beantworten.«

»Das habe ich getan.« Meyer ließ sich nicht aufhalten. »Einen schönen Tag noch!«

55 ALS SICH IHR MANN drei Tage nach dem Untergang der »Georg Büchner« noch immer nicht zu Hause gemeldet hatte, hielt es Marietta Solms nicht mehr aus.

Der Rostocker Anwalt Dr. Ernst Holger Krahwinkel war für die »Georg Büchner« maßgeblich verantwortlich, mit ihm hatte Marietta Solms im Wasserstraßen- und Schifffahrtsamt stundenlang verhandelt, hatte Auflagen für die seerechtliche Genehmigung gestellt, Gutachten angefordert und die Eigner des Schiffes einbestellt. Stattdessen kam immer Krahwinkel. Er zeichnete auch für die Käufer des Schiffs, bestand in ihrem Namen auf der Verschleppung nach Klaipeda.

Und auf dem Weg dorthin war das Schiff dann gesunken. Aus ungeklärten Ursachen mit ihrem Mann an Bord. Werner Solms, besser bekannt als Käpt'n Charly Zwo.

Die ganze Sache stank zum Himmel, und Marietta wollte den

Anwalt zur Rede stellen, unbedingt, wollte wissen, was er über den Untergang des Schiffes wusste. Doch Krahwinkel war weder in seiner Kanzlei noch bei sich zu Hause. Marietta fand ihn schließlich im Nautischen Yachtclub, wo er gerade mit seiner Yacht »Artemisia« auslaufen wollte. Lachend winkte er sie an Bord, lud sie ein zu einem kleinen Törn.

Kein Zweifel, Ernst Holger Krahwinkel war ein attraktiver Mann. Er war groß und schlank, braun gebrannt, Dreitagebart, das volle Haar halblang. Es begann zu ergrauen, aber das stand ihm gut. Er trug ein weißes Polohemd mit einem kleinen Aufdruck auf der Brust, »ARTEMISIA Sailing Crew«, dazu passende Seglerhosen, vermutlich maßgeschneidert, und er war sehr charmant. Ein genialer Menschenverführer. Erst wickelte er sie um den Finger, dann stürzte er sie ins Unglück. Er war eiskalt, wenn es um seinen Vorteil ging. Und es ging immer um seinen Vorteil.

Als ihn Marietta mit dem Vorwurf konfrontierte, verantwortlich für den Untergang der »Büchner« zu sein, lachte er nur. Er stand am Steuer seiner schönen Segelyacht und lachte sie buchstäblich aus.

»Sie haben recht«, rief er in den Sonnenuntergang über den Bodden hinein, »und wissen Sie was: Ihr Mann und ich, wir waren uns immer einig, dass man dieses schöne Schiff niemals verschrotten dürfe. Dann lieber ein ehrenvolles Grab auf dem Ostseegrund, nicht wahr? Nichts ist schlimmer als das Ende beim Abwracker.« Schließlich wechselte er das Thema. »Wollen wir mal die Jenny einschalten? Der Wind ist eh weg.«

Das stimmte. Die Segel hingen schlaff herunter, und die Yacht dümpelte schon eine Weile ohne Fahrt auf dem Wasser herum. Mit der Jenny meinte er vermutlich die Einbaumaschine, denn er startete den Diesel und nahm wieder Kurs auf den Barther Hafen.

»Mein Mann war auf der ›Büchner‹, als sie sank«, wurde Marietta deutlicher, doch das interessierte ihn nicht.

»Haben Sie auch Hunger?«, fragte er stattdessen und bat sie, ohne eine Antwort abzuwarten, das Ruder zu übernehmen. »Ich mach uns ein paar Sandwiches.« Damit verschwand er in der Kajüte. »Ist

Ihnen Schinken recht? Frisch geräuchert und schön mager. Direkt vom Bauern.« Er zog sein Kappmesser hervor, um ein paar Brote zu schmieren. »Oder wollen Sie lieber Käse? Ich hab Tilsiter und Camembert.«

Aber Marietta wollte nichts essen. Wütend verließ sie ihren Platz am Steuer, kletterte ebenfalls in die Kajüte und nahm ihm das Kappmesser ab. »Lassen Sie das, ich hab keinen Hunger!«

»Fein«, nickte er. »Aber ich. Geben Sie mir das Messer wieder?«

»Verdammt«, rief sie den Tränen nahe, »er ist nicht mehr nach Hause gekommen!«

»Vielleicht hat er 'ne Freundin?« Grinsend sah er sie an. »Ein echter Seemann hat in jedem Hafen eine Geliebte. So heißt es doch, oder?«

»Nur dass mein Mann keinen Hafen mehr erreichen konnte«, zischte sie wütend. »Und dafür sind Sie verantwortlich.«

»Das kann ich nicht sein, denn ich war nicht auf dem Schiff«, entgegnete er und hielt ihr die Hand hin. »Aber ihr Mann. Und nun geben Sie mir endlich das Messer, sonst kann ich keine Sandwiches machen.«

In diesem Augenblick ging ein gewaltiger Ruck durchs Schiff. Marietta verlor das Gleichgewicht und knallte mit dem Kopf hart irgendwo gegen. Für einen Moment war ihr schwarz vor Augen. Als sie wieder zu sich kam, lag Krahwinkel sterbend am Boden. Und er hatte das Kappmesser in der Brust …

»Wo sind Sie denn gegengeknallt? Mit der Stirn? Mit dem Hinterkopf? Zeigen Sie mal!« Maike wirkt nach dem Geständnis auf hoher See sehr skeptisch. Und sie setzt die Tatverdächtige unter Druck, als wären die beiden in einem Verhörzimmer. Eine etwas skurrile Situation, wie ich finde. Aber Maike lässt nicht locker. »Da müsste dann doch irgendwo eine Beule sein.«

»Hier!« Marietta Solms hält ihren Kopf hin und streicht sich das nasse Haar beiseite. »Mit der Schläfe, sehen Sie?«

Maike schüttelt den Kopf. »Ich sehe nichts. Nee.« Sie stößt mich an. »Sehen Sie was?«

Keine Ahnung, ist mir völlig egal. Ich will endlich wieder festen Boden unter die Füße kriegen!

»Frau Solms, ich frage Sie noch mal: War es ein Unfall? Oder haben Sie zugestochen?«

»Ich weiß es nicht«, flüstert Marietta Solms wie zu sich selbst. »Ich weiß es wirklich nicht!«

Und ich weiß nicht, wie lange wir uns schon an der Wrack-Boje festklammern. Es ist mir inzwischen auch egal. Ich will nur noch weg. Die ersten Stunden haben wir Mutmaßungen darüber angestellt, wer uns wohl das Schlauchboot gestohlen und Marietta Solms und Peter Hinrichsen im Wrack eingeschlossen hat. Vor allem fragen wir uns, wem wir so gefährlich geworden sind, dass er uns hier auf dem Meer verrecken lassen will. Ist da unten auf dem Schiff etwas, das wir partout nicht finden dürfen? Was? Die Leiche von Werner Solms alias Charly Zwo? Irgendein dunkles Geheimnis verbirgt sich auf dem gesunkenen Kongodampfer, so viel scheint klar. Ein Geheimnis, das nicht gelüftet werden darf.

Warum ist die »Georg Büchner« überhaupt gesunken? Wer profitiert davon, und warum musste Krahwinkel sterben? War es wirklich ein Unfall, wie Marietta Solms behauptet? Das wäre ein Ding. Dann hätte dieser Kriminaloberkommissar Oehler am Ende doch recht gehabt.

»Und Sie waren so wütend auf ihn, Maike.«

»Abwarten«, entgegnet sie gereizt. »Noch ist das nicht abschließend geklärt.«

»Wenn Sie Jette wegen dieser Geschichte ins Gefängnis stecken«, droht der alte Hinrichsen wütend und ballt die Faust, »lasse ich Sie nach alter Seemannsart kielholen. Und das wird dann gar nicht lustig!«

»Na klar«, gibt Maike kühl zurück, »und vielleicht stecken Sie ja auch mein Haus an. Wie das von Krahwinkel. Oder Sie überfallen meine Dienststelle. Nur dass Sie da keine fünfzigtausend Euro finden werden wie in der Kanzlei!«

»Das können Sie mir nicht beweisen«, winkt Hinrichsen ab. »Wie denn?«

»Mit dem Geld haben Sie doch den Flug hierher bezahlt«, kontert sie kühn, »das liegt doch auf der Hand!«

»Nichts liegt auf der Hand«, regt er sich auf, »absolut gar nichts!«

»Kinder, hört auf zu streiten«, mahne ich ungehört.

»Was ist mit der Farbdose aus Ihrer Werkstatt«, geht Maike den alten Lotsen an. »Da nehmen wir Fingerabdrücke und einen Schriftabgleich …«

»Dazu müssen wir hier aber erst einmal wegkommen«, gebe ich zu bedenken.

»*Rechtsverdreher, wir kriegen dich!*‹« Maike tippt sich gegen die Stirn. »Was sollte das, hm? Wollten Sie eine falsche Fährte legen, um Frau Solms zu schützen?«

»Ich sage nichts mehr ohne meinen Anwalt.«

»Den werden Sie auch brauchen!«

»Schluss jetzt«, rufe ich. Verdammt noch mal, das ist ja nicht auszuhalten! »Vielleicht überlegt ihr mal lieber, wie wir an Land kommen.«

»Wir kommen hier nicht weg.«

»Und wenn wir doch versuchen, zum Ufer zu schwimmen?«

Maike ist strikt dagegen. Das nächste Ufer sei mindestens neun Seemeilen entfernt, ungerechnet also mehr als sechzehn Kilometer, kein Mensch könne das ohne Rettungsweste schaffen. Zudem erkenne man schwimmende Menschen von Schiffen aus nicht, wohl aber Wrack-Bojen, weshalb es besser sei, einfach abzuwarten.

Das tun wir jetzt seit Stunden. Mit der Erfahrung, dass auch die Boje nicht gesehen wird. Mehrmals machen wir Segel- und Fischerboote aus. Und jedes Mal drehen wir fast durch vor Freude, schreien laut und winken. Doch die Boote fahren einfach vorbei.

»Wahrscheinlich ist das Festhalten an der Boje ja sogar kontraproduktiv«, vermutet Hinrichsen, »weil Schiffe um Wracks ja schon aus Sicherheitsgründen einen großen Bogen machen.«

Maike bleibt stur. »Schwimmen wäre unser sicherer Tod. Die einzige Chance, die wir haben, ist warten.«

Marietta Solms weiß nicht, ob sie überhaupt überleben will, wenn sie anschließend ins Gefängnis muss. »Das würde ich nie überstehen.«

»Wenn Sie bei Ihrer Aussage bleiben«, rate ich ihr, »kommen Sie nicht ins Gefängnis. Niemand kann Ihnen das Gegenteil beweisen, und dann heißt es: In dubio pro reo.«

»Das werden wir ja sehen«, knurrt Maike.

Es wird langsam Nacht, und über uns ist ein Farbenrausch aus wechselndem Licht: Vor einer bleichen Mondscheibe ziehen ein paar bizarre Wolken vorbei, die sich erst gelblich und dann orange verfärben, um schließlich in allen Rot- und Rosatönen vor einem dunkelvioletten Himmel zu strahlen. Zu allem Überfluss wird dieses faszinierende Schauspiel auch noch von der endlosen Wasserfläche der Ostsee reflektiert, sodass wir uns bald ziemlich esoterisch vorkommen. Wie auf einem irren LSD-Trip …

»Fehlen nur noch die frühen Studioaufnahmen aus dem ›Inner Space‹ von Can«, meint Hinrichsen versonnen und beginnt, eine Melodie zu summen.

Das erstaunt mich. Diesen alten Käpt'n hätte ich eher mit Freddy Quinn in Verbindung gebracht als mit der deutschen Avantgarde-Band.

»Auch ich hatte mal meine psychedelische Zeit«, erklärt er mir, »Ende der Sechziger muss das gewesen sein. Da hatten wir einen Zwangsaufenthalt nach Ladungsbrand vor der indischen Küste. Bis unser Kahn wieder flott war, vergingen ein paar Monate. Die haben wir in einem Aschram auf Goa verbracht. Wir hatten ja keine Devisen. Da war das die günstigste Möglichkeit.«

Ein dumpfes Wummern holt uns aus unseren Gedanken. Ein Ausflugsdampfer, so eine Art Bäderschiff, mit Urlaubern drauf und lauter Dancefloor-Musik. Der kommt uns so nahe, dass wir die Menschen an Bord sehen können. Wie sie tanzen und sich vergnügen.

Wir schreien uns fast die Seele aus dem Leib, aber brüll mal gegen so eine Technopop-Nummer an, wenn du seit Stunden unterkühlt und zunehmend entkräftest im Ostseewasser hängst.

Am Ende schwimme ich verzweifelt auf den Ausflugsdampfer zu, obwohl Maike mich zurückzuhalten versucht. Aber den Dampfer will ich kriegen. Ich kraule wie ein Verrückter, winke und rufe. Doch alles vergebens. Die Leute auf dem Schiff bemerken mich nicht und fahren ungerührt weiter. Zum Schluss bin ich so fertig, dass ich fast absaufe.

Maike und der Lotse holen mich mühsam zurück zu unserer Boje. Mit dem Ergebnis, dass auch sie jetzt völlig erschöpft sind.

Dazu kommt die Kälte. Okay, wir haben Juni, und das Wasser hat gut zwanzig Grad. Aber auch das ist noch weit unter der durchschnittlichen Körpertemperatur eines Menschen. Also kühlt man aus. Ganz langsam, aber unaufhaltsam. Erst merkt man es an den Fingern. Dann an den Zehen. Sie werden zunehmend steif. Später kannst du Arme und Beine nicht mehr richtig bewegen, weil dein Körper damit zu tun hat, die lebenswichtigen Organe warm zu halten. Der Blutkreislauf sinkt. Irgendwann wirst du ohnmächtig. Du schläfst einfach ein und wachst nie wieder auf.

»Hey!« Maike stößt uns reihum an. »Wach bleiben, klar?«

»Ich schlafe nicht«, murmele ich, »bin hellwach!«

»Sie haben die Augen zu.«

»Ich denke nur nach«, versichere ich ihr, »bin nur in Gedanken.«

»Worüber?« Wieder stößt sie mich an. »Hey! Worüber denken Sie nach? Erzählen Sie's uns!«

Worüber denk ich wohl nach? »Wie wir hier wegkommen, natürlich. Ich habe keine anderen Gedanken mehr.«

»Irgendwer wird uns schon finden.«

»Ja. Wenn wir tot sind.«

»Sie haben die Hoffnung aufgegeben.«

»Quatsch. Die Hoffnung stirbt zuletzt.« Peter Hinrichsen versucht es noch mal: »Vielleicht sollten wir doch schwimmen. Es haben schon Leute den Ärmelkanal durchquert.«

»Die waren trainiert und wurden von Booten begleitet.«

»Wir sollten es trotzdem versuchen«, meint jetzt auch Marietta Solms schlotternd, »wir erfrieren hier.«

»Das fühlt sich nur so an«, versichert Maike. »Das dauert noch. Solange wir frieren, ist alles okay. Erst wenn wir die Kälte nicht mehr spüren, wird es gefährlich.«

»Wollen Sie so lange warten?« Ich verstehe nicht, warum sie so hartnäckig ist.

Das sei eine eiserne Regel der Deutschen Gesellschaft zur Rettung Schiffbrüchiger. Niemals versuchen, schwimmend das Land zu erreichen. Immer am Objekt bleiben. Also in unserem Fall der Boje. Weil man die als Retter besser sieht.

»Na, wie das funktioniert«, höhnt Hinrichsen, »haben wir heute erlebt.

»Sie haben schon wieder die Augen zu!« Erneut stößt sie mich an.

»Ist angenehmer so«, finde ich, »entspannter.«

»Machen Sie sie auf! Sie schlafen sonst ein. Augen auf, hab ich gesagt!«

Gott, was brüllt sie denn so?

»Wir dürfen nicht einschlafen, hören Sie? Nicht einschlafen!«

»Lassen Sie uns einfach ans Ufer schwimmen. Wir sind schon viel zu lange im Wasser!«

»Wir können nicht ans Ufer schwimmen. Die Küste ist zu weit entfernt.«

»Wir sollten es trotzdem versuchen. Bewegung hält warm. Sagen sie doch immer alle. Wenn einem kalt ist, soll man sich bewegen.«

»Das gilt nicht im Wasser«, flüstert sie. »Im Wasser ist Bewegung der Tod. Weil man noch schneller auskühlt.«

Wir schweigen.

Ich sehe sie an. Sie sieht bleich aus, erschöpft. Und sie hat die Augen geschlossen.

Jetzt bin ich es, der sie wach rüttelt. »Hey! Augen auf! Nicht einschlafen, okay?«

In was für einen beschissenen Schlamassel sind wir geraten! Ich fasse es nicht.

Wie herrlich hatte das alles begonnen. Heute Morgen noch hab mich wie zwanzig gefühlt, so wunderbar.

314

Doch jetzt ist daraus ein Alptraum geworden. Wir werden sterben. Das ist mir plötzlich klar. Wir kommen hier nicht mehr weg. Niemand sucht nach uns. Niemand wird uns finden. Wir werden einfach krepieren.

56 WAREN DIESE VOLLIDIOTEN wirklich so verrückt gewesen, zum Wrack der »Georg Büchner« hinauszufahren?

Es dauerte eine Weile, bis bei Siegbert Meyer dieser für ihn völlig irre Gedanke zur Erkenntnis geworden war.

Zuvor hatte es eine nervige Odyssee durch Danzig gebraucht, bei der eindeutig gestellte Fragen nicht oder nur sehr zweideutig beantwortet worden waren. Wie das heute so üblich ist in dieser verworrenen Zeit. Die Menschen können nicht mehr antworten. Nicht, weil sie nicht wollen, nein: Die Menschen haben keine Antworten mehr!

Erst ein sehr merkwürdiges Gespräch mit dem Kapitän des Hochseeschleppers »Ajaks« sowie nun die noch seltsamere Begegnung mit einem zahnlosen alten Männlein im Hafen, das für hundertfünfzig Złoty Antworten verkaufte, die selbstverständlich auch keine waren, hatten Meyer endlich auf die Spur gebracht.

Verdammt noch mal! Diese Idioten waren so verrückt. Und das lag nicht an ihrer Ahnungslosigkeit, sondern an ihrer Hybris, einer typisch kriminalistischen Selbstüberschätzung. Dieter hatte sein ganzes Leben lang seine Nase in Dinge gesteckt, die ihn nichts angingen. Und die kleine Hansen war vermutlich auch nicht besser. Aber diese Nummer war zu groß für die zwei, hier ging es um Leben und Tod!

Eigentlich sollte ich sie da draußen ersaufen lassen, dachte Meyer wütend, bevor er sich den Zahnlosen noch einmal griff und ihm einen Hundert-Euro-Schein vor das ausgezehrte Wodka-Gesicht hielt.

»Der gehört dir, wenn du mir ein Boot besorgst. Es sollte nicht zu viel Tiefgang haben und seegängig sein. Und schnell muss es gehen, ich brauche das Schiffchen gleich!«

Die Augen des Zahnlosen glänzten. Sofort kam Bewegung in den alten Mann. Flink wie eine Ratte wetzte er über das ausgedehnte, unübersichtliche Hafengelände, dass Meyer mit seinem Gehstock kaum nachkam.

Aber am Ende lohnte sich die Jagd. Der Alte zeigte ihm ein ausgedientes Torpedoboot der polnischen Seestreitkräfte. Der graue Tarnanstrich war zum großen Teil längst abgeblättert, weite Bereiche des Schiffs zeigten deutlichen Rostfraß, doch angeblich war das Boot noch voll funktionstüchtig.

»Motor gut«, beteuerte der Mann, »Substanz gut.«

»Gibt's dafür auch eine Besatzung?«

»An Bord. Schlafen!«

»Wecken!«, forderte Meyer und legte einen Hunderter nach. »Jetzt!«

Der Zahnlose sprang an Bord und veranstaltete einen Veitstanz, der jedem afrikanischen Geisterbeschwörer zur Ehre gereicht hätte. Dazu kreischte er in schrillen Tönen in einer Lautstärke, die …

Egal, Meyer hielt sich einfach die Ohren zu.

Nach und nach taumelten die ersten schlaftrunkenen Gestalten an Deck, traurig anzusehen in ihren zerfetzten T-Shirts und den dreckigen Hosen. Offenbar hatten sie gesoffen, denn ein paar hielten ihre Wodkaflaschen noch in der Hand und wankten bedrohlich.

Auch der Mann, der vom Zahnlosen stolz als Kapitän des Torpedobootes vorgestellt wurde, hatte einen sehr glasigen Blick und konnte sich kaum mehr auf den Beinen halten.

»Sie sind also der Chef dieser traurigen Truppe«, stellte Meyer fest, bevor der Kapitän einfach umfiel. Der konnte nicht mehr, so viel war klar.

»Kann hier überhaupt jemand fahren?« Meyer schüttelte angewidert den Kopf.

»Ich fahren«, schlug der Zahnlose vor. »Du Geld, ich fahren!«

»Haben Sie ein Patent?«

»Ich ›Dar Pomorza‹«, sagte der Alte, *»first officer, you know?«*
»Sie waren Erster Offizier auf der ›Dar Pomorza‹?« Jetzt war
Meyer verblüfft. Das änderte natürlich alles, denn die »Dar Pomorza« war jahrelang der ganze Stolz der Polen gewesen, einer der
schönsten Windjammer der Welt, das polnische Segelschulschiff,
sozusagen die »Gorch Fock« der polnischen Nation. Meyer hatte sie
noch aktiv bei den Flottentreffen der sozialistischen Bruderländer
erlebt, und auch jedes Kind in der DDR kannte die »Dar Pomorza«
als den weißen Schwan der Baltischen See. Inzwischen lag sie fest
vertäut als Museumsschiff in Gdynia.

Der Zahnlose verbeugte sich galant. »Willkommen an Bord.«

»Vielen Dank.« Meyer kletterte etwas umständlich auf das alte
Torpedoboot und strich sich das Sakko glatt. »Dann sollten wir
keine Zeit verlieren. Ablegen!«

Der Zahnlose schrie auf Polnisch die Besatzung zusammen.
Kommandieren konnte er gut. Die Männer zerrten jetzt ihren re-
gungslosen Kapitän unter Deck, damit er nicht im Weg herumlag.
Gleichzeitig wurde das Torpedoboot in eine schwarze Wolke aus
stinkendem Dieselruß gehüllt. Die Motoren liefen. Leinen los!

Langsam setzte sich das Boot in Bewegung und tuckerte in Richtung Hafenausfahrt.

Meyer stand unbeweglich an Deck auf seinen Stock gestützt und
sog tief die Seeluft ein. Dann hinkte er auf die Kommandobrücke.

»Wir müssen dahin, wo die ›Georg Büchner‹ gesunken ist. Wissen
Sie, wo?«

»›Buchner‹ ich finde«, versprach der Zahnlose und kurbelte am
stählernen Steuerrad. »Kein Problem.«

»Wunderbar.« Meyer stützte sich schwer am Kartentisch ab und
sah nach vorn aufs Wasser. Ein wenig kam er sich vor wie der alte
John Silver aus Stevensons »Schatzinsel«. Der hatte ein Holzbein
und hinkte auch.

Es dämmerte. Meyer sah auf die Uhr, gleich halb elf. In weniger
als einer halben Stunde würde es stockdunkel sein. Mist! Er war zu
spät, das ahnte er. In den wichtigen Momenten seines Lebens war
er immer zu spät gewesen.

»Können Sie auch schneller fahren?«

»Gleich«, versprach der Alte und sah konzentriert nach vorn.

»Motoren alt. Müssen erst warm.«

»Es wird gleich Nacht«, mahnte Meyer.

»Wir haben ...« Der Alte zeigte auf einen Griff über sich und drehte ihn hin und her.

Suchscheinwerfer, dachte Meyer. Immerhin. Hoffentlich funktionieren sie.

Als sie die Hafeneinfahrt passierten und aufs offene Meer hinaussteuerten, legte der Zahnlose endlich die Hebel auf den Tisch. Volle Kraft voraus.

Jetzt kam Schub ins Boot. Die Motoren brüllten auf, alles vibrierte und klapperte, Rost und Farbreste fielen von den Wänden. Der Alte strahlte. »Gut?«

»Gut«, sagte Meyer und hielt sich etwas verkrampft an den Haltegriffen fest. »Solange der Kahn nicht auseinanderfällt.«

»Mir auch gefällt«, bekräftigte der Alte nickend und nahm einen großen Schluck aus der Wodkaflasche.

Die Sonne war hinter dem Horizont verschwunden, aber noch war es nicht richtig dunkel. Der Himmel zeigte seine schönsten Orange- und Rot- und Rosatöne, doch Meyer hatte keinen Blick für die Pracht. Immer wieder sah er auf die Uhr. Für ihn war es ein Wettlauf mit der Zeit.

»Wie lange noch?«, fragte er den Alten, bekam aber immer die gleiche Antwort: »Gleich.«

Irgendwann knallte es furchtbar unten im Rumpf, und das Boot wurde augenblicklich langsamer. Meyer stieß sich heftig den Kopf an den Fensterrahmen auf der Kommandobrücke und sah sich schmerzverzerrt um.

»Was ist passiert? Haben wir was gerammt?«

»Motor«, knurrte der Alte. »Zu schnell!« Er rief etwas auf Polnisch und bekam von irgendwo aus den Tiefen des Schiffes Antwort. Offenbar versahen die Männer trotz Trunkenheit noch ihren Dienst.

Meyer versuchte, den Wortwechsel zwischen dem Zahnlosen und

den Leuten im Rumpf zu deuten. Irgendwas war mit dem Motor, so viel war klar. Mist, heute ging wirklich alles schief!

Obwohl diese Einschätzung ungerecht war. Aber am Ende zählte eben nur das Ergebnis.

Gott, durchfuhr es Meyer, was soll ich Monika erzählen, wenn Dieter nicht mehr ist? Das erträgt die nicht. Und mir gibt sie wieder die Schuld. Ich habe immer Schuld. Und die junge Kriminalbeamtin tat ihm auch leid. Die hatte doch ihr ganzes Leben noch vor sich. Ich würde mein Leben geben, um die beiden zu retten, dachte er etwas pathetisch, aber davon wurde der Motor auch nicht wieder heil.

Die Männer aus dem Rumpf riefen etwas, und der Zahnlose nestelte am Startknopf. Offenbar wartete er auf ein Kommando.

Dann wurde etwas gebrüllt.

Der Zahnlose drückte den Knopf, und nach etwas Gerödel kam der Motor wieder.

Im ganzen Schiff roch es stark nach Diesel, aber Meyer fiel ein Stein vom Herzen.

»Motor alt«, wiederholte der Zahnlose zufrieden. »Aber gut.« Er lächelte Meyer an. »Nicht ganz schnell fahren, gut? Nur bisschen schnell.«

»Hauptsache, wir kommen an.«

Der Zahnlose gab vorsichtig Gas und griff, während das Boot wieder zügig Fahrt aufnahm, zum Funkgerät, um sich nach irgendwas zu erkundigen.

Diese polnische Sprache, dachte Meyer: eine einzige Abfolge von schwer zu unterscheidenden weichen Schzsch-Lauten.

Der Zahnlose dankte und legte den Hörer des Funkgerätes wieder beiseite.

»Was gibt's?«, erkundigte sich Meyer.

»Ich brauchen genaue Position.«

»Was?« Meyer glaubte, sich verhört zu haben. »Heißt das, Sie wissen nicht, wo Sie sind?«

»Da vorn!« Der Zahnlose drückte einen Knopf und bewegte den Griff über sich. Aber es ging kein Suchscheinwerfer an. Erst nach mehrmaligen kräftigen Handkantenschlägen gegen Griff und Decke flammte oben der Scheinwerfer auf.

»Perfekt«, freute sich der Zahnlose und begann, den Suchscheinwerfer langsam hin und her zu schwenken, während er die Geschwindigkeit drosselte und nur ganz langsam weiterfuhr.

Meyer starrte durch die Fenster nach vorn. Am Himmel stand noch immer ein deutlicher Streifen glühendes Abendrot, doch das Meer war tiefschwarz. Nur der gleißende Schweif des Suchscheinwerfers irrlichterte langsam über die bleiernen Fluten.

57 WIR HABEN KAUM noch Kraft. Wir hängen dicht gedrängt an der Boje wie nasse Säcke und reden nicht mehr. Irgendwann werden wir uns nicht mehr halten können und einfach in die Tiefe sinken.

Wir hindern uns auch nicht mehr gegenseitig am Einschlafen. Wir sind nur noch physisch anwesend. Leere, schlaffe Körper.

Aber unsere Herzen schlagen noch. Und auch mein Hirn funktioniert. Trotz geschlossener Augen sehe ich weiße Bälle über das Wasser tanzen. Steffi Graf und Martina Navrátilová beim Grand Slam. Die Petković ist zwar hübscher, aber bei Weitem nicht so erfolgreich.

Oder sind das Männer? Die doppelten B? Bum Bum Boris und Björn Borg?

Die Einführung privater Sender. Sat.1-Frühstücksfernsehen. In den Achtzigern eine Sensation. Danach kam Tennis. Stundenlang habe ich zugeschaut, nach versoffenen Nächten, in der linken Hand eine Coladose, in der rechten den Big Mac. War schön damals. Nicht so kalt. Aber solange ich friere, ist alles okay. Hat Maike gesagt. Ob sie noch lebt?

Ich öffne meine Augen, stoße sie an. »Hey, Wimbledonsieger, alles okay?«

»Mir ist kalt«, schlottert sie kaum hörbar, »so unendlich kalt.«

Umso besser, denke ich. Wenn sie nicht mehr friert, muss man sich Sorgen machen.

Also diese Navrátilová hat eine echt harte Rückhand. Da muss sich Steffi in Acht nehmen, der Ball kommt direkt auf mich zu. Wie hell er ist! Und wie groß! Geblendet schließe ich die Augen. Als ich sie wieder öffne, hat sich der Ball aus unerfindlichen Gründen wieder zurückgezogen. Hat Steffi schon reagiert? Und warum ist der Tennisplatz so nass? Der Ball spiegelt sich auf dem Wasser. Achtung! Da ist sie wieder, die harte Rückhand. Ich gehe in Deckung und verschlucke mich. Röchelnd tauche ich wieder auf, starre auf das Licht. Plötzlich weiß ich wieder, wo ich bin. Auf See. Die Boje. Das Licht!

»Hey!« Hektisch rüttele ich die anderen wach. »Schaut mal! Die leuchten uns an!«

»Wer?«

»Steffi Graf! Die Navrátilová! Was weiß ich?« Ich will meine Arme heben, winken, aber das geht überhaupt nicht mehr. »Steffi!«, brülle ich mit letzter Kraft, »Martina! Hierher!«

Als ich wieder zu mir komme, sehe ich als Erstes Siggis besorgtes Gesicht über mir.

Was soll das? Was will der hier? »Wo bin ich?«

»Im Krankenhaus«, antwortet Siggi, »irgendwo in Danzig, frag mich nicht nach dem Namen. Wie geht's dir?«

»Besser, schätze ich.« Genau weiß ich es nicht. »Was ist mit Maike und den anderen?«

»Alles gut«, beruhigt mich Siggi. »Ihr seid unterkühlt, aber nicht lebensgefährlich. Maike liegt nebenan. Ich musste ihr mein Smartphone leihen. Jetzt guckt sie alte YouTube-Videos von Tennisturnieren aus den Achtzigern. Du musst sie da irgendwie ziemlich vollgequatscht haben.« Er lächelt. »Soll ich sie mal reinholen?«

»Gern!«

Siggi erhebt sich und geht zur Tür. »Er ist wach.«

»Na endlich!«, höre ich Maike, und schon kommt sie hereingeschneit. Süß sieht sie aus mit ihren verwuschelten Haaren und dem viel zu großen Krankenhauskittel.»Na, alter Mann«, begrüßt sie mich,»Badetag beendet?«

»Gott sei Dank«, erwidere ich.

»Ihr seid solche Idioten«, nölt Siggi nicht wirklich verärgert.»Das hätte so dermaßen schiefgehen können ...«

»Das ist schiefgegangen, Siggi«, stelle ich klar,»und du hast völlig recht, wir sind Idioten.« Liebevoll sehe ich Maike an.»Vollidioten.«

Sie lächelt nachdenklich.»Wir hätten da nicht allein tauchen dürfen, was?«

»Nicht ohne Code«, erwidere ich.

Sie versteht natürlich nicht.

»Ihr Smartphone«, werde ich deutlicher.»Ich wollte die Küstenwache alarmieren. Aber ging ja nicht, weil ich den Code nicht wusste. Das nächste Mal nehmen wir ein ordentliches Funkgerät mit. Smartphones sind Mist!«

»Es gibt hoffentlich kein nächstes Mal«, mahnt Siggi.

»Oh, verdammt!« Sie guckt betroffen.»Das war meine Schuld!«

»Klar«, nicke ich,»das war Ihre Schuld. Sie allein, Maike, sind schuld daran, dass Jette Solms und Peter Hinrichsen noch leben. Insofern«, ich hebe die Hand,»Gratulation!«

»Danke!« Sie schlägt lächelnd ein und sieht Siggi an.»Hat er eigentlich immer recht?«

»Immer«, nickt Siggi.»Das ist ein Naturgesetz. Da kommt man nicht gegen an.«

58 DER WEG ZUM GLÜCK führt über einen wackeligen Steg. Vierzig Meter durch dichtes Schilf über morsches, von Sonne und Wetter gebleichtes Holz. Am Ende liegt ein alter Kahn, der immer etwas leckt. Die Planken müssten mal kalfatert werden, aber das hat Zeit bis zum Herbst. Das bisschen Wasser können wir mit einer Pütz, einem kleinen Eimer, aus dem Boot schöpfen. Dann lösen wir

die Leinen, schnappen uns die Riemen und fahren auf den Bodden hinaus.

Im späten Licht steht der Hecht im Ried, sagen sie hier.

Das Wasser klatscht träge gegen das Boot, und wir rudern Richtung Osten, dort, wo die breiten Schilfgürtel in der Abendsonne schimmern. Ab und zu halten wir inne und trinken einen Schluck. Lagavulin, mindestens fünfundzwanzig Jahre alt. Cask strength. Da hat Siggi ein Händchen für.

»Ich habe gute Berater«, winkt er bescheiden ab und wirft seine Angel aus. »An sich verstehe ich nicht viel davon.« Er lächelt mich an. »Jedenfalls nicht so viel wie du.«

»Hattet ihr im Osten überhaupt Whisky?«

»Nichts, was du als Whisky bezeichnen würdest, Dieter. Aber man lernt ja nie aus.«

Ich stopfe mir eine Pfeife und sehe zu, wie Siggi schon wieder einen Fisch am Haken hat. Das ist echt unglaublich. »Ich fange nie etwas!«

»Weil du es tief in deinem Inneren nicht willst«, erwidert er, während er den Fisch mit einem kurzen knappen Schlag gegen das Dollbord tötet und ihn sofort ausnimmt. Der derart behandelte Fisch kommt in eine mit Eis gefüllte Kühlbox, die ausgenommenen Innereien wickelt er sorgsam in die Ostsee-Zeitung.

»Stopp mal«, unterbreche ich ihn und sehe mir das Blatt genauer an. Die Zeitung ist von vorgestern, und zufällig fällt mir ein Artikel auf. »Versicherung zahlt für ›Büchner‹«, steht da. »Das ist ja hochinteressant«, finde ich. »Die haben vier Millionen Euro an die Argent Venture überwiesen!«

»Gut so«, findet Siggi das.

»Wieso?«

»Na, weil jetzt der Kaufpreis bezahlt werden kann. Die vereinbarten siebenhundertfünfzigtausend Euro bekommt der Insolvenzverwalter, der davon wiederum die Gläubiger des insolventen Traditionsschiff-Vereins bezahlt. Gibst du mir die Zeitung wieder?«

»Und was ist mit dem Rest? Da bleiben noch drei Millionen und zweihundertfünfzigtausend übrig.«

Siggi bestückt seine Angel mit einem neuen Köder. »Hübscher Profit, nicht?«

Ich begreife das nicht. Das stinkt doch zum Himmel. Das muss man sich mal vorstellen: Da verkauft ein insolventer Trägerverein ein Schiff, das er selbst nur für einen symbolischen Euro übernommen hat, für eine Dreiviertelmillion an eine Briefkastenfirma auf den Seychellen. Hintermänner unbekannt. Die lässt das Schiff für vier Millionen Euro versichern und zahlt dann davon, nachdem das Schiff gesunken ist, den Kaufpreis an den Verein.

»Welche Versicherung macht so was? Wer steckt hinter dieser Briefkastenfirma? Und was ist überhaupt der höhere Sinn der Sache?«

»Mein Gott, Dieter! Dir hätte ich wirklich mehr Phantasie zugetraut.«

»Da hat irgendwer vier Millionen für nichts bezahlt«, rege ich mich auf. »Das kann doch nicht sein!«

»Eben«, nickt Siggi. »Niemand schmeißt sein Geld zum Fenster raus.«

Er beugt sich vor und lässt sein Feuerzeug aufschnappen, da er sieht, dass ich meines nicht finde.

»Nehmen wir mal an«, sinniert er laut, »in der Rostocker Stadtverwaltung sitzen auch nur Beamte wie du. Brave Ehemänner und -frauen im Staatsdienst. Papa will ein neues Auto, Mutti träumt schon seit Langem von einem Reitpferd, und die Ausbildung der Kinder will auch finanziert werden. Aber für all das reicht dein Gehalt natürlich nicht.«

Er wartet, bis ich mir die Pfeife angezündet habe, und steckt sein Feuerzeug wieder ein.

»Für einen viel zu bescheidenen Lohn als städtischer Beamter«, fährt er fort, »musst du dich tagtäglich mit stinkreichen Investoren herumschlagen, die schon alles haben – Pferde, Autos, gut ausgebildete Kinder – und immer noch viel mehr wollen. Zum Beispiel ein paar nette Filetgrundstücke an der Warnow, die du als städtischer Beamter öffentlich ausgeschrieben hast. Und außerdem quält dich die Verantwortung für ein denkmalgeschütztes Traditionsschiff, dessen

Kosten du dem Steuerzahler tagtäglich erklären musst und das nur Ärger und Papierkram macht. Kurz, du hast einige Probleme.«

Er wirft seine Angel wieder aus. »Und dann kommt plötzlich ein Geschäftsmann wie ich und bietet dir die Lösung aller dieser Probleme an.«

Ich sehe skeptisch auf. »Du willst meine Probleme lösen?«

»Aber unbedingt!« Siggi lacht. »Wenn du die Ausschreibung der lukrativen Filetgrundstücke an der Warnow zugunsten meiner Auftraggeber drehst, löse ich deine Probleme nur allzu gern. Wir haben sozusagen eine Win-win-Situation. Und die sollten wir nutzen.«

»Wie?«

»Wir gründen eine Firma.« Siggi hat schon wieder Bewegung an seiner Pose und dreht langsam an seiner Rolle. »Da das in Deutschland aber mit aufwendigen Eintragungen, Auflagen und Registrierungen verbunden ist, suchen wir uns einen Ort, an dem es sehr viel weniger Bürokratie gibt.«

»Zum Beispiel die Seychellen?«

»Zum Beispiel die Seychellen«, bestätigt Siggi. »Und diese Firma nennen wir wie?«

»Argent Venture Capital Limited.«

»Wunderbar. Da kann man sich alles und nichts drunter vorstellen. Und jetzt bieten wir dem Trägerverein des denkmalgeschützten Schiffes den Kauf desselben an. Und zwar für wesentlich mehr als nur den symbolischen einen Euro.«

»Nämlich siebenhundertfünfzigtausend Euro.« Allmählich wird mir einiges klar. »Damit ködern wir sie.«

»Genau. Denn jetzt haben die nur noch das Geld im Kopf. Sie werden alles versuchen, um den Deal nicht platzen zu lassen, verstehst du? Insofern lassen wir den Trägerverein für uns arbeiten, ohne dass die das selbst merken.«

»Clever«, denke ich. »Und weiter.«

»Mein Auftraggeber gründet derweil eine Assekuranzgesellschaft, die er mit einem Teil des Geldes ausstattet, das er ohnehin für den Kauf der Filetgrundstücke an der Warnow investieren wollte.« Siggi muss sich jetzt sehr konzentrieren, um seinen Fisch nicht wieder zu verlieren. »Warum?« Er sieht mich gespannt an. »Na, Dieter?«

Keine Ahnung! »Weil wir das Schiff versichern wollen?«, vermute ich drauflos.

»Eins, setzen!«, lobt Siggi. »Deshalb haben wir das Schiff ja gekauft. Weil wir damit Geld verdienen wollen. Wir sichern es bei meinem Auftraggeber für vier Millionen Euro ab und versenken es dann – ups! – in der Ostsee.«

»Und dein Auftraggeber zahlt uns die vier Millionen?«

»Natürlich!« Siggi ruckt an. Schon wieder ein Fang. Zwar kein Hecht, aber immerhin. »Darum geht es ja. Er will, dass du ihm dafür den Vorzug bei der Ausschreibung für die Filetgrundstücke an der Warnow gibst.«

Verstehe. Das Ganze ist eine verdeckte Bestechung. Und keiner kriegt was mit. Unglaublich.

»Von der Versicherungssumme zahlen wir den Kaufpreis für das Schiff an den Trägerverein und haben mit drei Komma zwo fünf Millionen einen schönen Gewinn, den wir uns teilen können. Ein Teil für mich, da ich das Geschäft eingefädelt habe, der andere Teil für dich, damit du endlich genug Geld für dein Auto, dein Pferd und die Ausbildung deiner Kinder hast.« Siggi tötet den Fisch auf bewährte Weise und beginnt, ihn ebenfalls auszunehmen. »Und mein Auftraggeber bekommt im Gegenzug den Zuschlag für die feinen Filetgrundstücke an der Warnow. Am Ende haben wir alle ein gutes Geschäft gemacht. Der Trägerverein, du als städtischer Beamter, ich als Vermittler, und mein Auftraggeber ist auch zufrieden.«

»Aber das Schiff ist weg«, sage ich.

»Ja, das Schiff ist weg«, nickt Siggi. »Aber es hat uns alle sehr glücklich gemacht.«

»Zwei Menschen sind gestorben, Siggi.«

»Ja, tragisch«, gibt er zu. »Aber der Mensch ist immer ein unkalkulierbarer Faktor bei solchen Unternehmungen. Weil er sich nicht an Abmachungen hält, eigenmächtig handelt und glaubt, das große Ganze zu verstehen und ändern zu können. Aber manche

Dinge lassen sich nicht ändern, Dieter. Manche Dinge passieren einfach.«

Prüfend sehe ich Siggi an. »Und inwiefern steckst du in dieser Sache drin?«

»Falscher Schluss, Dieter!« Er winkt entschieden ab. »Ich habe lediglich eine Hypothese in den Raum gestellt. Eine reine Vermutung, sonst nichts.«

»Es wird eine Untersuchung geben«, da bin ich mir sicher, »und dann werden wir ja sehen, was wirklich gelaufen ist.«

»Wer sollte da noch was untersuchen?« Siggi winkt ab und packt seinen Fisch in die Kühlbox.

»Zum Beispiel die Polen.«

Siggi lacht und hält mir die Hand hin. »Um was wollen wir wetten? Ich halte dagegen.«

Lieber nicht, denke ich. Ich kenne Siggi. Der lässt sich nur auf Wetten ein, die er gewinnt.

Nachdenklich ziehe ich an meiner Pfeife.

Epilog

Schon fünf Wochen später, im Juli 2013, stellt das Seeamt in Gdynia die Untersuchungen zum Untergang der »Georg Büchner« ex »Charlesville« ergebnislos ein. In der Begründung heißt es, dass es sich bei dem alten Kongodampfer nicht um ein seegehendes Schiff im rechtlichen Sinne gehandelt habe, da es nicht mit eigener Maschinenleistung unterwegs gewesen, sondern geschleppt worden sei. Somit sei das Schiff als verloren gegangenes Frachtgut zu bewerten. Wie ein im Sturm über Bord gegangener Container. Für solche Fälle sei das Seeamt nicht zuständig. Der Fall wird abgeheftet und kommt ins Archiv.

Eric Van Hooydonks Konsortium zur Bewahrung des maritimen Erbes, die Waterfgoed Vlaanderen, unternimmt weiter Anstrengungen, um den letzten Eigner des untergegangenen Schiffes ausfindig zu machen.

Doch in Rostock hält man sich bedeckt. Angeblich weiß niemand, wer hinter der Argent Venture Capital Limited auf den Seychellen steckt. Mal sollen es lettische, niederländische oder Sankt Petersburger Geschäftsleute sein, dann wieder deutsche Investoren.

Inzwischen soll gerichtlich geklärt werden, wer der geheimnisvolle Käufer der »Georg Büchner« war, und das kann erfahrungsgemäß sehr lange dauern.

»Die spekulieren auf Verjährung«, mutmaßt Björn Oehler bei einem Bierchen im »Vinetablick«, und wahrscheinlich hat er recht. Bis die Gerichte zu einem Ergebnis kommen, werden Jahre vergehen. Wenn sie überhaupt zu einem Ergebnis kommen. Und die »Büchner« wird auf dem Meeresgrund bleiben für alle Ewigkeit.

»Nicht das schlechteste Schicksal für den ollen Kahn«, wie Hafenmeister Jann Giehrling meint, »besser jedenfalls als Verschrottung.«

Marietta Solms wird vom Vorwurf des Totschlags freigesprochen. Am Ende ließ sich nicht zweifelsfrei beweisen, ob sie tatsächlich bewusst zugestochen hatte oder ob Krahwinkels Tod nur ein tragischer, durch das Auflaufen des Schiffes auf eine Untiefe hervorgerufener Unfall war.

»Das hab ich von Anfang an gesagt«, nickt Björn Oehler zufrieden, »bei uns in Barth wird nicht gemordet.«
Nur dass Peter Hinrichsen alias Charly Eins nicht hinter Gitter muss, stört den Barther Kriminalkommissar. Immerhin hat sich der alte Lotse wegen Vortäuschung einer Straftat, Irreführung der Behörden, Raub und Brandstiftung vor Gericht zu verantworten. Er gilt jedoch als Ersttäter und wird daher nur zu zweieinhalb Jahren auf Bewährung und einer Geldstrafe verurteilt, die gesondert festgelegt werden soll.

Kriminalobermeisterin Maike Hansen wird von der übergeordneten Polizeibehörde in Stralsund für die vorbildliche Aufklärung des Falles Ernst Holger Krahwinkel die baldige Beförderung zur Kriminalhauptmeisterin in Aussicht gestellt, und ich mache mein Häuschen am Barther Bodden winterfest.
Die erste Septemberwoche, das habe ich mir fest vorgenommen, will ich bei meiner Familie in Berlin verbringen. Monika freut sich schon, hat sie mir geschrieben, und die Enkel seien auch ganz aufgeregt. Wie meine Kinder die Idee finden, davon schreibt sie nichts, aber ich nehme an, die werden sich auch mal sehen lassen.
Die Frage ist: Was nimmt der Mensch mit für eine ganze Woche Berlin? Ich habe da lange genug gelebt, um zu wissen, dass der Spätsommer dort manchmal sehr heiß werden kann, aber auch recht kühl. Das ist von Jahr zu Jahr unterschiedlich, und die Meteorologen können uns zwar die Wirbelstürme auf dem Mars genau erklären, zum Wetter in Berlin aber trotz komplizierter Klimadiagramme und

modernster Computertechnologie keine verlässlichen Voraussagen treffen.

So stehe ich etwas ratlos vor meinen halb gepackten Koffern und weiß nicht so recht, was ich an Kleidung mitnehmen soll, als es plötzlich an der Tür klopft.

»Herein«, rufe ich, ohne aufzusehen.

Und dann steht ein älterer Mann in meiner Stube, hochgewachsen und rüstig. Er ist mindestens fünfundsiebzig Jahre alt, sieht aber höchstens aus wie sechzig. Sein wahres Alter erkennt man nur, wenn man weiß, wer er ist.

»Sind Sie dieser pensionierte Kriminalrat aus Berlin?«

»Und Sie?«, frage ich, obwohl ich ahne, wer da vor mir steht.

»Solms«, antwortet er und sieht sich um. »Werner Solms. In Rostock kennt man mich als Käpt'n Charly Zwo.«

Na, das ist'n Hammer! Ich muss mich erst mal setzen und biete auch ihm einen Stuhl an.

»Nun, ich wollte mich bei Ihnen bedanken«, sagt er nach einer Weile und stellt eine Flasche in einer schicken Einkaufstüte auf den Tisch. »Sie haben meiner Frau und meinem Co. das Leben gerettet.«

Na, der war gut. »Wir haben nach Ihrer Leiche gesucht, Herr Solms. Ihre Frau hielt Sie für tot.«

»Nun«, er zieht eine sehr schöne alte Seemannspfeife aus der Jackentasche, während er seine Worte genau abzuwägen scheint, »ich war in einer etwas heiklen Mission unterwegs. Ich konnte mich nicht früher melden. Jedenfalls nicht«, er holt ein Päckchen Tabak hervor, »solange dieser Beerendonk hier überall herumgeschnüffelt hat. Das hätte alles gefährdet.«

Interessant. »Und was sagt Ihre Frau dazu?«

»Sie ist natürlich«, antwortet er und beginnt, sich etwas umständlich die Pfeife zu stopfen, »etwas ungehalten. Auch weil sie glaubt, dass ich die Seiten gewechselt habe. Aber wir hatten Schulden. Wir konnten unser Haus nicht sanieren. Und irgendwer«, jetzt zieht er ein Feuerzeug hervor und steckt die Pfeife an, »musste ja die Seeventile öffnen, nicht wahr?«

Ich glaube, mich verhört zu haben. »Sie haben das Schiff versenkt?«

»Ich habe es vor der Verschrottung gerettet«, antwortet er. »Etwas anderes hatte ich nie versprochen. Gleichwohl musste ich für eine Weile untertauchen.« Er hüllt sich in dichten Rauch. »Es tut mir leid, dass Sie und eine junge Kollegin von Ihnen am Wrack der ›Büchner‹ in Schwierigkeiten geraten sind.«

»Wissen Sie, wer das war?«

»Leider nicht.« Er schüttelt den Kopf. »Aber ich fühle mich dafür verantwortlich. Immerhin waren Sie wegen mir dort.«

»Genau wie Hinrichsen und Ihre Frau.«

»Ja.« Er sieht mich bedauernd an. »Ich versichere Ihnen, es lag nicht in meiner Absicht, Sie oder wen auch immer in Gefahr zu bringen. Ich weiß nicht, wie ich Ihnen danken soll. Dieser Single Malt«, er deutet auf die Einkaufstüte auf dem Tisch, »kann daher nur ein ungenügendes Symbol meiner Anerkennung sein. Ich hoffe, Sie lassen ihn sich trotzdem schmecken. Tja!« Er steht wieder auf und gibt mir einen kräftigen Händedruck. »Mehr gibt es wohl nicht zu sagen. Einen schönen Tag noch.«

Ich hätte schon noch einige Fragen an den legendären Charly Zwo, denke ich.

Und daher rufe ich ihn, bevor er mein Haus verlassen kann, noch einmal zurück.

»Ihre Frau: Wird Sie Ihnen verzeihen?«

»Warum nicht?« Er dreht sich um und lächelt schwach. »Ich lasse das Haus renovieren und habe ein neues Auto gekauft. Die Ausbildung unserer Söhne ist gesichert, und das Reitpferd, das sich Jette schon als kleines Kind gewünscht hat, ist finanziell auch noch drin. Warum also sollte sie mir nicht verzeihen?« Er nickt mir zu und geht.

Na, wenn das so ist, denke ich, fein.

Dann ist das fast ein

Happy End.

Mein Blick bleibt an der verpackten Whiskyflasche auf dem Tisch hängen. Ich nehme sie aus der Tüte. Lagavulin. Fünfundzwanzig Jahre alt. Cask strength. Erstaunlich! Denselben Stoff bringt mir auch Siggi immer mit.

Reiner Zufall?

Nee, da denk ich jetzt nicht drüber nach.

Sláinte!